在那高高的山上

陈武成 著

陈西新华出版
太白文艺出版社

图书在版编目（CIP）数据

在那高高的山上 / 陈武成著 . -- 西安：太白文艺
出版社，2022.6（2025.03 重印）-- ISBN 978-7-5513-2065-8

Ⅰ . ①在… Ⅱ . ①陈… Ⅲ . ①中篇小说 – 小说集 – 中
国 – 当代②短篇小说 – 小说集 – 中国 – 当代 Ⅳ .
① I247.7

中国国家版本馆 CIP 数据核字（2022）第 096436 号

在那高高的山上
ZAI NA GAOGAODE SHANSHANG

作　　者	陈武成
责任编辑	张鑫
图书设计	元诗歌文化
出版发行	太白文艺出版社
经　　销	新华书店
印　　刷	三河市双升印务有限公司
开　　本	880mm×1230mm 1/32
字　　数	270 千字
印　　张	9.875
版　　次	2022 年 1 月第 1 版
印　　次	2025 年 3 月第 2 次印刷
书　　号	ISBN 978-7-5513-2065-8
定　　价	56.00 元

联系电话：029-81206800

出版社地址：西安市曲江新区登高路 1388 号（邮编：710061）

营销中心电话：029-87277748 029-87217872

目　录

出走的少先队员

1

如果不是早晨下了雨，奶奶就不会到学校去了。

在学校的门房里，奶奶对校警说，给五年级（三）班的周鑫桐送雨伞。奶奶到学校给鑫桐送过一回东西，晓得要说班级，不说班级的话，校警就会爱理不理地问：哪个班啊？如果你答不出来，校警就会喊的一声，用教训的口吻说：你们这些当家长的，连孩子在哪个班都不晓得，怎么当的家长啊？不晓得哪个班，怎么找啊？然后就不理你了。奶奶有经验，这次说找鑫桐，主动把鑫桐的班级带上了。校警没有为难奶奶，说：这会儿在上课，等下课了就给鑫桐的班主任打电话。

下课了，鑫桐的班主任贾老师来到门房，她告诉鑫桐奶奶，鑫桐今天请假了，没有到学校里来。

奶奶一时愣在了那里，她望着贾老师，十分吃惊地问：没来？请假了？贾老师说：对呀，鑫桐昨天放学的时候告诉我，今天有重要的事情，要请一天假，他还专门写了请假条呢。贾老师从她随手带着的蓝色文件夹里，拿出了鑫桐的请假条，问：难道鑫桐没在家里吗？奶奶焦急地说：是啊！早晨上学的时候他告诉我，今天学校里有活动，中午不回家。我看天下雨了，担心他在活动时淋雨，就想着给他送把伞来。这孩子，怎么就没到学校里来呢？奶奶说着，忍不住抹起了眼泪。

2

奶奶到学校给鑫桐送雨伞的时候，鑫桐已经坐上了开往洛河的"村村通"。这车是鑫桐早就看好了的，每天早晨上学的时候，他都看见那辆"村村通"停在步行桥头上等客。司机是一个胖胖的叔叔。鑫桐昨天早晨上学的时候，问了他到洛河的车费，他说：大人二十元，小孩十五元。鑫桐说：小孩减半，应该是十块啊。胖司机叔叔说：十元就十元嘛，并问：你走不走？鑫桐说：今天不走，明天走。胖司机逗他说：明天就涨价了，十五块啊。鑫桐有一些懊恼地说：可是我今天还没有请假呢。司机就哈哈哈笑了。鑫桐看见他笑起来的时候，眼睛都眯成了细缝了。

早晨上车的时候，车上已经坐上了好几个人。司机叔叔似乎还记得他，问：你今天真的坐车啊？鑫桐点点头。司机又问，请假了？鑫桐还是点点头。司机就扯了扯鑫桐的红领巾，好像是羡慕，又好像是调侃地说：少、先、队、员！鑫桐将身子扭了一下，拿出了钱给车费——他不喜欢司机扯自己红领巾的动作。可司机没有接钱，说：一会儿下车给吧。

车开动了，有人问鑫桐：你一个人坐车，大人呢？鑫桐有一些戒备，望着问话的人。他用了一点心计，撒谎说：我妈妈一会儿在镇上接我呢。问话的人哦了一声，问：你妈妈是哪个啊？鑫桐就说了妈妈的名字。没想到，问话的人惊讶地叫起来，说：啊呀，你是镇上黄书记的娃儿啊，你妈妈自己怎么没有开车来接你呢？鑫桐低下了头，没有作声。那人就说：哦，我晓得了，他们忙，这一向，因为扶贫的事，他们镇上的干部都忙晕了，好几个人都累病倒了呢。坐车的人附和着说：就是就是。大家开始说扶贫的事，有高兴的有不高兴的，鑫桐听不太明白，但他们好几次都提到了他妈妈的名字，说他妈妈是个好干部，办事公平，对老百姓好。鑫桐默默地听着，没有说话。他望着车窗外，外面不知道什么时候下起了雨，烟雨弥漫中，外面的青山和田野，在鑫桐的眼里，真的是一片碧绿啊！

3

"村村通"在路上走走停停，到达洛河镇的时候，已经十一点了。下车时，胖司机叔叔硬是不收鑫桐的钱，这让鑫桐有些不好意思。司机叔叔眯着眼睛笑，悄悄对鑫桐说：我是你妈妈帮扶的对象，这车还是你妈妈帮忙买的呢。又问鑫桐：到洛河来过没有，晓不晓得到镇政府的路？又拿把旧雨伞非要鑫桐打着，鑫桐见雨小了许多，坚决不要他的伞。鑫桐将书包顶在头顶上，一溜烟跑进了镇政府。

在妈妈的办公室里，鑫桐没有见到妈妈，却见到了小吕叔叔。小吕叔叔是镇上的文书，去年暑假，鑫桐到洛河来玩的时候，小吕叔叔常带他到洛河里游泳、钓鱼，是鑫桐心目中的好朋友。小吕见了鑫桐，吃了一惊，问：鑫桐，你咋来了呢？见了小吕，鑫桐不知为啥，心里有一点想哭的感觉，但他忍住了。鑫桐说：我找妈妈。小吕问：你找你妈妈有事吗？鑫桐不想说，但还是说了。鑫桐说：我有好久没看见妈妈了，我想问问她，我是不是她亲生的？说完这句话，鑫桐终于没有忍住，哭了起来。

小吕叔叔沉默了，他将鑫桐拉到自己的怀里，抱着，也许，他想起了他自己的孩子，眼圈情不自禁地也红了。他安慰鑫桐说：鑫桐怎么会不是妈妈亲生的呢，肯定是亲生的哩，我以少先队辅导员的名义向鑫桐保证！鑫桐还是十分委屈地说：那她为什么这么久不回去看我呢？小吕叔叔说：天天都在下村，天天都在扶贫，有时候通夜加班呢。你看我们镇上，只留了我和另一个干部在家值班，其余都到村上去了，吃住都在村上呢。鑫桐有一些信了，就问：我妈妈现在在哪里？小吕叔叔告诉他：你妈妈包抓半天云村，那里离镇上最远，而且手机信号也不好，我也是两天没有看见她了呢。小吕叔叔就打电话，拨了好几次都是无法接通。小吕叔叔说：要不这样吧，我刚好也要到村上去，吃了饭，我带你去找你妈妈吧。既然来了，总要见见妈妈啰。

4

吃了饭，小吕叔叔骑了摩托车带着鑫桐往半天云去，虽然雨已经停了，但小吕叔叔仍然让鑫桐穿上了雨衣，小吕叔叔说，山里刚下过雨，空气湿，在摩托车上会冷的。摩托车在半山腰上行驶，道路狭窄弯曲，鑫桐紧紧地抓着小吕叔叔的皮带，大气也不敢出地将脸贴在小吕叔叔的后背上。小吕叔叔感觉到了鑫桐的紧张，就大声说：你害怕吗？你妈妈每次到村上都是从这山路走呢，厉害吧？鑫桐没有作声，但小吕感觉到他在后面点了头。鑫桐呢，想象着妈妈在这条路上走，心里慢慢地松弛下来了。

在一个岔路口，他们碰到一个人，也是镇上的包村干部，他告诉鑫桐和小吕，鑫桐的妈妈没有在村上，她一大早就冒着雨，到野猪凼的那几家贫困户屋里去了。小吕叔叔就将摩托车拐进了一边的岔路。那路是沙土路，又刚下了雨，小吕叔叔不能骑快，小心地加着油，还不时放下脚在路上撑住。也不晓得骑了多长时间，鑫桐的感觉是很久很久，直到车子实在没法骑了，小吕叔叔才将摩托车靠在路边，对鑫桐说：不远了，就在前面。

前面是一面坡，坡上散住着几户人家。坡很陡，陡得鑫桐担心那些土房子会从坡上滚下来。小吕叔叔带着鑫桐走到一个大石坎子上。小吕叔叔站在石坎子上，向坡上使劲喊人，有人从坡上的土房子里出来应声，小吕就问：黄书记呢？黄书记在哪里？坡上应声的人说：黄书记刚走了，她翻梁子过雷家坡去了。

坡上回应的话，鑫桐也清清楚楚地听到了，一瞬间，鑫桐泪眼模糊。他站在石坎子边上，昂着头对着模模糊糊的山坡喊了一声：妈妈！

5

从野猪凼出来，小吕叔叔的摩托车挡泥板上塞满了稀泥，严重影响到了轮胎的转动。小吕叔叔只好将车停了，找来树枝清理那些泥巴，捅了半天才捅干净。小吕叔叔下河沟洗干净了手，然后带着鑫桐继续往半天云村委会走。

山路越来越陡，就在鑫桐感觉到快要进入云里，接近天边的时候，小吕叔叔停了车说：到了！鑫桐有一些激动，他从摩托车上跳下来，就往村委会里跑，边跑边喊：妈妈！妈妈！可是村委会里并没有妈妈的回应声。他向前走看到一个戴眼镜的中年人，埋着头不停地在填写什么。鑫桐感觉，堆在那人周围的纸张表册真多啊，多得简直和外面的山一样。鑫桐问：我妈妈呢？中年人抬起头，把眼镜取下来，眼睛望着鑫桐，没有说话，但目光似乎在问，你是谁啊？鑫桐意识到了自己的莽撞，正不知如何是好时，小吕进来了。小吕对那个中年人喊：老宋，表填得怎么样了？那个叫老宋的伯伯说：还没有填完呢，昨晚上整到四点多，眼睛都看花了。小吕就翻看他面前的表册，又介绍鑫桐，让鑫桐叫宋伯伯。鑫桐叫完眼巴巴地望着老宋，似乎想从宋伯伯的眼神中得知妈妈在哪里。老宋万分惋惜地说：你们早来一会儿就好了，她刚回来换了一双鞋又走了，说是穿洞子垴上还有两户贫困户要看。鑫桐急忙问：她什么时候回来啊？宋伯伯说：那可说不准，从这儿到穿洞子不通车路，走路得一两个小时呢。

　　鑫桐下意识地抓住了小吕叔叔的手，小吕叔叔感觉到了鑫桐的失望和丧气，他握住了鑫桐的手，安慰鑫桐说：不要紧，我们等一会儿，你也顺便看看你妈妈住的地方，感受感受你妈妈的工作和生活的气息。

　　鑫桐跟随小吕叔叔上了楼，到了顶边的一间房子，在房子的窗台上，鑫桐一眼看见了妈妈的那一双高帮磨砂的皮鞋，那是妈妈最喜欢的一双皮鞋，现在那双皮鞋沾满了泥巴，疲惫不堪地躺在窗台上，静静地望着鑫桐的到来。鑫桐走过去，望着那双满是泥巴的皮鞋，就像见到了妈妈一样，忍不住哭了。

<h2 style="text-align:center">6</h2>

　　那一天，鑫桐终是没有见到自己的妈妈，下午的时候，有人捎信说，穿洞子垴上的一位八十多岁的老人病了，鑫桐的妈妈守在那里等候医生，今天大约是不会回来了。鑫桐失望极了。

　　时间慢慢过去，鑫桐必须得离开半天云了。在小吕叔叔的催促下，鑫桐将已经被他擦拭得干干净净的妈妈的那一双高帮皮鞋又放回到了窗台上，他望着那一双鞋子，想一想，又将自己的红领巾解下来，轻轻地系在了窗棂上。

　　鑫桐下了楼，默默地上了小吕叔叔的摩托车。他没有再穿雨衣，任凭山沟里的风，将自己的脸吹痛。

　　回到镇上的时候，奶奶和班主任贾老师已经在镇上等着鑫桐了。原来，小吕叔叔在带鑫桐去找妈妈的时候，就抽空给鑫桐的学校打了电话，讲了鑫桐的情况。学校立刻找了车，派贾老师来接鑫桐回学校，鑫桐的奶奶也跟来了。鑫桐向贾老师道歉，说不该骗老师。贾老师说：你没有骗我，你请了假，的确是办重要的事情来了。鑫桐不好意思地又向奶奶道歉，奶奶说不出话来，只是流着眼泪笑，把一大包吃的东西塞到鑫桐的怀里。鑫桐把那一大包东西全都放到了镇上妈妈的办公室里。

　　夜幕降临的时候，汽车发动起来了，鑫桐扭头趴在后车窗上，明亮的车尾灯光，一直照亮了很远很远的后方……

打麦机

1

队长为什么突发奇想，要用打麦机打麦呢？只有天知道。

头一天放工的时候，队长安排第二天的任务，要大家明天都带镰刀、背篓和扁担，要趁着好天气，赶紧把阳坡上的麦子收割了。有人问：不带连枷啊，每年不都是割了就打了？队长微微一笑，胸有成竹地说：今年就不用连枷打了，我们用打麦机打。

人们一时议论纷纷。有不少人没有见过打麦机，纷纷问啥是打麦机。也有见过的，就赶紧解释，兴致和语气都透出见多识广的得意。队长让大家议论，看看议论得差不多了，就又说：打麦机我已经联系好了，在沟口的五星大队，明天一早，李道明和甘德普去弄回来。

周诗武说：队长，再去两个人吧，他们两个人太少了，恐怕弄不回来呢！

队长说：两个人弄一台打麦机还弄不回来啊？两个人够了！

周诗武说：除了打麦机，还有柴油机呢。没得柴油机，打麦机就动不起来，两个是一套的。

队长有一些迟疑地看着周诗武。周诗武到外面修过两年铁路，有一些见识，队长相信他说的是对的，但是也不能完全听周诗武的，怎么能他说几个人就几个人呢。队长说：那就你也去吧，你们三个人足够了！

周诗武还要说话，队长却将工放了。

回家的路上，周诗武抱怨李道明和甘德普：你们两个不知好歹的家伙，两个大机器都是铁家伙，光靠我们搬到沟里来，不累死我们？

甘德普说：我们哪里晓得啊，队长咋安排就咋弄。

李道明只晓得嘿嘿地笑，也不晓得说个啥子。

周诗武气哼哼地说：没得见识真是不得了，跟你们一起，我算是背（时运不好）到底了。他甩开步子，撂下他们俩，独自在前面走了。

李道明还是笑，他背着他的背篓，背篓里放着打杵，还有一把已经蔫了的猪草。猪草是干活的时候李道明在地边上扯的，地边上的猪草不多，他扯的时候，覃万凤也来扯。覃万凤是妇女队长，手脚麻利，几下子就把嫩生生的鹅儿肠薅到手里去了。李道明不好跟她抢，只能慢悠悠地把那些老弱病残的猪草薅过来，而且装作很大度的样子，讨好地递给覃万凤。覃万凤没有要他扯的猪草，看起来比他还大度，其实是看不上他那一把黄蔫蔫的猪草。覃万凤说，拿回去给你婆娘吧，好让她给你做一顿饱饭吃。

队上人都晓得李道明能吃，他婆娘煮多少饭，他就能吃多少饭，而且顿顿吃不够。有一次，他婆娘搅了一锅苞谷面糊，还炒了一钵白菜，让他一个人吃，想让他吃饱胀一回。他饱胀倒是饱胀了，只是告诉婆娘说，就是还差一点有油盐的菜，不然还能吃半碗。她婆娘气得翻白眼，差一点将搅苞谷面糊的大吊罐罩到他头上去。

李道明能吃是因为他能做活，队上什么样的重活他都能做，两人抬的石头，他一抱就放到石坎子上面去了，队上起公屋，上梁的檩子都是两个人抬一根，小心地上到跳板再上墙，只有他，一个人扛一根，轻轻松松上了墙垛子，还不要人给他让路。队长派他去搬打麦机是有道理的，除了他，也没第二个人有他的力气大。再派个甘德普去，不晓得队长是个什么意思。甘德普才从中学毕业回来，文文弱弱的，一看就不是个做活的料，也不晓得队长怎么派了他去。也许是给李道明做个伴，最多也就是个帮手，甘德普在队上怎么也算不上是个主劳力。

甘德普自己也不晓得队长为什么派他去，直到第二天早上，队长将一封介绍信交到他手里的时候，他才略微有一些明白。队长对甘德普说，我专门开了一个介绍信，你带着，交给五星大队。你啊，可是我们队唯一的高文化人了！你去联络，让沟外的人不能小看了我们沟里的人！队长无比信赖地拍了拍甘德普的肩膀，甘德普一阵激动，一下就感觉到了肩上的责任重大。他想说两句表达自己的决心或是感谢信任之类的话，但是没有说出来。

队长的小女儿碧影从屋里出来，还没等甘德普反应过来，就将一个军用的鳖娃子水壶挂在了甘德普的肩上。碧影笑吟吟地看着甘德普说：水壶里的水我都灌满了，你在路上渴了喝。甘德普一时有些尴尬，红了脸，有一些腼腆，嗫嚅地说：这……这……队长说：这什么这？快走吧！

甘德普走出老远了，似乎还听到碧影在他的身后笑。碧影的笑声真的像银铃一样，甘德普的心被那笑声敲得飞起来，落不下来了。

2

李道明和周诗武都住在小湾里，甘德普走到小湾口上的时候，他们俩都已经到了。李道明还是背着他的背篓，背篓里插着他的打杆。周诗武扛了一根抬杠，抬杠上挂一把棕绳。见了甘德普，周诗武首先就说：你这个甘德普啊，我们都带的工具，你啥也没拿，怎么和我们一起扛打麦机啊？

甘德普有一些尴尬，涨红了脸，说：我也不晓得带啥子工具，要不我回去拿吧？

周诗武就摆了手说：算了算了算了，好在我们都带了，有先见之明，不然就恼火了。

三个人就一起往沟外走。

正是麦熟的季节，可是河沟两边的地里，种麦的越来越少，种苞谷的却越来越多。这也是没有办法的事情啊，沟里的人口不断增长，土地却是有限的，沟里人只好在有限的土地里想办法，先是将水田都改旱地了，这几年又不断地减少麦地，改种苞谷。种苞谷可以套种洋芋，洋芋挖了还可以种萝卜白菜，这多多少少能冲抵一下缺粮的压力，减少饿肚子的日子。搁在往年，河沟的阳坡地一大半都种的是麦子，这个季节，走在路上，空气里到处弥漫着麦子的香味，打眼一望，真的是"金色的麦浪在微风中翻滚"的景象哩。可是现在他们走了好一会儿,才看见二队的一块麦地稍微有那么一点"麦浪"的意思。其他队的麦地都太小了,有的麦地连"浪花"也开不出一朵来。

三个人在路上走着,感叹麦地的减少,也感叹路两边的苞谷、洋芋的长势。三个人,基本都是周诗武在说话。他一会儿评论沟里的山,一会儿评论沟里的水,连沟里的石头他也评论了。他说沟里的石头要形状没有形状,要成色没有成色,哪里比得上外面的石头,外面的石头一化验,不是铁就是铜,最差的也能烧出硫黄来。

他瞅见了甘德普挎着的鳖娃子水壶,又评论那个水壶说:这不是正宗的军用品,看颜色就晓得不是。正宗的军用品是军绿色,哪像你这只,绿了吧唧的,一看就是假货。

甘德普摸了摸水壶,然后不好意思地告诉周诗武:我家哪里有这样的水壶啊,这不是我的。

周诗武接过话说:我就晓得不是你们家的,我就从来没有看见过你们家有鳖娃子壶壶。

甘德普想告诉周诗武这是队长家的鳖娃子水壶,可是话到嘴边,不知为什么又忍回去了。

周诗武也没问,又说起了他在外修铁路的事,怎么开风钻机,怎么放连环炮,等等,都是甘德普和李道明没有见过的事。甘德普偶尔好奇地问他一些事,李道明就一直默默地听,听到有趣的时候,也嘿嘿笑几声,有一些礼节性和应付的味道在里面。

翻过了石垭子,下到了河沟边。河沟的那一边是赵家。赵家是大队的地主,出沟的路要从他们的屋坎下过。过河沟的时候,周诗武将自己的脚伸进水里洗了一气,然后又捧了河水洗脸。他将水搅得哗啦啦响,把水边的两只小青蛙吓得一动也不敢动,呆若木蛙。李道明也用河水洗了一把脸,他洗得很斯文,用一只手撩一些水,在脸上抹一下,水在脸上很快就干掉了。

甘德普没有撩水,他摸了摸挎着的鳖娃子水壶,水壶有一种温润的暖,让他想到了碧影的笑,碧影的笑很像这个水壶给他的感觉啊!甘德普的心颤抖了一下。

从河沟上来的时候,周诗武抬头望赵家的屋,他看见了赵家屋坎边上的一树沙果，沙果结得好，密密麻麻的，将树枝压得弯下来，树被压得都快喘不过气来了。周诗武说，这土地主，还有这么好的一树沙果啊。他抽了李道明背篓里的打杵，一个撂棒就打了上去，沙果噼噼啪啪地落了下来，掉了一路，地里也滚进去不少。

李道明和甘德普正惊愕着，被周诗武骂了一句，快捡啊！还没来得及捡，坎上就有声音喊起来：哪个在打沙果啊？

哗啦啦一阵响，周诗武钻进路边的苞谷林子不见了，沙果树下的坎边，只留了李道明和甘德普在发怔。甘德普是没有想到跑，李道明是跑不了，他的打杵被周诗武撂出去后不见了，他还没有找到呢。

有人站到了坎上边，是一个妇女抱着奶娃，奶娃正将头钻在妇女的怀里吃奶呢。妇女问：怎么打我们的沙果啊？沙果还没有熟透哩。甘德普脸窘得通红，一句话也说不出来。李道明到底年长得多，他对妇女说：不是我们打的，我们没有打。妇女显然有些生气，说：明明打了怎么说没有打呢？你看看你们脚下，沙果落了那么多在路上，怎么还说没有打呢？你们又不是吃奶的月娃儿！

最后一句话有明显的骂人的意思了，李道明和甘德普都听出来了，可是却无言以对。二人站在坎下的路上，走也不是，不走也不是。

呀！这不是甘德普吗？你在干啥子呀？

又一个声音从坎上边传下来，是一个脆生生的姑娘的声音。甘德普抬起头来，望见他同学邹水英正站在那个妇女的身边，居高临下笑呵呵地望着他。甘德普只觉得脑壳嗡地响了一声，羞愧得浑身上下就像是有一万只蚂蚁在爬，他恨不得找一个地缝钻进去。

邹水英对那妇女说了几句啥，又从那个妇女的手中接过奶娃，那妇女就从坎边上不见了。邹水英抱着奶娃从坎上走下来，对甘德普说：刚才那是我姐，她不认识你们，别计较啊！

甘德普还在局促着，也不敢看她，一双手把鳖娃子水壶的背带扯着，差点把水壶扯到肩上去了。邹水英咯咯咯地笑了。她笑着说：你怎么还和在学校的时候一样腼腆啊？都毕业了，放大方些嘛！

甘德普有些恼火自己，他鼓起勇气抬起头，望着邹水英吞吞吐吐地说：我们……我们真的没有打你们沙果……

邹水英笑着，一副无所谓的样子说：没打就没打，打了也没啥，几个沙果嘛，有啥了不起的？看甘德普还想解释，就又说：这也不是我的家，是我姐的婆家，我是来给她帮忙带娃儿的。看！我姐的娃儿，长得好看吧？她很熟练地将那奶娃抱在怀里晃动，将奶娃的脸晃到了甘德普的脸跟前。奶娃的脸皱巴巴的，看不出来有多好看。甘德普不会说奉承的话，只好生硬地笑了一下。邹水英似乎也并不需要甘德普夸奖奶娃，她继续晃动着奶娃，将奶娃从甘德普眼跟前又晃开了。她问甘德普准备干吗去，甘德普说：到沟口上给队里搬打麦机。

邹水英又咯咯咯地笑起来了。她笑着还望了李道明一眼，说：你们？去搬打麦机？甘德普已经慢慢从沙果的事情中走出来一些了，他说：是队上派我们去的，队上已经和五星联系好了。邹水英说：我是说，就你们两个能把打麦机搬回来吗？她又望一望甘德普说：你，还是那么文文气气的，小心打麦机把你压趴下了！你们队也不派个力气大的，怎么派你去啊？真是的！那个"真是的"说得很有力，是发自内心的，是替甘德普表达一种对队上的愤愤不平。甘德普感觉到了同学之间的关切和温暖，他略有一些自豪地对邹水英说，队上派我主要是去联络的，真正搬机器的还有另外的人。

邹水英"哦"了一声，似乎放心了。一直站在一边的李道明看出了甘德普和邹水英的关系，他在邹水英的背后，手指着沙果树上，使眼色告诉甘德普，他的打杆找到了，在沙果树上呢。

甘德普往沙果树上望，邹水英也望。邹水英说：是不是打几个沙果吃？甘德普急忙摆手。邹水英说：想吃就吃嘛，我给你打。邹水英将奶娃往甘德普怀里一塞，上了坎子，不晓得从哪里拖了根竹竿来，站在坎边，朝沙果树仔细瞅了瞅，一竹竿子扫过去，哗啦啦一下沙果落了地，随沙果落下来的还有李道明的打杆。邹水英笑呵呵地在坎上望着甘德普说：够吃了吧？快捡吧！

甘德普抱着奶娃呢哪里捡得成呢？倒是李道明手脚快当，把打杵赶紧先捡了放到背篓里，然后才开始麻利地捡拾地上的沙果。

邹水英又从坎上下来，接过了甘德普怀里的奶娃。她用一双大黑眼睛，亮亮地盯望着甘德普，甜腻腻地说：你还蛮会抱娃儿的嘛。

甘德普无端地心慌起来，急忙蹲下身，在地上乱摸起沙果来。

3

李道明的背篓底里满是脆生生的沙果。那些沙果是甘德普和李道明共同捡拾的。甘德普衣服的一个口袋里也装满了沙果，那是邹水英专门给他捡拾的。邹水英一手抱着奶娃，一手捡拾沙果，她净挑选又大又好的捡拾，捡拾了十几个，都塞到甘德普的衣服口袋里去了。打落的沙果捡拾干净了，甘德普和李道明就重新上路，邹水英抱着奶娃站在坎边上，一直望着李道明和甘德普的身影消失在一片苞谷林里。

周诗武从那片苞谷林里钻出来了。他笑嘻嘻地将手放进李道明的背篓里，一把抓出了几个沙果，在衣襟上擦了一下就吃起来。边吃边说：你们得好好慰劳慰劳我，不是我甩一打杵上去，你们会捡这么多的沙果吗？

不太爱说话的李道明有一些不满地嘟哝了一句：逃兵！周诗武就叫起来：你懂个辣子啊！你还说我是逃兵，我这是战术，敌进我退，你们晓得不？敌人都来了，你们还傻呵呵地不晓得跑，这不是等着送死吗？李道明不作声了，他晓得他说不赢人。他低着头急匆匆地走路，他以这种方式表明，他并不赞同周诗武的说法。

甘德普觉得他应该驳斥一下周诗武，于是就说：敌人来了你跑不就是逃兵？再说了，本来就是我们偷打别人的沙果，而且他们也不是敌人。周诗武听了甘德普的话后哎呦呦地叫起来。他假装新奇地望着甘德普说：你不会被狐狸迷惑了眼睛吧？我可是在苞谷林子里什么都看见了，那个给你们打沙果的女娃子可是蛮漂亮啊。甘德普，你老实交代，她是你什么人？为什么给你们打沙果吃？

甘德普很不满意周诗武说话的腔调，而且尤其不满意他把赵家比作是敌人。于是他故意用自认为很响亮的声音告诉周诗武：她是我同学，也是我朋友，怎么着？不是敌人吧？

周诗武吃完了手上的最后一个沙果，他将沙果的核呼地一下扔进了路边的河沟里，用惋惜的口气说：可惜了，这么好看的女娃儿不该是地主家的。甘德普说：谁说她是地主家的了？她姓邹，赵家是她姐的婆家。甘德普的辩白有一些急迫，他也不明白自己为什么要这么急切地为邹水英辩白。他正有些担心周诗武抓住了他的小辫子要讥笑他呢，可是周诗武大概还在想着李道明背篓里的沙果，并没有在意甘德普的辩白，只是"哦"了一声，就迈开步子追赶李道明去了。

甘德普一个人落在了后面。他不慌不忙地走着，路里边是长势苗壮的苞谷，苞谷已经结苞米棒了，苞米的清香味若有若无地弥漫在空气中，让甘德普有一些沉醉。路外边是河沟，河沟的水清浅明亮，一只水鸟顺着河沟往下腾挪，有时停在水边，有时歇在石上。停在水边的时候，它就将喙钻进水里，有时连头也钻进水里面去了，只剩下尾巴在水面上不停地摆动；歇在石头上的时候呢，它就昂起头，对着行走在路上的甘德普不停地鸣叫，叫声欢快响亮，就像是个多嘴的孩子正在大声喊叫。喊叫什么呢？甘德普当然听不懂，甘德普向水鸟挥挥手，要它快快地飞走，水鸟就知趣地钻进一块大石头下面去了。

甘德普望着走在前面的周诗武和李道明，放慢了脚步。他不急于赶上前面的他俩，这时候，他情愿独自一人就在他们后面走着。他一只手摸着挎在腰上的鳖娃子水壶，另一只手摸着衣服口袋里的沙果，心里忽然涌出一种莫名的感觉，这种感觉朦朦胧胧的，甘德普说不出来，但他感觉到美好。甘德普真心希望能把这种美好保留下来，就像是一把苞谷的种子或是一个洋芋的种子。只要有土地，是种子就会发芽。甘德普希望自己就是一块能生长万物的土地。

4

五星大队的大队部在唐家院子边上，是一栋长五间的石板房，虽然也是土墙房，但是很有气势，特别是土墙上的一长条红标语，更是显得与众不同，每个字都有一人多高，红漆刷得艳艳的，直晃人的眼。

甘德普他们来到大队部，找到了大队的一个领导，这是一个高个子的镶着两颗金牙的男人，他接了甘德普递给他的介绍信仔细地看了，然后将介绍信又还给了甘德普。他对甘德普他们说，不凑巧啊，六队的麦子昨天没有收完，打麦机他们今天还得用一天，你们得等一天啊。

甘德普还在想着该怎么和金牙干部说话呢，周诗武就抢上前嚷开了。周诗武说：嗨！领导，我们队长不是跟你们都说好了吗，怎么让我们跑空路啊？金牙斜了他一眼，不再搭腔，自顾进了大队部的一间屋，把三人撂在了那里。三人面面相觑，一时没了主张。

太阳出来了，只一会儿就将三人的脸上晒出了汗珠子，他们从地坝上来到屋檐下，站着，都不说话，都有一些茫然无措。李道明把打杵撑在自己的屁股下面，眼望着地面。周诗武将抬杠杆在地上，支撑着自己的身体，抬头望着天上。甘德普把头转动着，又开始扯鳖娃子水壶的背带，他把背带扯一扯，又捋一捋，好像在思考着什么。思考着什么呢？也许他想起了临走时队长的交代吧。他鼓了鼓勇气，先望了望周诗武，周诗武依然眼望着天空，好像不把天望穿就不会罢休似的。甘德普犹豫了一下，放下扯背带的手，迈开步子向金牙进的那间屋子里走了去。

金牙正在那屋子里扫地哩。地面坑坑洼洼，凸凹不平，金牙扫得不顺溜，甘德普就抢过去接了金牙手里的扫把，认认真真地扫起了那屋子。

甘德普上学的时候一直是班上的劳动委员，地扫得可干净呢，经常得到老师的表扬，因此扫这么一间屋子的地，对他来说是小菜一碟。很快，他就将屋子的地面扫干净了。他又要去抹桌子，可是桌子已经被金牙抹干净了。金牙脸上露着赞许的神色问甘德普：小伙子啊，是沟里哪家的娃儿啊？甘德普说了自己父亲的名字。金牙"哦"了一声，又望了望他说：说起来，你还得喊我表叔呢，我是唐家的，我奶奶是你姑太太呢。

甘德普高兴起来，说：我听我爹说过的，只是没见过你。

唐金牙说：一代亲，二代表，三代四代认不到。我是第三代，你是第四代，我们认不到。

甘德普忍不住笑了。他很老实地对唐金牙表叔说，这是我们当小辈的不对，唐表叔还要多原谅。

唐金牙也笑了。唐金牙说：你上过学啊？

甘德普说：才从中学毕业。

唐金牙夸赞：怪不得会说话，是个有文化的青年啊！

甘德普又不好意思起来，他嗫嚅着问打麦机的事情，说要请唐表叔通融通融。

唐金牙犹豫着说：今天六队确实还要用。这样吧，我给你写个条子，你们拿着去六队找冯队长，催促他们打快点。

唐金牙写条子的时候，周诗武和李道明也轻手轻脚地进了屋，他们望着唐金牙将写好的字条递给了甘德普，甘德普将字条看了一遍，折起来收到衣服口袋里去了。甘德普连连向唐金牙致谢，他看见李道明背着的背篓，又想起来似的，从李道明的背篓里捧出了一大捧沙果放到了唐金牙面前的桌子上。

离开了五星大队部，三个人去找冯队长。冯队长在哪里呢？当然就是在六队了。三个人一路打听着找到了六队，有人告诉他们：六队的社员都在邹家坡上打麦子，冯队长也在那里呢。又给他们指了路。他们一走到邹家坡下面，就听见了突突突的机器声，周诗武兴奋地说：就在坡上面了，这是柴油机的声音。他又做出侧耳倾听的样子听了一会儿，再次肯定地说：不错！就是柴油机的声音！

三个人爬上了坡。好大的一面坡，种的都是麦子。麦子已经收割了，只剩下麦茬子在坡上，不少的麻雀和老鸦在麦茬地里闹嚷争抢。有几个妇女和娃儿在坡上捡拾遗落在地里的麦穗，他们望见了甘德普和周诗武他们，就直起腰来，好奇地打量着问：你们来干什么啊？周诗武把抬杠举起来朝他们晃一晃，说：来借你们的打麦机用的，你们快打完了吧？一个戴着新草帽的妇女说：还没有，我们地里的麦子才刚割完呢，要打出来，最快也得到中午去了。周诗武说：要不了那么久吧？妇女努了一下嘴，说：不信你们上去看嘛！

机器的轰鸣声愈来愈响了，突突突的声音里又搅和了刺耳的刺啦啦的声音和人的吆喝声，让人想到燃烧的大火和沸腾的开水。

周诗武率先跑到了打麦的场地。这是一个大院子前的大地坝，打麦机就安置在地坝的一角，一共是两台机器，中间用皮带连接着。皮带飞快地转动，带动两台机器上的圆盘也飞快地转动。有两个人在向其中一台机器的大嘴巴里送麦子，麦子进了机器的大嘴巴就会发出刺耳的刺啦啦声，然后打净了麦粒的麦草扔在了一边，被另一个人用木杈挑走了，麦粒呢，从机器的旁边唰啦啦就滚出来了。

甘德普虽然上了中学，可也是第一次看见打麦机。他还分不清哪个是柴油机哪个是打麦机呢，他和李道明站在一起，都有一些愣怔，机器发出的巨大的声响让他们多少有一些惊惧。在刺耳的声音里，周诗武指点着告诉他们俩，哪台是柴油机，哪台是打麦机。有人走过来了，大声地问他们：你们是哪里的，来做什么？甘德普急忙把唐金牙写的字条掏出来，也提高声音说：我们要找冯队长。问话的人说：我就是。甘德普就把字条递给了他。

冯队长把字条凑到眼跟前看了，然后招呼他们三人走到地坝的另一边，那里离打麦机远一些，嘈杂声小一些，说话就不用那么高声了。冯队长将那个字条又看了一遍，然后有一些烦恼地说：这里的麦子打得快也得过中午了。再说，机器和人也都要歇一天啊，我都干了快半个月了，累得要散架了。冯队长在近跟前的一根木棒上坐下了，掏出一撮旱烟来，就着那张字条，卷了一个喇叭筒，叼到嘴里，点着抽了起来。甘德普眼看着他将唐金牙写的字条卷烟抽了，心里是说不出来的感觉。他搓着手，又准备扯鳖娃子水壶的带子，可是想一想又忍住了。甘德普将目光落在周诗武身上，他期望周诗武能说说话，可见多识广的周诗武将头又仰了起来，好像是在看云识天气。天上哪里有云啊？他也不怕太阳光射他的眼睛！

冯队长抽完了"喇叭筒"，似乎是养足了精神，他扯下搭在脖子上的毛巾，擦了擦脸，又取下戴在头上的草帽给自己扇风。扇了一会儿，他眯着眼睛对甘德普他们仨说：你们等着，我让他们搞快些，打完了，你们就搬机器，去给你们打吧！

5

从五星六队到沟口是一条简易的公路，打麦机和柴油机放在冯队长的架子车上——那辆架子车好像是专门用来装打麦机和柴油机的，打麦机和柴油机放上去都有自己固定的位置，两根木棒一卡，两台机器就稳稳当当舒舒服服地待着了。冯队长招呼他们推车，一路上给他们讲解柴油机和打麦机的原理，甘德普听得津津有味——他从内心里喜欢上了冯队长。

冯队长中午的时候还招呼他们在六队吃了一顿饭，是洋芋煮面疙瘩。新鲜的没有除麸子的面疙瘩和刚挖出来的新鲜洋芋，吃起来满嘴都是清香味。吃饭的时候，他们才晓得，冯队长并不是五星六队的队长，而是五星大队专管农机的农机队长。甘德普对冯队长充满了崇敬，对五星大队也充满了羡慕——五星大队竟然已经有了农机队，看来他们离实现"四个现代化"的目标已经不远了啊。想想自己的沟里，甘德普有一些羞惭。

架子车拉到沟口就停住了，进沟的路是小路了，架子车进不去，打麦机和柴油机只能靠人工搬运。人工搬运有一些麻烦，在六队的打麦场上往架子车上搬机器的时候，搬的人都感觉到了机器的重量。打麦机要轻一些，那台柴油机啊，少说也在三百斤往上，三百斤要是一个人背，恐怕没有几个人能背得起，看来只能是抬了。好在周诗武带了抬杠和棕绳。三个人在冯队长去找人家寄放架子车的时候，就将柴油机用棕绳攀绑好了，他们的分工是，周诗武和甘德普两人合抬柴油机，李道明力气大，又背着背篓，就让他一个人将打麦机背起。至于冯队长，当然不能要他来帮忙了，他是开打麦机的师傅，怎么能要他来出这样的苦力呢？有这样的想法都是不应该的。

可是冯队长却要来帮忙。他拿来了架子车上卡机器的一根木棒和几个铁丝环环，很熟练地将铁丝环在打麦机上套了几下，就将打麦机套牢了。他又将木棒穿过预留的铁丝环里，问甘德普他们仨：你们哪个和我一起抬？

甘德普他们仨都有一些惊愕，你看看我，我望望他，都没有说话。冯队长对甘德普说：你和我来抬吧，你身子弱，怕是只抬得起打麦机。

四个人抬了机器往沟里走。

木棒一上肩，甘德普就感受到了打麦机的重量，他感觉木棒一下就将他肩上的肉压没了，只剩下骨头了，而且骨头发出了咯吱咯吱的呻吟。甘德普的身子晃了一下，但紧接着稳住了。他听见冯队长问：小伙子，怎么样？撑得住不？甘德普憋住一口气吐出来说：撑得住！甘德普想，就是一架山压在肩上也要撑住啊！

走了不到半里路，他们停下了。和李道明一起抬着柴油机的周诗武抬不了了，直叫唤要歇会儿。甘德普也被压得快要趴下了，木棒从肩上一卸下来，他就瘫坐在地上了。他大口地喘着气，头随着喘气而摆动。冯队长有一些怜惜地望着甘德普说：小伙子没有出过大力啊！

甘德普有一些羞愧，喘着气对冯队长说：不要紧，慢慢就适应了。甘德普有些赌气地抬起打麦机又继续走，走了几十步，甘德普的步子迈不开了，他感觉自己要倒下了，他拼了命将自己的身体支撑住，眼泪却不争气地掉了下来。

他们只好再次歇了下来。冯队长说：这样抬不行，这样不但抬不上去，还会把人家娃儿压坏了。周诗武也喘着气说：我也要被压坏了，怎么这么重啊！李道明默默地望着冯队长，等着冯队长拿主意。冯队长对李道明说：要不我们俩先抬了柴油机前面走，一会儿让人来接他们俩？

李道明望了望两台机器，又望了望冯队长，说：我来背一台。

背？背哪个？冯队长不解地问。

李道明用他的打杆指了指柴油机，说：我把这个家伙背上去。应该……背得动！

冯队长和甘德普都有一些不相信地望着李道明。只有周诗武在一旁肯定地说：能背得起，他能背得起！两个人抬不起的石头，他背起还能上坎呢，背这个机器，他应该差不多！

冯队长却不同意，说：实在要背就背打麦机，打麦机要轻一些。可李道明坚持背柴油机，说打麦机大，不好背。李道明执拗地支好背篓，几个人只好将柴油机抬了，安放到他的背篓上去。背篓大约也是第一次装这么重的家伙，柴油机一上去就刺刺啦啦地直叫唤。冯队长仍然有一些担心，李道明却不在乎，他钻到背篓下，将手臂穿过背篓背带，又用肩膀将背带的位置调整调整，然后略微弓了弓腰，一仰头，一使劲，背篓在他背上又是一阵刺啦啦的细响。随着响声，李道明慢慢地站起来了。他稳稳地站着，将背篓又轻轻地摇晃了一下，是做细微的调整，也是告诉冯队长，还行！

在冯队长他们三人的注视下，李道明背了柴油机，慢慢地迈开步子向沟里走去。在李道明的身后，冯队长由衷地叹道：哎呀！你们沟里还有这样的大力士，真是了不起，了不起啊！

剩下的三人将打麦机又重新套了，冯队长抬一边，周诗武和甘德普抬一边，三个人抬着打麦机，也赶紧迈步进沟，去追赶李道明。

三个人抬着打麦机虽然比两个人抬着要轻松一些，但在小路上行走，快不起来，他们一路磕磕绊绊，一直走到赵家屋坎下才追上李道明。李道明已经浑身冒汗了，汗水溻湿了他灰扑扑的头发，也溻湿了他的衣服，甚至他的两只裤脚也在淌着汗水，他的整个人就好像是从水里捞出来似的。冯队长喊他赶紧在河沟边歇一歇，又招呼甘德普和周诗武放下打麦机，去帮李道明安放背篓。

四人在河沟边歇了，甘德普要到河沟里去洗脸擦汗，冯队长和李道明同时拦住了他，说要等汗干一些了再洗。冯队长说：热身子千万不要沾凉水，对身体伤害大。

甘德普望着清亮亮的河水，只好暂时先放下了洗一把脸的念头。他取下了一直挎着的鳖娃子水壶，打开盖子，把水壶递给了冯队长，冯队长接了水壶，没有喝，将水壶送到了李道明的跟前。李道明似乎惊了一下，急忙站起来，连连摆手说：你喝！你喝！

我怎么能先喝呢。冯队长说：你是大力士，是劳动英雄，应该你先喝！李道明嗫嚅着还是把水壶往冯队长跟前推。李道明说：你……你……你是师傅啊！冯队长说：咳，啥师傅，都是劳动者。冯队长又真心实意地说：你一个人干了我们三个人的活，要说师傅，你才是真师傅！你不先喝，我们哪个也没资格先喝！

李道明还在推辞，一旁的周诗武说了：哎，冯队长让你先喝你就先喝嘛，恭敬不如从命，你喝了冯队长好喝！李道明又望向甘德普，甘德普也真心实意地说：你听冯队长的，就快喝吧！李道明这才接了水壶过来，小小心心地喝了两口，然后赶紧将壶嘴擦了递给冯队长。冯队长畅快地喝了一口，就近又将水壶递给了甘德普，甘德普没有多考虑，就将水壶递给了周诗武。

周诗武笑嘻嘻地接过水喝了一口，然后又紧接着喝了第二口。第二口水刚吞进肚子，周诗武叫起来：哎呀！你家里真舍得啊，给你灌的糖茶水啊！

甘德普还真不晓得鳖娃子水壶里装的是糖茶水。早晨碧影把水壶给他挎上后，他就一直背着，并没有打开水壶尝过一口，现在周诗武这样一闹嚷，甘德普就迫不及待地接过水壶喝了一口。啊！真的是糖茶水啊！不知为什么，甘德普的头有一点眩晕。眩晕中，他似乎看见碧影正从河沟的那一边走过来，甘德普摇了摇头，让自己心神安定下来。

啊！真的是碧影从河沟的那一边过来了啊！

6

碧影在河沟的那一边也看见了甘德普他们，她欢笑着又向后面招手，紧接着队长和另外几个男劳力也出现在了河沟边上——原来是队长亲自带人接他们来了！

一伙人在河沟这边见了面，队长让碧影把带来的干粮打开来吃，无非就是一锅煮好的洋芋和豆角。碧影说：我爹想着你们这时候都没回来，肯定是饿坏了，就让我煮了洋芋和豆角带上。看，我爹这个队长当得还可以吧？

队长说：嗬，哪是我要叫煮的，我还没安排，你就煮好了。你生怕他们饿坏了，搬不回来打麦机。

周诗武赶紧向队长报告说：中午冯队长安排吃了中午饭，冯队长还帮忙抬机器，不然还不晓得现在才走到哪里呢。

队长又向冯队长致谢，两个队长握着手，亲热地说话。碧影呢，挨个儿给他们分发洋芋和豆角。在甘德普跟前，碧影将最大的一个洋芋递给了他。递给了甘德普以后，碧影还不走，她望着甘德普，非要望着他张口吃了才又离开。

分了洋芋，碧影又分豆角。豆角用碗盛着，只带了三只碗，给冯队长和李道明各一只，剩下的一只，碧影想一想递给了周诗武。甘德普没有碗怎么办呢？碧影就端了装豆角的钵钵，夹起一筷子豆角，朝甘德普的嘴巴喂了过去……

甘德普，你们把打麦机抬回来了？

也许是听到了河沟边的声音，邹水英抱着奶娃从赵家的屋坎上下来，径直就走到了甘德普的身边。她闪着一双大眼睛，望望甘德普，又望望碧影，最终还是把目光盯在了甘德普的身上。

邹水英说：甘德普，这是你姐姐吧？这么心疼你，还喂东西给你吃！邹水英的声音里有明显的未成熟的沙果味，听起来是甜的，却夹杂着酸涩的味道。

碧影偷瞟了邹水英一眼，低声问：这是谁啊？甘德普说：是我的同学邹水英。就又向邹水英介绍了碧影，两个人相互望着笑了一下。

队长喊叫着，要大家准备起程。队长说：还有一段上坡的路呢，大家使点劲，抓紧一些，争取早一点赶回队上，好开机打麦啊！

男人们都去攀绑机器，碧影就收拾吃剩的洋芋豆角和饭具，她把这些东西都装进李道明的背篓里，又拿过来鳖娃子水壶，摇了摇，她听出水壶里应该还有一口或两口糖茶水，就将甘德普喊了过来，她笑嘻嘻地对还没有离开的邹水英说：我是甘德普的妹妹，不是姐姐！然后她当着邹水英的面，将鳖娃子水壶里的水都喂给甘德普喝了。

人多力量大。不到两个时辰，打麦机和柴油机就抬到了生产队的公房前。

望着码放在公房地坝上的麦子堆，冯队长没有歇息，他指挥几个劳力，将柴油机和打麦机安放在合适的位置上，套上了连接两台机器的大皮带，又用了几根木棒对两台机器分别进行了固定。一切都弄好后，冯队长说：抽袋烟吧，烟抽了就开始打麦，争取在夜半前把麦子都打出来。

太阳已经偏西了，几只蜻蜓在空中飞，它们的翅膀在阳光下闪着亮光。

队上的人几乎都来了。连经常不出门的马二奶奶也来了，她快九十岁了，缠过脚。她已经走不动啦，她的大孙子大牛儿将她背到了公房前的地坝里，她的二孙子小牛儿给她搬了一把椅子来，她坐在椅子上，笑眯眯地望着面前的一切。

沟里其他小队上的一些人也来了，他们都没有见过打麦机，听说了我们队要用打麦机打麦，就把手上的活放下了，跑来看。跟着来的还有一些孩子，这些孩子被我们队的几个孩子拦在了地坝边上，不许这些外队的孩子靠近打麦机，似乎打麦机已经变成他们的了。他们为能看护和守卫"我们的打麦机"而感到骄傲和自豪！

冯队长让甘德普做了他的助手，又安排李道明和另一个人给打麦机上麦。周诗武自告奋勇地在旁边挑麦草，他不晓得从哪里找来了一个大木杈，他飞舞着木杈，先将一群胆大的麻雀撵着飞跑了。

在人们的围观下，冯队长摇响了柴油机，调试了一下，又将打麦机开响了。冯队长示范着将一把麦子送进打麦机的大嘴巴里，随着打麦机的尖叫，麦粒飞出来，麦草被扔在了旁边。当周诗武将扔来的第一把麦草用木杈挑到一边的时候，麦草很快就被人们抢光了，他们拿着麦草，像不认识似的，观看半天。他们惊愕、兴奋、好奇，他们小心谨慎地围绕在两台机器旁边，观看、猜测、议论。他们想象不到，打麦机竟然把麦子打得这么快，这么干净！

在人们集中精力围观打麦机打麦的时候，甘德普将又大又漂亮的几个沙果悄悄塞到了碧影的手掌中，那是他同学邹水英给的，他装在自己的口袋里，一直没有舍得拿出来吃呢。

7

出事是天黑的时候。

天黑的时候，地里的麦子都割完了，割麦子的劳力都没有歇息，他们紧赶着多跑了两趟，将割下的麦子从地里都背回到了公房前。打麦机还在欢叫，人们的兴奋没有因为一天的劳作而减退，他们待在公房前的地坝里，心里悸动着，主动地想做点啥。盛麦粒的簸箕满了，立马就有人拿了口袋去装；一边的麦草多了，不用安排就有人去扎起捆来，扛到一边去码放；还有人将麦捆子提到李道明他们的身后，央求李道明让他们也来试试，给机器喂喂麦子。李道明不吭声，他站在打麦机的前面，不紧不慢地将一把又一把的麦子送到打麦机里。

有人在打麦机的旁边竖起了一根竹竿，队长将一盏马灯亮亮地挂到竹竿上。也有人从家里提来了灯笼，他们将灯笼举起，好像举起一个个小孩子，小孩子们的大眼睛亮闪闪地望着打麦机。

冯队长让李道明歇息一下。他敬重李道明——那个时代，人们都普遍敬重劳动好的人——人们都争抢着要替换了李道明，冯队长拦住了，他要队长出面维持秩序。队长一阵吆喝，把一些人赶到一边去了，借机让甘德普接替了上去。冯队长早就看出甘德普也想去试试打麦子哩。这么新式的现代化的机器，谁不想试试啊，特别是年轻人，他们都想去尝试尝试。队长似乎也理解人们的想法，将另一名打麦子的劳力也换了下来，让一个年轻的壮劳力接替。

碧影从麦地回来后，就一直在甘德普的身后转悠，甘德普做啥她就跟着做点啥。现在甘德普站在了打麦机前面，成了打麦子的人，她就也站在了甘德普的身后。她将麦捆子打开，然后将麦子一把把规整起来，递到甘德普的手上。

成为打麦人的甘德普，刚开始的时候，心情紧张又兴奋，思想半点也不敢抛锚，他专注地将一把把麦穗子送进打麦机的嘴里，随着打麦机的尖叫，麦秆子在甘德普的手中抖动弹跳，甘德普的心里是一种说不出来的快感。

这种快感很快就传递给了碧影，碧影悄悄扯了扯甘德普的衣襟，说：让我来试试，行不行？

尽管打麦机声响刺耳，甘德普还是听见了碧影的央求。他斜着眼瞟了一下，他看见，在一盏高举起的灯笼下，队长和冯队长都蹲在柴油机旁，一边抽烟一边说着什么，一点也没有注意打麦机的这一边。甘德普定了定心，将身子向旁边移了移，给碧影让出了一个位置，碧影心领神会，急忙搂了一把麦子，学着甘德普他们的样子，将麦穗的那一头送进打麦机的嘴里。

尽管是在夜里，但在马灯的照耀下，甘德普还是看见了碧影的长发，碧影的长发变成了一条恐怖的黑蛇，藏在麦秆子里，将碧影的头直往打麦机的大嘴巴里噬啮。甘德普伸出了手，他想要将那条恐怖的黑蛇从打麦机的嘴巴里撕扯出来……

一切归于寂静。只有马灯和灯笼睁着恐惧的大眼睛，绝望地望着一切……

蝴蝶表

1

那时候，手表绝对是一种奢侈品。

在沟里，那时候报时主要靠的是太阳和大公鸡。公鸡报时是在夜里，我们学课文《半夜鸡叫》的时候，那个叫周扒皮的地主也是笨得可笑，公鸡打鸣，第一遍就是在半夜，他还要去学鸡叫，真是多此一举。鸡叫第二遍的时候是后半夜，一般没有人理它。鸡叫第三遍的时刻，是一个重要的时刻，这时候，家里的女人就得起床了。她得给炉子通火，将喂猪的吊罐搁到火上，然后呢，打扫屋里屋外，给一家人做点吃的。女人心疼男人，她会让男人多睡一会儿，可是男人哪里又会睡得着呢？缸里的水要挑，坑里的粪要清理，自留地还余下了一点要紧的活儿要做，不在生产队上工前做了，就又会拖下了。比较享福的是我们这些娃儿，不管鸡叫还是不叫，都是等天亮明了才往起爬。我们不会听鸡叫，给我们报时的通常是太阳，即使是阴天和下雨的日子，我们也晓得，太阳依然还是在天上照着，只是云和雨把它的光给吞了一些，但没有吞完，如果都吞完了，天就不会亮了。

白天，太阳也给大人管时间，太阳快升起来的时候，要出工；当顶的时候要歇火；太阳落下去的时候呢，当然就要收工了。雨天呢？雨天不出工。有点麻烦的是阴天，阴天管时间的任务就落到一队之长的身上了，他眯着眼睛望天，凭着自己的感觉，说歇火就歇火，说放工就放工。被中学开除回来的李道成说：队长不但管时间，还管放工歇火，简直比太阳还太阳哩，是大太阳。队长听了他这话，黑了脸，打了他一嘴巴子，还踢了他一脚。队长喝道：再胡说，把你耳朵揪下来。那时对太阳可是不敢乱比喻的，李道成自知失言，再不敢声张。

我第一次看见的戴手表的人是公社的邹书记。他到我们沟里的小学来视察——视察这个词我现在是晓得的，那时候我还不知道。他穿着白衬衣，高挽着衣袖子，站在我们学校的高台子上给我们讲话。看！手表！台子下面的学生娃儿都在小声地嘀咕，眼睛盯着邹书记的手腕看。邹书记讲的是什么，我们一句也记不得了，留给我们深刻印象的，是他抬起手腕看时间的动作。那个动作他做了好多回，让我们无比羡慕和敬佩。这个动作真是太有气派了。我敢说，那时候，我们有一半的男学生娃儿的人生奋斗目标，就是要拥有一块手表，女学生娃儿呢，就是要嫁给一个戴手表的人。

杨本香就是有这种想法的女学生娃儿之一。

2

杨本香是我的同学。我们那时候上学的年龄不太统一，一个班的同学从七八岁到十二三岁的都有。尤其是女娃儿年龄大，她们都是学堂的老师到家里去动员后，才来上学的。每年开学的时候，学堂里的覃老师和周老师都会提一个束口的灰布袋，挨家挨户地去收粮——那是大队安排的，给他们上课的工钱。沟里人哪里会有钱，都是用苞谷抵充。收粮食的时候，他们就顺便动员没有上学的娃儿去学堂上学。家里有没有上学的娃儿，充当工钱的粮食都是要上缴的，上缴了粮食的人家，如果没有娃儿去上学，心里总是会有吃亏的感觉，因此，家里只要有还没有成人的娃儿，就都尽量送到学堂里去读书。杨本香不晓得是不是属于这种情况，反正，当时她是我们班上年龄最大的女娃儿，已经十五岁了，坐在教室后边，使我们常常以为她是哪个学生的家长。

要说这么大年龄了才上一年级，应该有一些难为情，但杨本香丝毫没有。上课的第一天，她自作主张坐在第一排，而且是正中间的位子上。后来覃老师把她调到最后面去了，覃老师说：你个子高，坐第一排，把黑板挡住了，后面的学生看不到了。覃老师是个有心的人，没说她年龄大。覃老师还要她给老师当个帮手，好好管一管才来上学的学生娃儿，坐在最后边，可以把全教室的学生娃儿都看住，哪个捣蛋，就收拾哪个。

其实，没有谁捣蛋，我们都是连沟口都没有出过几回的山沟沟里的娃儿，见了老师都像是老鼠见了猫儿，哪里敢捣蛋。

可是王正坤是个例外。

王正坤不是我们沟里的娃儿，他是覃老师的外甥，娘是区卫生院里检药的，留着个短发，穿着白大褂，嘴里镶一颗金牙，沟里好多人都认识她，因为她娘家就是沟里的。沟里人都说她嫁了一个好家儿，男人是吃商品粮的国家干部。她的男人，也就是王正坤他爹，是铁路上的，好像是在东北。那地方太远了，远得我们没有任何概念。

也许是王正坤他爹长期不在家，对王正坤疏于管教，以至于他在区上的学校上了好几年的学，还是升不上级，他镶着金牙的娘，就将他转到沟里的学堂来了，意思是让覃老师好好管教管教他。覃老师忙，除了教我们的课，还带着高年级的课，还要负责学堂的其他事。覃老师将这个任务交给了杨本香。杨本香得了覃老师的授权，每日里十分认真地看管王正坤，王正坤只要稍一捣蛋，她就会提醒他，制止他。王正坤也不是好管的，要不然也不会上了三个一年级也升不上级。王正坤冲着管教他的杨本香瞪眼说：你是我娘还是我爹？管我？杨本香说：是覃老师要我管你的。王正坤不屑地哼了一声，说：他也不是我爹！说着，还将口水吐在了杨本香的裤子上。杨本香就去告诉了覃老师，覃老师说：你可以打他。杨本香回到教室，将王正坤打了一顿，就像当娘的打自己的娃儿一样，薅过来，摁在腿上，照屁股就是一阵巴掌，直打得王正坤杀猪一样嚎叫。要说王正坤也是十一二岁了，可是个子没有长起来，力气也小得很，被杨本香摁在腿上，只有叫的份，没有动的份。杨本香打了他两次，他就服帖了，听杨本香的管教了。他和杨本香一起写字，算算术，背课文。后来，下午放学后，他竟然还帮杨本香去打猪草砍柴呢。一年级上完后，杨本香和王正坤的语文和算术考试都是满分。我们觉得不可思议，覃老师和他的金牙姐姐也觉得不可思议。

王正坤和杨本香不用说，都顺利地升到了二年级。

升上二年级后，我们的教室没有变，还是一年级时的那一间破破烂烂的房子，地面坑坑洼洼的，每次扫地都尘土飞扬，教室里的几个坑越扫越大。杨本香就要我们洒水，我们都装作没有听见她的话。因为我们没有哪个愿意下河沟里去打水，从学堂到河沟还有一段路呢，即使愿意去打水，也没有打水的器具啊。那时不像现在，到处都是塑料制品，塑料制品在当时是稀罕物，连塑料袋都很少见，盛水的器具都是木质品，木桶木盆木瓢。这些木质品都是专门的木匠做的，教室里哪里会有？后来，杨本香也发现了这个问题，过了几天，就提了一个漂亮的新木桶来了。这木桶做得比一般的水桶要小巧，更不一样的是，它的把手从两个桶耳子上伸出来，伸得不长不短，刚好够两只手握着，这是方便直接抬桶走呢。这水桶应该是个有心的人特意做的，和水桶相配的还有一只大小合适的水瓢，水瓢把直口圆，十分轻巧，我们看了都喜欢得不得了，再扫地时，都争抢着下河沟去抬水。杨本香乐呵呵地笑了。

二年级一学期还没有上完，杨本香和家里闹出事来了。原来，在她还没有来上学的时候，家里就已经给她说了个人家，双方的爹娘都说好了，只是还没有订婚。杨本香自己那时也说不出什么反对意见，就是说了又能怎样呢，爹娘难道还会听她的？当然不会！沟里就是这样，虽然婚姻自由了，但在沟里，子女的婚姻还都是爹娘做主，哪里由得了子女自己。特别是女娃儿，不听爹娘的还想翻天了不成？

杨本香呢，许的人家是沟垴上赵家的儿子。赵家当家的是木匠，儿子是小木匠。后来我们才晓得，我们教室里洒水的水桶和水瓢，就是杨本香的对象小木匠做的。小木匠门里师出身，又用了心，难怪把水桶和水瓢做得那么好。看来小木匠对杨本香是喜欢的。他催促他爹娘赶快给他们订婚，双方就商议了几回，看了日子。

可是临到订婚的时候，杨本香竟然不同意订婚。杨本香说，她还要上学，要一直上到小学毕业了再说。

杨本香态度坚决，大大出乎爹娘的意料，这一来双方的爹娘都着了急。当然更着急的是小木匠。小木匠比杨本香大五岁，过年就二十一了呢。他更担心的是，怕杨本香上学上到后来不要他了。这样的事，沟里不是没有过，现成的例子就是比他大几岁的表姐，本来一开始是许给陈家的，但读了几天书，把心读大了，硬是和陈家悔了婚，弄得陈家一家到现在还抬不起头来。小木匠将自己的担心和爹娘说了，爹娘也惊了一身冷汗，更加急迫地要求杨本香家赶快订婚，而且提出了订婚完就结婚的想法。

杨本香的爹娘给杨本香说了几回，杨本香就是不答应，而且说，她以后要么不找婆家，要找也要找戴手表的人家。这话，在我们那次见了公社的邹书记手腕子上的手表后，杨本香在教室也说过，说这话时她站在教室的中间，有一种鹤立鸡群的感觉——她是"鹤"，我们都是"鸡"，我们都用敬仰的目光望着她。

杨本香家里没办法，只好来硬的，将杨本香关在家里，不准她上学。

4

杨本香不来上学，教室后面的那个位子空下来了。我们倒没有啥，很快就适应了，可是王正坤却魂不守舍。他不好好听讲，故意不好好做作业。后来有一次，他无缘无故将那只水桶一脚踢翻了，那一脚充满了怒气，水桶滚了一丈远才停住。水桶横躺在教室后面，桶口活像一只流泪的大眼睛，委屈地望着王正坤。王正坤趴在杨本香的空位子上伤心地哭了。

这学期快结束的时候，王正坤也离开了沟里的学校。听说他爹回来了，将他带到东北去了。

杨本香呢？被家里人关了半个月，挨了她爹的打，还饿了几天的饭——有人说，饿饭是她自己不吃，并不是家里不给她饭吃——后来她终于屈服了，订了婚。订婚的时候，她向小木匠提出了一个条件，就是结婚的时候，必须要有手表，而且必须是蝴蝶表。

沟里人都说她是异想天开，手表就手表嘛，还要什么蝴蝶表，蝴蝶表是什么表呢？沟里人不晓得，我们也不晓得。我们那时候连真正的手表都很少见哩，哪里还晓得什么蝴蝶表。我们去问覃老师，覃老师说，他晓得，他听他姐夫说过，手表是分牌子的，好像有什么梅花牌的、蝴蝶牌的……覃老师说，他姐夫的手表就是蝴蝶表。

覃老师停住了话，若有所思地说：哦，蝴蝶表……

魔芋搬家

1

中午放学回家的时候，春香看见李从香举着一只黄色的洋瓷碗站在石坎子边上。李从香一条腿曲弯着，脚蹬在桑树的枝丫上，另一条腿绷得很直，杵在地上。桑树还没有发芽呢，被她蹬得东倒西歪的，一副快要受不住的样子。春香替桑树着急，忍不住将自己的书包往上提了一下子，好像是要帮可怜的桑树使一下劲似的。可是李从香还故意将蹬着的腿闪了一闪。她看见春香，咧开嘴笑着问：放学了？宝童呢？春香说：不晓得。她就骂道：那个讨死的，是不是又在路上玩去了？说罢，猛地放下了蹬着树的腿脚。桑树弹了一下，身子一下子舒展开来了，春香也舒了一口气。春香白了李从香一眼——她看见那只洋瓷碗里什么也没有，比猫舔完的还干净，就晓得李从香已经吃完了饭。吃饭不在屋里吃，吃完了也不赶紧回家，按奶奶的说法，这不是一个好婆娘的作为。春香从心底里生出一丝鄙夷，不再理李从香，准备从坎子边上走过去。李从香却拦住了她，神神秘秘地悄悄对她说：村上的人又来了，你让你爹可要把握住，不然我们可就吃大亏了。

不晓得为什么，春香有一些不欢喜，就揉了她一下，从她腋下挤过去了。春香闻见李从香腋下有一股暧昧的暖烘烘的气味，那气味让她的鼻翼加快了翕动。春香赶紧跑上自家的坝坎。她听见李从香在她的身后极不高兴地威胁说：嘿！小女娃子还给我耍脾气呢，小心你爹收拾你！

春香暗笑了一下，想回她一句，可又没有。她才不怕她爹收拾呢，因为爹从来不收拾她，要收拾她的也只会是奶奶。但是奶奶才不会听李从香的话呢，奶奶每次都说李从香不是什么好婆娘，奶奶怎么会听李从香的呢？有一次，春香亲眼所见，李从香要给爹洗棉裤子，奶奶硬是去坎上，在李从香的屋里，将已经泡在盆里的棉裤子给拿回来了。奶奶提回来的时候，棉裤子上沾满了洗衣粉的白泡泡，那些白泡泡在风中一个接一个地破灭，就像是李从香的幻想一样。奶奶不屑地说：我娃儿的衣裤不稀罕她洗，我自己洗！那棉裤子不好洗，奶奶洗了大半天，累得直喘气。春香爹埋怨奶奶说：娘，你这又是何苦呢？奶奶气哼哼地说：她是你啥？你又是她啥？干吗要她给你洗裤子？爹不作声了。当时，春香看爹被奶奶戗得快绵绵的样儿，心里有一些心疼，就顶了奶奶一句：她是爹的表姐姐，爹是她的表弟弟呢！春香以为奶奶会恼，奶奶一恼就会收拾她，可是奶奶没有恼，反而笑着说：你们细娃子不晓得啥，少插话！春香虽然不说话了，但是她心里明白，奶奶是不会轻易收拾她的。因此呢，她才不怕李从香的威胁呢。春香头也不回地迈步进了自家的大门。

在堂屋，春香听见了火炉屋里的说话声，她心里明白，那些人就是李从香说的人。人不少，七嘴八舌的，都是大人的声音。春香不打算进火炉屋了，她将书包挂在堂屋墙上的木橛上，准备去灶屋，走到灶屋的门口，她又停住了，转回身来，蹑手蹑脚地走到火炉屋的门边，将耳朵贴在门上，她想听听屋里到底说了些啥。可是，她的耳朵还没有贴到门板上，奶奶就出来了。奶奶打开火炉屋的门对春香说：我就晓得你回来了，快去灶屋吃饭吧！

2

一碗饭扣在锅里，用的是春香喜欢的那个洋瓷碗，白底蓝花。春香把饭从锅里端出来，热气在眼前弥漫的时候，奶奶站在了她的身边，给她递来了一双筷子。奶奶总是那么悄无声息，走路像家里的黄猫一样，可是黄猫却比奶奶敏捷多了，黄猫能跳起来抓扑飞翔的麻雀。奶奶呢？不要说跳了，走路也是好半天才挪一步。春香终于明白奶奶为什么走路没有声音了，因为她太慢了啊。奶奶走路那么慢，却总是能在春香需要的时候，出现在春香的身边。春香不得其解，问爹，爹说：你奶奶每次都晓得你需要啥子，就提前到你身边了。春香想了半天，似懂非懂地接受了爹的这个解释。

饭是洋芋苞谷糊糊。这是沟里这一季节的典型饭食。刚种完了洋芋，切下的种洋芋的屁股，又做饭又做菜。做饭是洋芋苞谷糊糊，做菜的样式多一些，可以是洋芋丝丝洋芋片片，洋芋丝丝和洋芋片片的做法也是多种多样呢，无论哪一样，春香都喜欢，都吃着香。她对奶奶说：你炒的洋芋丝丝真好吃啊！奶奶就眯着眼睛笑呵呵地说：你喜欢吃就使劲吃，下回奶奶还给你炒。其实呢，春香也知道，剩下的洋芋屁股也不多了，得节省着吃呢，不然，等不到新洋芋开花，家里的洋芋就吃光了。

春香在灶屋吃着饭的时候，宝童进来了。他也像春香奶奶一样，悄无声息地就站到了春香的背后。那时，奶奶已经又去了火炉屋，春香埋头吃着饭，以为奶奶还站在身后呢。可是春香还是感觉到了不一样，她回过头来，就看见了宝童咧开的嘴巴和无声的笑。春香扬起拿筷子的手，打了宝童一下。筷子和筷子碰到一起，发出了一声响，那声响像是一声鸟鸣，那只鸟是飞着的，吱的一声就飞到窗外去了。春香说：你个赵宝童，吓我一跳！宝童咧着嘴巴，露着大板牙，仍是笑。春香担心，他再不合上嘴，口水就会流出来了。春香就夹了一大筷子洋芋丝丝，塞到宝童咧开的嘴巴里去了。

宝童把洋芋丝丝嚼了，吞了，春香才问：你放学了咋不回家，是不是又在路上玩去了？宝童委屈地说：哪里啊，是覃老师留下我了！春香问：干吗？你是不是又没有完成作业啊？宝童更加委屈地说：哪里啊，覃老师要我回来给娘说，要我们挖魔芋呢。覃老师怎么不给你说啊，你们魔芋不是也要挖的吗？春香将最后的饭吃完后，才说：覃老师早给我说了。可是，我爹吵我呢，要我们细娃儿不要管大人事。宝童也连连点头，说：我娘也吵我呢，说我细娃儿屁事不懂，就晓得听老师哄。

在那个开春阳光照耀下的中午，在那个弥漫着柴火烟气的灶屋里，春香和宝童，像两个大人一样，同时叹了一口气。

3

村上的人一直到快下午了才走。

其实不只村上的人，还有乡上的人。乡上来的是赵红建，是乡上的副乡长，可是沟里人背地里都不叫他赵乡长，而是叫他赵火箭。赵火箭和春香家沾着亲呢。沾着亲的赵火箭要春香的爹多想想村上和乡上的难处，赵火箭说：村上和乡上面对的人多，不是一家两家，而且修路不容易，修路也是为大家好，为大家脱贫致富。要致富，先修路，要脱贫，路先行呢！赵火箭喝着自带的茶水，茶水绿莹莹的，香气让春香家灰扑扑的火炉屋似乎也增加了亮色。赵火箭很是诚恳地望着春香爹，薄薄的两张嘴皮，上下翻飞，像打竹板一样，很快就把春香爹说晕乎了。春香爹羞愧地说：我不是不同意修路，修路是给我们做好事呢，我咋会不赞成哩。村上人急忙跟进说：赞成就要支持啊，就要有实际行动啊！春香爹就又不说话了。他吸烟，吐出的烟雾把火炉屋挤得密密实实的，把赵火箭的茶香味也吞没了。村上人就不耐烦了，催他说：赵乡长亲自来，给你说了这么多的话，道理你也懂了，就表个态，把魔芋挖了，我们就好开工。你不挖，那我们就只好帮你挖了。你就表个态吧！春香爹不表态。唉！有谁晓得呢，其实春香爹的心里啊，熬煎着哩！

　　猪圈边上的那一块魔芋地，严格地说，是春香娘种的呢。那时候，春香爹在山西挖煤，一年才回来一回，有时拿不回来工钱不说，而且还有丧命的危险。每一回离家，春香娘都会把泪水流成河。春香爹一年不在家，春香娘一年的心就吊着，夜夜睡不安稳，她要春香爹不去挖煤了，就在家种地。春香爹说：在沟里种地哪能养活过人呢？于是他仍旧狠着心出去了。有一年，春香爹回到沟里，春香娘告诉他，她在猪圈边上种了一大块魔芋，等魔芋长成了，他就不用再出去挖煤了。县上建了魔芋精粉厂，到处在收魔芋，才挖出来的魔芋都卖到八毛一斤了呢。春香爹的眼前，到现在还闪动着春香娘欢喜和兴奋的笑脸。可是，谁能想到呢，那一年，春香娘第一次背了一背篓魔芋出沟，却失足从石垭子沿滑下了沟底，魔芋摔得稀烂，春香娘的脑壳也摔得和她背的魔芋差不多了。春香爹从山西回来，望着躺在棺材里的人流下了泪水。他没有痛哭，他只是流眼泪。

那一年，春香才满三岁。春香爹不能再出去挖煤了，他全心全意种那一块魔芋，用那块地里的魔芋换春香的衣裤鞋袜，换一家人的生活花费。魔芋拱苗了，出秆了，展叶了，开花了，他都看着。他白天去看，晚上也去看。他把猪圈里的猪屎粪，一簸箕一簸箕的，都端到魔芋地里去铺着。魔芋地里的草，从来没有长高过一寸长，他随时薅着呢。李从香说：都像你这么种魔芋，魔芋都成精了。春香爹不理视她。他却和地里的魔芋说话，说春香的事，说家里猪猫狗鸡的事，也说村上的事。李从香站在坎边上，听不清春香爹说的啥，她一愣一愣的，发一会儿呆，叹一口气，走了。后来，李从香在她坎上的地里也种上了魔芋，魔芋的种子呢，当然是问春香爹讨的。其实她向春香爹讨魔芋种子的时候，春香爹并没有答应，但是呢，也没有不答应，李从香就自己在春香爹挖回来的魔芋堆里挑选，她也不懂，挑选了半簸箕又被春香爹倒回去了。春香爹把那些芽窝圆，芽尖饱壮，适合做种子的魔芋挑选了出来，在李从香的簸箕边堆了一堆。李从香装了那一堆魔芋种子，端了簸箕往回走，双脚好像踩在棉花上，步态像喝醉了酒，看得春香咯咯直笑。

现在呢，坎上坎下两块地的魔芋都长好了，每年都能挖几百斤，去年春香家的挖了一千三百多斤呢，春香爹不仅用魔芋给一家换来了新衣新鞋，冬天的时候，还给春香和奶奶分别买了一件羽绒服。羽绒服轻飘飘软和和的，春香穿上羽绒服的时候，温暖的感觉差一点把她融化了。春香趴在火炉边的长板凳上突然哭起来。春香的哭，把奶奶吓了一跳，奶奶问春香咋了，春香伤心伤意地说：我要妈妈！奶奶摸着自己身上的羽绒服也哭了。春香爹没有哭，他蹲在魔芋地里，抽了半天的纸烟。

沟里要修公路，喊了很多年了，去年春上，上面终于来了干部，说沟里要修公路了。很快来了测量的人，很快路线确定了下来，一些树要砍，一些地要毁，一些猪圈要拆，春香和宝童两家的魔芋呢要挖。

春香爹的心里啊，找不到一句合适的话来形容。

4

赵火箭和村上的干部一走，李从香就从坎上下来了。她向春香爹努了一下嘴，用眼神问，咋样？春香爹瞅了一下旁边的春香奶奶，奶奶也正瞅他呢，春香爹就没有作声，他提了簸箕，扛了薅锄到地里去了。

李从香就对奶奶说：反正我的魔芋地给不到两千块钱，我是不得挖的。奶奶说：不是还要补地吗？李从香说，地是肯定要补的啰，不然给一万块钱我也是不会挖的。奶奶撇了一下嘴，说：你也太贪心了。李从香哼了一声，说：我都听说了，沟外面，光地都是三千块钱一亩呢，我这地里种的可是魔芋，魔芋又生魔芋，几年下来，我得卖多少钱？李从香给春香奶奶算账，春香奶奶也承认她算得对，可是春香奶奶不爱听她算，嘴巴偏要表示不同看法。而且春香奶奶说：人不能太贪心，贪心就会有报应的。李从香气哼哼地白了春香奶奶一眼，转身离去了。春香奶奶看她朝后面坡上去了，晓得她是去找春香爹去了。春香奶奶莫名其妙，但找不到发飙的理由，只好将旁边的花狗骂了一句。花狗当然晓得奶奶不是骂它，它很理解地对春香奶奶摇了摇尾巴。

下午放学后，爹在坡上还没有回来。春香挂好了书包，就提了篮子到后面坡上去找爹。刚种下洋芋的地里，泥土细腻又松软，散发着春香形容不出的香味，一垄又一垄的洋芋垄，像极了春香作业本子的双杠线。春香走在上面，有一种奇妙的感觉。

在坡地的尽头，爹正把地里的小石头捡到一起，他准备用那一些小石头在坡地边上砌一道小小的石坎，这样石头就不会再在坡地里乱跑，也保住了坡上的泥土。李从香坐在地边的土坎上，又在给春香爹算那一笔给春香奶奶算过的账呢。这笔账她不晓得给春香爹算过多少回了，不但春香爹听得清清楚楚，连春香也是算得清清楚楚的了，一斤魔芋多少钱，一年几百斤过千斤又是多少钱？五年呢？十年呢？这笔账可是算不得的，一算，人就会晕晕乎乎地飘起来，飘起来的人哪个愿意落下来呢？李从香现在就不愿意落下来。她还希望春香爹和她一起飘起来，春香爹愿不意和李从香一起飘呢？春香不晓得。但春香晓得，爹是愿意修公路的，爹曾经在魔芋地里给魔芋们说过修公路的事情，爹说：如果早点修了公路多好啊！这样怎么摔也不会摔到沟里去了。春香晓得爹说的是娘呢，春香过去拉了爹的手，陪着爹一起想娘。

李从香望见了春香，不算那笔账了，却说道春香：地里干干净净的，你提个篮子，还想打猪草啊？春香向她翻了一下眼，又瞅爹，见爹正专心致志地砌坎子，并没有看她们。春香就说：不打猪草就不兴提篮子了？我帮我爹捡石头不行啊？李从香没有听出来春香话里的冲味，或者是听出来了不计较，她咧开嘴巴笑一笑，说：好有孝心的女娃儿。说罢，站起来，拍拍屁股上的泥土，对春香爹说：学娃儿放学了，我回去做饭呢。爹没有答话，春香就替爹答了。春香说：快回去吧，宝童肚子饿瘪背了，你还在这里扯闲篇。

李从香连跑带跳地下了坡，拐过屋角不见了。爹对春香说：细娃儿对大人说话不兴这样说，不懂礼。春香望了爹一眼，说：奶奶说她不是好婆娘。爹说：这是大人的事情，你们细娃儿是不能乱说的！春香就噤了声，只帮爹捡地里的石头，捡了满满的一篮子。春香脸挣得通红，也提不动，春香就叫爹。爹过来，很轻松地将篮子提走了。爹说：大人和细娃儿不一样吧？力气就不一样，所以说话呢也不能是一样的。春香转着黑眼珠子，似懂非懂。爹就又转回到李从香身上说：奶奶可以说她不是好婆娘，但是你不能说，你该叫她表伯娘呢。春香说：我晓得她是你表姐姐。爹说：晓得就好，她是长辈，以后说话要有礼貌。春香答应了。春香觉得，李从香其实也并不是那么坏的……人或者表伯娘。

5

赵火箭一大早又来了。他没有带村上的人，是独自来的，他给春香的奶奶买了两包豆奶粉和一大包旺旺雪饼。春香吃过旺旺雪饼，是宝童给她的。宝童说是他表叔给他买的。春香也见过宝童的表叔，黑黑的，满脸胡子围着厚嘴唇。奶奶说，宝童的表叔是来找李从香的，这个"找"就是相亲的意思，可是李从香不答应。也不知道为什么不答应。后来表叔不来了，宝童有一些怅然若失，说，好久没有吃旺旺雪饼了。李从香听了，骂了宝童一顿。李从香骂宝童的时候，春香也在场，春香觉得李从香也骂了她，因为那些旺旺雪饼春香也吃了呢，春香觉得很羞愧。现在，春香一大早起来，看见赵火箭提的那一大包旺旺雪饼，眼睛有一些发亮，要是平时，春香肯定会去摸一摸那些个大袋子，或者奶奶也许早将袋子撕开了，可是现在呢？赵火箭坐在一旁，春香心里明白，这都是痴心妄想白日做梦了。想明白了，春香就不想了，她背了书包去学堂。

宝童在坎上等着她。宝童说：一大早，村上的人就进我们屋了。春香不说话，宝童就接着说：这会儿我娘正在给村上人算账呢。春香笑起来，说：你娘给哪个都算账，以后当个算账师，专门给人算账去吧！宝童说：我娘连乘法口诀都不会背呢，哪还能当算账师？春香：那还天天算账？宝童听出了春香的讥讽，不欢喜了，他沉默了一会儿，才说：你们的魔芋也要挖了，你爹不也是在算账着？春香想起了坐在家里的赵火箭，也沉默了。两个细娃儿一声不吭地一直走到了学堂。

中午回家的时候，赵火箭走了，那两包豆奶粉和旺旺雪饼也不见了。春香问：爹呢？奶奶说：到村上开会去了。吃了饭，春香准备继续上学去的时候，奶奶喊住了她，心事重重地对春香说：你爹松口了，准备挖魔芋了。春香焦急地问：魔芋挖了怎么办？以后怎么挣钱呢？奶奶叹口气说：村上答应补一块地，把魔芋移到那块地里去栽。春香高兴起来了，说：这也很好呢，给魔芋搬一个新家。奶奶说：你们细娃儿晓得什么啊，魔芋移过去，等于是重新栽种，要长成熟得好几年呢。春香沉默了，也跟着奶奶一起忧心起来。奶奶又说：补的那一块地，村上还说要和李从香他们共用呢。春香安慰奶奶说：共用不怕啥，把地从中间一分，她种她的，我们种我们的，有什么相干？奶奶又叹口气说：事情哪里是你说得那么简单。奶奶不说话了，给春香手里塞了三块旺旺雪饼。春香望望奶奶，又望望雪饼，迟疑着。奶奶说：你吃吧，是奶奶给你的。就算这是赵火箭提来的，也是奶奶给你的！

上学的路上，春香碰到了李从香，她哭哭啼啼地从村委会往回走，见了春香就叫：春香！春香！你爹把我们都卖了。沟外空地都是补三千块钱，我们的魔芋地，只给一千八百块钱，你爹就答应了。亏死了啊！我不答应。你爹他还骂我呢。李从香气愤愤地说，又泪水涟涟地哭。春香从来没有看见李从香哭过，现在望着哭哭啼啼的李从香，春香的心，莫名其妙地有了一种熨帖和贴近，她冲李从香喊了一声：伯娘！李从香竟然抱住了她，哭得更加伤心了。

6

村上新补的魔芋地在阴坡上，那里原是村上的桑坡地，县上的缫丝厂停产后，桑树被冷落了不说，还被沟里人砍了当柴烧。那块地的面积不小，比春香家原先的魔芋地大多了，就是把宝童家的魔芋地加进来，还要大很多。春香的爹很满意，李从香哭了几回，闹了几回，最后也接受了。只有奶奶仍是忧心忡忡，她对春香爹说：怎么能共用魔芋地呢，一定要和李从香的魔芋地分清界线。春香爹说：地里有桑树，桑树就是界线。奶奶仍是不放心，说：桑树砍了呢？界线不是就没了？春香爹说：没了就没了，我还真就想把桑树砍了呢，免得遮光线！奶奶气得打了一天的嗝。

挖魔芋那天，春香爹专门请沟里的杨本玉看了日子，杨本玉说是个难得的好日子呢。爹将那个日子给村上说了，给赵火箭也说了。赵火箭说，他要在魔芋精粉厂专门请一个技术员来指导春香爹他们栽种魔芋。春香爹也另请了几个人来帮忙。那天一大早，他们都来了，赵火箭带着技术员也来了。技术员年纪轻，身子弱，很像学校里给春香教唱歌的周老师。赵火箭说：你们可别看他年轻单薄，他可是个科班出身的专家呢。春香不明白"科班出身"是啥意思，她还把"专家"听成了"庄稼"。她奇怪了一天，人怎么能是"庄稼"呢？

挖魔芋一早就开始了。河对面桑树坡的地，前几天就整饬好了，这一天要做的事就是将魔芋挖出来，搬到河对面去，在桑树坡上重新栽种。春香说这是给魔芋搬家呢。

春香给学校老师告了假。同时告假的还有宝童，宝童告假的原因和春香一样，也是要给家里的魔芋搬家呢。春香的心里隐隐约约地感觉，爹给魔芋搬家看下的好日子，肯定也给李从香说了，不然他们怎么也在今天给魔芋搬家呢？

因为请了人帮忙，又有技术员指导，春香家的魔芋不到大半天的时间就快搬完了。魔芋在新的地方安了家，行距窝距都是按技术员指导确定的，技术员还给春香爹讲了很多施肥管理的要求，讲得头头是道，好像他就是个魔芋，不但懂魔芋的性情，还懂魔芋的心情。春香有一点点明白赵火箭为什么叫技术员是"庄稼"了。春香的心里对技术员生出了由衷的敬意。

相对于春香家，宝童家搬魔芋的速度就太慢了。李从香也没有请人，就他们娘儿俩，李从香将魔芋从坎上的地里挖出来，宝童将魔芋装进一个花背篓里，然后背过河对岸去。宝童急，李从香却不急，她慢吞吞地挖，时不时地向坎下春香家的魔芋地里张望，似乎在等待什么。等待什么呢？春香一时没有想明白，但看着自家魔芋地里热火朝天，而宝童他们家的魔芋地里就明显有一些冷冷清清了。春香的心里生出了同情，对爹说：我们家魔芋搬完了，就去给宝童家帮忙吧！爹没有作声，倒是帮忙的人搭了话。帮忙的人对坎上的李从香喊：你别挖了，干脆下来吧！下来我们一起挖，挖完了，再一起上来给你们挖，几下就挖完了。李从香没有答话。这让春香感觉有一点点奇怪，李从香平时可不是这样的。春香感觉她像变了一个人似的。有人又接着对李从香喊，叫她下来。李从香仍是没有答话。但春香看见她向爹望了一眼，那一眼狠狠的，像电一样将春香击了一下——如果春香被电击过的话，应当就是这个感觉。爹也被那一眼击中了。春香看见爹端着的簸箕掉到了地上，簸箕里的魔芋，有几个蹦跳着，又回到了它们原先居住的地里。春香听见爹有一些讪讪地对李从香说：下来吧！就你们两个，啥时候能挖完呢！春香一下子就明白了李从香在等待什么。春香有一些莫名的兴奋和欢喜，又有一些莫名的忧虑和怅惘。她抱着自家的两个大魔芋，将它们放进了正准备过河沟的宝童的花背篓里。

下午，宝童家的魔芋也挖完了，也都搬过河沟，在桑树坡里安下了家，两家的魔芋种在了一起。技术员"庄稼"说：这样好，这样更有利于魔芋繁育生长，会长大魔芋。赵火箭也高兴，他说：很快沟里就可以开始动工修路了，路一通，你们的魔芋就可以直接用车拉到魔芋精粉厂了，哪里还用背啊。他用脚踢了一下宝童背的花背篓说：这东西以后就要进历史博物馆了！春香爹也高兴，可是他没有表现出来，他只是不停地给帮忙的人装烟。吃晚饭的时候，他还喝了酒，不但和"庄稼"、赵火箭喝，还和每个帮忙的人喝，最后，他竟然端了酒杯和李从香也喝。春香看见爹和李从香喝酒的时候，端酒杯子的手抖得厉害，酒也洒出来了。李从香呢？春香看见她的眼睛里闪着光，好像爹洒出来的酒都进了李从香的眼睛眶眶里去了。

只有奶奶仍然有一些心事重重。虽然大家的笑声让奶奶的忧虑减少了不少，但大人的心事，细娃儿哪里懂得完呢。春香想，也许魔芋在新家长大的时候，奶奶的心事也就抹平了吧。

乡警父子

1

魏民国早晨离开家里的时候，老婆还在呼呼大睡。他站到父亲的床边说他要去所上了。父亲睁开眼睛说：你忙，你去忙吧！不要给组织添麻烦。

魏民国到所上的时候，正是清晨，清凉凉的山风从河沟里吹上来，有很明显的冷意。他进了派出所的院子，看见新来的年轻所长已经起来了，正端了脸盆在院子拐角的水池子边洗脸刷牙哩。他想这家伙起来得还早，看来不是个睡懒觉的人。他心里不由得对新所长增加了几分好感。但他没有说什么，招呼也没有打一个，就进了办公室。

办公室隔间的值班室里，小万还在呼呼大睡。魏民国站在值班室的门口，看了看值班室里小万蹬落在钢丝床下的左一只右一只的皮鞋，就晓得小万昨晚又睡得匆忙，又是没脱衣服没洗脚。这家伙每次都是，忙狠了，瞌睡来了，倒头就睡。所不同的是，这次小万没有将帽子盖在脑壳上，而是随手丢在了靠床头的桌子上，帽子口口向着天，看它那好像委屈得要哭的样子，魏民国就晓得小万这觉不但睡得匆忙，而且睡得心情不畅。魏民国想起昨晚自己没有在所上住，心里有一点点愧疚，赎罪一般急急忙忙收拾值班室和办公室。

镇子不大，是个小镇，所以所上人也不多，除了新来的所长，就只小万和魏民国两个兵。小万年轻，会电脑，主要是负责内勤，什么户口啦档案啦文件啦，都是魏民国搞不太懂的事情。魏民国有自知之明，虽然年龄有一点大，主要还是在外面跑，一河二沟的，但凡有什么事都是他去。他习惯了，更主要的还是他喜欢，拿官方的话说叫热爱。魏民国热爱山村警察这个工作。

所长洗漱好了，端着盆，进了办公室，很主动地和魏民国打招呼。魏民国瞅了这个新所长一眼，他在心里有一些看不惯新所长城里人的样子，但所长说的话他还是很用心地听了。所长说：昨晚你刚走，龙洞河村就报警说牛丢了，小万去村上找了半晚上的牛，才回来一会儿。魏民国说：那咋不喊我呢？所长听出来魏民国有些不满的情绪，其实魏民国更多的是不安。他有一些怨责所长，说：不是说过，只要有事就叫我一声的嘛。深更半夜的，让小万跑。所长说：知道你累得很，家里又有老人要伺候，就没有叫。魏民国有一些不满地望着所长——他有资格不满，所长是新所长，他可是这所上的老人手，经过的所长少说也有七八个了。你让小万一个人去的？魏民国问。所长说：那哪能呢，我和小万一起去的，好在天快亮的时候把牛找回来了。魏民国眼睛望着所长，所长看出了他眼里的意思，就又补充说：哦，你是担心所上没人吧？我将红嫂喊了来，在值班室守了一夜，刚才也回去休息去了。

魏民国真有些生气了。他走到所长的身边，气呼呼地把手中的抹布往所长的洗脸盆里一掼，说：你们还没有开除我吧？见所长有些不解地望着他，魏民国才又说：所里晚上有事，连做饭的炊事员都喊来了，怎么不喊我？这是怎么回事？真的嫌我老了？

所长明白过来，急忙笑着说：这不是想着你家里有事情嘛，怕你顾不过来。

魏民国说：家里事是私事，所上事是公事，怎么能搅和在一起？

所长才来不久，虽然早就知道魏民国，但对他的性格毕竟还不太了解，就有点发愣。正不知如何作答时，办公室的电话适时地响了起来。所长急忙抢着去拿起了电话：喂！您好，这里是派出所！电话里传来了一个女人激越的声音：喂！是派出所啊，我找老魏啊！派出所的老魏，魏民国！所长急忙将电话递给了魏民国，魏民国刚说了句我是魏民国，电话那头的女人就气急败坏地说：喂！老魏啊！你快来啊！范老二要讹我的鸡，还打我，要打死人了！

魏民国挂了电话就往外走。所长问：是哪里？魏民国说：是泗水沟的老柳打的电话，在打架。所长说：我们俩去吧，按规定出警得两个人。魏民国说：哎呀，山里讲个什么规定啊，那是你们城里的规定。这里没得这么多规定，要按规定，你得给我配一辆警车！

所长被噎了一下，脸有一些红。所上只有一辆警车，要用的时候，老打不着火，多数时候要用人推。好不容易打着了吧，声音比火车还大，速度又比蜗牛还慢。所上指望它来出警办案，是底底穿了的夜壶，用不得。

所长无言以对。

魏民国大概也意识到了自己刚才对新所长说话太冲，走到院子里发动自己的摩托车的时候，他又回过头对所长说：你也搞了一晚上了，就安心歇息一会儿。我晓得他们的套路，不会有啥大事情的。真有大事情，你不用说，我也会按规矩来，我毕竟也算是个老警察了。

2

也真是没有什么大事情。

头一天晚上老柳关鸡笼门的时候，发现她家的一只母鸡不见了。那母鸡是她才从二妹家捉来，准备抱小鸡的，是纯种的乌肉鸡，捉来养了还不到三晚上，却不见了。老柳提了个手电，旮旮旯旯都找遍了，连茅厕里都搅了两遍，连根黑鸡毛也没有找见。老柳就起了疑，一晚上都没有睡好，第二天天刚放亮，她就去查看坎下范老二家的鸡笼，果然不出所料，那只黑母鸡正卧在范老二家的大红公鸡的身边，一副相亲相爱的模样呢。老柳当时就气炸了，不管三七二十一，从鸡笼里薅了黑母鸡就走。

可是范老二不晓得啥时候站在了她的身后，拦住了她。

范老二不但拦住了她，还一把将老柳怀里的母鸡夺了过去。老柳一时愣住了，平常还算利落的嘴竟然不晓得说什么了，只将一双眼睛睁得像牛眼睛一样瞪着范老二问：你……你……你干啥？

范老二抱着夺过来的鸡，毫不示弱地反问她：你干啥？

老柳说：我找我的鸡。

范老二说：这明明是我鸡笼的鸡，怎么是你的鸡呢？

老柳又气又急，越发说不出话了，上手就抢。两个人撕抓起来，鸡也飞了，狗也叫了，惊动了两家的人和周围邻居，好不容易劝解开了两人。老柳气愤难平，腾出空来就给魏民国打了电话。

魏民国赶到泗水沟时，两个人还在对骂。魏民国将摩托车在坎下熄了火，取下帽子，将头发捋了一捋，再将帽子端端正正戴了，才开始往坎上走。一条站在坎边子上的狗，首先发现了他，冲他叫了几声，继而又认出了他，狗就有一些不好意思，掉头跑到屋后去了。

有人看见了魏民国和他的一身警服，就喊一声：魏公安来了！对骂的两人都住了声，一齐望向他。

魏民国问：是啥事？一个个都像是吃了枪药似的，骂得那么难听！

两个人争着诉说。

魏民国说：一个个说，未必哪个先说就占理了。

于是就一个个说。都说完了，魏民国也听清楚了，他喝干了他们给他泡的一杯茶，然后问：母鸡呢？你们争的那只母鸡呢？两家人都找那只母鸡。哪里找得见那只母鸡了，啥鸡都没有看见。

老柳说：肯定是跑到竹园去了。它就喜欢在竹园刨。

魏民国说：给我把它抓来，我倒要看看是只啥子鸡！

鸡被捉了来，递到了魏民国的手上，魏民国用手摸了摸鸡头，鸡转动着脖子，啄了一下魏民国衣服上的扣子。魏民国夸赞说：是只好鸡。然后他对老柳和范老二说：你们的事我都听清楚了，你们俩都没有错，全是这只鸡的错，现在我将这只鸡带回所上关起来，你们没意见吧？

魏民国问范老二，范老二说：没意见，你把它杀了都行。

魏民国又问老柳。老柳叫起屈来：那鸡是我从二妹那里捉来抱鸡娃的，你关了它，我还怎么抱鸡娃啊？

魏民国说：老柳，你说得对，你是个人嘛，你怎么抱鸡娃？还是把鸡给你让它帮你抱鸡娃吧。魏民国说着，将母鸡塞进了老柳的怀里。

范老二没有反应过来，望着老魏，说：魏公安，你咋断的案啊？你咋就把鸡给她了？

魏民国指着范老二说：你个范老二，哪个不晓得你了，如果真是你的鸡，你舍得让我捉走，还说要我杀了，你有这么大方？

魏民国又问围观的人：他范老二有这么大方吗？这案还要断吗？你们啥时候见范老二舍得炖过一次鸡吃？鸡毛都要卖钱，都舍不得吃，还那么畅快地让我把鸡捉去杀了，鬼才信呢。

周围的人都笑了，说：走吧走吧，别扯皮了，耽误做活的时间了。大家一哄都散了去。

魏民国又喊住老柳，说：老柳，你还是将你家老权喊回来，现在外面又挣不了几个钱，还不如回来好好养鸡。老柳连声答应，抱着鸡欢欢喜喜回坎上屋里去了。

魏民国却没急着走，他要范老二给他再添了茶水来。范老二还有一些羞赧之色。魏民国就讥笑他说：你个老二啊，都几十岁的人了，还和一个女人争一只鸡，就是争赢了，你合算吗你？范老二说：那婆娘，哼！太要强了，我就是想治一治她。

魏民国就说：不说了，你不丢人我还嫌丑呢。说着将范老二大女儿寄给魏民国让他转交给范老二的钱掏出来给了范老二。范老二又问他老幺的情况。他的幺儿子前年犯了事，在牢里关着。去年，魏民国带了范老二去探过一次监，范老二哭得稀里哗啦的，说他最心疼这个幺儿子了，哪晓得书没有读出来不说，跑出去打工，还被关起来了。魏民国虽然嘴上骂范老二，都是他从小惯坏的，但背地里也为这事操了不少心。这一切范老二也是晓得的，不然他哪里会那么听魏民国的话。

从泗水沟回来，快到镇上时，魏民国的手机响个不停，他只好将摩托在路边停了。电话一接通，他就听见所长在电话里说：你快去清水沟一趟，那里有人服毒了。

3

挂了电话，魏民国掉转车头往清水沟去。进沟还没有走多远，他就碰到了沟里的邓双儿开着三马子车，轰隆隆地跑过来，见了他也不减速，急吼吼地直冲了过去。

魏民国忍不住骂了一句。他看到车上挤了不少人，就停了摩托回头张望，只见到三马子的后半身一甩，拐过弯就不见了。魏民国正迷惑着，清水沟支书的老式嘉陵一点声音也没有地停到他的跟前。支书的后面还带着个人，是清水沟村二组的小组长邓老陆。邓老陆见了他，没等嘉陵停稳当就跳了下来，结结巴巴地说：我大哥的老大，邓福全，就是邓双儿的哥哥，他……他喝老鼠药了。

魏民国问：是不是刚才三马子上拉着的？两个人都说是。魏民国就让邓老陆坐他的摩托车走。魏民国长按着喇叭，三个人不要命地追那辆三马子，一直追到卫生院门口。

邓福全送到卫生院的抢救室里已经开始抽搐了，几个人都按不住他。医生说要给他洗胃，可是管子怎么也放不进去，等撬开牙齿，好不容易将管子下进喉咙里去，邓福全停止了抽搐，没有了一点气息。医生看了他的瞳孔，又号了脉，听了胸口，摆了头说：不行了，已经殁了。

有女人就号啕大哭起来，并以头撞地，看起来伤心欲绝的样子。邓老陆骂道：哭，哭个屎，都是你害的！邓双儿则抱了他的哥哥，浑身哆嗦欲哭无泪。魏民国看到这一切，在心里不免长叹了一声。

所长也早已到了，见死了人就急忙问情况。魏民国和他进了院长的办公室。魏民国郑重其事地对所长说：我怀疑这不是一般的服毒事件。所长问：有什么根据啊？魏民国就将邓福全和邓双儿兄弟俩的事情说了。

原来这邓福全以前一直在外面打工，留下女人在家招呼老娘，带娃儿上学。有一次，魏民国去清水沟，路上碰到了邓福全的儿子放学回家，魏民国就用摩托车带了他。路上才上小学二年级的娃儿对他说：我晓得你是警察，有人和我妈妈打架你管不管？魏民国说：管，怎么不管啊。娃儿说：我双儿叔天天晚上和我妈打架，你把他抓起来！魏民国当时听了一愣，下意识地问：你双儿叔怎么和你妈打架了？娃儿说：我双儿叔把我妈捺到底下打，把我妈都打哭了。又说：你有手铐子，你把我双儿叔铐起走。魏民国一听不是回事，急忙叮嘱娃儿说：这事你不要对别人乱说了，我晓得就行了。娃儿很敏感，从魏民国说话的口气里，似乎感觉到了这不是一件什么好事情，就点头答应了。

那天魏民国将邓福全的娃儿送回了家以后，就从自己的电话本本里找出了邓福全的电话，三天一连打了五个电话，说在镇上给邓福全找了活，硬是要邓福全在天津辞了工。那一段时间，也正好是乡政府撤乡变镇，各办公室都要重新粉刷墙壁，魏民国就硬性要镇上将活给邓福全做，而且说这是关乎稳定的重要举措。活做了两个月，魏民国也给邓福全继续做了两个月的工作，邓福全终于答应了不再外出打工。谁知不到半年就出了这事。魏民国后悔不迭，说真不该喊他回来，害得他将命也丢了。

听了魏民国所说的情况，所长立即重视起来，将小万也叫了过来，说先将邓福全的老婆和邓双儿带到所上去问情况，随后就给县局打电话做了汇报，县局说马上派人上来。

不到天黑，邓双儿就交代了一切。

4

魏民国气封了喉，在县刑警队到来之前，他当着所长的面狠甩了邓双儿两个耳掴子，并骂道：你这不知廉耻的东西，老子打死你！魏民国还要打，被所长挡住了。所长说：你这是违反纪律的，你别忘了你还是个老警察啊。

魏民国犯了倔，他把随时都穿得板板正正的警服脱了说：我是老警察，我不穿警服打他行不？我不穿警服就是他表叔，表叔打表侄子总行吧？

小万抱住了他。

所长则严肃地对他说：谁打也不行！老子打儿子都不行呢，还莫说你个当表叔的。你真是在山里待久了，别以为山村警察就不是警察，就不受警规条例制约了。

所长的话不软不硬，让魏民国住了手。但他仍然在院子里将邓福全的老婆和邓双儿这一对狗男女痛痛快快地臭骂了一顿，引得镇上围观的人都给他鼓掌，说：老魏，骂得好，这一对狗男女给我们都丢了脸，千刀万剐不为过。所长气得不行，认为魏民国给警察也丢了脸，吆喝着将围观的人都撵走了。

镇是全县最偏远的镇，离县城要三个多小时的车程。等到县刑警队上来时，天已经黑了。

魏民国在天黑之前抽空回了一趟家。老婆正在喂猪，唤猪的声音响彻天空。魏民国来不及和她打招呼，径直进了父亲的屋。父亲似乎已经睡着了，但他一进去却又睁开了眼。

父亲说：你啊，一走又是一天啊！

魏民国说：所上有事，脱不开身。

父亲做了个点头的意思，说：晓得，你忙，不要给组织添麻烦。又歉疚地说：只是拖累了你媳妇儿啊。

魏民国给父亲整了整被子，说：你看你，我们当后人的，伺候你是应当的，说什么拖累啊！

父亲就闭了眼睛，不再说啥子，似乎是睡着了。魏民国到灶屋里，见还有大半锅猪食，就晓得猪还没有喂好，便找了另一只猪食桶，将猪食都舀进桶里，满满一桶猪食提了，给老婆送了去。老婆说：爹今天好像吃坏肚子了，一天拉了四次。他问：吃饭呢，怎么样？老婆说：比昨天吃得少，精神也不好，怕是要找个医生来看看啊。魏民国帮老婆把猪食倒进猪食槽里，说，明天吧，今天晚了，没时间。

老婆没有吱声，提了一只空桶走了。魏民国提了另一只桶，跟在她的后面说：我晚上得到所上住了，那个清水沟的邓双儿把他的哥哥毒死了，你晓得不？老婆没好气地说：你在街上气得打骂他，街上哪个不晓得？又说：你给大妹打个电话吧，让她晚上过来跟我做伴，不然我一个人哪里招呼得过来啊。

从家里回到所上的时候，刑警队的人已经一人吃了一大碗面条，有人已经添了第二碗。红嫂给魏民国也盛了一碗端到桌上，又取了筷子递给他。刑警队的李队长就开玩笑说：还是我们老魏玩得大啊，不但有专职炊事员，还有专职服务员呢！魏民国正了脸说：别乱说，她是我侄女儿。大家都笑起来。

刑警队办事麻利，吃了饭也不休息，就在所上对邓双儿和他嫂嫂进行了初审。和李队一起来的还有冯队，他们俩本是同学，现在是搭档。二人配合默契，三战两合就将事情问清楚了。邓福全在外打工时，留在家里的老婆和邓双儿勾搭在了一起，邓福全回来后，二人为了达到长期苟合的目的，就密谋将邓福全害死。前几天，邓双儿在清水沟口买了毒鼠强，今天早晨十点多，有一些感冒的邓福全起床后，他老婆就将毒鼠强拌进剩饭里，让邓福全吃了。后来毒性发作，二人害了怕，喊叫起来，又赶紧将邓福全送进了卫生院，谁知道还是迟了，最终出了人命。

基本的案情弄清楚后，刑警队就连夜在所上开了会，一组人一清早将两个犯罪嫌疑人送到县上，另一组人继续留在镇上。留在镇上的又分了几个小组，调查人证，搜集物证，解剖尸体等。个子矮小的李队长办事十分干练，任务分配明确具体，并要求一天之内都要完成任务，除非有特殊情况，概不例外。

魏民国本来是分配到所上值班，但他坚持要去现场，说自己熟悉情况，最后李队也同意了，让小万留在了所里值班，魏民国则和所长分配到一个组。组长是刑警队一名很年轻的刑警。魏民国有一些不服气，和所长嘀咕：你好歹也是这儿的所长，不叫你当组长，却叫别人当组长，真不拿山村警察当警察。所长让他别乱说。所长说：刑事案件都是刑警负责，我们只是配合。这是规矩！魏民国还有一些不服气地说：尽是一些不合理规矩。所长就说：你要是不讲规矩，就让李队安排你还是留在所上值班算了。魏民国这才不再吱声了，坐了刑警的车一起去清水沟邓家老屋。

5

根据邓福全女人的交代，装毒鼠强的药袋子扔进了茅厕，一并扔进去的还有搅拌药的筷子。邓福全吃饭的碗筷，女人交代已经洗了，说是放在碗柜底下，准备以后当猫碗。魏民国他们的主要任务就是提取到这些东西，这些都是重要的物证，一样都少不得。

弯弯曲曲的乡村路，年轻的刑警却将车开得飞快，就像昨天邓双儿开的三马子一样。魏民国想要吆喝他开慢一点，但想想所长说的规矩，就忍住了没有作声。

邓家老屋在清水沟垴上。他们到了后，院子里静悄悄的，一片肃然，屋里没有一点准备丧事的迹象。邓福全的尸体还在卫生院的太平间放着，等着解剖，没有拉回来。邓福全的老娘大概还不晓得儿子已经死了，见了魏民国就问情况，魏民国不忍说出实情，只说还在抢救，让她不要操心。老婆婆擦着眼睛，嘴里嘟哝着也不晓得说的啥。魏民国不愿再和她多说，领了刑警和所长径直就进了灶屋。

在灶屋的碗柜底下，很容易就找到了那只洋瓷碗。刑警拍了照，又用袋子装了，出来又问老婆婆：平时吃饭都是在哪里吃？老婆婆说：吃饭还好，一顿能吃两碗半。再问，老婆婆还是答非所问。魏民国就说：不用问了，肯定是在火炉屋吃饭，我们这都是这样。刑警就又对着火炉屋拍照，又拍了吃饭的柴桌。老婆婆望着刑警拍照的闪光灯一闪又一闪的，惊疑的神色从脸上的沟沟壑壑里滚出来，使得她身体也抖抖索索起来。魏民国去拉了她的手，安慰说：你不要怕，这是拍几张照片。老婆婆这次倒听得清，说：照相啊？魏民国说：对，就是照相。老婆婆这才安定下来。

三个人又去了茅厕。找到粪坑，是人畜合一的一个大粪坑，粪坑里有半坑的黑色粪水，就像是一个深不见底的龙潭。魏民国看了看地势，说：这是把屋檐水也放进了粪坑啊。

所长拿了粪坑边的长把舀粪瓢放进粪坑里，试了一下深浅，忍不住皱了一下眉头。刑警说：那没办法，要在里面找啊。怎么找？总不能脱了裤子跳进粪坑吧？即使跳进粪坑，在这黢黑的黏稠的粪水里也找不到啊。最后还是魏民国想了主意，说：只有将粪坑里的粪水都舀出来，舀到地里，看能不能找到。

只能是这个办法了。三个人找来了粪桶，开始一桶一桶地往地里舀粪。舀一桶，倒地里后，就用棍子拨着找一通，他们一口气干了三个小时，粪坑的粪水舀了大半出来了，可他们要找的东西一样也没有找到。

刑警有一些着急，拿了手机给李队打电话，可是一点信号也没有。魏民国告诉刑警，到屋山头的大椿树下去打，他说他们这儿就只那地方有信号。年轻刑警爬上去，果然就拨通了电话，回来说：魏叔，你咋晓得那地方有信号啊？魏民国忍不住有一点小得意地说：山村警察，这些情况都不晓得咋能行。刑警由衷敬佩地说：今天亏得魏叔也来了。

其实魏民国对两位警察也越来越有好感了，两位干起活来不计较力气，不怕苦，更不怕脏。两个人的脚和他的脚一样，都被粪水浸透了，甚至裤管上都溅满了脏物，但两人没有一丝顾忌。魏民国在心里赞赏着这两位刑警，又问：李队咋说？年轻刑警说：李队让继续找，说把茅坑掏干也一定要找到。三人又加紧干起来。

太阳快当顶了，浇在地里的粪便水，在太阳的照射下，升腾起灼人的雾腾腾的蒸汽，阵阵恶臭扑鼻而来，似乎要把人熏倒过去。年轻的刑警虽然找来了一次性的口罩，三人戴了，但也挡不住那气味的强大的冲击力。魏民国年纪大一些，胃不好，干呕了好几次。但见两位警察毫不畏惧，他便强忍住了，内心对两位警察也更佩服了。

终于有了收获。先找到了一只筷子，接着又找到两只。年轻刑警把三只筷子都放在一边，继续在粪便里拨弄，正拨弄着，李队带着人赶来了。

李队见年轻刑警用棍子在粪便里拨弄，很是不满地说：怪不得你们找不到，你们这么找，天黑也找不到。说着，戴了塑胶手套，伸手就直接在粪便水里摸起来，一路摸过去，摸出来四五个塑料小袋子，有洗发膏的，有方便面的，还有安全套袋子，李队将这些放在一边，又是一路摸过来，就找到了一个毒鼠强的袋子。年轻刑警也学了李队的样，也摸出来了一个。李队说应该还有一袋没有用过的。他们就继续舀，继续摸，最终也找到了。李队对魏民国扬起一只满是粪便的手，露着黄牙说：怎么样？老魏，你以为刑警这碗饭是好吃的啊？魏民国望着李队满是粪水的手，差一点又要干呕起来，但他强忍住了，由衷地给李队竖个大拇指。

　　两天后，魏民国又去了清水沟。那时刑警队已经离开了，邓福全的尸体也拉回清水沟里安葬了。县公安的网站上还发了一条消息说，我局刑警队神速出击，十二小时侦破杀人投毒案。小万在电脑上看了，说：老魏，你看那上面还写的有你呢。魏民国在电脑上看了半天，才看到一句话和自己有一点点关系，那句话说，镇派出所的老民警也顾不得休息，配合刑警作战。魏民国笑了一下，坐在椅子上发起呆来。小万说：怎么了？你怎么好像还不高兴呢？魏民国对小万说：没怎么，我要去清水沟一趟。说走就走，站起来就出了门。

　　进沟的时候正好是小学校快要放学的时候。魏民国就在小学校的门口等了一会儿，学生都走完了，他才看见邓福全的娃儿蔫蔫地从学堂出来，一副霜打的秋茄子样。魏民国冲他喊了一声：嗨！娃儿望了魏民国一眼，没有理他，躲闪着准备走过去。魏民国说：嗨！你不认识我了？我带你回去啊！娃儿停下来，望着他，大人一样地叹了一口气。那一口气叹得魏民国差点掉下眼泪来。他把车子支好，过去将娃儿抱到了车上，娃儿不挣扎也不说话，伏在摩托车的前油箱盖上哭了。

　　魏民国带着邓福全的娃儿到邓家老屋时，那天他们倒在地里的粪便的臭气余味还浓，而魏民国却有恍如隔世之感，等到见了邓福全的老娘，魏民国更是如梦中一般，也才不到三天，老婆婆的头发便似乎全白了。她坐在门口，眼神空洞地望着对面的山，好像死了一般。魏民国的心再次寒了一下，他在老婆婆的身边蹲下来，问：我是老魏啊，你认不得我了？老婆婆很漠然地扫了魏民国几眼，说：我认不得了，我眼睛也不行了啊，突然花了。魏民国就回头问邓福全的娃儿：这几天你们吃饭怎么弄的？娃儿说：在幺爷爷他们那里吃。

　　正说着，邓老陆过来了，见了魏民国就叫起苦来：那两个狗男女把人害死了啊！死的死，关的关，就剩下这一老一小的，今后的日子可怎么过？魏民国也忍不住叹了一口气说：我就是为这事来的。就对邓老陆说：你是邓家长辈，又是组长，这个事你还得要拿个主意，总不能眼看着一老一小饿死吧。邓老陆说：你说咋整呢？我这几天脑壳都是晕的。魏民国说：别急，我将村上的干部喊齐了，一会儿来商量个主意。

没过多久，村上的支书和村主任也都来了，大家在一起商议了半天，最终确定一老一小暂时先在邓老陆家吃饭，要邓老陆家多费一些心，这边由村上到镇上去想一点办法，看能不能从低保上弄点钱。魏民国说：我也要到镇上去争取一下，犯法了的人当受处罚，但没有犯法的无辜的人不能受牵连，这才是人性化。魏民国适当地用了个流行的词，显示了他和村干部不一样的水平。

从清水沟回来，魏民国就去找了所长，将自己的想法说了，所长很赞同他的观点，主动和魏民国一起去找了镇上的杨书记。杨书记很感动，说：这也是镇上应该考虑的事情，你们人民警察都想到了，镇上更不应该推辞。就喊了镇长来，商量先从民政救济上考虑一些救助，后期再来靠低保的政策。总之，不能让一老一小两个无辜的人遭罪，给社会带来新问题。

魏民国心里的一块石头落了地，从镇上出来就往回跑。这两天他忙着所上的事情，每次回家都只是打个照面，父亲的病情似乎有一些加重，晚上叫来了大妹帮忙招呼，可白天的屎尿和翻身擦洗都是老婆一个人的，也真是难为她了。魏民国从心底里感激他的老婆。老婆长得不是很漂亮，可是心眼好，对人实诚，这比啥都好。魏民国是过来人，他比谁都明白，长得好有啥用啊？当不了饭吃的。

魏民国急慌慌地往屋里赶，在街口上碰到了搞个体的罗医生。瘦得麻秆样的罗医生，背着个当年赤脚医生用的医疗箱问他：老魏，你急急慌慌跑个什么？魏民国说：我这会儿有空，回去看下我爹。罗医生说：你莫急，我刚从你家里来，你爹我去看了，应该还有一段时间。魏民国谢了他，也没有减慢速度，几大步迈回了家。

7

老婆又在洗一大盆父亲弄脏的床单被褥，见了魏民国就叫：要累死我了！爹这几天好像大小便都管不住，这样弄下去，把我累死也洗不完啊。魏民国问：今天又屙了几次？老婆说：一早就屙了四次了，怎么得了？

魏民国想，这样屙下去，那不得把人屙没了！那个罗医生还说不要紧，这不是诳鬼话！他转身就进了屋去看父亲。

仿佛是有感应一般，魏民国一进去，父亲就睁开了眼，他望着魏民国似乎笑了一下，那笑给了魏民国一个假象，他感觉父亲似乎比前几天的气色要好。父亲说：又忙去了？魏民国说：是，所上有事。父亲似乎是点了头，说：我知道。魏民国说：我去卫生院把肖大夫请来给你看看。父亲摇了头，说：不用了，你忙。停一会儿又说了一句：你忙去吧！不要给组织添麻烦。

魏民国的心情有一点复杂。这一年多来，每次见了面，魏民国都想多和父亲说几句话，但每次到了父亲的身边，却又不晓得说什么好了。父亲呢，也总是那几句话：你忙去吧！你忙，不要给组织添麻烦。从父亲说话的语气里，他听不明白这是怨责还是体谅，抑或更多的是叮嘱？内心里他对父亲寄予着说不出来的同情和怜惜。他想起父亲年轻时的模样，那时候父亲的精气神足得像一只虎一样，一天到晚在各个村上跑，从来就不晓得疲倦。一河二沟老老少少的人没有不认识他、不敬重他的。可是这样一个强壮有力的人，一退休身体一下子就垮了下来，年轻时受过的腰伤后遗症也渐渐恶化，以至于行走也愈来愈困难。去年一场脑溢血差一点要了父亲的命，最后命救回来了，人却最终瘫倒在床。以前的精气神被抽得丝毫不剩，没有了一点踪影。

魏民国最初从警的时候，一心想当刑警，破大案，抓坏人，做英雄，可是父亲告诉他，就好好做一个山村民警吧，蛮好的。刚开始时，魏民国不理解，认为一辈子当一个山里的小警察，太没有出息。快要退休的父亲告诉他，别小看民警，民警作用大着呢。见魏民国不解，父亲就问他：有一条路在悬崖边。有一个人天天在悬崖边设置栏杆，防止有人摔到崖下去；还有一个人，在悬崖下，天天去捡摔下崖的尸体去埋。你说是在崖边设栏杆的人更有用，还是在崖下埋尸体的人更有用？魏民国想了好几年才想明白，他这个山村警察其实就是个在悬崖边设栏杆的人。他理解了父亲。

老婆在外面喊叫他，要他帮忙晾晒洗净的床单被套，老婆的一双手被水泡得有一些肿胀，显得越发粗壮。魏民国心里汹涌着歉疚，他抢了老婆手里一条床单，要老婆去歇息，自己就干了起来。一条床单刚刚晾晒到绳上，魏民国的电话响了起来。魏民国想要忍住不理它，可电话却执拗地响个不停。老婆就说：你快接了吧，免得别人说我拖累了你。

电话是所上的，所长说，有两个外地人进了镇初中去闹事，让他快去一趟。电话一放下，魏民国戴了警帽，穿了警服就走。老婆晓得他的个性，什么话也不说，默默地继续洗那些床单和被套。

魏民国怎么也没有想到，他离开后不久，他敬爱的父亲就永远闭上了眼睛，再也不会睁开了。

8

丧事安排在第二天，按照魏民国父亲在世时的意思，不给组织添麻烦。魏民国就尽量将父亲过世的消息控制在最小的范围内。但县局领导最终还是知道了消息。局长说，他要上来送魏民国的父亲最后一程。

按山里习俗，晚上要守大夜，要在灵堂唱孝歌。魏民国不能脱俗，也请了歌师鼓手，但本镇各村的歌师鼓手没有一个人拿魏民国按风俗准备的红包，他们神情凝重地绕着魏民国父亲的寿棺，争相击鼓而歌，所唱内容皆是魏民国父亲生前的事情，句句都是缅怀之情，声声都是哀伤之意。魏民国听到后，禁不住泪流满面。

清早出灵的时候，人越来越多，不但站满了魏民国屋前的院子，而且一直延伸到了二十米开外的马路上去了。按照规矩，魏民国也请了专门抬棺的人，但同样，那些抬棺的没有一个人拿魏民国所封的红包。他们不需要总管安排，更不需要孝子的跪请，全都主动地、争先恐后地做着应该要做的一切，而且做得十分仔细和虔诚。

准备起灵了，人们全都自觉地拥向寿棺，黑压压的人群，他们脸上没有任何做作的凝重和哀伤，这深深地震撼了魏民国。父亲也只是一名普通的山村警察，他该是用什么样的情换来了这些人的情？

安葬了父亲的第二天，魏民国整理父亲的遗物，有一个抽屉装满了父亲生前的荣誉证书，有县级的，也有市级的，还有省级的，最下面的是公安部颁发的通令嘉奖，而和通令嘉奖放在一起的却是一张最劣质的手写奖状，魏民国打开来看，这是龙洞河村发的一张奖状：奖给优秀的山村警察。后面没有时间，只有密密麻麻的签名。魏民国仔细地看了签名，全都是龙洞河村的村民。

眼泪再次模糊了魏民国的双眼，他站起来，面向那一堆奖状，站立了很久很久……

瓦刀儿

1

瓦刀儿不是刀，是一条狗，是斜眼的狗。

斜眼是一个泥瓦工。是那种只会干活的大工，砌砖、搅混凝土、贴地面砖都能干，而且干得好，因为他肯下力气，不偷懒。他常说，主家给了工钱，接了活就得用劲干，不然就不接活。他的意思是如果是嫌工钱低了就可以不接活，接了活就不能偷懒省力气，否则就是不仁义。用现在的话说就是不讲职业道德。斜眼不会说那是职业道德，他认为职业道德是有职业的人讲的，他是个没职业的人，给人做泥瓦工是临时工的活，不是他的职业。他们这一伙做工的都是这样认为的，你要是问他们的职业是啥，99%回答都会是：啥职业啊！尿的个职业，就是个出苦力的。他们认为出苦力的就不是个职业。想一想也是。

斜眼做泥瓦工的活计早出晚归。一清早离开家，到县城的工地上去，晚上天快黑了才回到乡下的家。他的家在女娲山下的徐家坝里，离县城有十二里路，一天一个来回就二十四里路。早先的时候斜眼骑一辆自行车，是买的他表叔的一辆旧飞鸽牌的，后来实在没法骑了，就换了一辆电动车。电动车好，省力，就是充电麻烦，工地上是不允许充电的，家里的电压常常不稳，要么高，要么低。高的时候，冒出一股煳味，把斜眼吓得不行，以为会把电动车烧起火。低的时候，一晚上也充不起来，有两次走到半路没电了，害得斜眼只好推着走。虽然他使出全身的力气跑了一段路，还是迟到了。老板没有骂他，只是笑笑说：你又迟到了啊！斜眼面红耳赤，无地自容。那一天，斜眼必定会加倍下力气地干活，直到把自己累得筋疲力尽。

瓦刀儿在成为斜眼的狗之前是一条流浪狗。那天下工后，斜眼从县城往回走，走到西大桥头，他听到了狗的叫声。不知为什么，那狗的叫声让斜眼的心尖子发颤。斜眼将电动车停下来，就看见在那棵雪松下，一个中年男人正用一支钢叉叉住一条狗的头在树根上，看那男人的架势，是不取狗的性命誓不罢休的样子。狗并不大，一条还没有长成的小花狗，可怜巴巴地伏在树根上，一副乞怜哀绝的样子。斜眼走近了才看清，男人的钢叉只是刚好叉在了狗脖子的两边，将狗头夹在了钢叉的中间，如果不是这样，狗要么就被叉死了，要么就跑掉了。

　　斜眼问：怎么了？

　　那中年男人望了斜眼一眼，以为斜眼是在和别人说话——斜眼的眼看人有点斜，不然也不会叫斜眼了——就没有答话，仍是叉着狗头，似乎在想，怎么才能将狗一下子置于死地。

　　斜眼刚才被狗的叫声打动了，现在又被狗的哀怜的目光打动了。斜眼努力调整了一下自己的目光，继续问：大哥，狗怎么了？

　　中年男人终于听明白了斜眼是在问他，就气咻咻地说：这狗东西可恶得很，将垃圾桶翻倒三次了，我实在不能再饶它了。你给我帮帮忙，找根棍子来打死它！

　　斜眼望着狗，狗也望着他。狗眼睛里湿漉漉的，让斜眼情不自禁在它面前蹲了下来。斜眼说：它是饿了，不饿，哪里会翻垃圾桶呢。

　　中年男人有一些不耐烦地说：哎呀，你这个人，哪来这么多话，你来给我把叉子叉住，我去找东西来结果它的性命！

　　中年男人将钢叉给了斜眼，并要他用劲叉住，不要让狗跑了。中年男人一路小跑着往不远处的一幢楼里去了。

　　斜眼望着中年男人进了楼，立马就松开了钢叉，他对狗说：你快跑吧，再不跑就没命了。

　　狗似乎愣了一下，又望了斜眼一眼，然后飞快穿过马路，消失在西大桥下面去了。

　　斜眼也没有再犹豫，赶紧也骑了电动车，一溜烟跑回了家。只留下那钢叉孤零零地躺在那树根上。

2

狗是在第二天下午跟着斜眼跑回家的。斜眼放了工，骑着电动车往回去，过了西大桥，又过了陈家坝，他感觉到了身后的异样，他停了车，往后望，看见狗跟在他的后面。狗吐着舌头，呼哧呼哧喘着气，见他停了车，狗也停了下来，望着斜眼，眼睛里有一些笑意和兴奋。斜眼笑了一下，说：想跟我走啊？狗对他叫了一声，似乎是一种回答。斜眼就说：那就走吧！狗跟着斜眼一路跑回了家。

叔有些不高兴。叔说：人都吃不饱，还弄条狗回来，找事干。斜眼说：不要紧，我少吃点，就够它活命的了。

叔是斜眼的亲叔，五十多岁了，一直也没有成家。斜眼的父母早年出车祸双双离世后，斜眼就跟着叔活命，从小跟到大，虽然还是叫叔，但在斜眼的心里，叔就是亲爹。当下，斜眼给狗在阶沿上做了个简单的窝，算是给狗安了家。

晚饭的时候，斜眼果然少吃了半碗饭，把剩下的半碗饭给狗吃了。叔眼睛不斜，但他斜了斜眼一眼，把自己的半碗饭舀给斜眼吃了，斜眼就把剩下的菜都倒进了叔的碗里。斜眼说：叔，这条狗有灵性，我们养着好，我做工去了的时候，你也好有一个伴。

叔没有吭声，慢慢喝着碗里的菜汤。斜眼就又说：叔，你给狗起个名字吧，我们都有个名字，它也得有个名字才好啊。

叔闷了半晌，说：你不是喜欢瓦刀吗，我看就叫个瓦刀儿好了。叔没有说叫瓦刀，而是说叫瓦刀儿。斜眼从叔的叫法里听出了叔对狗的态度的变化，很高兴地赞扬起来，说：好！就叫瓦刀儿。斜眼就对狗叫：瓦刀儿，瓦刀儿！狗对着斜眼摇动着尾巴，欢快地"哼哼"。斜眼满心欢喜地将剩下的最后一口饭又刨给狗吃了。

从此，瓦刀儿成了斜眼家中的正式成员。斜眼对瓦刀儿交代说：你不要再到处乱跑了，每天好好看守我们的家，守着房子、鸡子、猪，还有庄稼。要好好听叔的话啊，不听话就要挨打哩。瓦刀儿似乎都听懂了，它摇着尾巴舔斜眼的手，又去蹭叔的裤脚，然后目送着斜眼去上工。下午的时候，它会准时去路口迎接斜眼。斜眼会给它带吃的回来，都是中午工地食堂里的剩菜剩饭。有时候，斜眼往回走的时候，会拐进某个街边的食堂给它寻一些荤腥，瓦刀儿会高兴地跳起好高呢。

叔真心实意地心疼瓦刀儿还是在杀了猪以后。小阳春过后不久，叔将过年猪杀了。大巴山里，猪杀了后都是熏成腊肉，再自家吃或出售。熏肉一般都是在自己的灶屋里将肉挂上，然后下面烧一堆柴火，火也不能太大，太大了反而熏不好肉，只能是小火慢熏。这天，叔正忙乎着熏肉，一块肉掉了下来，叔看了看，原来是拴肉的棕叶绳子断了，叔重新穿了绳子，搭了凳子，提了肉，准备将掉下的肉重挂上去。当他登上凳子，伸直腰杆的时候，突然头晕了，眼睛黑了。叔从凳子上摔了下来，倒在了火堆旁。

斜眼和叔是单家独户，周围也没有个其他人，只有瓦刀儿在身边。瓦刀儿着了急，它先将叔的腿从火边扯开，然后在大门口焦急地叫了一阵，以为能引起人们的注意，可是没有一个人在乎它的叫声。瓦刀儿急急慌慌又进屋来拖拉叔，哪里拖得动。这一切，叔都清楚着，就是动不了。后来，叔听到瓦刀儿又一阵风一样跑出门，声音消失在屋外的路口上了。

等到斜眼赶回来，将叔送到医院的时候，医生说，如果再晚来几分钟，就没救了。叔在医院住了两个多月，奇迹般捡回了一条命。恢复得差不多了，他才听说，那天，瓦刀儿出了屋，端直就跑到斜眼的工地上，扯了斜眼的裤脚就拼命将斜眼往工地外拉，有经验的工友对斜眼说：你赶紧回去，肯定是家里出事情了。斜眼这才没有再犹豫，骑了车，风一样和瓦刀儿回了家，将已经昏迷了的叔送到了医院。

3

瓦刀儿救了叔的命，瓦刀儿就成了叔的心肝。叔在医院的时候，瓦刀儿跟了斜眼去看叔了一回，还躺在病床上的叔，望着瓦刀儿就哭了一场。叔给同病房的人说了瓦刀儿的事，同病房的人都夸瓦刀儿是一条好狗，把瓦刀儿夸得不好意思了，它钻到叔的病床下躲了起来。

叔出院的时候，瓦刀儿也跟了斜眼去医院接叔。回来的时候，斜眼包了近跟前的一辆面包车。瓦刀儿坐在面包车里，晕得天昏地暗，叔硬是要面包车停下来，让瓦刀儿下车。叔对面包车师傅说：你开慢点，让瓦刀儿跟在后面走吧。面包车师傅说：我还没见过这么惯使狗的人，简直跟人一样的了。叔对师傅说：狗和人就是一样呢，只是狗不会说话。他想一想又说：其实狗也许会说话，只是人听不懂狗说话而已。面包车师傅不再说话，他认为叔病了一场，脑筋有点问题了。

其实叔的脑筋倒没有问题，只是腿脚落下了些问题，走路时一条腿老是往斜里去，医生说，这是叔的病留下的后遗症，要慢慢锻炼恢复。

转眼间，一年过去了，瓦刀儿长壮实了许多，变成了一个漂亮的大姑娘，它把家看守得很好，把叔也照看得很好。斜眼从工地带了一些残砖剩瓦回来，专门给它建了个蛮漂亮的窝，在那个漂亮又温暖的窝里，瓦刀儿第一次做了母亲，产下了一只漂亮的狗崽。狗仔慢慢长大了，叔又伤起心来，叔对着斜眼长长地叹了口气。

斜眼说：叔，你咋了？好好的叹什么气啊？

叔说：娃啊，我老了，无所谓了，你还年轻，你得找个婆娘成个家。你看瓦刀儿都添儿子了啊。

斜眼眼睛对着叔，目光却在瓦刀儿身上。斜眼说：我也想找呢，可这么个条件咋找啊，我眼斜，你腿斜，有哪个姑娘会看上哩？

叔不作声了。叔认为自己拖累了斜眼，心里有一些难过。斜眼为了叔不再难过，就将狗崽悄悄送了人，又带瓦刀儿去做了个手术，让它以后再不要怀狗崽了。

过后不久，女娲娘娘的生日到了。每年的这一天，都有不少人到女娲山上的女娲庙里去烧香敬拜。前几年，上山烧香的都还是本地人，这几年，渐渐地也有不少外地的人来，甚至还有四川湖北的人过来，他们既烧香又游玩，平时清静的女娲山热闹起来了。

上女娲山上去，要经过斜眼和叔的家门前。以前的这几天，当地工地都会放假，斜眼不上工，就和叔烧了茶水，进一些饮料点心之类到女娲庙跟前去卖几个小钱。现在叔的腿脚不方便了，他们也就不上山去了，在家歇歇，做一些家务活，想象一下山上的热闹。

中午的时候，一辆车停在了路口，车上下来一个胖胖的妇人，说要借用一下茅厕。正在菜地干活的斜眼说：你用吧，那么客气干啥。

胖妇人看见了立在叔身边的瓦刀儿，惊怯了一下，问：狗不会咬人吧？叔说：不会的，你看它向你摇尾巴哩，这狗有灵性，认得人，是亲戚它就会摇尾巴。胖妇人还是有一些惧怕，斜睨着瓦刀儿，躲躲闪闪地去了屋后的茅厕。瓦刀儿要尽自己的守家职责，待胖妇人拐过屋角时，它也随其后转悠到了屋后。

瓦刀儿冲胖妇人吠叫是妇人从茅厕出来，已经过了地坝坎的时候。瓦刀儿站在屋拐角，望一望菜地的斜眼，又望望坐在门前的叔，然后对着胖妇人的背影吠叫起来。胖妇人吓了一跳，叫了一声，头也不敢回，就往路口跑。瓦刀儿从拐角撵到地坝边，又从地坝边撵到了路口。胖妇人急急慌慌地上了车，逃走了。瓦刀儿站在车停过的地方，望着一溜烟开跑了的车子，又是一阵高声地吠叫。

叔说：这个瓦刀儿怪了，来时不咬走时咬，就像是在送客哩。

斜眼就吆喝瓦刀儿：莫叫了，人家走都走了，你浪费精神。

瓦刀儿从路上回来了，站在菜地边，又对着斜眼一阵叫，似乎是对斜眼噼里啪啦说了一阵话。

斜眼在菜地里直起腰杆，问瓦刀儿：你有事啊？

瓦刀儿哼哼了几声，摇动着尾巴，跑到屋拐角处停了下来，回过头来，朝向斜眼又吠叫了几声。斜眼心里生了疑惑，从菜地里出来，朝了瓦刀儿走去。瓦刀儿高兴起来，转身跑进了屋后的茅厕，斜眼听见它在茅厕里兴奋得直蹦跳，呜呜啦啦的声音就像是人喝多了酒似的。斜眼止不住好奇，也进了茅厕，很快就看见了放在茅厕挡墙头上的皮夹。

这是一个棕色的大皮夹，里面有好大一沓百元红票子，还有这卡那证的好几张。

斜眼一时发了呆。他按捺住心跳，将皮夹子合上，紧紧地将皮夹子攥在手中。

叔斜着腿走到了屋的拐角。他站在屋拐角喊斜眼，问：什么事啊？

斜眼没有回答，只有瓦刀儿回应了一声。叔又喊，斜眼出来了。斜眼对叔说：那个上茅厕的，把钱包掉了。

叔把那棕色的皮夹子也打开看了。叔过的桥比斜眼走的路多。叔没有像斜眼那样沉不住气，给叔递钱包的时候手还直哆嗦。叔将那钱包里的身份证抽出来看了，是那个胖妇人的身份证，身份证上的名字是邝东莹。叔不认识那个"邝"，让斜眼认，斜眼也不认识。斜眼说：是广字吧？

叔说：瞎说，广字后面哪有耳朵。再说，哪有姓广的，我从来没听说过还有姓广的哩。

斜眼就又说，怎么没有姓广的，广佛寺上面就有姓广的，不然怎么叫广佛寺。

叔说，反正广没有旁边那个耳朵。

斜眼斜着眼瞅了那身份证一眼又说：可能是"广陈宝"，公安局办身份证的时候，把陈的耳朵往左边多放了一些，广就多了一只耳朵。斜眼将那个"莹"也认成了"宝"。

叔瞅着身份证说：这个有可能，那就是广陈宝了。又看地址是湖北竹溪的。叔说：肯定是上女娲山上烧香的，等着吧，一会儿准会找回来的。

斜眼说：给人家送去吧，免得人家着急。叔没有吭声，将皮夹子递给了斜眼。这就是同意了。斜眼赶紧往女娲山上走去。

4

女娲山上人多得很，公路边上停满了车，那胖妇人的车斜眼只斜了一眼，根本就没印象，人更是来来往往，密密麻麻的，虽称不上是人山人海，但和熬开的一锅粥也差不多，斜眼眼望花了，也没看见那胖妇人。斜眼正着急，突然看见瓦刀儿向他跑了过来。斜眼说：你这家伙，跑来干啥啊，这么多人，也不怕别人撵你。瓦刀儿用头蹭着斜眼的腿，呜呜噜噜地像是说着什么，看斜眼不理解，它就扯了斜眼的裤脚往一辆车的跟前走，斜眼明白了，瓦刀儿是认出了那胖妇人的车哩。可是人在哪里呢？瓦刀儿望望斜眼，就往山坡上走，那里是一大排的农家乐，瓦刀儿带着斜眼端直到了其中的一家，那胖妇人正坐在院子里喝茶哩。

斜眼笑了，可胖妇人并没有看见斜眼的笑。唉，也是，谁叫斜眼是个斜眼啊，胖妇人以为他是在向别人笑哩。胖妇人只顾喝茶，可是她看见了瓦刀儿，感觉似曾相识。瓦刀儿恰到好处地冲她叫了一声。叫声很友好，可是胖妇人却又被吓了一跳。

胖妇人说：这狗，咋撵到这里来了！

斜眼走到了胖妇人的跟前，叫了声：大姨！

胖妇人望了望四周，最后才望着斜眼说，你喊我？

斜眼点了头，将头扭了一下，说：大姨，你上我家茅厕了，是不是？

胖妇人立即警惕地望着斜眼，迟疑着说：我忘记了是不是上的你家茅厕。你有什么事吗？

斜眼说：你肯定就是上的我家茅厕，我家瓦刀儿不是还撵着你叫了吗？你该记得的。斜眼让瓦刀儿过来。瓦刀儿过来了，冲着胖妇人摇尾巴。胖妇人似乎心有余悸，她趔开身子对斜眼说：你，到底有什么事？

斜眼还没有来得及回答，旁边的两个男人发了话。一个说：是上了一下你们家茅厕，你难不成还要来讹钱啊？另一个说：你们那狗差点将人咬着了，我们还没有找你麻烦呢，你还想找我们啥子问题啊？

斜眼说：我哪里想找麻烦啊，我是想问问大姨是不是叫广陈宝。

第一个男人说：你不想找麻烦，怎么一直斜着眼睛看人啊？另一个男人紧接着说：我们这里没有哪个叫广陈宝，你赶紧走人，不要再纠缠了。

斜眼有一些不解。但他还是离开了那家农家乐，那两个男人有一些凶神恶煞的样子让斜眼只有选择离开。斜眼有一些不甘心，他在农家乐旁边的石坎上蹲下了。也只一会儿，胖妇人急匆匆地过来了，她顾不得怕狗，冲斜眼喊：哎，兄弟！你是不是捡到我钱包了？胖妇人惶急地比画着：长长的，棕色的，皮夹子。

斜眼笑了起来。他问：你是不是叫广陈宝？

胖妇人说：哪是叫广陈宝，我叫邝东莹。我想起来我在你们家上茅厕的时候，从包包里拿纸出来，顺便将包里的钱夹子放在墙头上了，你是不是捡到了？

斜眼掏出了那个钱夹子。胖妇人眼一下子就亮了，扑过来就要拿，却不料瓦刀儿横在了中间。瓦刀儿对她龇了龇牙，胖妇人吓得退了回去。

两个男人也过来了，他们站在胖妇人的身后，冲瓦刀儿挥了挥手，想要吓唬住瓦刀儿，瓦刀儿背上的毛一下子奓开，竖立了起来，它对两个男人发出了低沉的咆哮声。

胖妇人将两个男人往后推了推，然后笑着对斜眼说：小兄弟，你把钱夹还给我，我不会亏你的。

斜眼说：我不是不还你钱包，我是专门给你送钱包来的，怎么会不给你呢？只是包里面的身份证是写的广陈宝，我怕弄错了。

胖妇人似乎有一些明白了，她说：不是广陈宝，我叫邝东莹，广字旁边加个耳朵那个邝，是不是？

斜眼也有一些明白了，原来人家是姓"邝"，并不是把耳朵安错了。斜眼不好意思起来，他走过去，将钱包递给了胖妇人。斜眼有些歉意地说：我以为是广字呢，把你的姓名读错了。

胖妇人打开钱夹子看了看，钱和卡证一样也没有少。她便没有追究斜眼读错了她的名字，高兴地说：没关系没关系！我这个姓不好认，经常有人读错。她从钱夹子里抽出了几张红票子，塞给斜眼，斜眼脸红了，推辞了一番，胖妇人硬是要他接下。

往回走的路上，斜眼的脚步有一些迟缓，他犹犹豫豫地走到公路上的时候，又掉转了头回农家乐去了，他将胖妇人给他的红票子给了农家乐的老板，托付老板将钱一定还给胖妇人。斜眼说：

这钱我拿着有点烫手哩，回去我叔说不定会骂我的。

老板对斜眼和叔都很熟悉，老板说：你们叔侄两个啊，就是太厚道了，所以啊——所以老板没法说下去了，打了个哈哈。

斜眼回去将寻找胖妇人的过程告诉叔，斜眼说：幸好瓦刀儿去了，不然那么多人，要把我找死。斜眼又告诉叔，那个广字旁边就是有耳朵，读"邝"，叔说：哦，叫邝陈宝，也不对，应该是邝东宝。斜眼说：也不叫邝东宝，叫邝东莹。叔眯了眼，若有所思地说：我就想宝上面怎么有草了呢，原来是莹，有草就有莹了，这才对，这才对哩。

斜眼没有说胖妇人给钱的事，叔也没有问。叔只是问把钱包还给了妇人，人家高兴不高兴。斜眼说：高兴，哪能不高兴哩。叔也高兴地说：人家高兴就好，好！

叔侄两人很快就将这事忘记了。他俩都没有想到，一个月后这胖妇人又来了，而且还带来了个姑娘。

5

那天斜眼又进城干活去了，家里就只有叔和瓦刀儿。胖妇人将车停在路口上，对坐在门口的叔喊：大叔，看着狗啊，我们来讨口水喝。

叔已经不认得胖妇人了。叔说：来坐吧，狗不咬人，狗乖着呢，你看它给你摇尾巴哩。

胖妇人过来坐了。叔起了身，准备去烧水时，又问：客从哪里来的啊？

胖妇人说：大叔不记得我了？我是湖北的，上次在你们家茅厕把钱包掉了的。

叔想起来了。叔咧开嘴笑了，说：哦，你就是那个广……？

胖妇人也笑了，说：不是广，是邝，我叫邝东莹。

叔再次咧开嘴笑了。进去烧了开水，泡了茶出来。叔的腿脚不利落，茶杯的水洒了一路。

邝东莹接了茶，就和叔拉家常，和她一起来的姑娘紧贴着邝东莹，紧张地盯着卧在叔脚边的瓦刀儿，掩饰不住惊恐的神色。叔感觉到了姑娘的紧张，安慰她说：不怕，我们瓦刀儿不乱咬人的。

姑娘却紧张得露出了惊恐的眼神。姑娘战战兢兢地对邝东莹说：怕！

邝东莹拉住了姑娘的手，安慰她说：不怕，有我在呢。又对叔说：大叔啊，你能不能把狗关起来啊，我们都怕它呢。

叔笑一笑，默默站起来，斜着腿进了屋，将瓦刀儿唤进屋里，关了起来。

邝东莹和叔拉了半天话，把叔和斜眼的情况里里外外问了个遍，又找到斜眼做工的地方，见了斜眼，也没有说啥，只说为上次捡钱包的事来表示感谢。

邝东莹和那姑娘离开后，工友们都开玩笑地说：那胖妇人带个姑娘来，怕是来相亲的哩，你做好事又不要钱，人家就给你送个姑娘来了。

斜眼说：有这样的好事情，我做梦也笑醒了。

不等斜眼做梦呢，邝东莹又来了，而且真的是来给斜眼说亲事的，对象就是上次来的那个姑娘。要求只有一个，斜眼到湖北去。

斜眼这才晓得邝东莹是湖北竹溪最大的房地产老板哩，光在建的楼盘就有好几个。那姑娘叫久梅，本是邝东莹表侄女，现在在她家做保姆，伺候邝东莹的母亲。邝东莹的母亲脑溢血瘫痪在床好几年了，都是久梅前前后后一个人招呼着。久梅是个实诚人，也没多少文化，邝东莹很信任她，也很喜欢她，对久梅的亲事也一直操着心。她要给久梅找一个实诚人，心地好的人，她要对久梅负责任哩。这样的人现在不好找，斜眼算是一个，邝东莹遇上了，久梅也相中了，这也算是他们的缘分。

可是斜眼却不愿意过湖北去。斜眼说：我走了，我叔咋办？

邝东莹说：你叔也可以到湖北去，房子给你们一套，楼层由你们挑，你就在我公司做，你叔可以给我看看工地。

斜眼又说：还有瓦刀儿呢，瓦刀儿怎么办？瓦刀儿也过湖北去？

这回邝东莹回答得很干脆。邝东莹说：狗不能去，就是久梅嫁过来，狗也不能再养了，得撵走！

为什么？斜眼不解地问。

邝东莹说：久梅怕狗。一定不能再养狗了！

可是斜眼仍然犹豫着说：我要好好和叔商量这件事。

邝东莹很有耐心地说：等你们商量好了给我回话。

晚上叔侄俩在一起商量，意见统一不了。斜眼要叔和他一起过湖北，叔要斜眼独自去湖北。叔说：这是天大的好事，你不要错过了。我现在还能动，就在这待着，和瓦刀儿守着这个家就行了。

斜眼晓得叔的心事，叔老了，身体又不好，不愿意离开故土，也不愿意离开瓦刀儿。斜眼给邝东莹回了话说：不去湖北，要是久梅真不嫌弃他，就嫁过来。

邝东莹气得把电话啪嗒一声挂了。

斜眼心里满是愧疚。他想把电话打过去给邝东莹解释一下，又怕邝东莹正在火头上，不会听他解释，就想着过几天再打吧。过几天给她真心实意道个歉，人家那么大的老板，真心实意为他帮忙，他感谢的话都还没有说哩。叔常说买卖不成仁义在，这个歉是一定要道的，感谢的话也一定是要说的。斜眼几天来就这样想着，电话还没有打过去，那边的电话又打过来了。

给他打电话的是久梅。久梅在电话里问斜眼：你对我中不中意？是不是有啥意见啊？

斜眼说：我没意见，我中意啊！

久梅说：你真中意，那你就等着我！

久梅将电话挂了。

一年过去了，再没有了联系。这期间，斜眼也试着拨了电话，但两个电话都是一个女人的声音：你所拨打的电话已关机，请稍后再拨。斜眼稍后再拨，还是那个女的继续给他说同样的话。斜眼稍后也不再拨了。

过年的时候，也有人给斜眼介绍对象，是西河桐木沟垴上的，丈夫在外面打工出了事，准备带了儿子再嫁。介绍人让斜眼去看看，斜眼没有去，斜眼的耳朵边上还响着久梅在电话里说的那句话哩，斜眼决定等着久梅。

又一年过去了，斜眼快满二十九岁了，叔为斜眼的婚事越来越烦愁，问说了斜眼几回，斜眼总是拿话岔开。问急了，斜眼就说：不急，有叔和瓦刀儿哩，不找媳妇也一样过。

叔叹着气，摸着瓦刀儿的头，心生愧疚，他悄悄对瓦刀儿说：我们把人家拖累了哩。瓦刀儿也愧疚地低下了头，它将头伏在地上，一副羞惭的样子。

转眼春天又过去了，夏初的一天早晨，久梅突然从湖北过来了，她直接到县城的一个工地上，找到了斜眼。

久梅问斜眼：你是不是还等着我呢？

斜眼顾不上说话，将头鸡啄米一般乱点。

久梅笑了。久梅说：我愿意从湖北嫁过来，但是你不能养狗。

斜眼有点不解。但久梅没有解释，久梅只是说：你什么时候不养狗了，我就什么时候嫁过来。

斜眼说：你总得说个事因缘由啊。

于是久梅给斜眼讲了自己的经历。

6

久梅原来结过婚，还有过一个孩子。那时他们还住在鄂西北的山里，她以前的丈夫除了种地，还喜欢打猎。打猎就得养狗，她丈夫养了好几条狗。有一天她丈夫突然很反常，低热、恶心，然后怕光，抽搐，送到医院就被确诊为狂犬病；紧接着，两岁大的孩子也出现了同样的症状……

久梅说不下去了。

斜眼惊呆了，他没有想到在久梅的背后还有这么让人心碎的故事。他情不自禁地拉住久梅的手说：我回去就将狗送走，送得远远的，再也不让你看见狗了。

斜眼一时冲动，对久梅表了态，可是回去见了瓦刀儿，他的心又难受起来，他对叔说了久梅的遭遇，叔也支持他将瓦刀儿送走，可是送到哪里去呢？叔侄两个又犯了难。俗话说，狗能记住千里路，总不可能把瓦刀儿送到千里之外去吧，叔侄俩商量了一晚上，最后决定将瓦刀儿装进一个大纸箱子里，然后到县城的汽车站上，找一辆过路的长途汽车带走。叔说：这也是没办法的事情，能带到哪里就是哪里吧，瓦刀儿不会怪我们的。叔说这话时眼角湿润了。

瓦刀儿送走后的第三天，久梅过来了，和她一起过来的还有她的表姑邝东莹。邝东莹对斜眼和叔说：有缘千里要相会，棒打鸳鸯也不散。你说也是邪门了，我那表侄女见了你们小伙子就贴上心了，还非就要嫁过来。以前吧，我要你们过湖北去，是因为久梅要伺候我母亲，前不久我母亲过世了，久梅没有了牵扯，对我提出来要过来，我能有什么话说呢？只好答应她啊，这久梅啊太实诚了，让我心疼，我不能不依她啊。

邝东莹带了人来，又拉了一大车材料，说要把斜眼他们家房子好好整饬一下，房子整饬好了就举行婚礼。就这样，用了一个多月的时间，将旧房子翻了新，里面全部装修，又重修了厨房茅厕，打了地坝，建了院子。斜眼和他叔原先的房子变了样，成了一栋小小的农家别墅。

婚礼按期举行，热闹了整整三天。婚后的日子是温馨而又甜蜜的，久梅勤劳而又贤淑，真心实意地待斜眼好，也真心实意待叔好，每日不但做好可口的三餐，家里家外也收拾得干干净净，整整齐齐。好长时间，斜眼和叔都以为是在梦中，不敢相信这一切都是真的。

一年后，喜庆的事情再次降临到这个家庭，久梅给斜眼生了个大胖儿子。正当全家人都沉浸在喜悦之中的时候，有一天，叔突然把斜眼叫到一边，悄悄问他：你把瓦刀儿送到哪里去了？

斜眼有些奇怪地望着叔说：怎么了？怎么突然又想起瓦刀儿了？

叔说：我怎么突然感觉到瓦刀儿又回来了。

斜眼说：那不可能，我那天将它放到了开往江苏常州的大巴车上，给司机也说清楚了，还专门给司机了一百块钱，请他到常州后再将纸箱放在哪个路边上就行了。常州离我们这多远啊，早超过一千里了，它怎么可能回来呢？

叔说：反正我感觉它回来了，而且就在不远处。

斜眼笑着说：叔啊，你可能是想瓦刀儿了。

叔不说话了。叔想，也许是的，他想瓦刀儿了，不晓得瓦刀儿现在究竟怎么样了。常州在哪里？他可不知道，斜眼说是在江苏，江苏又在哪里呢？叔还是不知道。

自那天叔问起瓦刀儿后，本来在斜眼心里已经慢慢淡忘了的瓦刀儿又浮现了出来，斜眼也突然有了和叔一样的感觉，那就是瓦刀儿好像真的又回来了。斜眼心里有一些吃惊，有些不敢相信，但这种感觉却越来越明显，越来越强烈。

一天早晨，斜眼忍不住悄悄去了屋后的山坡。屋后的山坡是沙土地，以前种了苞谷和萝卜，这几年撂荒了，长满了茅草和王八叉。斜眼在草丛里钻了一阵，什么也没有看到。他又转到了对面的山坡，对面山坡上长满了灌木，还有不少的葛藤架，斜眼一直爬到山梁，在山梁的那一边，斜眼看到了在一棵胡杨树下有一个动物的窝。胡杨树长在一个小土崖下，正好可以遮风挡雨。斜眼看到了窝里的狗毛，他认出那就是瓦刀儿身上的毛。斜眼感觉到一阵眩晕，身子虚脱了一般。他一屁股坐在胡杨树下，自言自语地说：瓦刀儿，你真的回来了啊！把你送那么远，你也跑回来了……你是咋回来的呢？

斜眼想不通。斜眼四处巡视，想要找到瓦刀儿，可是并没有看到瓦刀儿的踪影。斜眼又轻轻地，低声呼唤它，也没有听到瓦刀儿的回应。斜眼在窝边守候了半天，也没有看见瓦刀儿出现。斜眼只好离开了。

从山坡上回来，斜眼没将瓦刀儿回来的事告诉叔，更没有给久梅说。他悄悄找了一些瓦刀儿以前喜欢吃的东西送到对面山上去了。第二天，斜眼再次上山，发现送上去的东西被吃掉了。斜眼再次在周围搜寻，呼唤，仍然没有看见瓦刀儿的踪影。斜眼明白了，瓦刀儿回是回来了，可是瓦刀儿并不想见他。斜眼的心情有说不出来的复杂。

这以后，斜眼隔三岔五就到对面山上去给瓦刀儿送一些吃的，为了不引起久梅的怀疑，他要不就是提前早起上工绕到山上一趟，要不就是收工回来时绕去一趟，每次送去的东西瓦刀儿都吃得一点不剩，可就是一次也没有看见它。

7

夏天过去了，秋天到了。这年的夏天干旱了很久，有四十多天没有下雨，可是一到秋天，雨又下个不停，老天仿佛把夏天的雨都积攒到秋天来了。女娲山周围的好多村子都遭了灾：有的河堤被洪水冲垮了，庄稼淹完了；有的房子被泥石流吞没了，人也没有跑出来。雨下了半个多月才慢慢停下来。

雨后初晴。斜眼被村上抽去救灾了。久梅将四五个月大的儿子包裹好了放在摇窝车里，又将摇窝车推到院子里，让叔招呼着晒晒太阳。雨下得太久，屋里的潮气浓得有一些黏稠了，久梅将门窗都打开，又将被子都取出来晾晒。晾晒完最后一床被子的时候，久梅似乎听到了一声狗叫。久梅问正推着摇窝车的叔，叔说：我也听见了，好像是在对面的山上。两个人就都站在院子里听，果然，对面的山上又传来几声清晰的狗叫。这次叔听清楚了，是瓦刀儿的声音，叔惊讶地说：是瓦刀儿的声音，它真的回来了！

瓦刀儿的叫声从山上下来了，离他们越来越近，久梅有一些害怕，要叔将孩子推进屋里去，叔宽慰她说：不要紧，瓦刀儿不会伤害我们的，它是条好狗。正说着，瓦刀儿就到了门前公路的那一边，它并没有多少变化，只是身上的毛乱蓬蓬、脏兮兮的，显示出流浪狗的一些沧桑。

瓦刀儿站在公路的那一边，并不过来，只是对着这边不停地吠。叔说：它似乎是在对我们说什么事情呢。久梅紧张得不行，过去将摇窝车推到了大门边上，对叔说：叔，你别让它过来啊。叔望着瓦刀儿，对久梅说：它不像是要过来的意思，它像是要对我们说什么。

瓦刀儿吠得越来越激烈。

叔说：我过去看看吧！

久梅却不要叔过去。久梅说：要不给孩子爸爸打电话，让他回来。

久梅就进屋去打电话。也就是在这一瞬间，瓦刀儿跃过了公路，箭一般飞进院子里，冲到摇窝车跟前，叼起孩子，转身就跑出了院子。

叔一时惊得目瞪口呆，等到瓦刀儿叼了孩子过了公路，他才大叫起来：瓦刀儿叼走孩子了！

久梅听到喊叫声，电话一扔，就从屋里跑出来。她看见瓦刀儿叼着孩子过了公路，什么害怕也没有了，疯了一样追了过去。瓦刀儿叼着孩子飞快地跑上了山坡，久梅也一口气追上了山坡。在山坡的一个平缓处，瓦刀儿将孩子放下了，等到久梅追到跟前，瓦刀儿望了她一眼，吠了一声，然后又飞一样地往山坡下跑去了。

久梅什么也没有想，扑到孩子跟前，将孩子抱起来，查看孩子是否受了伤，让久梅万分惊奇的是，孩子完好无损，连草也没划到他一下。孩子也没哭，见了久梅，竟然还露出了笑容。

久梅惊魂未定，转过头来，一阵大风从坡下迎面冲击上来，将久梅吹倒在山坡上。待久梅抱着孩子从山坡上站起来的时候，她看见对面的山坡变了样：以前满是茅草杂枝的山坡成了光秃秃的黑岩坡，黑岩坡上似乎还在冒着热气，山坡脚下，他们的房子连一片瓦也看不见了，都是雾气腾腾的黑黄的泥石流……

我爱周国芳

1

谢苕儿快满十五岁了，还说不出一句完整的话来。他上了七年小学，还在二年级。他爹娘一度不要他上了，说他准备和陈学勤一样，上十二年长学——陈学勤是我远房的侄儿子，小学上了十二年也没有毕业——可是谢苕儿哭闹，他爹娘只好让他继续上，也是想着放在学校也好，有一个照看。

除了说不出完整的话，谢苕儿还贪吃，似乎永远都空着肚子，见了任何吃的东西，都会眼睛发光。徐籽成说，如果教室的课桌板板啃得动，说不定也早就被谢苕儿啃着吃了。当然这是夸张的话，我们的课桌板板都是板栗树做的，硬邦邦的，哪里啃得动。

清明节的前几天，谢苕儿偷吃了他爹的种苞谷。那几天，沟里开始点种苞谷了，谢苕儿他爹也想将自留地的苞谷点了。头一天晚上，他将一直挂在房梁上的一串种苞谷取下来，准备第二天点种呢。第二天早晨起来，他看见谢苕儿躲在墙旮旯里，眼珠子骨碌碌跟随着他的身影转动，他爹就有了疑惑，后来又听到了什么动静，爹就盯了谢苕儿一眼，动静又消失了。光线昏暗，爹没有看见谢苕儿鼓起的嘴巴，当爹到堂屋里取下挂在墙上的一串苞谷时，明白了蹊跷，那一串苞谷的最下面的几个，好似都被啃过了一般，爹转过身来，看见已经站在身后的谢苕儿，正鼓着眼睛望他，爹正要询问，谢苕儿就笑嘻嘻地张开嘴，嘴巴里包着一嘴巴的苞谷籽籽。爹就给了谢苕儿两个嘴巴子。爹说：你个祸害，连种苞谷籽籽都偷吃啊！爹硬是从谢苕儿的口里，将还没有来得及嚼的苞谷籽籽，一颗不剩地都抠了出来。剩下最后几颗的时候，谢苕儿咬紧牙关不松口，就又挨了爹几个耳刮子。血从谢苕儿的嘴巴角角上流了出来，谢苕儿哭了。

没有人理他，谢苕儿就来到乱石坡上的大石包上，对着天空号哭。

路过的人都很匆忙。正是点苞谷的时候，能劳动的人都在忙着下种。路过的人，要么是提着苞谷籽走得飞快，要么是背了一大篓的家粪，累得抬不起脑壳来。地里已经挖好了窝子，正等着苞谷籽去安放，苞谷籽也想早点待到窝子里去，它们急着要去投胎，要做下一世的新苞谷呢。埋进窝子里的苞谷籽，每一颗都希望盖上厚厚的家粪，那些家粪就是它们温暖的棉被。苞谷籽们在棉被般的家粪下，睡一会儿，然后醒过来，飞快地蓄势，成长，饱满。它们从生命的那一头，急慌慌地跑过来，开始第二世的生命。待到阳雀子在山坡上叫起来的时候，新生一世的苞谷芽，就从土里钻出来，迎风而长，经过夏天烈日和暴雨的洗礼，在秋天的时候就发酵成了一个大苞谷棒。这是每一颗苞谷籽的梦想，这个梦想，劳动的人都晓得。因此，在这个帮助苞谷实现梦想的季节，劳作的人都是不想耽误的。他们都要讲究作为一个劳动者的品行，所以对谢苔儿的哭，是没有时间理会的。

再说了，即使有时间又怎样呢？不是周国芳，谁又在乎谢苔儿的哭泣呢？

一坡的乱石。

那些石头也不晓得是从哪里来的，大的有屋大，小的也有桌子大。石头上都生了青苔，像是绣上去的石花；有一些青藤，从石头下面的缝缝里钻出来，爬到石头上生根，倒像是从石头上长出来的。石头下面有蛇，是土灰色的小蛇。其实不是小蛇，那种蛇就只有那么大的个儿，长不到一尺长，沟里人称土巴带子，土巴带子是毒蛇。沟里人形容某个人阴毒，就说：哼，那个人不马虎，土巴带子一个。这是说他害人不动声色。石头下面多的还有四脚蛇，就是书上说的蜥蜴。和蜥蜴差不多的是蛇郎中。我到现在也不晓得蛇郎中的学名。蛇郎中比蜥蜴的个头大，花纹也更鲜艳，最明显的是，蛇郎中的背上有两个并排鼓起的包，沟里人说，那是蛇郎中的药箱子。蛇郎中当然就是蛇的医生了，说是蛇受了伤或者是有了病，蛇郎中就会出现在蛇的身边，给病蛇疗伤或治病。劁猪匠张天发说他曾亲眼看见过蛇郎中给蛇治病。他说两条蛇打架，不一会儿，蛇郎中就出现在伤了的那一条蛇的蛇背上，蛇郎中从伤蛇的背上爬过，又在蛇的伤口上环绕不停，尾巴啊，摆得像风吹得一般，过一会儿，蛇的伤口就不见了，连一点伤疤也没有。张天发说得神乎其神，我们听得却有一些悚然。

谢苕儿喜欢到这一坡乱石上来玩。我们都怕蛇，他不怕。他好像和那些蛇都很熟，有时候，他在大石头上晒太阳，蛇也在大石头上晒太阳，这里一条，那里一条，谢苕儿用手将蛇们拔开，蛇们就慢吞吞爬到另一个大石头上去继续晒太阳，我们从来没有听说过蛇咬过他。他上学期间，书口袋里曾经同时装过三条蛇到学校，一条四脚蛇，另两条都是土巴带子，教室里的娃儿被吓得鬼哭狼嚎。校长喊来了谢苕儿的爹，谢苕儿就被爹领回了家。回了家的谢苕儿不在屋里待，他拖着两筒鼻涕，趿着布鞋，满沟里转悠，最后还是又转悠到学堂里来了。他趴在我们教室的窗台上，眼睛从窗口使劲往教室里瞅。他瞅见了周国芳，就大喊：周国芳！周国芳！周国芳就停下正讲的课，开了教室的门。

周国芳对趴在窗台上的谢苕儿说：我们正在上课呢，你莫要捣乱啊！谢苕儿望着周国芳呵呵地笑。周国芳望着他挥手，让他走！谢苕儿不走，谢苕儿扭捏地说：我，要，上学！周国芳就望着谢苕儿，望了好一会儿才说：那就进来吧！

2

谢苕儿在大石头上哭泣的时候，周国芳正在四处找寻他呢。

周国芳是沟外人，据说公社管老师的干部是她的姨爹，她高中毕业后，沟里的民办老师恰好不愿意干了，周国芳的姨爹就让她来了。她到沟里也才半年多，对沟里还不是很熟悉，谢苕儿住在哪里她并不晓得，只好一路打探着，才找到谢苕儿的家。

门上是一把大锁锁着，一条狗卧在门边边上，睁眼望了她一眼，又将眼闭上了。周国芳问旁边的一位晒太阳的老婆婆，老婆婆只是望着周国芳笑，脸上的皱纹和颜色都像极了沟里的野核桃。周国芳有一些失望，正要离开时，老婆婆却说：我耳朵啊，门板聋。周国芳就指了指谢苕儿家的大门，老婆婆倒是不糊涂，告诉周国芳说：他们啊，到湾里点苞谷去了。怕周国芳不明白，老婆婆又用手比画了一下，说：点苞谷！周国芳不晓得湾里是哪里，大了声问老婆婆，老婆婆终是答非所问。周国芳只好无目的地在沟里乱寻，最后竟然在学堂上面的后湾里寻到了谢苕儿的爹娘。

一块坡地，在河沟的那边，两棵核桃树站在地头上，一只短尾巴的黑老鸦，站在核桃树的树杪杪上，半醒半睡地垂着脑壳。坡地上，女人右边挂着簸箕，左边系着篮子，正一边丢苞谷种子一边丢家粪。女人不识周国芳，抬头望了一眼，继续做自己的活。男人见过周国芳，他停了掩窝子的活，将手里的薅锄杵着，撑在自己的下巴颏下望着周国芳。周国芳站在地边边上，白色的运动鞋上沾了一层黄黄的黏土。男人望着她，好像望着一朵刚开的白芍药花。男人不晓得那白芍药花来寻他是有何事，就把猜测的目光往周国芳的身上闪。周国芳用手搌了搌自己的衣下襟，好像是要将那一些目光从身上搌到地上去。男人只好把目光闪开了。周国芳就问：你家谢如泉今天咋没有去上学呢？

谢如泉是谢苕儿的大名，是谢苕儿上学时按排行取的，可是这个大号沟里没有几个人叫。沟里人都觉得，谢苕儿还是叫谢苕儿更合适。我们也是一样，除了发作业本的徐籽成，在发作业的时候，偶尔叫一声谢如泉外，我们一直还是叫他谢苕儿。他爹大约也是一样，似乎早就忘了他娃儿还有谢如泉这个大名，因此周国芳问后，他一时有一些茫然。他望着周国芳，目光充满了探询。周国芳又说：你们家苕儿今天没有去学校呢。他爹反应过来，叹了一口气，说：哦，晓得了。又说：没有去啊？周国芳说：没有去，您晓得他到哪里去了吗？谢苕儿他爹说：我也不晓得他到哪里去了。说完，谢苕儿他爹不再理她，又飞舞起薅锄开始掩窝子。周国芳呆呆地站了一会儿，还想问一句，见谢苕儿他爹没有想要理会她的意思，就只好慢慢往湾外走，过沟的时候，谢苕儿他爹又向她喊：不晓得是不是到乱石坡去了，他喜欢在那里晒太阳哩。

周国芳是晓得乱石坡的，因为到沟外去，要经过那里，沟里人告诫过她，不要走到坡的中间去，那里面蛇多。虽然每次回家，周国芳都是顺着坡梁梁走，但每次经过那里时，周国芳还是心惊胆战，看也不敢多看那些石头一眼，仿佛那些大石头上爬满了蛇。其实不到时候，石头上面哪里会有蛇呢，蛇都躲在石头下面的岩洞洞里睡瞌睡呢，不到天气完全暖和，蛇是不会出来的。周国芳是沟外的人，她不晓得这些，听了谢苔儿爹的话，她犹豫了好一会儿，但最终还是硬着头皮去了那个乱石坡。

在乱石坡上找到谢苔儿的时候，谢苔儿没有号哭了，但还在抽泣。当看见站在大石头下面的周国芳时，谢苔儿哼哼唧唧的抽泣变成了哈哈的笑声，他从大石头上跳下来喊：周国芳！周国芳！连跑带跳地到了周国芳的面前。周国芳问：你做啥子不去学堂上课呢？谢苔儿说，打人呢。周国芳就看见了谢苔儿脸颊上的肿胀和嘴巴角角上的血迹，周国芳伸手去揩拭那一抹血迹，血迹已经干在了嘴角边上。谢苔儿说：痛！周国芳问：哪个打的？谢苔儿说：谢有道。谢有道是他爹的名字，谢苔儿从来都是直呼他爹的名字，他爹为此也打过他，要他叫爹，可是谢苔儿说：别人都叫你谢有道，为啥偏要我叫你爹呢？我不叫！谢苔儿爹说：你是我娃儿呢，就该叫我爹。谢苔儿鼓着眼睛对他爹说：你是我娃儿呢！谢苔儿的爹没法，只好由他叫名字去了。

站在大石头下，谢苔儿继续向周国芳告状说：谢有道不准他吃苞谷，打他嘴巴，还踢他屁股。又说：屁股不疼，嘴巴疼。又呜呜呀呀十分委屈地哭叫起来：嘴巴，疼啊；嘴巴，疼。周国芳用她的花手帕很仔细地擦了谢苔儿嘴角上的血迹，说：好了，我晓得了，不哭了，跟我到学校去吧。谢苔儿立即就不哭了，跟着周国芳到学堂去了。

3

周国芳去找校长，周国芳说她要带谢苔儿去城里的特教学校去看看。校长的脑壳摇摆得像是风吹柳树条。校长说：要去也是他爹娘带他去，你带他去做啥子啊？周国芳有一些不解地望着校长，望得校长也有一些不解了。校长说：他就是个苔儿，就是到北京去上学还不是一个苕儿：他爹娘都不管呢，你操啥子心嘛！校长又说：你就是个代教，莫多事啊。说完这些话，校长就戴上他的眼镜，开始抠脚板。学校里的人都晓得，校长想说话的时候，就喜欢搓胸口窝，如果是不想说话，或者是不高兴的时候呢，就会抠脚板。看见校长抠脚板，周国芳只好不说了。

从校长的屋子里出来，周国芳看见谢苕儿站在教室的门口眼巴巴地望着她。周国芳就问谢苕儿有啥事？谢苕儿指着自己的肚子说：周国芳，它饿！周国芳叹了一口气，带他到办公室，将自己从沟外带来的大半袋饼干给了他。谢苕儿将那半袋子饼干吃得很拘谨，他偷瞅着周国芳的目光，当周国芳的目光转向他的时候，他就会停止咀嚼，也会停止向嘴巴递送饼干。周国芳明白谢苕儿是怕别人看他吃东西呢，周国芳就不看他，将目光投向了门外，小学校的操场上，有几个学生在抢一个旧篮球。操场上的尘土，让周国芳想起了电视中古代战场的场面，而谢苕儿咀嚼和吞咽饼干的声音，恰似马蹄和搏斗声，周国芳忍不住偷偷回头瞥了谢苕儿一眼，马蹄和搏斗立马就停止了。周国芳笑了一下，对谢苕儿说：吃吧吃吧，我不看了。谢苕儿却不吃了，他将最后的两块饼干递到周国芳的嘴边，说：周国芳，你吃！周国芳说：我不吃，你吃！谢苕儿把两块饼干放在周国芳的嘴边，犟着，一动也不动，一副誓不移开的架势，周国芳只好将那两块饼干用嘴叼住，吃掉了。谢苕儿望着周国芳呵呵地笑，周国芳却看见谢苕儿拿饼干的手黢黑，手指上是湿漉漉的口水和饼干的碎屑。

星期四的时候下起了雨。下午，没有课，周国芳去了谢苕儿家。路很泥泞，周国芳的白鞋子完全变成了泥鞋子，周国芳心疼自己的白鞋子，有一些后悔在下雨的时候来找谢苕儿的爹娘，可是，不在下雨的时候来找，天晴的时候又怎么找得到呢，天晴的时候，他们不是在地里就是在坡上，那一些活啊，沟里人似乎永远也做不完。

旁边的老婆婆已经认识了周国芳，周国芳每次来时，都看见她坐在屋檐下，有太阳的时候，老婆婆晒着太阳；下雨的时候，老婆婆望着雨。周国芳给她打招呼，她望着周国芳慈祥地笑。周国芳一时有一些恍惚，感觉那老婆婆好像是长在那个屋檐下的。

狗卧在门口，懒洋洋地吠了几声，大约是向屋里人报告信息。果然，谢有道就从门内出来了，他露出黄牙笑了一下，将周国芳让进了屋里。

坐在木板凳上，周国芳没有绕弯子，就给谢有道说了希望送谢苕儿到城里上学的事情。谢有道沉重地说：前几年，为了治他的苕病，花光了家里的钱，还是没有治好，现在不治了。不指望他挣钱，不花钱就行了。周国芳说：让他到特殊学校去，说不定以后会成才呢。谢有道笑了，说：能成什么才？周国芳就说了蛮多的话，也说了蛮多的例子，可是男人打起了哈欠。女人呢？女人从灶屋里端出了一碗水。女人将水放到周国芳面前，有一些歉疚地说：正是春忙，家里没什么好招待呢。又吩咐男人去剁柴。周国芳只好不说话了，她望着堂屋熏黑的土墙，土墙的竹桩桩上，挂着一串只有尖梢还留有籽的苞谷。周国芳想起了谢苕儿嘴巴角上的血迹，就又说，以后还是不要打他了，那次把他嘴巴都打肿了。谢有道又打了一个哈欠，不以为然地说：就是个苕儿，不打他，他就不长记性呢。周国芳将端起的那碗水放到了桌上，声音很沉闷，水从碗沿荡溢出来，流到了桌子上。谢有道有一些漠然地望着屋外的雨，女人瞟了周国芳一眼，欲言又止。周国芳说：苕儿怎么了？苕儿也晓得疼呢！再说了，谁也没有权利打人哩！男人望着周国芳很轻微地嘁了一声，女人就又赶忙吆喝男人去剁柴。

周国芳冒着雨回到了学校。那天的雨大得很，周国芳虽然打了把伞，衣服裤子还是都打湿完了。

4

通过城里的同学，周国芳联系上了城里的特教学校。在一个星期天，周国芳和特教学校的校长约好了，要带谢苕儿去见他。

带谢苕儿进城，周国芳费了一番周折，先是谢苕儿的爹娘不同意，他们怕花钱，后来听周国芳说不要他们花钱，就默许了，说：你不怕费事，就带他去吧。将离开沟的时候，校长又来阻止了，他担心谢苕儿进城跑丢了，或者有什么意外，谢有道会来找他的麻烦。周国芳说：人是我带的，我会负责。校长有先见之明地说：呵呵，你莫说得轻巧，你就是个代教，能负个什么责啊？最后，周国芳只好喊来了谢苕儿的爹娘，四人当面将话说清楚了，周国芳才带了谢苕儿出了沟。

周国芳带谢苕儿进城，我们是晓得的。因为在进城的前几天，周国芳就在教室里说了。周国芳说：城里面有一种特殊的学校，是专门教谢苕儿这样特殊的学生的。我们都很好奇。除了好奇，心里面还有羡慕和嫉妒。那时，我们还没有谁进过城呢，对城市，我们每个人都有每个人的想象。这些想象合起来吧，其实就是一片空白。周国芳现在要带谢苕儿进城，谢苕儿成了第一个填补我们那一片空白的人。我们都有一些恨自己不是谢苕儿。徐籽成甚至公开说：唉！我要是谢苕儿就好了！徐籽成代表我们，说出了我们当时的心里话。

进城的头一天，周国芳还给谢苕儿洗了头，洗了手，还剪了手指甲和脚指甲。谢苕儿的脚指甲，周国芳都剪了好几回了。周国芳刚到沟里学校来的时候，看见谢苕儿走路老是怕疼似的，就问他是不是腿脚有问题，谢苕儿说：疼。问是哪里疼？他也说不清楚。周国芳就给他查看，脱了鞋子，一股浓重的怪味扑面而来，差一点将周国芳熏晕。周国芳只好端来一大盆热水，将谢苕儿的黑脚泡白，洗净，才发现他的脚指甲似乎是从来就没有剪过，指甲长得都抠进趾头的肉里去了，两个大拇指都溃脓了，哪会不疼呢？周国芳要我们帮忙，将谢苕儿摁住了，费了好大的劲，才将谢苕儿的长指甲剪干净。我们出了一身的汗，周国芳也累得满脸通红。周国芳说：你们哪个的脚指甲没有剪的，我都来给你们剪一遍。周国芳就将我们的指甲都剪了一遍，只是我们的指甲谁也比不上谢苕儿的长。

那天，在沟口上等班车的时候，谢苕儿很乖，跟在周国芳的身后，一直沉默着。周国芳给他用湿纸巾擦了两次鼻涕，又给他买了三个馒头。那时还没有卖饮料的呢，如果有，周国芳也是肯定会给他买的。周国芳自己带了水，让谢苕儿给提着。周国芳叮嘱他不要乱说话，也不要乱跑，谢苔儿都一一地点了脑壳应承。上车的时候，有人指着谢苔儿问周国芳：是你弟啊？周国芳就笑着点头。问的人就逗谢苔儿：咋没有听见你喊姐？谢苔儿鼓着眼睛，瞪着问话的人。周国芳急忙让他在里边坐了，解释说：我弟坐车晕车，不喜欢说话。

中途的时候，上来了几个人，一个胖男人挤在了周国芳的座位上。开始呢，也没有什么，后来随着车身的摇晃，胖男人就有一些不安分，开始是身子紧往周国芳身上靠，后来手也过来了，周国芳就叫了起来。满车人都往这边望，胖男人故做无辜状，说：咋的了？咋的了？周国芳说：你手咋乱来呢？男人说：咋乱来了，坐个车嘛，哪能不挨着碰着的，你看你个德行，装啥子呢？周国芳气得眼泪下来了。没料到，坐在里边的谢苔儿忽地站起来，一水瓶就砸在了胖男人的左脑壳上。好在胖男人的脑壳还算是结实，水瓶子破了，男人的脑壳还没有破。男人还想发威，望见了谢苔儿发怒的牯牛样的眼睛，就怯了三分。后面又有知情的人说：那是个苔儿，莫惹他。惹了他，可是没有轻重的！胖男人只好噤了声，一路再不言传。

进了城，下了车，周国芳问谢苔儿：干吗要打人啊？谢苔儿望着她，一脸严肃地说：打！又吭哧了半天说：欺负就打！周国芳拍了拍他的脑壳告诫他说：以后还是不要打人哩，把人打坏了咋办？谢苔儿不说话，犟着脑壳，望右边的天，望见了山一样的楼房。周国芳晓得，他并没有接受她的告诫。她也不再多说，就拉了谢苔儿的手，去找特教学校。

特教学校在育才路北，周国芳和谢苔儿找到那里的时候，已经过了十二点了，好在提前联系过，校长还在办公室候着，见了谢苔儿后，校长很遗憾地告诉周国芳：我们学校主要是收盲哑儿童，谢苔儿既不聋，也不哑，眼睛也好好的，学校目前不收。周国芳说：他是个苔儿呢。特教学校的校长笑了，说：什么苔儿啊，就是智力发育不好，你们慢慢地教，慢慢地就会好的。这也是你们普通基层学校的责任呢。

周国芳蛮失望地带着谢苔儿走出了特教学校的大门，在大门口，周国芳望着路上的人来车往，一时不晓得该往哪里去。站了一会儿，才想起来似的，去了卫校的附属医院。在附属医院里，周国芳买了好几种的蛇药。乱石坡里的蛇，还是让周国芳的内心惧怕。周国芳指着这些花花绿绿的蛇药，告诉谢苕儿：要是万一被蛇咬了，就要赶紧用这些药。谢苕儿好像不明白，周国芳就又说：哪有蛇不咬人的，要有备无患呢。

5

　　谢苕儿从城里回来，我们兴奋地向他打探城市的情形，可是谢苕儿话都说不圆转，能讲给我们什么呢？我们的兴奋，像没有接上的过夜炉子的火，很快熄灭了。倒是周国芳，对谢苕儿比先前更好了一层。她好像亏欠了谢苕儿什么似的，总是对他特别一点，比方如果是我们做错了算术题，或者写错了字，周国芳一定就会对我们瞪眼，如果她有胡子，说不定就会对我们吹胡子瞪眼。但如果是谢苕儿呢，她就不会这样了，她总是笑嘻嘻地教他，即使是谢苕儿错了三遍，周国芳也是笑嘻嘻的。徐籽成很不服气地说，如果我们同样的题错了三遍，就早挨爆栗子了，谢苕儿呢，恐怕错一百次也不会挨爆栗子。我们都认为徐籽成说得太对了。

　　周国芳还在全班说：以后班上的学生，谁也不许再把谢苕儿喊谢苕儿了，要喊他的大号"谢如泉"。周国芳说：如泉，这是多么好的一个名字，不喊真是可惜了。徐籽成说：要不把如泉的名字给我用吧。周国芳说：名字是不能随便调换的，你的名字跟了你，便有了你的血脉，调换给了别人，你的血脉就也到了别人那里，那怎么得了呢？徐籽成吓得再也不敢提这话了。

　　从此呢，我们就把谢苕儿叫谢如泉了，我们叫得不心甘情愿，但慢慢也习惯了。而且，我们发现，周国芳也并不是让谢如泉享受班上所有的好处，比方扫教室，擦黑板，谢如泉就比我们做得多。还比如，徐籽成曾预言，周国芳会把谢如泉的座位调到教室的前面去，甚至正中间去，可是他的这个预言失败了，周国芳并没有调换谢如泉的座位，谢如泉一直还是坐在教室的最后面。他啊，也实在是太高了，比我们教室里最高的李尚宇还高半个脑壳，而且还有两个徐籽成那么粗，他怎么能坐到前面去呢？他如果坐到前面去，一定会把黑板或者讲台挡一半去，那我们这些小个子就惨了。从这点看，周国芳还是很英明和公正的。

可是，也还有出乎我们意料之外的事情，周国芳竟然要求我们全班的学生也和谢如泉一样，不再喊她周老师，而喊她周国芳！

缘由还是谢如泉。

有一次，周国芳问谢如泉：谢如泉，你为什么总是喊我周国芳，而不喊我周老师啊？谢如泉就望着周国芳，嘻嘻地笑，有一点羞涩，有一点扭捏地说：你不是周老师，你是周国芳。周国芳说：我就是周老师呀，你为什么不喊我周老师？谢如泉就吃惊地望着周国芳，鼓着牯牛一样的眼睛，突然大声喊叫起来：你不是周老师，我不喜欢周老师！打！

谢如泉抱着周国芳的腿伤心又委屈地哭了起来。

周国芳去问校长，校长说：以前，学校真还有一个周老师，课讲得好，就是脾气不好，喜欢打学生。校长接着说：那个谢苔儿呢，有一次在教室里屙了一泡尿，周老师就打了他，让他在高板凳上罚跪，还叫了家长。那个苔儿的爹也是个没轻重的，一顿打，把苔儿的尿又打了一裤裆出来。那次打狠了，差一点把谢苔儿打背气了。周国芳问：你们当时没有在场啊？校长说：在啊！周国芳就问：你们当时为什么不阻止呢？校长笑了一声说：爹打儿子呢，哪个管？再说了，一个苔儿呢。

校长的话没有说完，周国芳便气愤地走了。她摔了校长的门，并指着校长说：以后谁也不许再喊他谢苔儿！校长气得翻白眼，差一点把自己的脚板心都抠穿了。

其实，那个周老师我们也是晓得的。他是从部队上回来的，整天都板着脸，他那时并没有教我们，可是我们都害怕他，听高年级的学生说，他整人的方式多种多样，除了罚跪站凳子扇耳刮子，还有很多的新鲜花样。据说，他用指头弹一下你的脑壳，你脑壳就会立马起鸡蛋大的包，因为他当过兵呢。他的厉害，让"周老师"这个称呼在沟里很长一段时间里，成了"凶神恶煞"的代名词。万幸的是，他离开了学校，用徐籽成的话说，我们真是走运气啊！我们有一些同情谢如泉了。可是周国芳要我们和谢如泉一样，不喊她周老师，而是也喊周国芳，我们还是觉得有一些不可思议，有一些说不出的别扭，我们喊不出口呢！我们又不是苕儿，哪能直呼老师的姓名呢？周国芳就鼓励我们说：名字起了就是让人叫的，我喜欢你们叫我的名字，来，我们一起叫：周——国——芳！我们你看看我，我看看你，就是张不开口，最后还是谢如泉带了头，他很自然地就叫了：周国芳！周国芳！慢慢地，我们也跟着他叫起来，开始是新奇地，小声地叫，后来，我们慢慢地大声叫起来了：周国芳！周国芳！

6

那年秋天开学的时候，周国芳没有到学校里来，我们等了几天，等来了又一个新老师，是个男的，不但又矮又黑，脸上还有一些麻子。校长要我们喊他邓老师，并要我们去几个人帮他打扫屋子。

屋子是周国芳以前住过的那一间，土墙屋，木楼板，进门靠窗的位置是一张办公桌，桌上有两只墨水瓶，一只装着红墨水，一只是蓝墨水，两支蘸水笔分别插在墨水瓶里，像两个并排站着的小学生。桌上还有粉笔盒，里面长长短短的白粉笔，让我们想起了周国芳在黑板上写字的模样，细长的手在黑板上跳动，长长的干净的黑头发在我们的眼前晃动起来。

我们刷了楼板顶棚上的灰尘，又擦净了桌面子，新来的邓老师将办公桌下面的两个抽屉拉开了，一个抽屉是空的，另一个抽屉里是几个花花绿绿的盒子，邓老师也没看，将盒子扔到垃圾堆里去了。徐籽成有一些好奇，捡了盒子看，说是蛇药，他捡了这些蛇药，地也不扫了，抱着交给了校长。

剩下的活只好由我和另两个人来做了。我们打扫了里面的窗台，开始收拾床铺的周围。床铺靠在里面的一面墙边，是一张木板床，床上铺垫着不少的报纸，报纸压平贴实在床板上，显然这是周国芳以前垫下的报纸。我们几个对看了一眼，心灵相通地，都想象起周国芳睡在床上的样子，头在哪里，脚在哪里，后背在哪里，我们好像都看见似的。我们不忍心动那些报纸，好像担心一动那些报纸，就会将周国芳从睡梦中惊醒过来。

我们把目光移到靠近床板的土墙上。那里贴着一溜包过课本的牛皮纸，牛皮纸上，用不一样颜色的画线围了几个框框，框框里贴着一些图画。我们都看见了我们自己画的画。我画的是一辆汽车，汽车从山坡上开到了我家的门前。我还看见了徐籽成的画，他画的是三间大瓦房，瓦房的左边是树，右边是一头牛、一头猪，猪比牛大。这是周国芳让我们画的"理想"呢，现在这些"理想"还贴在周国芳的床里边，周国芳却不见了。我们发着愣，正不晓得怎么处理这些画的时候，邓老师走过来，好像有蛮大火气一样，一挥手，刺啦一下，将牛皮纸从墙上撕下来了。

事情就是在这个时候发生的。谁也不晓得，谢如泉啥时候进来了，就在邓老师撕下牛皮纸，还没有来得及扔掉的时候，谢如泉像一头牯牛一样，突然冲过来，一脑将新来的邓老师四仰八叉地撞倒在了床上……

谢如泉失学了。新来的邓老师说，如果校长不将谢如泉开除，他就不到学校来上课。其实不等校长来开除谢如泉，谢如泉自己就不来了。他好像蔫了，一有时间，就坐在乱石坡的大石包上，望着沟外，最后把他自己也望成了石头一样。偶尔，他也到学校来，在窗子的外面往教室内瞅，也不说话，下课铃响了的时候，他就慢慢地下了操场，过了河沟，走了。

有一天，校长喊住了他，校长将那一包蛇药提出来，递给了谢如泉。校长说，你一天在乱石坡里待着，说不定哪一天用得着呢。谢如泉将那一包花花绿绿的蛇药抱在怀里，看了又看，最后，喊了一声"周国芳"，哭了起来。

从那以后，谢如泉走到哪里，都将那一包花花绿绿的蛇药揣在怀里。

故事还没有完。

第二年开春以后，沟里开始修公路了，修到一半，到了乱石坡。沟里人都晓得乱石坡蛇多，有一些惧怕，后来不晓得是哪个想起来，谢如泉有蛇药。做活的人都想，如果有了蛇药揣在身上，万一遭了蛇咬，也是有备无患。他们就去向谢如泉索要，可是谢如泉把蛇药看得像金元宝一样，哪个也不给。要急了，就发怒，鼓起两个牸牛一样的眼睛，要杀人的样子。大家都晓得，他是个苕儿，不能硬来，就用话哄骗，后来也不晓得是谁，终于打着周国芳的幌子，哄了一包蛇药到手。他向人们传授方法说：其实苕儿好哄得很，你只要说，是周国芳叫来拿蛇药的，他立即就给了。人们试探着，如法炮制，果然都拿到了蛇药，谢如泉的蛇药很快就被人们哄得只剩下了几个空盒盒。

有了蛇药揣着，沟里人在乱石坡修路胆就大了，气就壮了。没多久，乱石坡上的小石头就都搬走，砌成坎子了。剩下的大石包要放炮，人们很快在大石包上钻了眼，弄来了雷管和炸药装上，一共装了满满的五炮。放炮的那天，好多人都去看，我们也去了。我们被警戒的人挡在乱石坡上面的山梁梁上，警戒的人很神奇地舞着一面小红旗，说：大家都在这候着，等炮响了再去看！一大伙人都聚在山梁梁上，凝神静气地候着，等炮响；胆小一些的，还用手捂住了自己的耳朵。可是，炮没有响，总共五炮，一炮也没有响。

大家开始议论，说是不是炸药的问题。买炸药的人是沟里的干部，立马说：咋可能是炸药问题，炸药都是在公家专门买的，咋会有问题。那时的公家就是公道和正义的化身，是不会让人们怀疑的。雷管呢？雷管也是在公家买的。有人又说，是不是炮装填得有问题，装炮的人立即就说：我在三线上放了不止几千炮，没有哑过一炮，怎么会有问题？不可能的！点炮呢，也是装炮的，不用说，也不会有问题。人们聚在山梁上，议论一会儿，又等了一会儿，有胆大的就往近去看，回来后惊惧地说，大石头上都是蛇呢！

沟里人都不敢往大石头跟前去了。

到了下午，有人提议说：让谢苕儿去看看，他好像不怕蛇。有人担心地说：五个哑炮呢，叫个苕儿去看，怕是不行呢。提议的人说：都过去这么久了，一丈长的导火线也燃完了，要响早就响了。担心的人说：哼！有的哑炮隔两天了才响呢。

大家又都沉默了。沉默了一会儿，有人对干部说：老是这么耗着也不是个事，还得想办法去看看才是。

干部就让人喊来了谢如泉。谢如泉摇头不去，他含混着说：炮……轰……炸死！有人就小声提醒干部：说周国芳！说周国芳！干部犹豫了一下，说：是周国芳叫你去呢！你不去，周国芳就不高兴了。谢如泉眼睛亮了一下，望着干部，干部只好咬了咬牙接着说：公路修好了，周国芳坐汽车来了，呜呜呜！呜呜呜！

谢如泉眯着眼睛笑了。他笑呵呵的，满怀喜悦的，一路小跑着往大石头去了。

不到三分钟吧，大石头上的五个哑炮竟然同时响了，炮声让山梁梁都抖动了！

谢如泉和满石头的蛇变成横飞的血肉，不见踪影了。

罩子灯

1

我在上中学以前没有见过电灯。沟里那时照明用的都是自己做的煤油灯，用废弃了的墨水瓶做灯瓶，墨水瓶盖上加一个钻了小孔的薄铁皮，将棉花搓成的灯捻子从小孔上穿过来，做成灯芯子，倒上煤油，一个煤油灯就做成了。每年过年的时候，家里都要做好几个煤油灯，除了给祖坟山上亮使用外，家里也要用，大门上的灯笼要用，堂屋要用，灶屋更是要用。灶屋里供着灶王老爷，灶王老爷的神位前除了要点一盏煤油灯，还要插上香，条件好的家庭还要摆上供品，写一副小小的对联，叫作"上天言好事，下界降吉祥"。茅厕和猪圈里呢，过年的时候也要点上灯，茅厕里点上一盏灯也说得过去，晚上上茅厕的时候能照个明，猪圈里点一盏灯似乎没有多少必要。可是我么兄弟说，人过年，猪也过年呢，硬是在猪圈里也放了一盏灯。也许那一盏灯影响了猪的睡眠，晚上的时候，猪将那一盏灯给吃了——那盏灯是么兄弟用一个大萝卜做的。那时农村家庭，哪有那么多的墨水瓶做灯啊！

平常，一家常用的灯也就一盏，灯的灯瓶也不全是墨水瓶做的，有各式各样的瓶子。说是各式各样的瓶子，其实那时的瓶子也不多，大多是装药的瓶子，有一种装止咳糖浆的瓶子最常见。村里所有孩子咳嗽的时候，公社卫生院的汤大夫都是要开一瓶止咳糖浆的，糖浆喝完了，那瓶子就被当成了煤油灯瓶子。止咳糖浆的瓶子身子长，充当煤油灯瓶子后，有人还给瓶身上用细铁丝扭一个环环，那环环好，既可以提着灯走，也能将灯随时挂在土墙上。挂在土墙上的煤油灯，常常将土墙熏黑一块，那黑能渗进墙里面去，一层一层的，像是刷上的一道又一道的土漆。

煤油灯里最好的就是罩子灯。沟里唯一的一盏罩子灯在谢家，谢家的家长在区上当文教干部，他从区上带回来一个罩子灯，沟里人都去看过。罩子灯有一个喇叭形的专门的灯座，油瓶在灯座的上面，圆球状，灯头是特制的，有升降灯芯的捻头，把捻头一捻，灯亮了，再往反一捻，灯又暗了。罩子灯之所以叫罩子灯，是因为它有一个灯罩子罩在灯头上，灯罩子是玻璃的，我们从来没有看见过这么薄的玻璃，如果把玻璃擦净了，玻璃就透亮得像没有一样。罩子灯的那个亮啊，亮得人心惊。罩子灯实在是灯里的好东西，用现在的话说，是煤油灯里的极品。它当然不是做出来的，是买的，沟里的代销店没有，有也没人买，要买得去狮坪街的供销社里买。多少钱一个呢？沟里人不晓得，也没有谁问，又不买，谁问价钱啊。

沟里也有一些家庭，平常的时候不点煤油灯。那时候煤油三角八分钱一斤，一斤煤油买两斤盐还剩几分钱呢，灯可以不点，盐不能不吃。不点灯晚上怎么办？要么早早睡觉，要么打黑摸（摸黑，在黑暗中摸索着行动），打黑摸吃饭，打黑摸喂猪，打黑摸剥玉米打草鞋编筐筐。还有的妇女，打着黑摸做针线活，补衣服补袜子，还做鞋做鞋垫子。我们队的妇女队长覃万凤还能摸黑绣花，她摸着黑绣出的花，和卖的画上的花一样好看，要不是亲眼所见，谁也不会相信那是她摸黑绣出来的——其实亲眼也看不见，没有点灯怎么看得见啊？实在要照个明怎么办呢？那就点一根干竹棍，有燃松结疤的，那得提前准备。点上干竹棍或松结疤，在它们灰飞烟灭之前，把要紧的活做了，不然，火光一熄灭，那一刻，夜的黑会让人片刻失去自己。那种感觉无法形容。每一次火光熄灭的时刻，小女儿都会打一个冷噤，她在黑夜里，要么正拿着剁猪草的刀，要么正端着给地炉子加炭的簸箕——如果簸箕里装满了石炭，火苗熄灭的那一刹那，小女儿总是会非常明显地感觉到石炭一下子变得比铁还重了。小女儿一直疑惑着，难道黑夜还有重量吗？那种疑惑常常使小女儿在黑夜里喘不过气来。

2

小女儿是李绪顺的三女儿。李绪顺有五个子女，老大和老幺是儿子，中间夹着三个女儿。三个女儿似乎都没有正经名字，就这样叫着，大女儿，二女儿，小女儿。小女儿和我差不多大小，长得细眉细眼的，喜欢紧闭着嘴巴，把一口气在嘴里鼓着，瞪着细细的眼睛望人，有人要是问她的话，她就将嘴巴里鼓着的气吐出来，赤着脚一溜烟跑开。

我启蒙上学堂的时候，小女儿和她的爹娘哭闹了一场，她也要去上学堂。小女儿的爹娘没有理视她的哭闹，倒是她的大姐将一个竹篮子拎在她的肩上，吆喝着她去打猪草，二女儿也跟着吆喝。小女儿只好拎着竹篮子，跟着两个姐姐去打猪草。那竹篮子硕大无比，差一点将小女儿的整个身子都罩进去了。

我在沟里的小学堂上了五年的学，就看见小女儿打了五年的猪草，从开始的拎着篮子，到后来的背着背篓。有时我在放学的路上会遇见她，她仍然赤着脚，只是不再鼓着嘴巴。她将一大背篓的猪草靠在某个石坎上，默默注视着我们背着书包走过。我看见了她满是补丁的衣裳和满是汗水的脸，有一绺头发被汗水沾在额头上，那头发像是墨汁画上去的一样，黑得像是要从脸上流下来了。偶尔有一回，她问我：放学了？我说：是。她就让我将书包放到她的背篓上，她说：我给你把书包背回去。我看见她背篓里的猪草堆得尖尖的，尽是刺秆，大刺秆、小刺秆。刺秆上的刺针尖一样四面八方地参着，看得我浑身直起鸡皮疙瘩，不晓得她是怎么将这么多的刺秆从坡上打回来，又是怎么装进背篓里去的。我迟疑着摇了摇头，没有将我的书包放到她的背篓上去，一是因为放不上去，更主要的是，我害怕刺秆上那些气势汹汹的刺会扎穿我的手指。我曾经被它们扎过，实在是疼得要命。

除了打猪草，小女儿当然还干其他的活。夏天的时候，她刮洋芋皮。他们家每天都是六七个人吃饭，夏季里，洋芋是一家的主食，顿顿饭都是洋芋，干洋芋稀洋芋，每一顿饭都得一水桶洋芋。洋芋刮皮的活都是小女儿做。小女儿一天得刮干净三水桶的洋芋皮，小女儿实在刮不完，但她不能去求大女儿和二女儿，大女儿和二女儿都有自己的活；大女儿跟着爹娘和哥哥，已经到队上出工干活了；二女儿给队上放牛羊，两头黄牛，二十几只山羊，要让它们每天都不饿肚子，也让二女儿累得够呛。小女儿没办法，就求弟弟帮忙。

小女儿的弟弟叫再生，是李绪顺连着生了三个女儿后添的儿子，他给儿子取再生的名字，就是希望还生一个儿子，可是不晓得什么原因，没有再生了。再生成了李绪顺的幺儿，也成了全家宠爱的对象。全家就他一个人可以不干活，可以睡懒觉，可以漫山遍野地疯跑。他还可以上学，在不愿上学的时候，他还可以逃学。他逃学后跟着二女儿到山上去放牛羊，将书包里的书掏出来，装一书包野核桃回来。后来，小学堂的张老师找到李绪顺家里来，李绪顺也只是笑笑了事。

再生书读到三年级，就不再读了。他从学堂回来，成天就两件事，要么睡觉，要么玩。小女儿洋芋刮不出来，就央求他帮忙。也许是闲得无聊，也许是好奇，刚开始的时候，再生也刮了几回洋芋，但机械乏味的劳动让他很快就厌烦了，他不但不正经刮洋芋皮，还干扰小女儿让她也刮不成，影响了小女儿干活的进度。小女儿不但挨了娘的叱骂，还挨了娘的耳刮子。娘粗糙的手掌打在小女儿的左脸颊上，小女儿的左脸颊倒不是很疼，只是左耳里好像钻进去了一只黄蜂，嗡嗡地响了十多天。

小女儿白天刮不完洋芋皮，就只好晚上刮。头一天晚上将第二天要吃的洋芋先刮一水桶出来，这也是娘教给她的方法，娘当然不会让她点着油灯刮洋芋皮了，点着油灯刮洋芋皮，那真是太浪费煤油了。小女儿就摸着黑刮洋芋皮，小女儿没有感觉到有什么别扭，一切都是顺理成章的事情，她摸着黑将洋芋捡进篮子里，摸着黑提来水桶，又摸着黑将水桶里舀上小半桶水，她坐在灶后的木头凳上，拿出刮洋芋皮的刮刮——那刮刮她时刻都揣在衣服口袋里——开始飞快地给洋芋刮皮。在黑夜里，小女儿听见嚓嚓嚓嚓的声音，仿佛就看见了洋芋的皮皮不断地从她的手上掉下来，好像那些皮皮就是洋芋的衣裳一样，洋芋的衣裳脱得光光的了，小女儿就将它们扑通一声丢进水桶里。小女儿想，我什么时候才能将这些洋芋的衣服都脱光啊？

冬天的时候，刮洋芋皮的活少了，小女儿得砸煤炭加炉子。

说是砸煤炭，其实砸的是石炭。石炭硬，有的甚至比一般的石头还硬，加炉子得将大块的石炭砸成小块才成，在沟里砸石炭的活，一般都是有蛮力气的粗笨的人做的，请这样的人到家里砸几天，把一个冬要烧的石炭都砸出来。当然请人砸不是白请的，得给粮食，还得管饭。一般的家庭不请人，都是自己砸，是男娃儿的活。我从小学砸石炭一直砸到初中毕业，砸石炭的活，我深有体会，除了要有力气也得有技巧，没力气举不起几下铁锤，没技巧，石炭会四处乱蹦乱跳，说不定石炭屑还会飞进你眼睛里去。男娃儿冬天砸石炭加炉子是沟里的惯例，可李绪顺家是小女儿砸石炭加炉子，这又是沟里的一个例外。小女儿砸石炭，看着有一些可怜。小女儿手臂纤细无力，举不起大锤。李绪顺就专门给她置了个小锤，小锤小，砸不破大石炭，小女儿急得直哭，她的哥哥就抽时间用八磅锤把大块的石炭都给砸破开来了，这给小女儿省了不少力气。小女儿从内心里喜欢她的哥哥。

哥哥除了帮小女儿砸破大块的石炭，还帮小女儿出炉子坑。沟里冬天烧的炉子都是地炉子，地炉子有一个大坑，这个坑除了给炉子通风通气外，还堆放烧过的炭灰，炭灰每到一定时间就得从坑里掏出来倒掉，不能让炭灰将坑填满。沟里人把这个活叫作出炉子坑。出炉子坑的活也很费力气，如果炉子坑大，装的炭灰多，两三个劳力也得干半天。小女儿每次出炉子坑的时候，哥哥都会给她帮忙。小女儿在炉子坑里将炭灰装进簸箕里，哥哥就将装满炭灰的簸箕从坑里提起来倒进背篓，装满一背篓后，哥哥就将背篓里的炭灰背到河沟边倒掉。炭灰常常落满小女儿和哥哥的头发，哥哥和小女儿的头发都变成了灰白色，连眉毛也变成了灰白色。小女儿望着哥哥的样子在心里笑，她很喜欢哥哥的这个样子。可是哥哥不喜欢这个样子，他担心他的头发真的变成了灰白色，那样，他就更难找对象了。

3

哥哥叫李道大。道是他们的排行，大是他的名字，因为是老大，所以就叫大。李道大在我开始上学的那一年就开始相亲，几乎每年一次，一直到我小学上满，他还在相亲，他的亲事也还是没有定下来。本来，在我上四年级的时候，有一个姓张的姑娘相中了李道大，女方到沟里来，连家儿都看了，差一点订了婚，可不晓得为什么，一个年一过，女方又变卦了，不同意和李道大的亲事了。为这事，李道大和他爹在种洋芋的时候吵了一架，还差一点动起手来。那个张姓姑娘来李道大家看的时候，我们都看见了，她其实一点也不好看，大嘴巴，龅牙齿，一只眼睛还有个疤。

李道大相不上对象，小女儿也很着急。每次李道大相亲的时候，小女儿都想给哥哥帮忙做点什么，可是相亲这件事是男女双方和双方家长的事情，一个小女娃儿又能帮什么忙呢？小女儿干着急，就替李道大洗鞋子。

李道大有一双布鞋，是大女儿专门给她的哥哥做的相亲专用鞋——相亲的时候穿，不相亲的时候就收起来了，布鞋收起来之前要洗刷干净。这个活，是小女儿主动要求做的。每一次给哥哥洗鞋，小女儿都洗得特别仔细，她要把鞋里鞋外的灰尘泥土、汗渍垢甲都洗刷得干干净净，鞋底要轻轻伸展，鞋面要慢慢绷平，鞋沿子她还会用白灰仔细匀净地涂抹，她希望鞋沿子白得像新的一样扎眼，但这是不可能的。小女儿有一些愧疚和自责，她忍不住打了自己一巴掌。

我小学毕业那一年，终于又有一个姑娘要到李家来看了，是山那边覃家的，姑娘能干，还到石泉修过铁路。李绪顺一家全都动员起来，积极准备迎接来看家儿的姑娘。看家儿是沟里相亲过程中的一道非常重要的程序，一般都是女方相中了男方本人后，就要到男方家里来看看，看看男方的住地，房有几间，人有几口，家里条件如何，砍柴打水是否水便，家具农用是否一应齐全。女方看家儿满意了，亲事基本上就可以定下来了。因此，沟里人没有谁不重视看家儿这件事。李绪顺一家更是如此，看家儿的日子确定下来后，他们首先将房子整修了一番，把烟尘刷了，墙缝缝补了，房顶子的石板检修了。三姊妹还用了整整一天的时间，将一间睡房的土墙都糊上了报纸——报纸是大女儿向学堂的张老师讨要的。张老师晓得是有人来看家儿，就又给了大女儿一张大白纸，张老师说，用白纸糊窗户比用报纸糊窗户好多了，亮堂堂的。

　　一切都准备好了，屋外屋内也都收拾干净了，在看家儿的好日子快要来到的前三天，李绪顺把家里的过年肥猪也杀了，连猪圈都收拾得干干净净的，就只等覃家看家儿的人来了。可是李绪顺呢总还是觉得缺了个啥，缺啥呢？李绪顺问儿子李道大，李道大想了想说：要是有一个罩子灯就好了。李道大一说，李绪顺就灵醒了，上一回那个姑娘来看家儿就嘟囔过他们说：还点个煤油灯，好好的房子都熏得黢麻黑，现在外面都点电灯了。点电灯现在不现实，但点个罩子灯还是可以的。李绪顺下了决心去买一个罩子灯。他拿了两块钱就往沟外走，边走边想，越走越慢，走到沟口，他又回来了。他对大儿子李道大说：买一个罩子灯还是太浪费了，我去把谢家的罩子灯借来用一晚上吧。李道大说也行。李绪顺就去了谢家，谢家很爽快地同意了，说等看家儿的那天，叫哪个娃儿来拿就行了。

4

　　看家儿的日子定在冬月十四，是个好日子。那天，天上飘着雪花，也不记得是沟里的第几场雪了，阴坡上的雪还没有融化，新下的雪又盖上去了。从阴坡上吹下来的风，让河沟的水边上结了一道冰凌子，那冰凌子在河沟的水边曲曲弯弯地绕着，好像给河水扎了一道白色的花边子。小女儿顺着河沟边的路往谢家走去，她要去拿谢家的罩子灯呢。同去的还有她的幺兄弟再生。小女儿是她爹派去的；再生呢，是他自个儿犟着跟着小女儿去玩的。他的娘叮嘱他：下雪路滑，走路要小心点，别摔河沟里去了。娘又叮嘱小女儿要将弟弟招呼好，不要让他玩冰凌子和雪，会冻人的。娘对小女儿警告说：你不招呼好弟弟，会招打的！娘说这些的时候，再生已经在前面跑了，只有小女儿将娘的话都听进耳里了。她在后面追再生，生怕再生摔了，或滚进河沟去了。再生跑得快，一直到谢家的岔路口，小女儿才追上再生。

小女儿气喘吁吁地央求再生别跑了，再生就把一坨雪噗地打在小女儿头发上，小女儿的头发瞬间就变白了。再生望着小女儿哈哈大笑起来。小女儿无奈，再次央求再生别闹了，说还要借罩子灯回去，一会儿看家儿的人就要来了呢。再生这才安静下来，跟着小女儿上了岔路口，进了谢家屋里。

拿了罩子灯，姐弟两个往回走。过了岔路口，再生就要小女儿把罩子灯给他拿着，小女儿不敢。小女儿左手托着灯座子，右手轻扶着灯罩子，小心地在路上走着，生怕灯罩子会掉下来碎了，她哪里还敢给再生拿着。再生就说：不给我拿，我看看总行吧？小女儿就找了地方停下来，姐弟两个将罩子灯认认真真看了一遍，灯座子、灯瓶、灯罩子、灯头，还有灯捻子和灯座子上的花纹，他们都看了个遍，再生还试着将灯捻子的转钮转动了一番，他还想转，想把灯捻子都转出来，可是小女儿果断地阻止了他，再生只好作罢。他怏怏地在小女儿前面走着。小女儿双手拿着罩子灯，还要招呼走在前面的再生，小女儿走得很小心。

雪落在地上，有的化掉了，有的积下了。化掉的雪变成了水，水又融了泥，泥上面又积了雪，路面上成了典型的雪泥路。雪泥路最不好走，最容易摔跤。小女儿怕自己摔，又怕再生摔，再生摔了娘会责怪她，自己摔了罩子灯不保。小女儿那一天真的是走得胆战心惊如履薄冰，她眼睛望着自己脚下，又要望着前面的再生，还要时不时地瞅一瞅手上的罩子灯。她嘴里喊着再生小心，自己的脚步就有一些凌乱，好几次差点摔倒，万幸的是都稳住了。

走在前面的再生没有啥负担，他走走停停，望着小女儿摇摇晃晃的样子，倒是觉得很好笑，也很好玩，不晓得他当时是咋想的，他团起了一坨雪，照准小女儿扔了过去，啪的一声，小女儿摔倒了，罩子灯的玻璃罩子从灯座子上脱开，滚落到地上，碎成了一堆玻璃碎片。

5

当小女儿一手端着罩子灯的灯瓶子，一手捧着灯罩子的碎玻璃走到家门口的时候，她浑身都颤抖起来了。她看见她爹李绪顺背着手，佝偻着腰，站在堂屋的中间正望着她，而先她跑回来的弟弟再生，躲在爹的背后，正向她做着鬼脸。很显然，再生已经将罩子灯的玻璃罩子摔碎了的事情告诉了家里，小女儿晓得一顿暴打是免不了了。她很绝望。她绝望的不是挨打，而是哥哥的亲事，罩子灯碎了，如果影响了哥哥的亲事，这可比挨打要严重一万倍啊！小女儿站在自家的门口，全身哆嗦着流下了眼泪。

其实李绪顺那天并没有打小女儿，他接过小女儿手中的那一堆碎玻璃，也不晓得怎么办才好。他左望望右望望，似乎是在寻找什么。寻找什么呢？他也不知道。李绪顺跺了一下脚，说：你个瓜女娃子啊，害人精！等我明天再收拾你！李绪顺转身到灶屋里，将罩子灯的碎玻璃片放进了一个木瓢里。

哥哥接了小女儿另一只手上的罩子灯座子，把灯座子拿在手上看了一下，说：灯座子也摔破了，有两条长口子了，用不成了。哥哥叹了一口气，想了一想，把灯座子还是放在了窗台上。李道大是这样想的：虽然没有了灯罩子，可它还是罩子灯哩，就让它待在窗台上充充样子吧。只是没有了灯罩子的罩子灯座子看起来有一些别扭，它傻头傻脑地待在那儿，就像是刚从冰水里爬出来的一条老狗，缩成了一团，丑陋而又可怜，那样子真不是什么好样子。可是又有什么办法呢？哥哥望着那个灯座子又叹了一口气。哥哥看也没有看小女儿一眼，小女儿的心快结成河沿上的冰凌子了。

娘在灶屋里忙活，大女儿在帮忙切菜，二女儿在烧灶火。娘儿三个正说话，见了小女儿进来，都一起责问她为什么这么不小心，把罩子灯打碎了。娘骂了她几句就忙着干活去了，两个姐姐把抱怨的话说了个遍，又将后果的严重性说了个遍，小女儿说不出个啥话来，只好像个罪人一样站在灶台边瑟瑟发抖。后来，娘踢了她一脚，要她莫在灶屋里占地方，挡手挡脚的。娘说：去做你的活去！小女儿就从灶屋里出来了。

看家儿的人很快就到屋了，来了七八个，有男有女，有老有少，屋子里顿时热闹起来，李绪顺和李道大忙着搬椅端凳，装烟倒茶，招呼客人。媒人也来了。媒人介绍了来看家儿的客人。有姑娘的爹妈、哥姐和一个弟弟，还有一个老婆婆，说是姑娘的大姑。

姑娘的大姑头上戴一顶火车头棉帽子，两条小辫子从帽子后边拖下来，就像是两根干了的黑猪尾巴。她还吸纸烟，像个男人一样把纸烟叼在嘴上，没有感觉到她在吸，只看见有淡淡的烟雾从她的鼻孔里慢悠悠地钻出来。她一到李绪顺家，就四处转悠着观看，时而点头，时而晃脑，活像是个干部在视察一样。屋里屋外转着看完了，又将园地水井和屋上坎下看了个遍，连猪圈茅厕也没有放过。看猪圈的时候，她问陪着她的李绪顺：喂了几头过年肥猪啊？李绪顺点头哈腰地答：今年喂了一头，前几天杀了，明年准备多喂一头。姑娘大姑很满意地点了头，还准备钻进猪窝里去看看，可是猪窝的门紧紧关着，她一时没有推开，大姑有一些不屑地说：猪都杀了，猪窝门还关那么紧。李绪顺也有一些奇怪，不晓得是哪个把猪窝门关上了。

好在大姑打消了钻猪窝的想法，又转到屋后面去了。她看了屋后面堆的石炭，石炭砸得碎碎的，装了满满的两簸箕，那两簸箕的石炭显然是刚装进去不久，炭面上干干净净的，还没有积上雪花。另一边呢是一垛一垛的干柴和十几根檩子，它们都整整齐齐地码在那里，向覃家姑娘的大姑显示着主人家的勤劳。

这一切都看对了，大姑叼着纸烟，慢悠悠地进了火炉屋。进了火炉屋她并不坐下，而是用小眼睛把火炉屋打量，最后，她的目光停在了窗台上，她看见了窗台上的罩子灯座子，似乎笑了一声，然后走过去，拿起罩子灯的灯座子，蛮有见识地说：这个灯，连个灯罩子都没有，还放这儿干啥啊？她似乎有一些气地将灯座子往窗台上杵了一下，就一下，当她的手离开灯座子的时候，灯座子在窗台上无声地裂开，成了三块！

6

待看家儿的人一离开，李绪顺就恼怒地喊小女儿来，幺儿子再生告诉他说，好久没看见小女儿了，李绪顺喝叫再生去找，再生到外面溜达了一圈回来说：没有找到。又开玩笑似的对他爹说：

她怕是害怕你打她，躲到哪里喝孬药去了。

李绪顺骂了一句：死女娃子！说着就去看装在木瓢里的灯罩子碎片，又将裂成三块的灯座子也拿过来，他想象着能否将它们拼起来。灯罩子是拼不起来了，碎得不成样子了，灯座子呢或许熬一些牛胶还能胶合起来，不然怎么给谢家交代呢？李绪顺一开始就没有想着要给谢家赔一个新的，谢家的这个罩子灯少说也用了五六年了，或许即使不摔一下，也快要破掉了。那个灯罩子是不是一开始就有了裂缝？那也是有可能的，那么薄的玻璃，长期烟熏火烤，哪有不碎的道理？唉！都是自家运气不好，干吗要去借一个破旧的罩子灯啊？

李绪顺这样想着，就真的去找来了牛胶开始熬制，准备胶合破成三块的灯座子。李道大对他爹的行为嗤之以鼻。李道大说：你补好了别人也不会要了。再说，灯罩子你补得起来吗？李绪顺没有理视儿子，他花了半天的时间，将灯座子胶合起来了。他对胶合起来的灯座子很是满意，还试图将灯罩子也补起来，可是实在太难了，李绪顺便放弃了。

下午的时候，李绪顺拿了补好的罩子灯座子，亲自去谢家送还。他做了准备，口袋里装了一块钱，想着要是谢家怪罪刁难，他就再赔给他们一块钱，一块钱就当是买一个新的灯罩子了。可是谢家拒绝了他。谢家不要他补好的灯座子，也不要他的一块钱，谢家的意思很明显，要他赔一个新的罩子灯。李绪顺有一些恼火，他气咻咻地对谢家说：你们那个罩子灯明显旧得都不成样子了，还要我们赔一个新的给你们，那不是讹人吗？谢家人也有一些恼火，硬邦邦地顶他说：那你就把借我们的旧得不成样子的罩子灯原封原样还给我们就是了嘛，我们也没要你赔新的！

话说到这份上就僵着了，李绪顺只好气鼓鼓地往回走，半路上他想将那个灯座子扔到雪地里去，可是终没有扔，他把灯座子拿回家，塞到床底下去了。

天黑了，小女儿仍然没有回来。李道大和两个妹妹分别到沟里的人家去找了一遍，都说没有看见，他们就赶紧回来告诉李绪顺说，小女儿不见了！李绪顺坐在火炉边还在怄气哩，他想，看来不给谢家赔一个新罩子灯是不行的了。听说小女儿不见了，李绪顺更加窝火，就骂了李道大和两个女儿，要他们快去把小女儿找回来。李绪顺吼道：赶快去把她给我找回来，都是这个死女子整的，把她找回来，我打死她！李道大又急又气，向李绪顺吼起来，说：小女儿都不见了！你还要打死她？还不赶快请人去找她哩！

　　沟里人在沟里找了一个晚上。

　　天亮了，大家筋疲力尽地回屋，准备睡觉。李绪顺站在猪圈边上，看见了紧紧关闭着的猪窝门，他猛地打了个寒噤，连喊了几声李道大，把大儿子喊来，一起将猪窝的门打开了，阴暗潮湿的猪窝里，小女儿缩成一团，蜷曲在旮旯里——她是喝孬药死的，猪窝里找到了几个"毒鼠强"的袋袋。她死得很痛苦，打扫得很干净的猪窝的地面上被她用手指抓出了很深的槽子，从时间上来看，覃家人来看家儿的时候，她就已经躲到猪窝里了，猪窝的门显然就是她在里面关上的。但她到底是什么时候喝的"毒鼠强"却无法晓得。她死得那么痛苦，却没有喊叫一声——也许她喊叫了，只是没有人听到。

　　那一年的冬天，沟里一直很冷。

天上的桫椤

1

刘星汉打电话时，我正怒气难平地奋笔疾书，可他的电话一直打来，坚持不懈的声音就像一根不停地往皮球上扎的钢针——就是个铁皮的球也经不住扎啊！我只好停下激扬的文字，接听他的电话。

刘星汉在电话里笑了。他如释重负地说：你终于接电话了。

我没好气地说：快说！有什么事情？

刘星汉说：呵呵，我就是想问你近期有时间没有，有时间就到正阳来，你不是说早就要到龙洞河看看的吗？

我毫不犹豫地答应了。我辛辛苦苦、努力又认真地工作，就是想早点晋升职称，结果在第一轮就被淘汰了。我一口气郁结于心，不找个地方散散，肯定对身体不利。

我理直气壮地向单位递了病假条，然后向大山深处出发了。

过了白果坪，进入弯弯曲曲、坑坑洼洼的山区公路，我被颠簸得头昏脑涨，最终没有忍住，吐了个天昏地暗。

开车的师傅很同情地将车停在路边，我下车继续吐，将临走时吃的东西吐了个干干净净，感觉才略好了一些。

继续走。我闭了眼睛不敢说话了，也不敢乱动，最后昏昏然睡过去了……迷糊中，车停了下来。刘星汉叫醒我说：到了！我睁开眼睛，迷迷瞪瞪地问：到了？

刘星汉说：你就在这儿下车休息吧，我去忙一会儿。

我迷迷糊糊从车上下来，仰头看见一个横长的大红牌子挂在我的面前，牌子上耀眼而醒目地写着：正阳小时光农家乐。

来啦！快里面坐！

一个精干的中年妇女接过我的行李，笑呵呵地向我招呼，将我带进了玻璃大门。先是一个大厅，过了大厅，是一个新式天井，四周的三层楼房环绕着，让人有种别有洞天的感觉。

我介绍说我是刘星汉邀来的，妇女说：晓得，他早就打了招呼的。这会儿他到村上去了，你先休息，一会儿他就来了。

我坐下喝茶。喝的是典型的高山绿茶，清香入口，很快将我晕车的感觉驱散了大半。

又来了一拨客人。妇女站在天井的一边对着楼上喊：长学！长学！来客人了！

一个也很精干的中年男子从楼上下来。他笑嘻嘻地望着妇女，露出了一口白牙。

妇女说：快去接客人！

男子满脸笑容地出去了。

进来了一伙人，听声音是外地的，说的普通话。叫长学的男子也用普通话和他们应答，普通话不标准，却相当流畅。从搭话中听出来，他们是来为大草甸旅游开发做规划的，要在这里住几天。一伙人闹嚷着上楼去了。

中年妇女问我：是不是也到房间里去休息一下？

我说：不了，在车上睡了好半天，没瞌睡了。

中年妇女就又对楼上喊叫：长学！长学！赶快下来，把猪蹄子剁了，下午给客人们吃。

她自己则提了一篮洋芋坐在天井里开始刮皮。

她问我：是不是有一点晕车啊？

我说：有点，不过现在好了。

她接着就说：我也晕车，一晕啊天旋地转的，呕得一塌糊涂，连苦胆都呕出来了。她笑呵呵的，似乎是在说一件与己无关的有趣的事。

我问：你坐车去哪里？远吗？

远！到深圳去。我大女儿他们在深圳办厂，要我过去帮忙。帮啥忙啊！其实就是让我到那边玩。我玩不住，跑回来了。

我有点好奇，问：什么厂啊？

她说：包装机厂。女婿能干，把那个包装机改进了，一下子就卖到外国去了，一年挣好几百万哩！

我吃了一惊，问：你女婿是哪里人？

她说：本地正阳河的，叫邓碧银。女儿女婿好，想接我们过去享福哩。我们才不去哩，我们自己能养活自己，干吗去依靠别人啊？长学也不去，我们就在家办农家乐，卖茶叶。我给你泡的就是我做的茶叶，你喝着怎么样？

我说：蛮好！

她说：这不是我最好的茶叶，我最好的茶叶都卖了，留不住。买茶叶的都是老主顾，我不欺哄他们，每次都是将最好的茶叶卖给他们。他们信任我，年年都在我这里买，春天里，我的茶叶生意可好了！

她由衷地高兴起来，脸上的笑容像是春天的阳光一样感染了我，也温暖了我。

那个叫长学的剁好了猪蹄，来告知她，一副请示和汇报的样子。

她问：剁好了？

他笑嘻嘻地说：剁好了，也洗好了。

她仰头指示：那就放到锅里炖起！把火招呼好，开了把沫子撇了，然后把泡参洗出来，一会儿放进去……

她吩咐了一大堆活，他笑嘻嘻地应承着去了。

她又继续刮洋芋皮。我说：你还没告诉我你的名字呢？

她哈哈一笑说：哎呀！弄了半天，你还不晓得我的名字！我叫宁约桃，刚才那个是我的爱人，叫覃长学。

我笑着说：看样子，你好像是老板，他是伙计哩。

她又哈哈一笑，说：那还是他是老板，他毕竟是男的嘛。想一想又说：我们长学就是人太老实，别人老欺负他。

我不相信，说：不会吧，我看覃大哥是蛮精明的人哩。

宁约桃说：唉！你不晓得，他被人欺负的事多了。前几年，为村上修路，他被人拿着菜刀撵了几里路……

我正要问问是怎么回事时，来了个小女孩，缠着要她唱歌。

宁约桃说：唱歌就唱歌，唱个什么歌？

小女孩轻声细气地说：桫椤！

宁约桃又哈哈笑起来，说：你就只晓得个桫椤。好，外婆给你唱！

她刮着洋芋哼唱起来。在她的歌声中，小女孩挥动起小胳膊小手，一边跟着唱一边欢快地跳起舞来。

我笑了，很真诚地给他们鼓掌。并问：你们唱的是什么歌？

宁约桃说：我们这里的山歌，是《天上的桫椤》。

2

刘星汉从村上回来了，兴冲冲地要带我到村上去。

宁约桃从厨房出来，特意叮嘱他，下午一定要过来吃饭。刘星汉说：肯定要来啰，我专门把同学约上来，就是要吃你的农家菜，喝你的苞谷酒的，还要听你唱歌啊！

宁约桃哈哈笑着说：那好，那就好！

村委会离得不远，从河口进去不到两里路。路是新打的水泥路，又宽敞又平整。路两边有不少在建的水泥砖楼房，干活的工人忙碌着，场面十分火热。

刘星汉说：在建的房子都是贫困户的，国家扶持，从山上搬迁下来，好政策让他们热情高涨哩。这条新打的路，直通到大草甸上去了，前不久大草甸搞帐篷节，来了不少人，可热闹了！刘星汉的语气中充满了激情和掩饰不住的兴奋。

在村委会，刘星汉介绍了我。村支书张忠明是个大汉，说话也爽直，问我住在哪里。我说在小时光农家乐。他爽朗一笑，说：好！住那里好。那里的老板是我们的产业大户。那两口子，能干！

我想起老板娘的话，好奇地问支书：听说男的被人拿着菜刀撵是怎么回事？

支书说：哦，你说的是好多年前的事了。那时他是队长，修这条公路时，有人砌了石坎子后，不按质量要求填石方，而是填泥巴。覃长学是个很讲原则的人，为了保证工程的质量，坚决阻止，争执起来。对方女人不讲理，拿了菜刀就来砍覃长学，一个男人肯定不好和女人斗啰，只好跑，女人就追，一直追到乡上，乡上干部才将女人喝住拦下了。

我听明白了事情的原委，感叹说：这不是老实，是做事实诚，讲原则，现在这样的人少了哩。张支书也连连点头，表示赞同我的话。

太阳落下了山坡，空气变得清凉起来，一群鸟从龙洞河对岸飞过来，停歇在村委会门前的核桃树上，叽叽喳喳乱叫。和我同车上来的领导从农户家回来了，脸上淌着汗，脚步有一些疲软，看样子累得够呛。刘星汉忙招呼他说：吃饭时间到了，我们下去吃饭，今天我请客！

我们回到了农家乐。宁约桃做好了一大桌菜，除了豆腐泡参炖的猪蹄外，还有土鸡炒岩耳，竹笋炒腊肉，豆腐乳调的山野菜。都是一些我没有吃过的稀罕菜。刘星汉有一些感动，他对宁约桃说：你把好东西都拿出来了哩，太瞧得起人了。宁约桃嘻嘻哈哈地说：你轻易不来吃口饭，而且今天还有县上来的贵客，不做点稀罕东西怎么对得起人啰。又对着外面喊：长学，长学！快点把熬的蜂糖苞谷酒拿来啊！

覃长学在外面一连串地应着：来了来了来了！他笑嘻嘻地提了一把大壶进来，酒还没有出来，香味已经弥漫在房间了。

我们开始喝酒。宁约桃在厨房里继续炒菜，覃长学给我们上菜。我们推杯换盏，不一会儿就都带了酒意，只喊老板娘快来，不要再炒菜了，要来喝酒唱歌。

宁约桃果然解了围腰，从厨房里出来了。她笑嘻嘻地走到桌前，也不扭捏，很大方地坐下了。几个都说：先喝三杯入席酒。宁约桃说：你们想要我喝醉啊，一杯行了！说着端起酒杯喝清了。张支书闹叫，要她再喝一杯，她对张支书一瞪眼，说：要喝也行，你陪我喝！张支书也畅快，说：行！端起来陪喝了一杯。刘星汉见了，也赶紧端起酒杯，说：感谢桃姐今天给我们做了这么丰盛的一桌菜，辛苦了！我敬你一杯酒！她也将酒端起来喝了。

三杯酒下肚，宁约桃说：我不喝了，我要唱歌。并提要求说：我唱一首歌，大家就喝一杯酒。要不想喝酒哩，就要对唱一首歌。

刘星汉连说：惨了惨了！我探询地望着刘星汉。刘星汉望着我说：上次县文化馆的来了几个，专门和她对歌喝酒，结果文化馆的都喝醉告饶了。我们和她对歌，定是输，肯定要醉惨了。

那天晚上，几个人果然都喝醉了。我也醉了，我是被老板娘的歌唱醉的。我没有想到她会唱那么多的歌，都是原汁原味的山歌，唱得那么好，那么动心动情！到了最后，老板娘的眼里含了泪，我的眼里也含了泪。

3

第二天起床后，宁约桃告诉我，领导一早都下村去了，她说刘星汉也到户上去了。宁约桃说：你先吃早点吧，早点吃了，我带你转转。

她带我去了她的茶园。

一大坡茶树在清晨的阳光中泛着翠绿的光，空气清新得似在梦幻之中。宁约桃指着满坡充满生机的茶树，说：我这茶树才栽下两三年时间哩，你看，长得多好！我今年新添了制茶的设备，我和长学商量了，明年再发展几十亩高山茶，纯农家肥，做真正的绿色茶饮，肯定好！

她满是激情和憧憬的话语让人感受到了希望和美好。她的喜悦和生活态度深深感染了我，我羡慕地对她说：你一天到晚都精精神神、兴高采烈的，性格太好了。

宁约桃顺手扯着茶地里的杂草说：我性格好吗？

我说：好啊！乐观，喜气，好像从来就没有忧愁。

她哈哈笑了起来，说：唉！你是不晓得我受的苦哩！

我望着她说：看不出来你受过苦啊！

她直起腰说：你猜猜我以前是干啥的？

我摇了摇头说：猜不出！

我真猜不出来。她告诉过我她的年龄，可是从她的容颜和神态上一点也看不出岁月留给她的痕迹和沧桑，如果她自己不说，谁也不会想到，她已经是五十四岁的人了。

她有一些得意地说：猜不出来吧？我以前是理发的，在正阳街上理了二十多年的发，办了茶场后还在理发。去年办起了农家乐，我才把手艺放下了。我理发的手艺在正阳可是数一数二的，我能设计发型，现在正阳还没几个人能行哩。

我惊讶而又好奇，忍不住问她：你上了几年学？

她又哈哈笑了，还是让我猜。

我还是猜不出来。按她说话的水平和现在的事业，说她大学毕业也不高；可是按她的年龄，她不可能上完大学。高中吧？最大的可能是高中毕业。我试探着说。

她笑弯了腰。几只在茶枝间跳跃的鸟儿被她的笑声惊走了，飞到茶地边的大椿树上去了。

她喘着气说：要是能上个高中就好了，我是只进了个小学的门，上了半天的学。

她向我讲起了她的经历。

小时候他们住在龙洞河的高山上，家里穷，又是女孩，家里就没打算送她上学。八岁那年，老师做通了父母的工作，她去上了半天课。放学回家后，母亲病了，卧床不起。她承担起了照顾母亲和小弟弟的责任，没法再去学校了。不久，两岁多的弟弟高烧死亡，接着，母亲撒手而去，她承担了全部家务。她还不到十岁呢，个子又小，做饭时够不着锅沿，推磨时够不着石磨的把手，就只好搭一条长凳，做饭推磨都站在长凳上进行。唉！那时的苦啊，没法说！

她停住了，沉浸在过去的时光中。风从耳边轻轻拂过，阳光的味道弥漫山坡。

平静了一会儿，她接着说：我十四岁以前没有穿过鞋子。第一次穿鞋子是我将挖了半年的黄姜交给父亲后，父亲给我买的解放鞋，鞋子买大了好多，我穿上后哭了。到现在我还记得解放鞋的那股橡胶味和帆布的味道。那味道真好闻啊！

她闭一会儿眼睛，好像沉浸在解放鞋的橡胶味和帆布的味道里面去了。

过了一会儿，她睁开眼睛继续说：我二十岁找婆家。父亲不要我嫁远了，嫁远了对娘家照顾不上，这样我嫁给了长学。

我为她略微高兴，说：这也算是青梅竹马了，好事！

她说：啥子青梅竹马啊？我们虽是一个队上，但住两个坡上，从小我在家天天喂猪弄饭，他在上学，不认识。大了后，在队上干活才认识。

我又打断她问：结婚前，你们谈过？

她很自然地接过了我的话头，说：你是问谈恋爱啊？那个年代谈啥子恋爱啊？结婚前我们连话都没有说过，哪像现在啊！长学家里也是一大家子人哩，穷得叮当响。结婚以后，为了生活，我啥子苦活都做过，除了一大家子的家务，还要在队上出工。后来有了孩子，分了家，我就想尽一切办法挣钱，到深山挖药材，背木方。天晴还好，要是碰到下雨，找不到避雨的地方，常常就让雨淋着走。

孩子呢？孩子怎么办？我问。

孩子就寄放在邻居家。她说：一早走的时候，孩子没有醒来，我们就悄悄走了，回来时满天星斗，孩子在邻居的门凳上睡着了，我心疼得直掉眼泪，决心第二天不进山了。可是等到第二天同伴在门外一喊，我还是忍不住爬起来。我在心里对孩子们说，你们别怪妈啊，妈挣了钱就能给你们买吃的穿的，送你们上学啊！

太阳升起老高了，她说她得回去准备中午饭了，带着我从另一条道往回走。

后来怎么又理发了呢？往回走的路上，我忍不住继续问她。

那是我大女儿开始上学后。她边走边说，我送大女儿进了正阳乡小学，我不能再进山了，我得学个手艺，好一边送女儿上学一边养活自己，我就想着去学理发。可是我们长学和父亲都不同意，他们封建，认为女人理发不是个正经活。我和他们闹了一场。好在二哥支持，我跑到安康学了一个月，回来就在正阳街上把理发店开起来了。那时理一个头一两块钱，我一个月要交五十块的房租，还有水电费用，真是紧张得要死哩，害怕房租挣不回来。一个月下来，还好，除了房租还赚了点钱。我信心大增。有了信心，我的手艺也提高得快了，很快在正阳街上有了影响，我理发的生意就这样做起来了。我靠我理发的手艺供三个孩子上学，养活了我自己，因此我对理发有蛮深的感情啊！

她又哈哈笑起来。笑声像一只鸟，盘旋在茶园的上空，久久没有散去。

4

中午饭时，刘星汉又赶来了。他有一些歉意地对我说，这几天上面要来检查扶贫工作，他不能有多的时间陪我，要我不要介意。我很大度地说不要紧，有桃姐陪就行了。我很自然地将宁约桃也称为桃姐。

刘星汉陪我吃了饭又匆匆忙忙走了，说还要到户上去，有蛮多表册要填写。

桃姐收拾好了厨房，又帮着覃长学收拾完了客人的房间后，问我：是继续转还是休息？

我说：就在屋里坐坐吧，我还想听听你的事情。

她将双手一拍，说：哎呀！有啥听的啊？你们城里人，还喜欢听我们山里人的事情啊？

我很诚恳地说：喜欢，蛮有意思的。

桃姐说：喜欢听，我就说给你听！她端了一簸箕毛核桃来剥，我要帮她，她死活不肯，说会将手弄黑。她说：这哪是你们城里人做的活，你听我说话就行了，你是贵客。

我说：我算是什么贵客啊？你应该把我当刘星汉一样，看作是自己人才对啊。

桃姐说：那还是有一点点区别的，你是头一次到这里来哦。就是一家人也还分一个轻重啊，轻易不来就是贵客！

我笑一笑，引开话题，说：你说覃大哥老实，别人老欺负他，可我听村上人说，他精明得很，一点也不老实，只是办事太讲原则，太实诚了些。是不是这样啊？

她沉吟了一下，说：这么说也对。我们长学就是太相信别人，太实诚了。为队上的事他被人拿着菜刀撵，为队上的事他还被罚了几千块。八十年代的几千块可不是个小数目，为交罚款我们把房子都抵进去了。

我问：那又是怎么回事啊？

她说：那时队上拉电线，没有钱，怎么办呢？大队有人就让他伐枯木林，说手续后面补办就行了。结果树砍了，有人举报。没有手续是要处罚的，长学一个人担了。好说歹说不拘留了，罚款五千。我差点气死了啊！我说长学啊，你咋这么老实，怎么就不指到村上去，又不是你个人的事，是队上的事哩。长学他就不，说个人做事个人当，硬是贷款将罚款交了。你说他老不老实？

我无法评说，我想到了我自己，我感觉我内心深处发生了一些奇妙的变化，前两天的烦恼和愤怒似乎逐渐离我远去了。这真是令人不可思议的事啊！

桃姐还在继续讲述长学的事。桃姐说：长学后来又和村上的几个人合伙伐木，手续有了，可没有一分钱，领头的姐夫让覃长学管后勤，各项开支都让他到街上的店里去赊欠，大半年下来，覃长学一分钱没有挣到，倒欠了店里三四千块，店主成天向覃长学要账，被逼无奈，他只好外出打工。店主最后找到桃姐的理发店里，桃姐气得差点背过气去，好话说尽，并保证在一年内把欠账还清，店主才罢休离去。

桃姐说：那一年，我省吃俭用，全家一年没添置一件衣服，只吃了一桶油，硬是将店主的账还清了。

我替覃长学愤愤不平，说：你们就那么把账认了？也没去找姐夫？

桃姐说：不认咋办？赊欠时都是长学签的字，就是讨饭也不能赖账啊！人要讲个诚信哩。也去找过姐夫，他说他也没钱。我只好臭骂了他一通，解解心头的气恨。

覃长学从楼上下来了，他抱着那个小女孩。我已经知道那是他们的外孙女儿。覃长学对这孩子特别心疼，有空闲就抱着她玩，穿衣吃饭都是他做，当外婆的桃姐反倒没有管这些事。小女孩更亲近的也是覃长学，见了桃姐似乎只是要求唱歌。她说：外婆，唱《天上的杪椤》。

桃姐说：好好好！你就要听《天上的杪椤》！

桃姐就唱：天上的杪椤什么人来栽哎，地上的黄河什么人来开……

小女孩从覃长学的怀抱里挣脱下来，站在我们的面前开始挥手舞蹈，童稚的声音跟着哼唱。

唱完了，桃姐问我：你晓得我为什么喜欢唱这首歌吗？

我说：你又要我猜吗？我猜不着。我老老实实地回答。桃姐又笑了，她说：你是猜不着，你哪里猜得着啊？你又没有过过我们那样的苦日子。

我没有作声，桃姐就继续说：这个歌是我妈留给我的唯一念想。我妈最后的两个月，浑身疼，疼狠了，就唱这个歌儿，一直唱到最后没声音了。我去拉她的手，她的手已经冰凉冰凉的了。我对我爹说我妈死了，爹说：你妈死了你哭几声嘛。可我硬是哭不出来啊，我的耳朵里老是响着她唱的歌儿哩。我那时不晓得桫椤是什么，我想那一定是非常非常好的东西。后来我苦得不行，累得不行的时候，我就也唱这个歌儿，一唱这个歌儿我就仿佛看见了我妈，仿佛看见了好多好多的桫椤，我妈在桫椤中间笑哩！

我的眼眶突然湿润了。泪光中我听见桃姐喃喃地说：其实到现在我也不知道桫椤到底是什么，你是老师，你说桫椤到底是什么？

我一时回答不上来，因为我完全不能确定，我所知道的桫椤是不是就是桃姐心里的那个桫椤。

桃姐很宽容，不再追问我，还是继续说她的事。她讲了她做茶叶生意的过程。一开始是理发的顾客托她买高山茶，说高山茶好喝，味道长。她将茶叶买了，一分不赚给了顾客，后来托她买茶的顾客过意不去，让她收一点辛苦费，他们说，在别的地方买茶，比这个价格高多了，而且茶叶还不好，再不收一点辛苦钱，他们就喝不下去了。就这样，她一边理发一边做起了茶叶生意。谁晓得越做越好，上面的政策也越来越好，她没费多少力就办起了高山茶场。前几年她又买下了供销社的旧房子，自己规划设计，建起了现在这一幢天井样式的楼房。

我问：你建房子的时候，覃大哥在家吗？

桃姐一撇嘴，指着覃长学说：你问他在不在家？他啊，一直到把房子都装修好了才回来。外面的花花世界花了他的眼，他舍不得回来了！

覃长学嘿嘿直笑。

我简直有点惊叹，也有一点怀疑了，我悄悄问覃长学：她真没上过学？那她算账怎么算啊？

覃长学说：她就是个文盲，连自己名字都不会写。但她记性好，算账都是硬算，算的老婆账。

桃姐不许外孙女玩毛核桃，她用自己的黑手把小女孩吓哭了。覃长学只好赶紧抱了外孙女，心疼又耐心地哄着她出去了。我望着覃长学温和的样子，说：覃大哥性格也是太好了。

桃姐接过话说：他啊，性格好还打架呢，在西藏差一点回不来了。

5

桃姐又讲了覃长学在西藏打工的事。

覃长学最先打工的地方就是西藏，在那里修高速路，工头看他实诚，就让他在工地管材料。有一天，来了三个人，什么也不说，就来撬砂石料木架上的铁抓钉。覃长学想，看守材料是我的工作，是我的责任啊，怎么能眼睁睁地看着工地的东西被别人撬走哩。他犯了老实人的牛劲，挥舞着一根铁棍就冲了上去。

唉！他还是太老实了！桃姐说，那么大的工程，几个抓钉算什么，长学非要较真，结果伤了人。那三个人就把他们材料场围了，后来还是总部来人，给三人赔了几千块钱，才把事情平息了。总部的领导也没有责怪他，可是他个人觉得给工程队惹了麻烦，就离开了西藏，南下到了湖南，在南方一待就是十几年。

覃长学又进来了，提了一口袋香菇，说是野生的香菌，补人，要桃姐下午放在鸡汤里炖了。桃姐也剥完毛核桃，站起身来，捶了捶自己的腰，去洗手收拾。

我问覃长学：孙女呢？

覃长学说：一个人在外面玩，她乖。

我又说：在外面打了十几年的工，肯定也吃了不少苦吧？

他笑了笑，说：吃了一些苦，也不算苦。

见我不解地望着他，覃长学又笑了笑，说：体力活再苦也没啥子，只要身体承受得了，熬过去就没啥了。你是老师，是文化人，肯定懂得啰。

他笑嘻嘻地望着我，目光中透着一丝狡黠，让我再次感觉到了他的精明。我体会到桃姐说他老实，其实是桃姐发自内心对他的珍惜和疼爱哩！

下午吃饭的时候，刘星汉来得迟，他说他在给龙洞河写一首歌词，写好了要我帮忙修改修改，提提意见。

我说：我才来两天，对龙洞河还不了解，恐怕要让你失望了。

刘星汉说：不要紧，你慢慢会了解的，也会理解的。

在一边的覃长学帮腔说：为了让你加深了解，晚上我带你去个人家。

晚上去的那户人家在村委会后面的坡上，虽是打了水泥的公路，但却很陡，我怀疑车能不能开得上去。

那户人家大概也晓得我们要去，远远地将院子大门上的灯开着了，我们进了院子，院子里的灯也开着，堂屋的灯也开着，给我的感觉是主人将屋里所有的灯都开着了，院里院外明亮的一片。

只有一个人，一个老婆婆。

她站在大门口欢天喜地地迎接我们。进了屋，又一连串地端出了板栗、核桃和杨桃。

陆陆续续又来了几位。有一位老人说，她已经睡下了，覃长学打电话，就又起来了。我问她多大年纪了，她笑眯眯地告诉我：今年七十二岁了。我吃了一惊，怎么看也不像七十岁的人啊！

他们说一阵话，然后开始唱歌。桃姐打头，其他的人跟着，没有扭捏，没有做作，曲调都是当地的山歌曲调，唱的内容有的是传统的歌词，也有现场临时想出来的歌词，词贴意切，直抵人心。

他们唱了大半夜。

回来的路上，覃长学背着已经睡熟的外孙女，桃姐用手机照着亮光。亮光微弱，只能照见脚下很小的一块地方，亮光之外是黢黑的一片。

覃长学问我：你觉得他们怎么样？

我说：好！他们都很快乐。

覃长学说：可是你晓得那一家为什么只一个人在家吗？

我说：空巢老人？我用了现时流行的词。

覃长学说：那个从床上爬起来的老人是空巢老人，儿女都在外面打工，她很幸运，儿女也孝顺。我们去的那一家的主人是孤寡老人，她啊，大儿子死了，小儿子也死了，女婿死了，老伴也死了，剩下个养女跑了，偌大个院子，就剩下她一个老婆婆了……

我听见桃姐接着覃长学的话说：人啊，活着的时候有很多苦，可是不要多想苦，要多想快乐的事。要不，就唱唱歌。唱歌能让人快乐，让人忘记一切的苦哩！

黑夜里，桃姐又轻轻哼唱起了她最喜欢的《天上的桫椤》。

我停下了脚步，望着黢黑的夜里，桃姐的那一点手机亮光，突然让我感受到了寒意过去后的温暖。我真想告诉桃姐，世界上真的有桫椤，它是世界上最好最好的东西，但它没有在天上，它就在桃姐自己的心里哩！

第三天清晨，我离开龙洞河，赶回了单位。我浑身一阵轻松，竟然不由自主地也哼起了那首《天上的桫椤》……

杀猪记

1

天还没亮，早毅听到了婆婆起床的声音。他抬起头来看，却又被婆婆按下了。婆婆把他身子上的被子掖了又掖。婆婆说：放假了，还起来这么早做啥？早毅迷迷糊糊地笑了一下，想起来，真是已经放假了，不用去学校了。他惬意地舒展了一下身子，准备继续睡，可是又睡不着了。

他眯着眼躺在床上，听见婆婆拨火，又听见她挪动猪食罐的声音。猪食罐其实是专门煮猪食的一只大铝桶。那铝桶大，差不多有早毅的胸口高。铝桶是爸爸买的，买回来的时候，早毅试了一下，都能把他整个装进去。妈妈责怪爸爸买得太大了，可是婆婆喜欢。婆婆说，大一些好，想煮多少就煮多少。夏天的时候，猪还没长大，婆婆每天煮一罐猪食就行了。到了冬天，猪长大了，婆婆就每天煮两罐给猪们吃。早晨一罐，下午一罐。婆婆不止一次地对早毅说，这个猪食罐真好用。早毅知道婆婆想听啥，就说是爸爸买的。婆婆无声地笑了。婆婆用手抚摸着铝桶的拉环，就像在抚摸人的耳朵一样。早毅心里明白，婆婆也在想爸爸了。

天渐渐明亮起来了，早毅闻到了弥漫在房间里的煮萝卜的味道。萝卜是头天晚上就剁好了的。一到冬天，山上的树叶子都落光了，成了光秃秃的林子，显得有一些荒凉。可是地里的萝卜都长出来了，一大片一大片，绿莹莹的。萝卜缨子的下面，躲藏着的萝卜像在比赛一样，使劲长，它们无论是白皮还是绿皮，都是水汪汪脆生生的。往年，婆婆把萝卜背回来，要背到河沟里去洗。今年，村上修通了自来水，水管子拉到了各家各户，婆婆就再也不用把它们背到河沟里去了，院子里就有一个水龙头，还有一个池子，婆婆只需把萝卜往池子里一倒，然后用一把笤帚，几下就把它们身上的泥巴扫干净了。洗了澡的萝卜拥挤在大木盆里，等候婆婆用刀来剁。婆婆有时候也让早毅给她帮忙剁几刀，可是，早毅看见萝卜安安静静的样子，常常不忍下刀。婆婆笑话他：连个萝卜也剁不了，你能干啥？早毅只好咬了牙，闭了眼，扭过头去，胡乱地剁几刀。婆婆不满意，只好自己剁，开始是嚓嚓嚓的声音，一会儿是咚咚咚的声音，等到变成咚咚咚的声音的时候，萝卜已经不是萝卜了，它们已经粉身碎骨，变成一盆小碎丁丁了。

那些丁丁被铲进铝桶里，放在炉子边上，等到第二天早上，婆婆一起来，就将它们挪到炉子上开煮。火大的时候，不要半个小时，煮萝卜的气味就飘出来了。这一个冬天啊，满沟都是这个气味，家家都在煮萝卜喂猪哩。萝卜里还要掺苞谷面，开始是半升，后来是一升，这样可以给猪催膘。猪们肥了，有膘了，就该杀它们了。沟里很多家的猪都杀了，大婆婆家的猪杀了，六婶家的猪也杀了。小双儿家的猪说是要喂到腊月十七八再杀，可是小双儿放假回来的当天就杀了。早毅家的猪还喂着，婆婆已经给猪们加了很长时间的苞谷面了，猪们早就肥了，可是婆婆还喂着。早毅曾经试探性地问婆婆：啥时候杀猪啊？婆婆说：喂肥了就杀。早毅说：好像已经肥了吧？婆婆说：还不够肥。早毅问：啥时候才够肥啊？婆婆说：等着吧，等你放假了就够肥了。

现在，早毅放假了。他想起了婆婆的话，在床上躺不住了。他爬起来，趿着棉鞋，衣服的拉链也没有拉上，就去问婆婆：婆婆！婆婆！我们是不是要杀猪啊？

婆婆正端着满满的一升苞谷面往桶里倒。听了早毅的话，婆婆抬起头来，说：现在不杀，喂肥了再杀。

早毅说：已经够肥了，它们的背都平了哩，我两拃也量不过来了。

婆婆说：是吗？婆婆的口气有些不相信似的。早毅有一些委屈地说：而且婆婆说过，等我一放假了就杀猪。

婆婆望着早毅，有些歉意地又说了个：是吗？

早毅点点头。婆婆不再说啥了，把剩下的苞谷面都倒进了桶里，慢慢地搅啊搅，搅得早毅都快等不住了，才又抬起头来对早毅说：早毅放假了，可是姐姐还没放假啊，等姐姐放假回来了再杀吧？

早毅点了点头。他为自己忘了姐姐有点不好意思。

2

早毅的姐姐叫早慧。早慧在镇上上学，是初中。早慧住校，每周回来一次，回来洗自己的衣服，也洗早毅和婆婆的。早毅穿衣服不爱惜，特别是鞋子。有一次早慧洗早毅的鞋子洗哭了。那是一双白色的高帮运动鞋，是妈妈从广东带回来的。早毅穿着它，帮小双儿撵了一回猪，从废石炭灰里踩了一趟，白鞋子变成了黑鞋子，早慧怎么也洗不回原色了。早慧又气又急，就忍不住掉下了眼泪。早毅不敢吱声，他主动完成了自己的作业，又帮婆婆洗萝卜。晚上和早慧一起洗脚的时候，他又帮姐姐洗脚——是用自己的脚给姐姐洗脚。早毅用自己的脚试探着擦洗姐姐的脚，早慧就用脚在水里踩了早毅的脚一下，早毅咧开嘴笑了。早慧也笑了。早慧笑着弯下腰，将早毅的脚认认真真地洗了一遍。

早慧也帮婆婆干活。什么活她都能干：春天的时候采茶；夏天的时候收洋芋；秋天里掰苞谷打黄豆；冬天里，地里的活少了，主要就是喂猪。早慧回来了，婆婆就能歇息一下，给姐弟俩做好吃的。煮一小截腊肉，买一块豆腐，再焖一锅洋芋米饭。姐弟俩吃得高兴，婆婆就欢喜。早慧要去学校了，婆婆将吃剩下的腊肉，捡精瘦的几块用纸包了，装在早慧的背包里。早慧临走的时候，又悄悄拿出一两块来塞给弟弟。姐弟俩在星期天的下午告别。早毅站在坎上，看早慧进了拉学生的面包车，总是忍不住会喊一声：姐姐，早点回来啊！

姐姐已经有一周没有回来了。姐姐来信说，这周考试，星期天不放假，等到考试一结束，放假了就回来。早毅不明白，为什么中学和小学不同一天开始考试呢？放假时间也不一样，他们小学都放假几天了，中学还没放。早毅记得，开学的时候可是一样的，干吗放假不一样呢？早毅不理解，他也没有打算去问婆婆。

早毅知道，学校的事，婆婆也不知道。就像上一次，学校里开运动会，早毅想要参加跑步比赛，可是学校说跑步的人太多了，让他扔沙包。早毅不想扔沙包，不能跑步，跳远也行。可是学校说，跳远也不行，跳远的人也够了。早毅有一些失落，回来告诉婆婆。婆婆说：学校叫干啥你就干啥啊。早毅说：我喜欢跑步和跳远，学校为什么不准我参加呢？婆婆说她也不晓得学校的事，让他还是问老师好了。早毅只好参加了扔沙包，结果一个奖也没得到。小双儿参加了跑步和跳远，得了两张奖状。在平时，小双儿根本跑不赢早毅。早毅为此气闷了很长一段时间。

中午的时候，驻村的熊科长来了。熊科长是市上来的。早毅听小双儿说，熊科长是公安局的，是一名警察。可是早毅从来没有看见过他穿警察的衣服，他开的车也不是警车，没有警灯，也没有警车的标志。早毅对小双儿的话提出了质疑，小双儿振振有词地说：熊科长现在是沟里的扶贫队长，他是来扶贫的，又不是来破案的，当然不用穿警察衣服了。早毅说：他是来扶贫的，那他就不是警察了，警察是抓坏人破案的。小双儿一时也愣住了，不知道怎么回答，就推了早毅一掌，跑了。早毅没有追他。早毅想，不管熊科长是不是警察，他都很喜欢熊科长，因为熊科长帮扶他们家，很关心他和婆婆。前不久，婆婆不舒服，就是熊科长带婆婆去看的病。熊科长还带了婆婆到县上做检查，去了三天。回来的时候，熊科长还给婆婆买了羽绒服和有绒毛的棉鞋。棉鞋婆婆一直舍不得穿，说要留到过年的时候穿哩。熊科长给早毅也买了东西，是一提牛奶和两本书。熊科长对早毅说：牛奶一定要让婆婆也喝，婆婆的胃上有病，不能吃硬的东西，要多吃软和的东西，牛奶就最好了。听了熊科长的话，那一提牛奶，早毅就几乎没有喝，他要留给婆婆，让婆婆一个人喝。

熊科长来是催促婆婆杀猪的。可是婆婆没在家，婆婆去六婶家打苞谷去了。熊科长就去六婶家将婆婆接了回来。婆婆摘的一蛇皮口袋苞谷，熊科长也帮她扛回来了。

熊科长说：摘这么多苞谷，准备把猪喂到啥时候才杀啊？

婆婆说：过几天，过几天就杀。

早毅接嘴说：姐姐回来了就杀！

熊科长说：中学马上也就放假了，等那么几天干啥？要不今天或者明天就把猪杀了吧？

婆婆说：还是再喂几天吧，萝卜有，苞谷也还有。

熊科长就叹了一口气，说：你身体不好，我是怕你累坏了。

婆婆拿了毛巾，给熊科长擦着肩上的灰，说：不要紧，你上次带我查了，又开了药，这段时间舒服多了。

婆婆又端了椅子请熊科长坐。熊科长坐了，仍是劝婆婆早点杀猪。熊科长说：多喂几天做啥啊？也长不了几斤肉，还是早点把猪杀了。杀了，轻轻松松歇息几天，准备过年。

婆婆望着熊科长笑，不作声。

熊科长又问：是不是怕没人帮忙？

婆婆摇了摇头，说：还是等早慧回来了再说。婆婆又说：年年杀猪，早慧都在屋里帮忙，今年还是等她回来再说吧。

熊科长无奈地摇了摇头，又轻叹了一口气，不再劝了。却回头叮嘱早毅：你放假了，不上学了，就要帮婆婆干活，不要让婆婆累坏了。早毅说：我帮婆婆洗萝卜。熊科长满意地点了点头。早毅又说：我还端猪食，扫地。熊科长说：好！乖孩子！早毅本来还想说帮婆婆剁萝卜，但想一想，终于没有说。他还是有一些不敢去剁那些萝卜哩。

3

早慧一考完试就回来了，是熊科长去学校接的她。熊科长对早慧说：你婆婆等你杀猪哩，赶快回去吧！早慧说：我还没领通知书呢。熊科长说：先回去杀猪吧，通知书我找人给你带回去。熊科长不容分说将早慧拉了回来。

可是婆婆还是不肯杀猪。她还是那几句话，萝卜还有，苞谷也还有，再喂几天。

熊科长不解地望着婆婆说：这都快腊月二十了，你还要喂哩，真的要等到腊月三十才杀啊？

婆婆兀自笑着。她躲着熊科长的目光，说：那等不到，萝卜喂得差不多了就杀。

熊科长和早慧就去看萝卜。灶屋里堆了一堆，地里还有小半亩萝卜没收。站在萝卜地边上，熊科长问早慧：这些萝卜还能喂多少天？

早慧摸了摸自己的辫子说：喂个十天半月应该没问题吧。

熊科长说：让你婆婆早点把猪杀了吧，大冷的天，还喂猪，多辛苦啊！

早慧悄悄瞅了熊科长一眼，然后笑眯眯地说：婆婆她想多喂几天就让她多喂几天吧，反正我回来了，我来喂，让她歇着。

熊科长说：你也不想杀猪吗？

早慧迟疑了一下，说：过几天爸爸妈妈就回来了。早慧又瞅了眼熊科长，接着说：婆婆好像说过，今年杀猪要等爸爸妈妈回来了再杀。

熊科长哦了一声，似乎明白了。但他又说：可是，你婆婆身体不好，你晓得不？

早慧说：我晓得，是你带她去县医院检查的。婆婆说不碍事，你不是也说不碍事吗？

熊科长愣了一下，想了一想，又说：虽然是不碍事，但不能太累了，要好好歇息，好好治疗。

早慧说：我晓得婆婆的病是累出来的，我一定不让她再累了，让她好好歇着，好好过年。

熊科长不再说话了。望着早慧红扑扑的脸蛋和清澈的眼，熊科长想拍一拍早慧的肩，或者抱抱她，但他没有。他将目光投向了地里的萝卜。地里的萝卜绿莹莹的，一大群麻雀躲在绿叶下面叽叽喳喳乱叫。

早毅也跟到了地里。他弯下腰，把头尽量往地上贴。他想从萝卜的间隙中去看一看那群吵闹的麻雀。可是他什么也没看到，他只看到绿叶子下面几个白白胖胖的萝卜，那些萝卜半截埋在土里，露出地面的那一截，伸出的绿叶子就像是顶着的一朵朵绿色的花。

早慧扯了弟弟一把，问：你干什么啊？

早毅说：我看麻雀！

可是麻雀却飞走了，因为熊科长从地边走过去惊动了它们。熊科长说，他要回村委会去了。

地里只剩下了早慧和早毅。那些麻雀没有飞远，它们歇在地坎边的桑树上，观望着姐弟俩。也许它们在猜测，姐弟俩是不是也和那个大个子一样，马上就会离开？可是麻雀们失望了，姐弟俩并没有马上离开，他们到地里拔起了萝卜。

拔萝卜是早毅的建议。早毅说：我们到地里来了，就顺便拔一些萝卜回去吧！

早慧赞同弟弟的建议，率先到地里拔了起来。早毅跟在姐姐后面，拔了三五个就有一些累了，而且有一个萝卜特别大，早毅双手拽紧叶子，涨红了脸也没拔出来。早毅有一些沮丧，他想起了爸爸。早毅想，要是爸爸在的话，只用一只手，轻轻一提，再大的萝卜也会束手就擒，再负隅顽抗也没有用。早毅忍不住问姐姐：姐姐，爸爸妈妈什么时候回来啊？

早慧说：不是给你说过了吗？腊月二十以后他们才放假，放假了他们才会回来。

早毅叹了一口气说：婆婆光哄我。

早慧问：怎么哄你了？

早毅：她说我放假了就杀猪，可是我放假了她又不杀，又说要等你放假了杀。现在你放假了，她还是不杀，又要等爸爸他们回来。

早慧说：你不愿意等爸爸他们回来吗？

早毅委屈地说：哪个不愿意了？隔了一会儿，早毅又小声说：可是爸爸他们也回来得太迟了。

姐弟俩都不再说话了。他们沉默着把拔出来的萝卜归拢到一起，准备往回拿。这时，早毅突然说：姐姐，我想爸爸了。

早慧的眼泪一下子流了出来。可是她不愿意让早毅看见自己的眼泪，背过身去，默默地把拔起的萝卜一个一个地往怀里捡，直到怀里一个萝卜也放不进去了才住手。

4

爸爸和妈妈是突然回来的。

那天下午，天快黑了的时候，早毅和早慧正抬了猪食去猪圈，突然有人从公路上来了。早毅眼尖，喊了一声：是爸爸！扔了扁担就冲下了公路。

真的是爸爸和妈妈回来了。早毅和婆婆都很高兴，可是早慧却有一些惊讶。她悄悄问爸爸：不是说腊月二十四才能回来吗？怎么提前回来了？

爸爸说：是驻村的熊科长打的电话，说让赶紧回来杀猪。

早慧有一些不相信，继续问爸爸：没有其他的事吗？

爸爸低了头，避开了早慧的目光，说：就是杀猪哩，哪还有什么事？

早慧仍然疑惑，又去问妈妈。妈妈说：谁晓得还有什么事。开始是你辉叔打电话，说让赶紧回来杀猪，你爸爸还犹豫着哩，熊科长又打了电话，说了一大气，你爸爸挂了电话就火急火燎地要回来。

辉叔是村委会的主任，爸爸妈妈回来的第二天，他就到家里来了一趟，和他一起来的还有熊科长。他们避开了婆婆，好像也回避着姐弟俩，在厢房里谈事。早慧有一些警觉，她找了个机会进去，听到四个大人商谈的好像还是杀猪的事。

辉叔说：杀猪匠和帮忙的人我都请好了，只要杀，别家就先放一下，先到这里杀。

爸爸很感动地说：干部都这么操心，我们还有啥说的，不再耽误了，那就杀吧，今天就杀！

妈妈犹豫了一下，试探着说：我看还是先给咱妈说一声，是她喂的猪，不能我们说杀就杀。

熊科长说：嫂子的话对，还是要给她说，尽管她可能不会反对，可这是对人的尊重。

爸爸就说去和婆婆说。早慧跟着爸爸去了。婆婆在猪圈里看猪们吃食哩，她听了儿子要杀猪的想法，沉默着摸了半天的猪背，才轻轻说了四个字：过几天杀。

爸爸愣怔了一下，似乎是平静了一下心情才又开口说：妈，你不是说等我们回来了就杀猪吗？现在我们既然回来了，那就杀了吧！

婆婆突然不高兴了，她好像有很大委屈似的，将手上铲猪食的木铲子在猪圈的栏杆上重重地敲了一下，说：你们实在要杀，就只杀一头，另一头不许杀！

对婆婆的突然不高兴，爸爸有一些捉摸不透，他挤着笑，小心翼翼地说：妈，你看你，今年专门喂了两头猪，不就是杀了过年嘛。既然要杀就一起杀，怎么又只杀一头呢，那一头还留着干啥啊？

婆婆瞪了儿子一眼，说：你管我干啥！反正不许杀！婆婆似乎十分生气，她看也不看爸爸一眼，径自回屋去了。

爸爸有一些摸不着头脑，望着早慧说：你婆婆咋的了？为啥生气啊？

早慧拿起婆婆放在栏杆上的木铲子，敲了一下那头正抢食的猪，又用木铲子搅和了一下猪食，才望着爸爸，开始思索爸爸提出的问题。是啊，婆婆好像还不想杀猪，为什么呢？

早慧想到了自己。她一开始也不想过早杀猪，希望等到爸爸妈妈回来了再杀。爸爸妈妈回来了，一家人都在一起了，再杀猪，这才是高兴的事啊！不然杀猪有什么意思呢？难道仅仅就是为了吃肉吗？想到这里，早慧有些不确定地对爸爸说：婆婆不愿意现在杀猪，是不是还在等人啊？

爸爸问：等谁？

早慧说：小叔叔是不是要回来了？

爸爸突然呆住了。呆了一刻，又惊醒过来，转身进了屋，把早慧妈妈喊出来了。

爸爸问：今天是啥时日子？

妈妈说：十九啊，我们昨天回来的，昨天是十八。

爸爸说：不是不是，我是问阳历，阳历是啥时候啊？

妈妈看了看手机，说：阳历是一月二十四。

爸爸突然明白过来，他有些激动地说：看，这就对了，这就对了！我说妈为啥不杀猪，妈是在等小林，等小林啊！

辉叔和熊科长也出来了。他们站在猪圈跟前，听早慧爸爸说了情况。熊科长问：小林是谁？

辉叔说：小林是婆婆的小儿子，前几年在外面打工，讲哥们儿义气，帮别人打架，把人打坏了，在监狱里哩。

熊科长哦了一声，问：判了几年？

辉叔说：是六年吧？我记得好像是六年。

早慧爸爸点头说：是。又补充说：后来又减了半年。

熊科长问：是服刑后减的？

早慧爸爸说：是。

辉叔又插话说：时间好像不对啊，就是减了半年，也还差几个月才够时间啊。

熊科长说：是不是表现好，又减刑了？

早慧爸爸说：不知道啊，他进监狱后从来不主动给我打电话，都是我给他打，有时候又打不通。

熊科长说：去问一下婆婆，说不定给她打电话了。

早慧妈妈就进去了。不一会儿出来，对大家点头说：是又减刑了，就是这个月底回来，买的是三十号的票，三十一号到家。又说：我妈看得清清楚楚的哩，三十一号是腊月二十六，说就是想把猪喂到腊月二十六了再杀！

大家都不说话了。沉默了半晌，辉叔才说：那就二十六杀吧，总不能给婆婆留下个遗憾。

熊科长说：也是，二十六就二十六嘛，你们都回来了，事情还是靠你们自己做主。你们好好照护着婆婆，不要让她累倒了，让她好好歇息，其他的事就等过了年再说吧。

爸爸妈妈都连连点头，一再邀请熊科长和辉叔，杀猪的时候一定来吃泡汤肉。辉叔说：我倒能来哩，就怕熊科长来不了了，都腊月二十六了，恐怕要回去过年了。熊科长却说：一定来，别家的泡汤肉可以不吃，你们家的泡汤肉一定要来吃，因为早就答应了婆婆的。

下了一场雪。

雪还没有完全化掉的时候，腊月二十六就来了。那一天，早慧起得早，可是婆婆和爸爸妈妈起得更早。只有早毅还赖在床上，他说他不敢看杀猪，他害怕，鲜血淋漓的。

早慧问：吃肉你怕不怕啊？

早毅说：吃肉不怕啊，吃的是肉，又不是猪。

早慧把在炉子上烤暖和了的棉衣棉裤扔给早毅，说：快起来！你这个小懒虫。

早毅只好起来了。他敷衍地洗了脸，看灶屋里婆婆和妈妈在大锅里烧水，火炉屋里爸爸在搓挂肉的绳子，姐姐在洗剁肉的案板。早毅觉得无所事事，就去看猪。两头肥肥胖胖的猪，不晓得死期已至，还在圈里津津有味地吃喝哩。望着猪们懵懂无知、无忧无虑的样子，早毅心里生出无限的同情来。他把放在栏板上的半升苞谷面都倒进了猪槽里，说：吃吧，吃吧！多吃点！一会儿他们就要来杀你们了！

帮忙的来了，杀猪匠也来了。杀猪匠问，啥时候杀，你们看时辰没有啊？

爸爸说：没看，哪个杀猪还看时辰啊，不看！

杀猪匠说：年跟前了啊，有的家看哩。

爸爸还是说：不看。

杀猪匠说：那就等水一烧开就拉猪上凳啊。

爸爸说：好。

可是大铁锅里的水老是烧不开。帮忙的人和杀猪匠都听说了婆婆要等到今天才杀猪的原因，况且这是沟里年内要杀的最后两头猪了。他们聚在火炉屋里说话，说的都是小林的事。说小林对人好，勤快，又有力气，就是太讲义气。义气有时候也害人哩！早毅也挤在中间听，他对他的这个叫小林的小叔叔没有多少印象了，他在想，小叔叔是不是比爸爸还要高呢？

小林是一点钟到的屋。不到四点，两头猪就杀好了，变成了一堆肉。

　　杀猪的时候，早毅果然不敢看。婆婆也不敢看。婆婆站在屋拐角，听见猪撕心裂肺的叫唤声，眼睛就红了。早毅躲在婆婆的后边，紧紧拉着婆婆的衣襟，把头埋在了婆婆的后背上。小双儿也跑来了。小双儿跑来的时候，猪已经被杀死了。早毅探出头，指着帮忙中的一个人说：看！那是我小叔叔！又骄傲地说：我小叔叔比我爸爸还高！他一回来，我们家终于杀猪了！

　　泡汤肉是天黑完全以后才开始吃的。辉叔来了，熊科长也来了。大家喝了酒。喝酒的时候，熊科长特意和小林多喝了两杯酒，说了好多话，把小林说得泪眼婆娑，说不出话来。熊科长也和早慧的爸爸妈妈喝了酒，要他们明年不要出去打工了，就在家照顾老人和孩子，顺带发展产业。爸爸和妈妈都说行！

　　那一天，一家人都很高兴，唯有早慧有点异常，显得有一些心神不定的，干活时几次出错，切菜的时候，还差一点切到了自己的手指头。大家都在忙，都没有留意。只有妈妈看出了一点蹊跷，不让她在灶屋帮忙了，让她歇着。早慧哪能歇着哩，她帮爸爸腌肉，腌着腌着，眼泪就滴到了猪肉上。

　　爸爸问：早慧你怎么了？

　　早慧想忍住眼泪，可是没有忍住。早慧只好说：盐弄进眼里了。

　　爸爸说：快去用清水洗洗。

　　早慧躲进婆婆的屋里哭了一场。

　　晚上，大家都睡了，只有早慧和妈妈还在灶屋里收拾。妈妈洗猪肠子，早慧洗碗。洗着洗着，早慧哭出了声。

　　妈妈听到了，过来看着早慧，问：你……知道了？

　　早慧哭着说：爸爸让我在枕头底下拿钱买东西，我看见婆婆的检查单了。

　　妈妈不再说什么，她抱住了早慧。等早慧哭了一会儿妈妈才说：莫哭了，不然婆婆会晓得的。

　　早慧在妈妈的怀里点了点头。妈妈说：我们让婆婆好好过一个年，年一过，就带她去大医院看病。听熊科长说，现在这种病能做手术，手术做了就好了。

早慧停止了抽泣，她擦了泪，却不愿意离开妈妈的怀抱，反而将妈妈抱得更紧了……

立冬

立冬那天，刚好是星期天，阳春从学校回沟里。

沟里正在铺入户的水泥路。沟里通了公路后，到每一户的路也要硬化，为的是让村民们走路不带泥。虽然到户的路比公路窄，连公路的一半宽也没有。但村民们也满足了，户户都高兴。经济比较宽裕的人家，还借此机会自己投入一些，把入户的路修得也和真正的公路一样宽，让卡车也能开到自家的院子里来。

阳春碰到了那些铺路的人。铺路的人都是沟外来的，阳春不认识，但阳春看着他们却并不觉得陌生。他们一班人在村委会门前的小操场上搅砂浆，一班人在入户的路上支模板，一个蓄着八字胡的中年男人开着一辆三轮车，突突地运送砂浆。八字胡来回地跑，本来橙色的三轮车已经变得和他的脸色差不多灰了。他从阳春身边过的时候，阳春忍不住笑了一下。男人看见了阳春的笑，八字胡翘了一下。阳春不晓得是什么意思，站立在路边，望着三轮车过去。突突的声音好像飞到天空上去了。天空蓝湛湛的，有几朵白云在阳春头顶上歇着，它们仿佛在看着阳春，阳春觉得它们也在看着沟里那些铺路的人。

爸爸在院子里叮叮当当地敲着一堆木板，那是阳春家建房时拆下来的木板，爸爸是在敲打上面的钉子。他要把木板上的钉子一颗不漏地都敲下来，然后将那些模板又用作他用。敲下的钉子收进了一只簸箕里，放在杂物间，以后将要用都是现成的。沟里的日子就是这么过的，哪怕是半颗钉子也不能扔掉，说不定有时候就会刚好差半颗钉子。

阳春没有进屋，她站在阶沿上喊爸爸，问：娘呢？

爸爸弓着腰，手里提着一个钉锤，那个钉锤似乎很重，重得让爸爸的腰一时难以伸直。爸爸就那样弓着腰望着阳春笑了。爸爸说：春儿回来了。爸爸扔掉了手里的钉锤，腰也一下子伸直了。

他搓了搓手，用手背捶了一下自己的衣襟，才又说：你娘到你大姨家去了，你大姨他们今天熬糖，你娘帮忙去了。

阳春并没有打算去大姨家看熬糖，可是秀花来喊她了。秀花是大姨的孙女，她应该叫阳春表姑，可是为了亲热，表姑的"表"字从来就没有使用过，一直就叫阳春"姑姑"。秀花急匆匆地跑到了阳春家，姨爹也没叫，就冲阳春喊：姑姑，姑姑，我们家熬糖了，奶奶让我来喊你去吃！阳春爸爸说：你奶奶没有喊我去吃糖啊？秀花红扑扑的脸仰望着阳春爸爸，一时愣着，不晓得怎么说。阳春爸爸继续逗她说：你奶奶是不是没有喊我去吃糖？秀花望着阳春爸爸，眼睛扑闪扑闪的，老老实实地点头说：嗯，奶奶只让我喊姑姑去，没有说喊你。阳春爸爸假装生气地说：你们都去吃糖，不喊我吃，以后我有好吃的了，也不喊你们！秀花望望姨爹，又将目光转向阳春，似乎在问阳春怎么办。阳春却反问她说：咋办？小姑娘摸了摸自己的头，又仰起脸，望着阳春爸爸，充满同情地说：要不姑姑回来的时候，给你带点吧！

阳春爸爸哈哈大笑，把一袋方便面塞进小姑娘的怀里。

阳春拉着秀花迎着太阳往大姨家走去。

沟里的水是从东边往西流的，水不大，枯水期的时候，河沟里看见的都是石头，石头又大又圆，憨憨地卧在河沟里，好像都在睡觉似的。水绕着石头走，时隐时现，水流的声音也时隐时现。

大姨家还在河沟的上游，离阳春家有四里路。以前大姨家和阳春家不属一个村，阳春上初中的时候他们两家并成了一个村，那时候沟里的公路还没有修通，到大姨家要绕开石崖，得爬一面陡坡。现在公路修通了。公路就从石崖上穿过去，不用爬坡，省了不少路。

从家里走的时候，阳春给闺蜜发了一个信息说：我要去大姨家吃糖糖啊！她连着发了几个表情，表达自己的喜悦。

她俩路过村委会，搅砂浆的搅拌机呼啦呼啦转得正欢，几个工人手脚不停地在抬水泥袋，铲砂石。铁铲子和砂石的摩擦声从搅拌机的声音里钻出来，让阳春的耳朵发麻，皮肤也发麻。阳春拉了秀花的手快走，转弯的时候，拉砂浆的三轮车突突突地迎面开过来，把她们俩吓了一大跳。开车的八字胡将胡子又翘了一下，阳春看清了他是在笑，就拍着胸口也笑了。

糖须子已经熬在大姨家的铁锅里了。娘在灶门口添柴，见了阳春就问：你爸爸在干啥？阳春就告诉了娘秀花说的话。灶后的大姨嘲笑着指着秀花说：你这女娃子才老实呢，未必奶奶没说，你就不能接你姨爹来吃糖？你接来了姨爹，奶奶还会怪你？还会撵他？秀花站在阳春的身边哧哧地憨笑。阳春娘替她辩解说：奶奶说啥孙女儿就做啥，这才是听话的孙女儿，自己没有说，怎么能怪到别人头上哩！谁晓得真接来了奶奶会不会撵？秀花说：就是！大姨也笑了，她笑着用手点着秀花的头，说：你啊你，就是老实！

灶洞里的火也笑起来了，它们欢笑着，不知不觉就将锅里的糖须子变成了糖浆。糖浆也笑了。它们的笑从锅底翻上来，变成泡泡，咕嘟咕嘟地在糖浆的面上裂开了。锅里面就像在不断地盛开着无数朵酱红色的花，花朵不停地开放，好像永远也开不完似的！阳春被这景象惊住了，她想，得用手机将这些拍下来。阳春就掏手机，可是，装手机的口袋里是空的！她又摸了其他几个口袋，还是没有手机。阳春望着娘说：娘，我手机丢了！

娘和阳春一路找回家的时候，爸爸还在院子里敲打钉子。娘站在阶沿上咋咋呼呼地喊：你还在那里乱敲啥啊，你女儿手机都丢了，还不快去找！爸爸抬起了头，望着阳春娘儿俩，似乎没有听懂娘的话，一脸的漠然。阳春就说：爸，我的手机丢了！爸爸站了起来，问：在哪里丢的？阳春说：不晓得啊，我从家里走的时候还用了的，到大姨家就不见了。爸爸说：那就是掉在路上了。娘说：路上我们也找了，一路找下来，都没有看见。爸爸说：你们试了没有，手机还通不通？娘说：试了，都关机了。爸爸说：那怕是被别人捡去了啊。

阳春就有一些急了。阳春说：那怎么办呢？我手机里有好多有用的资料信息呢。爸爸想了一想，说：你上大姨家的时候，路上碰到谁没有？阳春说：碰到了汝泉的爸爸，他说到下湾去扯萝卜。爸爸说：那就去问问他捡到没有，要是他捡到了一定会还给你的。

阳春就和娘一起到下湾找汝泉爸爸。还没有走到下湾口，汝泉爸爸背着一大背篓萝卜上了公路。娘就问他有没有看到一个手机，汝泉爸爸直摇头说没有看见。汝泉爸爸说：要是捡到了，一定会还的。阳春的手机啊，我怎么会捡到不还呢？就是外人也会还的，何况一条沟的人啊！

在下湾扯萝卜的还有阳春的伯伯。他也正好扯完了萝卜背出来。听阳春娘俩在找手机，就安慰阳春说：掉了就掉了，莫着急，伯伯给你买一个。阳春说：关键是手机里有有用的资料和信息。伯伯就说：那就再找找，如果是在沟里丢的，应该能找得回来。他们各自背了一大背篓的萝卜也沿着公路寻找。四个人一起寻找着，走到了村委会。

村委会门前的小操场上，搅拌机停了，几个工人手忙脚乱地正在往三轮车上装搅好的砂浆。开三轮车的八字胡将身子倚靠在三轮车头上，抽着烟，望着干活的工人，神情和搅拌好的砂浆一样平和安详。

伯伯望见了三轮车司机，不由自主地笑了。伯伯说：那个三轮车在公路上来回地跑，说不定是三轮车司机捡到了。伯伯的话没有说完，阳春的心里就先咯噔了一下，没来由地，她感觉到手机应该就是那个八字胡捡到的。阳春直冲冲地就跑到了八字胡的跟前。

师傅，我手机丢了，是不是你捡到的？阳春直截了当地问。

嗯？八字胡愣了一下，望了阳春一眼，目光又飞快地闪到一边去了。他嘟哝着，含混不清地说：没有啊，我怎么会捡到你的手机呢？

阳春说：我从家里走的时候手机还在，到了大姨家，手机就不见了，手机肯定是掉到路上了……

路上的人多啊，恐怕是别人捡去了吧？八字胡没等阳春把话说完就打断了她。然后他就不理阳春了，对那几个工人吆喝：快装，快装！那边等着要浆呢！

八字胡发动了三轮车，加大马力，突突突将三轮车飞快地开走了。

伯伯说：肯定是这个家伙捡去了，不然他为什么跑了哩？

阳春说：也不一定的，他是要赶着去送砂浆。

伯伯说：那我们就在这里等着他，等他回来了再问。

伯伯和汝泉的爸爸将装萝卜的背篓靠在了公路边的石坎上。他们掀起衣襟擦了汗，然后拿出纸烟来抽。伯伯将纸烟递给了干活的工人，请他们也抽，他们摆手示意不抽。伯伯就和他们拉话，问他们家里的情况，一天的收入。阳春对这些不感兴趣，她朝着公路张望，焦急地等待三轮车的出现。娘也有一些沉不住气，问那几个工人晓不晓得有谁捡了手机没有。工人都说，他们一直都在这儿干活，不晓得。工人们说：你们还是要问他，只有他一直在路上来来回回地跑。

大家心里彼此都明白，这个"他"指的就是那个三轮车司机。

有一个工人，黑瘦黑瘦的，理着光头，他眼球转动着，闪着精明的光。他把精明的光在阳春他们身上闪了几下后，用带点开玩笑的口吻说：手机掉了怕是不好找，那是高档物品呢。再说，别人捡了不还也是正当的，有句话不是说，捡的当买的嘛。

阳春还在想着怎么回应他的话的时候，伯伯已经开了腔。伯伯说：你这个话不对，捡的当买的是以前的话，已经过时了。现在讲的是，不是你的东西，你捡到了也不属于你，你也不能要，这在法律上是有个说法的，叫不当得利。而且越是高档的物品越是不能要，要了是要负法律责任的。这些知识，来帮扶的干部给我们上课，都给我们讲过。难道没有给你们讲过？

工人讪笑说：我们天天在外面干活，哪里有时间去听啊。

伯伯又说：现在都在搞新农村建设，捡到东西要归还，是新农村建设的新风尚。我们沟里家家户户，人人都在开展，你们沟外难道没开展啊？

工人连连点头说：在开展，在开展，哪能不开展呢。

三轮车回来了，八字胡将车停靠在搅拌机跟前后，熄了火。工人们又开始往车上装搅拌好的砂浆。八字胡从三轮车上下来，走到阳春他们跟前，问：手机找到了？

阳春说：没有啊！师傅，是不是你捡到了？你要是捡到了麻烦你还给我，我手机里有很多重要的东西。

八字胡的胡子让人不易觉察地微微翘了一下。八字胡说：有钱啊？

阳春说：比钱还重要。

八字胡的胡子又翘了一下，他嘟哝着说：啥子比钱还重要啊？

阳春说：比钱重要的东西多了。比方我手机里有很多学生的资料和信息，还有他们活动的照片，还有学生们的爸爸妈妈的电话，他们的爸爸妈妈都在外面打工呢，电话号码没了，孩子们就没办法和他们父母联系了。

八字胡望了阳春一眼，问：你是老师？

阳春说：还不是正式老师，是实习老师，但和正式老师也差不多呢。

八字胡不作声。他把烟掏出来，给伯伯他们每人递了一支，然后又说：我以前买了个手机，用了不到三天，也丢了。

伯伯问：找到了？

八字胡说：哪里找得到，连在哪里丢的都不晓得。你们这手机还晓得丢在公路上的，你们再去找找嘛，说不定就在路边哪个地方。

四个人顺着公路边又找了一遍，一直找到阳春大姨家门口。大姨的糖已经完全熬好，装进一个大铝盆里了。大姨将铝盆端出来，要大家吃糖，大家都不吃。伯伯说：手机没找到，哪有心思吃糖，再好的糖也不甜。大姨说：我喊阳春来吃糖，结果手机没了，如果再不吃糖，那不是两头失？大姨不由分说，就用筷子给每人夹了一大坨糖。四个人拿了糖又往回走，说继续沿公路再寻一遍。

走完那段山路，拐过弯，过了一户人家的岔路口，远远地看见，八字胡的三轮车正停在一户人家的路口上，那户人家正铺入户路哩。八字胡向他们招手，四个人都加快脚步走到他的跟前来。八字胡问：还没有找到吗？四个人都说：没有找到啊。八字胡说：唉，你们真是……跟我去找吧！

八字胡开了三轮车，慢慢在公路上走，走到又一个拐弯处，八字胡停了车。他从三轮车上跳下来，指着路边说：那不是手机是什么？

　　果然，阳春的手机安安静静地躺在公路边上，干干净净的，连一粒灰尘也没有沾上。

　　拿着失而复得的手机，阳春没有觉到亲切，反倒有一种陌生的怪感觉，这种怪感觉直到她打开了手机，看到了熟悉的界面后，还没有完全消失。她有一些疑惑。比方说，手机找到的时候，是关机状态，手机的电池很充足，也没有自动关机的设置，怎么就关机了？只有一种解释，那就是一定有人捡到了手机。找到手机后，阳春也曾满脸狐疑地对八字胡说：这地方我们都找了三遍，怎么就一直没看见呢？八字胡微翘着胡子说：也许是土地老爷给你藏着了，故意让你找不着。阳春说：为什么啊？八字胡说：吓一下你，让你以后小心一点。娘马上就附和八字胡的话说，就是就是，土地老爷经常藏我们的东西哩，有时一藏几天，最后还是在老地方找到了。阳春对八字胡和娘的话不置可否，她在心里想，土地老爷藏就藏了，干吗还把手机关了呢？土地老爷会关手机？

　　回去的路上，阳春将自己的疑惑对伯伯说了。伯伯将那一背篓萝卜又背到了背上，他边走边说：找到了就行了，莫想那么多。可是阳春还是有一些疑惑，她继续问伯伯：哪个给你讲的法律知识，你竟然还晓得不当得利？伯伯嘿嘿笑了，说：你没想到吧？阳春说：的确是没有想到。伯伯就告诉阳春，村上来了个扶贫的第一书记是政法委的，没事了就给他们讲法律方面的知识，他喜欢听，就学到了不少东西。伯伯还蛮得意地说：我还晓得公诉和自诉的区别，民法和刑法的区别哩。说完伯伯背着那背篓萝卜走到阳春的前面去了。

　　回到家里，爸爸已经敲完了那堆木板上面的所有钉子，木板也整整齐齐地被码放了墙边。娘没有欣赏爸爸的劳动成果，只是责怪他没有去帮忙找手机。娘说：春儿的手机丢了，你简直不当回事情呢，就只顾忙你那几块烂木板子！爸爸问：找到了？阳春说：找到了。爸爸呵呵笑了，说：我说嘛，在沟里，怎么会丢呢？丢了，又怎会找不到呢？这又不是以前。

娘也笑了。娘把那坨一直提在手上的新做的麻糖送到爸爸的嘴边，说：给！吃糖！爸爸的笑比麻糖还甜。爸爸说：立冬熬糖，老少健康。爸爸把那坨糖使劲咬了一口。

阳春没有看娘和爸爸吃糖，她低着头在给自己的闺蜜发微信：亲，知道我今天经历了什么吗？

青蛙没有翅膀

八岁那年，我最敬佩两个人，杨子荣和郭长生。杨子荣大家都知道的，他是《智取威虎山》里打虎上山，活捉坐山雕的英雄。沟里放电影《智取威虎山》时，沟里沟外，我撵着看了六场。最后一场，我来回走了二十多里山路，十多里马路，翻了两座山，过了三条河。那天我们赶到放映场地的时候，放映场地里响起了热烈的掌声。那掌声当然不会是欢迎我们，而是给杨子荣的，因为杨子荣刚好高喊着"我代表人民代表党"枪毙了栾平。我们急急慌慌地往场地里挤，可是场地里的人已经满了，我们只好十分沮丧地在银幕的后面看完了电影的最后一小部分。看完电影，我们走回家的时候，天已经快亮了。天知道我们是怎么走回去的。

杨子荣我就不多说了，全国人民都知道他。我要说的是郭长生。郭长生就是我们沟里人，他家在煤炭湾口上，和我们家就隔一道小山梁。站在那道小山梁上，可以看见我家的猪圈和在猪圈里偷吃的狗，也可以看见他家的茅厕和在茅厕顶上栖息的鸡。有一次，我在山梁上还看见他的爹尿尿时没有进茅厕，直接就尿到了茅厕边的菜地里。急促的尿液击打在白菜叶子上，就像是李明智三舅在敲击边鼓，发出噗噗嗒嗒的声响。那一刻我浑身发紧，我为那一地白菜感到屈辱和疼痛，我忍不住拼命摇动山梁上的一棵小橡树，橡树的叶子哗啦啦响。郭长生的爹听见了，他一激灵，将尿收回去了。他提着裤子张望，问：哪个？然后咳嗽了一声，嘟哝着回屋去了。我抱着橡树悄悄乐了半天。

这道小山梁隔着我家和郭长生家，可是阻隔不了我对郭长生的崇敬。我对郭长生的崇敬可以说与生俱来，他比我大八岁，我还没出生的时候，他就已经背着书包上学了。他上学要从我家的门前过，我娘看见他，心里喜欢得不行，拉着他左看右看，直夸娃儿排场，长得惹人爱。那时我正在我娘的肚子里怀着呢，娘的话对我肯定是产生了作用，用现在的话说就是进行了胎教。胎教的作用是重大而又深远的，因此，我一出生就有了偶像。当然在我八岁以前，我还没有崇敬、敬佩、偶像这些概念，这些概念都是在我八岁以后才模糊出现在我脑海里的。更确切地说，是在看到了《智取威虎山》里的杨子荣以后，这些概念才在我心灵里萌芽和生长。杨子荣啊，太太太英雄了！那时候，郭长生已经在区上的中学里上高中了。他浓眉大眼，鼻梁高挺，身材挺拔，用现在的话说，叫帅呆了！那时的话说，叫太像杨子荣了！

我敬佩他当然不仅仅是因为他长得像杨子荣，更主要的原因是他表现好。我还没有上学的时候，郭长生就是沟里学校的红小兵了，而且还是团长。团长啊，多大的官！听大人们说沟里最大的官是聂家湾聂老大的儿子，在部队上也只是个营长。这个营长可不得了，不但娶了街上最漂亮的姑娘做了老婆，而且还把她带到部队上去了。团长比营长大，这是我们都晓得的。郭长生虽然不是部队的团长，可终究也是团长，沟里好多的大人见了他也是客客气气的，特别是沟里的地主和富农，对他更是恭恭敬敬，唯唯诺诺。比方说我的大伯伯，他就是一个地主，可是他这个地主，在我们的面前还要耍他伯伯的威风，我们叫他的时候，他只是"哼"一声，正眼也不瞧我们，好像我们是地主，他倒不是地主了。他家门前的杏子树上年年都结满杏子，可是我们要是想偷吃两个，可得大费周折，我们往往要侦探几次，兵分几路，才能得手一两次，大多数时候都是被他撵得四处逃散，溃不成军。他还穷追不舍，说要去告我们的状，让我们规规矩矩站在他的面前承认错误，说我们不该偷摘他的青杏子。其实我们也想等到杏子黄了再吃，可是我们的嘴巴和肚子等不住啊！大伯伯一点也不理解我们的嘴巴和肚子的感受，凶神恶煞地训斥我们。那一刻我真希望我就是郭长生，或者郭长生本人立马出现在大伯伯的面前。如果真是那样，我相信大伯伯立刻、马上就会闭嘴，而且露出老山羊一样的媚笑，点头又哈腰。这不是我夸张，也不是我想象出来的，是我亲眼看到过的。那时候我才四岁或者五岁吧，我还没有上学。学校里开"忆苦思甜"的批斗会，我被二哥带了去看，台子上就站着大伯伯。他佝偻着腰，还低着头。郭长生戴着红袖箍，在台子的中间气昂昂地呼口号，下面的小学生和老师在他的带领下，不停地挥起拳头，跟着呼。这场景使我感到陌生，我不敢再看下去了，撒腿跑回了家。

我到沟里的小学上学的时候，郭长生已经到沟外的狮坪街上中学去了。那里是县属的中学，有一个充满了浓烈玄乎味道的名字，叫八仙中学。如果是现在，人们或许会以为它是一所培养道士的学校，其实不然，它是一所公办的中学。郭长生在那里上了初中，又上了高中。高中毕业的时候，郭长生已经从一名红卫兵直接加入到党组织里面了，他不但是学校的标兵，也成为县上的一面红旗，出席了省上的表彰大会。郭长生的光辉事迹被印成了小册子，给还在读小学的我们也发了一份。只不过我们似乎没有读懂小册子里面的文字，只是记得发小册子的时候，学校的徐老师给我们讲了半天的话。徐老师说：郭长生不但是我们学校的骄傲和光荣，更是我们县的骄傲和光荣，你们要永远向郭长生学习，做好革命接班人。说到要永远学习的时候，徐老师重复了两遍，说：要永远学习，永远学习！

郭长生高大而又光辉的形象将我们幼小的心灵空间差一点点就占满了，感谢革命现代京剧《智取威虎山》，让我们看到了打虎上山的杨子荣，否则，我们的心灵空间里，光辉的形象就只有郭长生了。

郭长生高中毕业那一年，我上小学五年级。有一天，二哥说：走，我们到狮坪街上看热闹去！我就跟着二哥去了。

那一天是欢送知识青年到农村去。狮坪街上聚满了人。一辆大卡车停在学校的大门口，车头上扎着一朵脸盆大的红花，这使得那辆车看起来有一些说不出来的滑稽。所幸两边的车厢板上贴了大红色的标语，才使得那辆车有一些庄重的意思。我们到达那里的时候，车上已经装好了行李，但人还没有上去。人都聚集在学校的大门口。大门口临时搭了个会台子，会台子上坐了一溜人，当然，我一个也不认识。我在人群里钻来钻去，很快就和二哥走散了。散了就散了吧，我也不急。我钻到了会台子边上，看见会台子边上站了一溜的人，都是年轻的学生样，郭长生也站在那里。

但让我吃惊的是，别的学生胸前都戴着耀眼的大红花，可是郭长生的胸前除了一枚毛主席像章外，什么也没有。

我正奇怪的时候，会议开始了——是欢送知识青年到农村去的欢送大会。好几个人在台上讲话，你讲一通，我讲一通。有一个戴大红花的知识青年上台子讲话后，郭长生也上台子讲话。台上的人介绍说他是回乡知识青年的代表。郭长生讲话结束，从台上下来，我看见他的脸上虽然满是笑容，但笑容好似没有烧开的水，没有看到热气，倒有丝丝的凉意。后来台上的人喊叫，请各位下乡的知识青年上车！台下的锣鼓震天般响了起来，喇叭里的音乐也放开了，在音乐声里，一男一女两个热情洋溢的声音在诵读，戴了大红花的卡车两边，不知道什么时候钻出来了两队化了彩妆的男女学生，他们挥舞着彩绸，迈着舞步，将热闹的气氛掀到了高潮。我拼了命往卡车跟前挤。在那里，我再次看见了郭长生。郭长生站在卡车的尾部，和每一个上车的年轻人都握手，有的年轻人还和他拥抱一下。他们都喊他老班长，也有喊他长生的。有一个很好看的姑娘，本来已经爬上了卡车，可又从车上跳下来，红着脸将一个鼓鼓囊囊的和她脸色一样红的笔记本塞到了郭长生的怀里。姑娘再次爬上卡车的时候，突然哭了起来。姑娘一哭，车上车下的人眼眶都红了，过了几分钟，有人就大声喊，开车出发！锣鼓声响得更欢实了。

车走了，人散了，我和二哥又相见了。原来他也在卡车跟前，只不过他在另一边。二哥对我说：走！我们去帮长生！

二哥对我说话一直都是这样，是一种命令的口气。我上中学后知道了这叫祈使句。二哥的祈使句常常不容我反驳。我也无法拒绝，听从二哥祈使句的指挥成了我的习惯，这种习惯成就了我的人生，也限制了我的人生。我习惯了听从别人的祈使，这使得我落了个听领导话的好名声，也使我不习惯祈使别人，从而当不了领导。

二哥那天说"走，我们去帮长生"这句话的时候，着实让我吃了一惊。一开始，我没有弄明白二哥说的是什么，长生是谁啊？当我明白长生就是郭长生后，我更是讶异。郭长生是谁啊，他这么厉害的人，需要我们帮他？我们又能帮他什么呢？后来我才知道，二哥要我们去帮他，其实就是去帮他扛被子提行李。他高中毕业了，那时还没有高考，高中毕业了，农村来的回农村，叫回乡知识青年，城镇户口的也到农村，叫下乡知识青年。郭长生就叫回乡知识青年，他要回沟里去。下乡知识青年被学校敲锣打鼓地欢送，回乡知识青年可就没有这个待遇了，别看只有一字之差，那差别可就大了。那时管这叫城乡差别，是三大差别之一。

二哥那天带着我，扛着高中毕业生郭长生的被子和行李，回到了沟里。当然，一同回来的还有郭长生本人，他走得悄无声息，像一个影子一样。从离开那所具有仙风道气名字的学校后，这个影子只说了两句话，一句是：还是回来了！另一句是：谢谢你们来接我！第一句话前面有一声很长的叹息，还有一个词，当时我没有听清，后来我想应该是"他娘的"。这句话连起来就是，唉！他娘的，还是回来了！另一句话是说给我二哥的感谢话，应该不包括我，因为他的目光没有移向我。虽然他没有望我，但我还是他忠实的崇拜者。

成了回乡知识青年的郭长生开始在生产队参加劳动。他表现很好，不久就成了队长，又因为在学校里就入了党，名气很大，回沟里后，顺理成章地成了大队支部的头，当上了副书记，离书记只有一步之遥。可是，我知道郭长生的理想并不是在书记的位置上。他曾经给我二哥说过，虽然他现在回沟了，成了回乡知识青年，但在沟里锻炼两年后，就要被推荐去上大学，或者去当兵。郭长生说，他在部队好好干，穿上四个兜的衣服应该是没问题的（那时候，四个兜的军装是干部服）。沟垴上聂老大的儿子每次回来探亲都穿四个兜的军装，沟里人没有不羡慕的。郭长生说这话时，表情并不是十分兴奋，似乎四个兜的军官服早就已经在他家的土墙上挂着了，只等他啥时候去穿一样。郭长生不兴奋，我二哥倒是很兴奋。我二哥说：你当兵了，肯定就不会再是团长了，应该是军长。军长应该穿啥？应该是穿大合衫了。你穿着大合衫回沟里来，那肯定更威风。合衫是我们沟里早些年对大衣的俗称，我们那时候只看见县上的胖县长穿过，胖县长其实不是穿，只是披。记得有一次，他披着大合衫站在公社的大门口的台阶上，挥一挥手，讲话。下面的人群拼了命地喊口号，喉咙都喊哑了。我曾经问过我二哥：你们为啥那么使劲喊口号啊？喉咙都喊哑了。二哥嘶哑着说：我也不晓得。大家都在喊啊，我能不喊？二哥就是这么个人，我没法评价他，也不能评价他。他是我二哥，带我看了很多的热闹，虽然他没法和郭长生相提并论，但我也不能鄙夷他，而且我和二哥一样，都期待着郭长生早点去当兵。

那一年的夏天，苞谷刚刚抽出天花，洋芋正成熟的时候，部队开始征兵了。二哥那时候正在八仙中学上学，他不知怎样得到了消息，课也不上了，跑回沟里给郭长生送信。二哥站在小山梁上喊叫郭长生的声音，让每一片树叶都激动得直哆嗦。郭长生家里狗也吠了，鸡也鸣了，连猪也兴奋得在圈里转圈圈。郭长生终于可以去验兵了啊！而且招的是夏季兵！沟里也不晓得是听谁说的，公家招兵是有讲究的，夏天招的兵都是留在大城市里的，冬天招的兵都是被送去了西藏、新疆。所以沟里人都喜欢公家夏季来招兵。因为相对于城市和边疆来说，沟里人和所有人一样，都更喜欢城市。

郭长生真是运气好的人，他要在这个夏天去城市里当兵了。要不了几年，他就会是团长郭长生或者军长郭长生了。如果运气再好一点，谁能说他不会成为司令呢？沟里人能想到的最大的官也就是司令了。

郭长生报了名。体检没有问题。身高一米七六，双眼裸视力都超过一点五。验兵的大夫说，当空军都行。耳朵没问题，鼻子没问题，手没问题，脚没问题，一切都没问题，郭长生的身体完全合格。郭长生还将自己的所有奖状和奖品装了一口袋，给征兵的扛去了，征兵的说：你小伙子我们都知道，你回去等消息吧！

郭长生满怀信心地回到沟里等候消息。消息仍然是二哥逃了课送回沟里的，消息说，郭长生没有被选上！

沟里人都不相信二哥送回来的消息。怎么可能呢？郭长生都选不上兵，谁还能选上兵呢？大家都不信，连我这个小学生也不信。我们都认为二哥送来的消息不对，是错的。郭长生的爹还骂我二哥，说他胡说。二哥急了，说：我亲眼看见选上的新兵今天都送到公社了，我们都参加了欢送，还会是假的？不信你们到公社去看啊！

郭长生和他爹当天就赶去了公社，跟去的还有我二哥。后来听我二哥说，郭长生和他爹从公社找到了县上，公社的主任和县上的干部的解释都是一样的，今年的兵很特殊，政审要求特别严格，郭长生啥都没问题，就是出身不行，不该是中农。公社主任和区长都说：你怎么是中农呢？谁让你是中农呢？如果是贫农多好啊！这次的征兵政策，就是只招贫下中农子弟，其他出身的一律不行。二哥说：郭长生还是行，当时就问，贫下中农是不是应该包括有中农？不然为啥叫贫下中农，而不直接就说贫农？两个干部的回答也是一致的，都说：贫下中农是指贫农和下中农，不包括中农。郭长生说：为什么不能是贫农，下中农和中农呢？干部说：不能！郭长生问：为什么不能？干部回答仍然是标准一致：我们说不能就是不能！二哥说这些的时候，没有一丝愤慨，反而有一些兴奋，这让我十分迷惑和费解。怎么说，他也算是郭长生的一个崇拜者啊，郭长生没能当上兵，他似乎没有为郭长生难过，只是津津乐道地讲述他的所见所闻，似乎只是一个看热闹的看客。

遭受了当兵失败的打击，郭长生打消了再去当兵的念头，一心准备着，等候推荐去上大学。他更加努力地劳动，天天学《毛泽东选集》，天天写日记。日记是什么啊？在我们的印象里，那是只有像雷锋、王杰这样的人才能写的，郭长生竟然也写，这让我们不敬佩也不行啊！他还给大队和公社写思想汇报，每个月都写一回，每一回都写完满了十张纸。学校徐老师给我们讲这些的时候，我们都惊讶地叫出了声。我们一点也没有故意夸张，我们是情不自禁地叫出声来的。我们那时候，一点也没有想过要配合徐老师，我们是真的被郭长生的事迹感动了。写满十张纸，那得写多少字，写多少话啊？我们写作文，想几天也写不满一张纸，即使好不容易写满了一张纸，里面也会堆满了相同的字词或者长相差不多的话。比方汪金双，徐老师让我们写"记一件有意义的事"，要求最少写满一张作文纸。那时候小学生的作文本，一页一百五十个方框框，写满一张作文纸，就意味着要写一百五十个字。王金双就写，我昨天做了一件有意义的事，帮生产队捡洋芋，捡了一个，两个，三个，还没写到三十个，一张作文纸就写得满满的了。徐老师将王金双的作文读给我们听，读到"十一个"的时候，我们就开始笑，读到"二十个"的时候，我们已经笑得前仰后合了，后来我们跟着徐老师一起读，徐老师也忍不住笑了。这个郭长生啊，写满十张纸，不晓得他是怎么写的，写了一些什么。我们对他满是崇敬和好奇，我们相信，他一定会从沟里飞出去，即使他是一只青蛙，也会从井里跳出来，何况他还是郭长生啊！

郭长生在沟里劳动锻炼满三年了，他可以被推荐上大学了，可是，这一年国家的政策变了，取消了推荐，恢复了考试。无论是上大学还是上中专都要参加考试，按分数录取。那就考吧！国家的政策也只能遵守，哪怕你是郭长生也不能例外。郭长生按要求报了名。那时候的政策，考大学和考中专是分开进行的，一个人不能同时参加大学和中专的报考，报考了大学，就不能报考中专；报考中专了，就不能报考大学。郭长生没有犹豫就报考了大学。当然，我们也都认为他理所当然应该报考大学。我二哥呢，那一年也刚好高中毕业，因为郭长生报考了大学，他也就没有犹豫地报考了中专，我们也认为他理所当然应该报考中专——他怎么能和郭长生比呢？

结果出乎沟里人意料之外或者意料之中：意料之外是郭长生落榜了，意料之中是我二哥也落榜了。

那一年我升中学。升中学也要考试，只是要求低，徐老师说见零不录。我们班的田从珍和汪金双就没有被录取。汪金双是贫农，田从珍是雇农的女儿，他们两人的数学都交了白卷，是零分。见零不录啊，中学没有收他们俩。后来他俩在沟里惺惺相惜，成了夫妻——当然这是后话。我呢，在考试的头一天，住在二哥的宿舍里，他的一个叫朱传慈的同学，给我教了一道题。这道题我听懂了，并且记住了。二哥的同学朱传慈给我讲题的时候，手指头不停地抠他的脚丫子。抠了脚丫子，他又用抠脚丫子的手指头不停地给我指指点点，比比画画。他手指头的气味给我留下了深刻的印象。第二天，数学卷子一发下来，我就看见了那道题，那道题和朱传慈给我讲的一模一样！记忆一下子从脑海里奔涌而出，包括朱传慈手指头上的脚丫子气味，也在我鼻腔里复苏。我大大地打了两个喷嚏，然后忍住记忆的酸臭和兴奋，将那道我唯一会做的数学题完成了。感谢朱传慈，感谢那道散发着恶臭的题，我被那所有着浓郁道气味名字的学校录取了。我在那所学校里上了四年。因为我的数学太差，读初一的时候留了一级，结果好不容易升到初二后，初中的学制由两年变成了三年。后来我到县城中学读高中，又碰到高中改学制，两年改三年，我又多上了一年，而且高考时外语由七十分增加到了和语数一样的一百二十分。我错过了一年，结果年年错。谁又能说得清不是一生错？这个问题有点玄，不说了，还是说郭长生吧。

从我上初中那一年开始，郭长生就开始了他的高考模式。第一年报考大学落榜了，第二年他继续报考大学，还是落榜。第三年，我二哥劝他，让他不要直接报考大学了，还是报考中专，郭长生没有听取二哥的建议，还是报考大学，结果那年我二哥考取了中等师范学校，郭长生还是落榜。三年过去，郭长生变得有一些灰扑扑的了，就像是一棵过了白露还立在地里的苞谷秆子。听我二哥说，他离开沟里去师范学校的时候，郭长生坐在我家和他家之间的小山梁上，望了半天沟外。二哥去师范学校上学后，郭长生终于想通了，准备不再报考大学，而改考中专，但很不幸，国家从那一年开始，招收初中中专生，高中专招收人数锐减，郭长生报考中专失败了。而且看趋势，以后中专招收可能会逐步取消高中生报考。而更要命的是，报考中专还对年龄有了限制，这堵死了郭长生再次报考中专的路。那时候，国家也招工招干，但招收的对象只限定居民户口的子女，或父亲或母亲有工作，退休时，子女可以接班顶替。这些条件郭长生都不占，他不是居民户口，是地地道道的农村户口，他也没有当干部的父母亲，父母亲也是地地道道的农民，要接班也就是当一个地地道道的农民，不用办任何手续。可他是郭长生啊，怎么会甘愿待在沟里当农民呢。郭长生不甘心，沟里人也认为没有道理。但应该怎么办呢？郭长生认为还是只有继续参加高考，只有高考，才能让他生出翅膀，飞出沟外。这期间，郭长生已经当了沟里的支部书记，但当上那一年，土地就到户了，支部书记在沟里一时只是一个名称了。郭长生干脆辞了支书，一心一意复习高考。

1984年7月，我从县城高中毕业，参加高考。头一天看考场的时候，在我考场边的考场门上，我意外地看到了郭长生的名字。这已经是他第七年参加高考了，想一想，我不禁打了个寒战。我对我第一次高考无端恐惧起来，敬畏起来，我担心我考不上，考不上是不是也会像郭长生一样持续七年之久地考。我又担心我考上了，而郭长生还是考不上，这对郭长生是不是太残忍，对我是不是也是一个打击？郭长生毕竟是我崇拜或者说曾经崇拜过的偶像啊。三天高考，我没有为自己的高考问题而困扰，反倒是为郭长生的问题而受煎熬。我祈祷他这一次一定要考上，至于我能不能考上，已经无所谓了。

结果是大家都知道的，我以和分数线持平的分数勉强录取到师范学院，而郭长生以一分之差再次落榜。我为此迷瞪了一段时间，后来逐渐模糊和忘却了郭长生。后来听说他第二年再次参加了高考，还是没有被录取。他高考的经历，传遍了全县，都说他是"八年抗战"未胜利，方晓高考登天难。

我大学毕业后，被分配到本县的另一个乡镇工作，在镇上的九年制学校教书，教初中学生的语文，还要当班主任。我知道我才疏学浅，教语文有一些吃力，但我还比较负责任，也比较谦虚。学生们都很善良和纯朴，他们理解我，也包容了我的不足和知识上的一些错误，而且令我感动的是，他们还知道主动为我操心。比方说学生们很操心我的穿着，他们认为我个子不高，身子也不壮，还不注重打扮，成天都是套老旧的灰夹克，冬天也在穿，秋天也在穿。一双大头皮鞋，底子都钉了三次了，连修鞋的人都建议我扔了，可我还穿在脚上，而且一周也不一定擦一次。他们焦虑地对我说：老师，你再不换你的衣服和鞋，走到路上，我们都以为你不是老师了。他们的言外之意是，他们都不好意思喊我老师了。我还特别不修边幅，头发长，胡子也长，为此，学校领导还在教工大会上不点名地画了像，我竟然很愚钝地没有听出来是说我。很感谢我的学生们，他们全体给我写了一封信，提出了十大建议。十大建议包括方方面面，彻底改变了我。我遵循这十大建议，很快成了学生最喜欢的老师，而且不久后还找到了对象。

我的对象是我一个学生的姐姐，她在小镇的派出所工作，是管内勤的。说是管内勤，其实也经常出警——小镇派出所只有三个人，哪能严格分工？我的那个学生被姐姐带着上学，放学后就经常说我的事，说得多了，他姐姐就由被动听慢慢变成了主动问。后来有一天，当他姐姐又问到我，学生就说：你这么感兴趣，我介绍你们认识啊。姐姐沉默不语。学生到了学校又给我说，我正好要家访，就让学生下午放学后带我去见他姐姐。一桩婚姻就此开始了。我和学生的姐姐很快坠入了爱河。

就在那年的寒假，我带了学生的姐姐回沟里过年，也有拜见父母，看看家儿的意思。见了学生的姐姐后，不但父母高兴，全家都很高兴，一天都欢欢喜喜地忙乎着，做好吃好喝的。二哥那时已经结了婚，找的嫂子就是沟里周家的幺姑娘。二嫂子特别能干，把我对象照护得高高兴兴的，让我和二哥就在沟里瞎转悠。有一天，二哥说：走！我们到梁那边去看看！我这才又想起了郭长生——郭长生家和我家隔道小山梁嘛，我们都习惯称他家为梁那边——我有多久没有想起他来了呢？似乎是很久了。我问二哥他现在的状况，二哥说：也结婚了，找了个寡母子。寡母子就是寡妇，这是沟里的叫法，似乎带有歧视的意味。我哦了一声，又问：他不是高中有个女同学对他好吗？我想起了那一年学校门前送别的场面。二哥说：那女同学是吃商品粮的，郭长生在沟里出不去，哪里成得了。我和二哥都不再说话，默默地爬上了小山梁。站在熟悉的小山梁上，我回头望了望我们的家，看见二嫂子和我对象正坐在门前阶沿上。她们晒着太阳，似乎也在望着我们。我挥一挥手，她们似乎看见了，也向我们挥了挥手。我和二哥都笑了。我们走过那一片橡树林。橡树已经长大了，干枯的树叶子在地上落了一层，还有少量的叶子顽强地挂在树上，抗击着北风。我和二哥站在橡树下歇息，很自然地就看见了郭长生家的房子。房子没有变化，猪圈茅厕还在房屋后边，甚至那一块白菜地也还在。我听到了猪的哼叫，几只鸡停歇在猪圈屋上。一切是多么的熟悉啊！我正在感慨的时候，几声咳嗽从郭长生家的屋前传过来，紧接着有人从屋角转过来了，灰扑扑的头发，微微佝偻的身子。他慢吞吞地走到茅厕边，解开裤子，对着白菜哗哗啦啦尿了起来。我笑着轻声对二哥说：郭长生的爹还那么精神啊？二哥也笑了，说：哪里啊，他爹都死两年了。我吃了一惊，疑惑地看了二哥一眼，又将目光投向那个撒尿的人，二哥似乎明白了我的疑惑，对着撒尿的人努了一下嘴，说：那就是郭长生！

那突如其来的惊讶像一棵倒下的大树一样，哗啦一下压向了我，那一刻，我竟然有种窒息的感觉。过了好一会儿，我才听清二哥还在我耳边继续絮叨。二哥说：郭长生考了八年大学，还是没有考取，后来年龄过了，考不成了，只好回沟里当了代理老师，没当几年，上面的政策来了，对代理教师一律清退回家，他只好回家。没了出路，就跟别人到河北火药厂，不到一个月，火药厂爆炸，他捡回了一条命，只是耳朵被震聋了……我听不下去了，我第一次用祈使句对二哥说：走吧！我们回去吧！

这以后，在家里待的几天里，我再没问过郭长生的事情，也没有谁再说起他。过了年，没待几天，我就离开了沟里，到我对象家去了。后来，我结了婚，生了小孩。家庭和工作的双重压力下，我迅速地步入了中年。在我老婆的努力下，我调进了县城工作。只是办理调动手续的那一天，她也和我办理了离婚的手续。我不知道我是应该感谢她还是应该憎恨她。我躲进一个卫生间里偷偷哭了一场。我忘了是哪个单位的卫生间，里面干净、洁白，好像没有分男女。我从厢式的蹲便室出来的时候，旁边蹲便室的门也开了。一位美女从里面走出来，她狐疑而又同情地望了我一眼。我一时羞愧难当，低了头匆匆走了。

我没有再教书，而是去了信访局。当然这也是我前老婆的功劳。从这一点上看，我应该感谢她，因为我再不会去欺骗学生，误人子弟了。信访局看在我前老婆的面子上，也没有安排我重要的工作，就是管管来信的收阅登记，然后分类送给分管的领导。

因此，我每天的主要工作就是读信，各种举报信、检举信、申诉信，等等。工作不到一周，我就喜欢上了这个工作，而且觉得设立信访局太有必要了，这个名字也太贴切了。我每天读这些来信，很快就忘记了我个人婚姻的不幸。比我不幸的人多了去了，离婚算什么啊？和人家的遭遇比，离婚连个感冒都算不上，只能是感冒中的一个喷嚏。

我每天收信、拆信、读信、登记、分类、分送领导，忙得不可开交。有一天，我收到一封信，是我老家沟里寄来的，我拆开后没有急于看内容，而是先看后面的落款，想知道是沟里的谁写的。信有四张，是套复写纸写成的，后面的落款有六个字，申诉人郭长生。我打了个愣怔，急忙看他写的内容。信虽然写了四大张，其实只写了两件事。一件事是他当了六年的代理教师，说清退就给清退了，没有任何补偿和说法，申诉给予补偿和说法。第二件事说他生了个二胎，是符合计划生育政策的，因为第一胎不是他的，他又是残疾人，而且他老婆已经去做了节育手术，镇上就不应该再罚款，申诉取消罚款，请镇上将强行拉走的肥猪和母羊退还给他。

我将信读了两遍。文字通顺，条理清晰，要求明确。不愧是郭长生写的，还是很有文字水平的。只不过政策方面的事情我也把握不准，也不由我把握。我将信抟展，贴上送阅单，直接送给了局长。我对局长说：这封信写了两件事情，分别是教育上的和计生上的，我不晓得送给哪位分管领导，就直接送给您了。局长正在和出纳说话，没有望我，只是说：放那儿吧！我不知道"那儿"是哪儿，正犹豫，局长就用手指了一下我面前的大茶几，说：就那儿。我就将郭长生的信放在了茶几上。一年以后，局长高升了，办公室主任让我将局长的办公室清理打扫一下，在整理茶几上的那一堆书报文件时，我猛然看见郭长生的申诉信还夹杂在里面，送阅单还是我贴上去时的模样，恭恭敬敬，规规矩矩，干干净净。我一时愣在了那里。主任问我咋了？连问了两遍，我才回答说：没什么，头有点晕。我没有撒谎，我确实头有一些晕。主任说：不会是低血糖吧？我说：不晓得，应该不是。主任让我先回去休息，说剩下的他来整理。我借机离开了局长的办公室。郭长生的那封申诉信我放在了那堆书报文件的最上面，我希望主任最好能够看见。郭长生啊，我能做的也只能是这些了。

就在我渐渐忘却了这件事情的时候，从市信访局转来了郭长生的上诉信，也是复写的手写信，看样子应该是寄到我们这儿的同一版本。因为是从市上转来的，局里不敢马虎，立即写了意见，将信分别转给了教育局和计生局，要求他们分别调查核实情况，拿出处理意见并妥善及时处理，并要求将处理结果上报到信访局备案。我心里的一块石头落了地，并暗暗高兴，心想这一下这事应该有个着落了。可是过了大概一年多，信访局又收到了郭长生的信访件，这次的信件变成了打印的，比上次的多了两页，除了再次重申上次的两项要求外，还反映说镇政府因他反映情况的事而打击报复他，扣发了他家的退耕还林款，还阻碍他办理残疾证，使他到现在也享受不到残疾人应享受的权利。信的结尾说，他已年过半百，从小遵纪守法，还曾是省级学《毛泽东选集》的先进个人，出席过省上的表彰大会，只是因为时代变迁，个人命运不济，未能走出农村。现在国家发展，时代进步，社会越来越好，他从内心喜悦，也一贯拥护党的各项政策和规定，但党的政策和规定在基层的落实上出现了偏差，尤其是涉及他个人的这些问题，镇上一些干部把握政策不准，反行打击报复之举，实在是违背了党的方针政策之要求。他以一名有着近四十年党龄的老党员要求，必须解决以上的申诉要求，否则，他将行使作为一名党员的权利，向上级党委反映，直至党中央。

不愧是写过多年思想汇报的郭长生！我实在是想不通当年他为何没有考上大学，我第一次对高考的制度产生了疑问。虽然前不久我还理直气壮地教训了我的儿子。我儿子刚上高一，他竟然对考试深恶痛绝，将它抨击得体无完肤。我先是惊愕，后是反思，最后理直气壮地说：高考是目前中国唯一公平合理的制度，没有高考，你爹我也走不出山沟沟。你看看你沟里的那些叔叔伯伯，他们和他们的子女有你现在条件好？儿子哑口无言。而现在，读着郭长生的信，我禁不住自言自语地问：这水平，比我这个读了几年中文的教师强多了，可他为啥考了八年也没考上大学呢？

我将信访件送给了局长。我们现在的局长是位文学爱好者，虽然他还没有弄清文学作品和新闻报道的区别，但这并不影响他对好文章的判别。他读了郭长生的上访信，忍不住大加赞叹，说：文章真是写得好！有水平，有水平啊！我适时地对局长说：这个人是我们老家沟里的。局长说：你们老家沟里的？我说：是。局长仰头再次赞叹：山高出鹞子，谷深出俊才啊！了不起，了不起！局长一连说了两个了不起，让我对局长的看法有了极大改变。

局长后来是怎么处理郭长生的信访件的，我不得而知。我也不好去打探，作为一个信访人，我已经养成了不该说的不说，不该问的不问的职业素养，而且我相信局长是会积极稳妥处理的，不为别的，就冲郭长生的文字水平，局长也不会马马虎虎对待。不是有个成语叫爱屋及乌嘛，局长一定会爱文及人的。

这以后果然未再见到郭长生的上访信，也未听到他的任何消息。有一年暑假，二哥到县城参加暑期培训，住在我的两居室里，晚上喝了点酒，说到沟里的事情，我问到郭长生。二哥说：郭长生啊，好久没在沟里了，听说在市上。我吃了一惊，问：在市上？在市上干吗？二哥说：还能干吗？捡垃圾，供娃儿读书。见我仍是不解，二哥就继续说：他后来不是结婚了嘛。我说：这个我知道。二哥说：结婚后生了个娃儿，郭长生为了让他娃儿考上一个好大学，初中就将娃儿转到市里的中学去了。现在的这个娃儿已经上高中了，听说上的是高价班，一年的学费就要过万块。郭长生也是要疯了，他哪里有那么多钱，就将沟里的房子卖了，在市里租了房，专门捡垃圾，供娃儿上学。我哦了一声，恍若明白了为什么没再收到郭长生上访信的原因了，原来他到市上一心一意供娃儿读书去了。我问二哥：郭长生的娃儿学习成绩怎么样？二哥含糊其辞地说：还好吧。农村娃儿，考个大学出来，当个老师，又能怎么样？青蛙没有翅膀，飞不起来的。二哥望了我一眼，说了一句喝酒！然后一个人把剩下的一点酒都喝了。

光阴似箭，日月如梭。一晃又是几年过去了，我在信访局靠资历当上了办公室的副主任。局长说：工作内容不变，还是管信访件的收阅、分类等，还给配了个年轻人。局长交代，让我多指导，当好副主任就行了，其他的事情让年轻人做。我很感谢局长对我的照顾。可是不久我就看出了蹊跷：我这个副主任是给别人设的，我只是个过渡。果然，不久，主任找到我，说话云山雾罩的，一会儿问我身体情况，一会儿问我婚姻打算，最后才吞吞吐吐地说了上面领导的想法。说我年纪大了，还是不要当副主任了，让年轻人来干，年轻人有精力、有热情，就是缺少平台。主任话还没有说完，我就打断了他。我说：主任别说了，我把平台让出来。主任连忙说：好好好，你看你还有什么想法？我说我没什么想法，我还是继续搞以前的信访件收阅工作吧。主任说：既然这样，那你就写个辞职报告吧。我就写了。就这样，我当了半年的副主任后，又继续干我以前的工作了，调来的那个年轻人接替我当了副主任。半年后，县上的机构改革方案下来了，凡任现职的副主任都可以套副主任科员，工资比科员高一个档次。我郁闷了一分钟，想去找主任，又放弃了。我暗地里观察了主任和局长，我希望从他们的脸上能看到对我的愧疚和歉意，但我失望了。我彻底打消了去找他们要说法的想法。我只想去喝一杯，只要天不塌下来，饭还是要吃的。

我去了常去的常三酒家。我喜欢常三酒家的卤猪耳朵，也喜欢那里的老板娘。老板娘很像我前妻年轻时的模样。我喝了二两白酒后，能找回过去的感觉和记忆。我在那种感觉和记忆里打发掉了我十几年的单身业余生活。老板娘对我已经很熟悉了，她有时候会让我赊账，尽管账赊久了，她会毫不手软地收取利息，但她看我的眼神还是很有情意的。因了这点情意，我就不计较利息了。我想喝点酒的时候，还是会朝她这里走，我的双脚似乎也已经充分理解了我的心思，它们不会把我带到别处去，只会带我到常三酒家来。那天，我刚走进常三酒家，正准备坐下来时，有人在我的身后拉扯了一下我的衣服，问：你是金狗儿吧？我吃了一惊。金狗儿是我的小名，县城没有人知道，难道是老家沟里的人？我回过头，看到了一张似曾相识的脸。我望着这张脸，迟疑着没有说话。这张脸露出了一丝尴尬的笑，说：我是郭长生，你不认识我了？我赶紧点了点头。尽管我一时还没有回过神来，但还是热情地请他坐下了。我招呼老板娘点菜，倒茶水，以掩饰我的错愕。一切都弄好后，我也稍稍平静了下来，我再次打量着坐在我对面的郭长生，记忆中的样子荡然无存，除了从额头沟壑般的皱纹里还能找到他爹的一丝影子外，郭长生在我记忆里所有的模样都不复存在了。以前上翘的剑眉垂了下来，挺直的鼻梁塌了下来，饱满的嘴唇瘪了下来。他的脸干枯了，身子似乎也干枯了，像极了深冬里的狗尾巴草，风已经吸干了它的全部水分。

老板娘亲自给我端了菜来，又送来了我常喝的自酿苞谷烧。我给郭长生满上一杯酒，然后示意他举杯。他有一些局促，不好意思地望了望酒杯，又望了望我，说：我不能喝酒。我说就喝一点吧，难得相见啊。他摆了摆手，也不说缘由，只是默默地望着我。我没法再劝，只好自己将酒杯干了。请他动筷子吃菜，他同样摆了摆手，说：吃过了。我说：长生哥，你这就有一些见外了，我们一沟一道的人，从小都在一起，今天好不容易见了个面，你酒也不喝，菜也不吃，这是因为啥呀？是不是怕我哪天回去吃你的啊？我一通话说出来，有质疑、有抱怨、有调侃，是想打破一下沉闷的气氛，也的确还想知道缘由。可对我的这通话，郭长生并没有多大反应，他只是望着我，似乎没有听懂我的话，或者说没有领会到我话的意思。我望着他，还想再说一遍，突然看见他黑黄的耳朵上挂着的助听器，我想起来他的耳朵似乎是已经聋掉了。我就指了指我的耳朵，然后看着他。他点了头，说：戴了助听器能听一些。我也点了点头，有些歉意地向他笑了笑，再次示意，请他吃菜。他还是摇手拒绝了。他说：你先吃饭，吃完了，我有事求你。我只好匆匆吃了饭，带他到了我的两居室。

在我的两居室里，郭长生说了他求我的事情，原来是要我给他的小儿子帮忙找工作。他的小儿子在他全力以赴的支持和努力下，最终考上了一所不错的大学，可是上大学没有两年，国家就取消了对大学生的统一分配，由大学毕业生自主择业。这对郭长生又是一次不小的打击，他拼了命供儿子读书，就是想让儿子圆了他吃公家饭的梦，可谁晓得现在国家政策又变了，不分配了。

他儿子要到南方去找工作，郭长生死活不同意，说：那大学不就白上了？他要让儿子就在县上找工作，只要是公家的单位，打杂都行。郭长生说到最后，拿出了一包钱来，说：这是三万块！我愕然地看着他。他接着说：我知道现在的社会，不花钱办不成事，这三万块你先拿着，不够我再想办法，我去卖血……让他妈也去卖血……你一定要给我帮这个忙，我也不认识其他人，当哥的求你了。说到情急之处，郭长生竟然扑通一声给我跪下了。我慌了，只好赶紧说：你快起来！我给你想办法就是了。

送走郭长生后，我想了一晚上，也没有想出什么好办法来，最后无计可施，只好给我以前的老婆打了个电话，试探着将事情说了。我前妻沉吟了一会儿，也许是念旧情，她答应了想办法帮忙，让我过几天将郭长生小儿子的档案送过去。我兴冲冲地给郭长生打电话，可是，按照他留给我的电话号码拨过去，却怎么也打不通，不是占线，就是无人接听，后来再打就是因欠费已经停机。过了好多天以后，我辗转着和二哥联系上了，想让二哥和郭长生联系一下，将情况说一下。二哥在电话那头用很遥远的声音对我说：郭长生死了。我不相信地问二哥怎么回事，二哥仍然用很遥远的声音说：郭长生的小儿子不辞而别，不晓得去哪里了，郭长生找了几天没找着，栽到沟里就死了。我问：是自杀还是意外啊？二哥说：我也不清楚，我现在不喜欢撺那些热闹看了。

伯伯赶羊

　　20世纪80年代，市场经济才开放的时候，在县城工作的幺叔给他的大哥，也就是我伯伯联系了一桩生意——腊月的时候，从老家收羊，然后送到县城的菜市场。收购的人幺叔都联系好了，只要有羊，他们就优先收购。这是一桩不错的生意，弄得好了，每只羊能挣不少钱。幺叔把信带回沟里，晓得伯伯家贫寒，没有经济收入，把本钱也一并带回来了。

　　伯伯就去收羊。那时候山里还不是很开放，养羊大都是为了自己吃，或者是为了积肥。羊粪是很好的肥料，种洋芋种苞谷都好，特别是黄黏土，就得用羊粪做肥料，土质才能松软，庄稼的根须才能在地里伸展得开，根须伸展得开，庄稼才舒服，舒服了，它们才肯长，才能长出让人满意的收获来。因此那时候山里养羊的人家多，几乎每家每户都有那么几只。伯伯去收，很容易就收了几十只。

　　收羊不是很难，难的是要将羊送到县城去。那时候到县城虽然有一条简易的公路，但车却不多。再说了，几十只羊，要是用车送，必须得专门雇一辆车。雇一辆车到县城，把贩羊的赚头都贴进去可能还不够。所以那根本就不是苦寒的人该想的法子。苦寒的人挣的是苦寒的钱，只能是走着路往县城送羊。从老家沟里往县城走，翻韩河梁，走小路到白果坪是一百里，从白果坪到县城是五十里。这还只是到冲河桥头，进城还得五里路。这就是伯伯送羊到县城要走的路程。怎么走呢？中午过后从沟里出发，白天走完小路，翻过韩河梁。天黑前，赶到白果坪。晚上走不成小路，只能沿着公路走，一晚上走完一百里。天亮前，把羊送到菜市场。送迟了，宰羊的回民就宰了别人的羊，伯伯送的羊就有可能压价出售，或者等到下一集。对伯伯来说，这都是要命的。因此，伯伯送羊，只要离开沟里，上了路，便必须风雪无阻，赶着羊，一直向前，走！走！走！

头一回，伯伯收了三十六只羊。三十六只羊放在山坡上不算什么，一个人招呼，轻轻松松。可是要赶着三十六只羊走一百五十里路，伯伯心里还是有一些惶恐。他不敢掉以轻心，犹豫再三，临走的时候还是决定带上长娃。

长娃那年十五岁，小学没毕业就辍学回来劳动了，身体虽然瘦削，但精壮皮实，受得住苦，耐得了寒。对于伯伯要带他赶羊这件事，长娃很兴奋。十四五岁的少年，对外面总是有一些向往和想象的，何况是到一百多里外的县城去。长娃的兴奋溢于言表。这引起了宝娃的艳羡。宝娃是伯伯的小儿子，长娃的弟弟。宝娃那一年才满十二岁吧，不知为什么，也没有上学，见了长娃要跟伯伯赶羊进城，羡慕不已，闹着也要去。伯伯有一些惯宝娃，便默许了宝娃的要求。兄弟俩都很高兴，吃了中午饭就跟着伯伯一起上路了。

先要走五十里小路，翻韩河梁。韩河梁我们那里也叫大梁子，是阻断老家和外面的第一座大山。从沟里翻大梁子，先要逆着河一直往上走，河水走完，就到了大湾。

大湾里住着沟里的最后一家，姓李，叫李树彩。李树彩腿有问题，沟里人背后都叫他彩跛子。他本来和伯伯是一个生产队的人，大概就是因为跛，他领着一家人，搬到了沟垴上住下了。伯伯他们赶羊的那一天，李树彩不在家，只有他的二女儿李绍碧和两条凶恶的大狗在家。伯伯他们赶着羊才走到湾口的时候，两条大狗就比赛一样地狂吠起来。羊们有一些慌乱，停住了脚，纷纷回头探询，似乎在问怎么办。伯伯还没有说话，长娃就挥舞起杵着的竹棒上前去吆喝。狗们叫得更欢了。原来是李绍碧出来了，它们要在主人面前图个好表现。李绍碧和长娃差不多大，她认出了长娃，喝住了狗，要狗们莫咬。两条狗呜呜噜噜了一阵，住了口，懂事地分立在李绍碧的两边地望着长娃和他后面的羊。长娃问：你爹呢？李绍碧说：大姐杀猪，他们吃泡汤肉去了。长娃哦了一声，望着李绍碧，一时不晓得说什么了。李绍碧咧着嘴笑，问他们：你们把羊赶到哪里去？长娃说：县上。长娃以为李绍碧会惊讶，但李绍碧没有表露出惊讶来。长娃多少有一些失望。他将竹棒挥起来，在空中绕了一圈，画了个有些心事的圆。李绍碧又笑了，她似乎看懂了那个圆的心事，笑得有一些羞涩。两条大狗似乎也看懂了那个圆的心事，它们不悦地又冲长娃吠叫起来。伯伯吆喝长娃快走！长娃只好拖了竹棒转身离去。转身的时候，长娃对李绍碧说：我们明天一早在县城卖了羊就回来。为什么要对李绍碧说这句话，长娃也不晓得。

从大湾再往上，就没有了人户，路也变成了羊肠小道，在山林里穿过来绕过去，往山顶上爬。虽然是冬天，但干枯倒伏的野草还是将小道掩没了。伯伯熟悉路，在前面带着，兄弟两个跟在羊群后面招呼，三十多只羊大多数是年轻力壮的，但也有一些年老体弱的老羊，它们走走停停，等到爬上大梁子的时候，太阳就快掉进连绵的西山群里去了。宝娃累了，长娃也累了，那一群羊呢也不轻松，伯伯就决定在粑粑店歇息一会儿。

糍粑店其实没有店，它只是大梁子上的一座小山头。到了糍粑店，就意味着爬上了大梁子顶，后面就开始走很长一段横碥子路。横碥子路沿山梁子走，所以这段路也叫长梁子。有个传说，说有人走长梁子的时候，遇到了饿死鬼，死在了长梁子上。因此过长梁子的时候都要提前歇一歇，吃一点东西。往往走的时候，人们就常在爬上大梁子后第一座山头上歇息吃东西，时间久了，人们就将这山头叫作糍粑店——人们过大梁子，吃糍粑暂歇的地方。

那天，伯伯他们在糍粑店歇息的时候，拿出干粮来吃。干粮是伯娘做的苞谷浆粑，里面和了韭菜，吃起来有一股特殊的香味。因为宝娃跟在一路，伯娘还专门又炒了一包黄豆带着。当然给羊们也带着吃的，是石磨子磨过的苞谷糁子，伯伯提了半口袋，长娃提了小半口袋。在糍粑店吃干粮的时候，长娃去搂了一捆干草，给羊们吃。宝娃在干草上尿了一泡，羊吃得很欢实。干草吃完了，长娃才将苞谷糁子掏了几把喂给了羊们。

也不敢久歇，路途还远着哩，天黑前赶不到白果坪的公路上，就会耽误更多的时间。因为羊们视线不好，晚上走大路还行，走小路就恼火了。它们能挤成一团在原地打转转，就是不肯往前走半步，好像找不到路一样。也怪不得羊，鸡肠子一样的路，就是白天也费眼睛，何况是夜里。夜里，那些路都被黑淹没了，哪里还有路呢？路似乎被黑夜所吞噬了。公路又宽又长，黑夜吞噬它也麻烦，就让它们继续在黑夜里留着。它们留在黑夜里，即使再暗，也能看见它们的影子，白晃晃的在地上铺着，等着夜行的人去走哩。

那一天还好，伯伯他们在夜幕完全降下来之前赶到了白果坪。尽管大梁子的这一面还有很深的积雪，下梁的时候，长娃摔了两跤，宝娃摔了六跤，但都没有影响他们赶羊的速度。上了公路，伯伯多少松了口气，他问宝娃累不累？宝娃说：不累，就是脚疼。伯伯说：那就歇会儿吧。宝娃就和长娃将羊拢到路边歇下了。伯伯抽烟，长娃也抽烟。抽的都是自家种的旱烟。旱烟口劲大，冲人，但抽着凉丝丝的，醒神。长娃卷了支烟，问宝娃抽不抽？宝娃说不抽。虽然夜色弥漫，但长娃还是看到宝娃的头摇得像乱风吹的树梢一样。他不再说话，和伯伯一样默默地抽烟。黑夜里，两支烟的火星一闪一闪的，让黑夜有了生气。

抽完一支烟，又开始走。过鸡冠峡时，夜色慢慢浓厚，公路两边的山黑黢黢地耸立着，把天挤没了。河水好像也睡了，听不见它流动的声音。伯伯又卷了一支旱烟抽起，然后掏出荷包里的炒黄豆给了长娃和宝娃一人一把。长娃要伯伯也吃，伯伯说不吃，要抽烟。

应该是有月亮的，但月亮要么是被云遮了，要么就是被山挡了，反正没看见月亮的影子。走了十几里路，宝娃跟不上趟了。他脚步踉跄，提不起步，也迈不开步。伯伯说：你是不是走不了了？要是走不了了，就把你寄在广佛寺。伯伯又说：广佛寺那里我们有亲戚，对门李道学的姐姐放在广佛寺蔡家的，你要是实在走不了了，就把你放他们家歇一晚上。宝娃没吭声，又走了一会儿才说：脚疼。伯伯说：肯定脚疼了，走了那么远。长娃说：要不我背你？长娃蹲下去，要宝娃趴他背上，但伯伯阻止了，伯伯说：还远哩，让他自己走，到广佛寺了再说。

从白果坪过鸡冠峡到广佛寺是二十里路。二十里路走完，公路两边开阔起来，山仿佛退让到两边去了，零星的几点灯火在暗夜的前方隐现。有几声狗叫，虽然微弱，却将夜的黑戳了几个口子，露出暗淡的光来。伯伯长嘘了一口气，说：广佛寺到了。

广佛寺是秋坪的旧称。现在没有寺，那时也没有寺。有寺是老早以前了。老早以前是大寺，有很多传说。传说止于新中国成立，新中国成立后寺庙成了学堂，叫秋坪中学。学堂的旁边是公社。以前建公社的时候，伯伯在那里打过土墙。伯伯说：从区公所过去二里路就是李道学姐姐的家，我们赶快一点，免得他们睡了。长娃便赶着羊跑，过街道的时候，有几个店铺的门口还亮着灯。是电灯。灯影下，有几个人影在晃。听见长娃赶羊的声音和羊们细碎急促的脚步声，人影不动了。长娃感觉到那些人影向他和他赶的羊们呼出来一种气息，那种气息有一些逼人，让长娃放慢了脚步，心不由得紧了起来。静止了片刻的人影又动了起来。有两个影子向这边移动过来。

把羊往哪里撵？该不是偷的吧？

靠近了的人影变成了两个实实在在的人。两个男人，长娃看不出他们的年纪。他们站在羊们的前面，将羊群挡住了。羊们感觉到了不怀好意的威胁，纷纷退回到长娃的跟前，挤成了一团。

嘿，问你呢！你个瓜娃子咋不说话？又一个声音像一块石头一样，从黑夜里向长娃扔过来。

伯伯带着宝娃撵上来了。伯伯说：同志，有什么事吗？

两个人看见了伯伯，就对伯伯吆喝：什么什么事！问你们把羊往哪里赶？

伯伯说：往城里赶，给菜市场贩的哩。

什么贩的！不会是偷的吧？一个声音说。

伯伯急忙说：怎么会是偷的哩？我们从八仙那边赶下来的，都是一只一只地收回来的，怎么会是偷的哩？

嗨，你个老东西，还不服气啊？我说偷的就是偷的！不是偷的，你把手续拿出来！那个声音从黑暗里飞出来，很有力道地飞向伯伯。

伯伯愣了片刻，问：手续？啥子手续？

贩羊的手续啊！你没有手续就是偷的，这羊我们就要没收！那个声音的力道在增强，变成了冰冷的石块向伯伯他们飞过来。

羊们也听懂了那人的话，更紧地挤在一起，向长娃身边靠。长娃蹲下来，抱住了那只临时的头羊。头羊是伯伯家喂养了几年的牯羊，高大健壮，和长娃很熟。长娃抱着它的头，轻轻抚摸它的背，让它安静下来。

伯伯走到了那两个人的跟前，掏出了一包纸烟来。那纸烟也是么叔带回来给他的，伯伯带着是准备送给菜市场收羊的回民师傅的，现在只好先拿出来救急。两个人接了伯伯的烟，从他们口里呼出的热气中，伯伯闻到了很浓烈的酒气。伯伯说：朋友，我们是县上安排贩羊的，没有说是要手续，如果说要手续，我们肯定就带上了。

两个人点上了烟，点烟的火光亮起来，伯伯看清是两个年轻人，一个穿着军棉衣，一个穿着流行的棉袄。伯伯继续称他们为朋友，说：你们就是广佛人啊？两个人一个说：是。另一个说：你问这干什么？伯伯说：我在这里做过活，你们公社就是我们建的，段主任是我的朋友哩。两人吸着烟，围着羊群走了几步后，停下来，问：你认识段主任啊？伯伯说：认识认识，还在他家吃过饭，他屋里的姓刘，是南大溪的。伯伯又说：你们公社甘德明就是我们跟前的，是娃儿的姨老表，亲的。两个人不看羊了，把脸转向伯伯，口气明显缓和了许多，问：你们在八仙收羊多少钱？伯伯说了个价格——他没有说真话。伯伯说：就是赚一点辛苦钱，快过年了，想给娃儿挣一双鞋子过年哩。对伯伯的话，其中一个显然没有兴趣听了，他打断伯伯的话，说：把烟给我！伯伯还没明白，拿出纸烟，准备抽出一支的时候，那人一把将烟从伯伯手中夺了过去，揣到怀里就走了。走了几步，他又回头吆喝了一声：走！不知是对另一个人说的，还是对伯伯说的。另一个人对着羊们吐了一口痰，然后将烟头对准长娃弹了过去，他弹得很准，烟头的火星在暗夜里明亮地闪耀着，直向长娃的脸上飞过去。长娃没来得及避让，烟头击中了长娃的嘴角。那人哈哈笑着，走了。

宝娃一直站在长娃的身后。他的脚疼，特别是右脚板疼得厉害，他就用竹棒撑着自己，让右脚提离地面歇息。他差点就睡着了，没有听伯伯和那两人说话。但那人弹向长娃的红烟头，宝娃看见了。宝娃看见那烟头像炮仗一样在长娃的嘴角上炸开，火星四溅。那一刻，宝娃自己的嘴角也感觉到了疼痛。宝娃差点哭了。

黑夜中，伯伯轻嘘了一口气，说，走吧！长娃来不及安抚自己被烟头击中的嘴角，急忙牵了头羊往前赶路。他不敢快跑了，尽量压低声音吆喝羊们，让羊们也放轻脚步，以免惊扰了街道上的灯光和灯光下的人影。伯伯不再说话，他拉着宝娃的手，从灯光下走过，慢慢地又融进黑暗中。

过了广佛寺的街道，再往前走就是李家堡了。这个路程，宝娃和长娃不清楚，只有伯伯心里明白。到李家堡大约也是二十里路，前半夜必须赶到李家堡，后面的路程才有时间走完。因此，过了广佛街道后，伯伯便替代了长娃赶羊，将羊赶得急促了。走了一段，三人都出了细汗。宝娃问伯伯：还要多久到啊？伯伯说：还有七八十里哩。宝娃说：你不是说过了广佛街就是吗？伯伯明白了，宝娃问的是蔡家。伯伯说：蔡家已经过了，没有灯，他们已经睡了啊。宝娃在黑夜中哭了起来。宝娃说：我的脚很疼啊！伯伯没有理他，赶着羊继续走。宝娃就继续哭。宝娃说：伯伯，你给我看一下啊！长娃听到了宝娃带哭腔的声音，就上前去，将羊拢住了。

看不见月亮在哪里，但有灰暗的光从厚云下灰扑扑地落下来，地面上朦朦胧胧地映出山和房屋的影子。没有灯光，一切都沉寂在梦里。

伯伯将宝娃抱着，放在了路边的土坎上。那好像是一道水田坎。田里有水，水结了一层薄薄的冰。冰泛着光，也许是灰白的，也许是灰暗的，有一些显眼。

伯伯将宝娃的鞋子脱了下来，问他：哪里疼？宝娃说：脚板疼。伯伯用手去摸了一下宝娃的脚板，宝娃的脚缩了一下，伯伯摸到宝娃的袜子有一些湿。伯伯说：你把袜子脱了，我看看是不是打泡了。宝娃蜷曲了腿，嘴里嘶嘶叫着将袜子脱了。伯伯打燃打火机照着，去看宝娃的脚底板，看到了一只血脚板。伯伯的心痛了一下，又看另一只，也是一只血脚板。伯伯吸了一口气，说：脚都走烂了，还走？长娃也过来了，他要看宝娃的脚，可伯伯将打火机的火吹灭了。伯伯对长娃喝道：去看好羊！伯伯的心绪有一些烦乱。

羊们也累了，纷纷在公路上卧了下来，大概还眯上了眼睛，是准备歇息睡觉了哩。长娃把装着苞谷饼的口袋提着，给它们掏苞谷饼吃，一只羊一个，他把每一个都递到羊的嘴上。羊也乏了，吃得无精打采，一点也没有享受的感觉。有几只还不愿张嘴，长娃就给它们嘴里硬塞了一些。

长娃喂羊的时候，伯伯到田埂边找到了一些稻草。伯伯将稻草在路边烧了，将稻草灰一撮一撮地揞在了宝娃的脚板上。宝娃的脚在不停地颤动。但宝娃没有哭。重新穿好鞋袜后，伯伯将宝娃背上了。长娃把伯伯背的干粮袋和剩下的半口袋苞谷饼都拿去搭在了肩上。干粮袋里有两个水瓶，从家里走的时候，伯伯灌了茶水。茶水早就喝光了，现在装着的是天黑前在白果坪灌的山溪水。长娃拿出水瓶来要宝娃喝。宝娃喝了一口，递给了伯伯，伯伯也喝了一口。长娃没有喝，他把水瓶又装进了干粮口袋。干粮口袋只剩下大半块浆粑馍和一小包炒黄豆了。浆粑馍冷得像冻泥块，炒黄豆硬得像火枪子。长娃问伯伯和宝娃吃不吃？两个人都摇头。伯伯要长娃好生照看着羊，不要打绊子。长娃拖了竹棒就去看羊，但他还是不放心，不停地回头张望，望伯伯，也望伯伯背上的宝娃，其实灰蒙蒙的夜空下，他看不清楚什么，但看羊的空隙间，长娃还是忍不住要回望！

走到李家堡的时候，终于看见了月亮的方位。月亮虽然还是被厚厚的云层遮挡着，但伯伯从云层的明暗度能判断出来月亮的大概位置。从月亮的大概位置，伯伯又推断出大概的时间。伯伯松了一口气，到达李家堡的时间应该说比他预想的要早一些。经过李家堡短狭的街道时，在一道排门的木板壁的缝隙里，还有昏黄的光亮泻出来。伯伯像是自言自语又像是对宝娃说：还有人没睡哩。宝娃却睡着了。伯伯摇醒了他，说：要不去给你找个歇处？宝娃伏在伯伯的背上，正舒服着，已经忘记了他的脚疼和疲倦。他摇着头说：不！可是伯伯还是走过去，将眼贴在光亮处朝里窥看。

一盏煤油灯下，几个人正在打牌，打的是老叶子川牌。伯伯的想法是，找不到歇处，找口热水喝总是可以的。于是伯伯敲了敲木板，里面静了片刻，然后灯忽地熄灭了。伯伯有些奇怪，想一想又明白了，里面打牌肯定是带钱的，有赌的性质。伯伯就向里面喊道：老板，我们是过路的，想讨口水喝。里面没有应答。伯伯说：我们真是过路的，赶羊进城，不信你们看外面的羊——羊非常适时地叫了两声。灯亮了。灯亮处只照见了一个人，伯伯刚看见的那几个人好像凭空消失了，或许是被黑融没了吧。灯亮处的那个人年纪不小了，好像比伯伯还要大。他端了灯过来，将排门的木板下了一块。灯光摇曳中，他看清了伯伯，伯伯也看清了他。伯伯说：给娃儿找口水喝。那人没有作声，放下灯，提了一个水壶过来，示意伯伯自己倒。伯伯放下宝娃，接过长娃递来的水瓶，就着灯光，慢慢将水倒进水瓶里。水瓶其实是那个年代医院装注射液的玻璃瓶子，口小肚大，因为有橡胶的瓶嘴盖，装水不会渗漏，那时的人们都喜欢用它装酒装油，也装水。

伯伯倒满了水，让宝娃喝，又让长娃喝，最后自己才喝。伯伯对那人道谢，问有没有歇处。那人摇头说：没有。羊又叫了起来，长娃急忙赶过去安抚。那人将头从板门处探出来，向羊群的方向张望，没有说话。

伯伯将水壶递还给他，再次道谢。那人还是没有说话，漠然地接了水壶。伯伯看不出他的表情和神态，不好再说什么，背了宝娃继续赶路。排门的那块木板无声地装上了，灯光霎时没了。街上一时寂静得像死了一般。羊们细碎的脚步声和呼吸声显得格外清晰。

从李家堡到八里关也是二十多里路。那二十多里路很难走，一道弯连着一道弯，能把人走晕。伯伯走过，一次是送粮，一次是给上三线的人送东西，还有一次是他的幺兄弟病了去请医生。前两次通行的人多，后一次是他一个人走的。二十多里路，他感觉走了很久，走一道弯又是一道弯，每一道弯都差不多。路里边是山坡，山坡上是茂密的茅草，路外边是高堵坎，坎下是河。也没有多少人户，人户好像都在河的对岸。伯伯那次去看他的幺兄弟，记忆里经过这段路还是白天，印象中，即使是在白天也很幽静，阴暗，仿佛是走在荒无人烟的深山里。但在晚上，黑夜的魔术将白天的天地都变幻了，伯伯没有了记忆中的感觉，他望着前面的路，路在前方朦朦胧胧地铺开着，一会儿好像掉进了坎外的河里，一会儿好像又钻进了里面的坡里，走近了看，原来是转了弯。长娃开始有些不适应，羊也不适应，因为走着走着路好像不见了，长娃和羊都被吓一大跳。看清是转了弯儿后，他们的心还在怦怦地跳。伯伯吆喝长娃走慢一点，长娃答应着，的确放慢了脚步。不放慢脚步，也许真的会走到坎下去。

羊慢了，人也慢了。长娃和伯伯并排走到了一起。长娃说：怎么这么多的弯啊？伯伯说：绕山梁子走哩。长娃说：山梁子上应该有小路，要是在白天的话，我们就可以走小路了。伯伯没有作声。他把宝娃往上搂了搂，对宝娃说：你莫睡了，睡着了不好背哩。长娃就说：让我来背一会儿。伯伯说：你招呼羊。宝娃也犟，闹着要长娃背，长娃就背了宝娃走。长娃说：怎么也不见一辆车来？宝娃在他背上说：车晚上也要睡觉哩，它们又不赶羊，在路上跑啥子？长娃笑着说：车睡啥子觉，车又不是人。宝娃也笑了。

那辆车就是这个时候被伯伯发现的。是辆自行车。它跟在伯伯他们后面几丈远的地方，走走停停，像个鬼一样。伯伯之所以判断出来是一辆自行车，是因为伯伯隐隐约约听见了车子吱吱扭扭的声音。伯伯要长娃两弟兄莫说话。伯伯又集中精力听了一会儿，确定是一辆自行车跟在后面。他们走，车子也走，他们停，似乎车子也停。伯伯注意着听了几次，嘀咕说：难道有鬼？伯伯停下来，把竹棒上的干粮袋和羊的饲料口袋取下来，打成一个褡裢固定在肩上。这样他就腾出了手。他用手紧握住竹棒，低声催促长娃快点走，伯伯说有鬼的话，长娃和宝娃都听到了，现在伯伯又催促快走。长娃和宝娃也都感觉到伯伯口气的异样。兄弟俩都紧张起来，不再说话。长娃则搂紧了宝娃，紧跟在羊群后面小跑起来。

但羊群却停住了，回头挤成了一堆，也不叫唤，都把羊头往羊群的最里边挤，好像是惊恐到了极点。长娃浑身的汗毛立即倒竖起来，因为他看见羊群前面几丈远的地方，一个高高的黑影子在晃动着，而且好像正往他们面前移动。这不是鬼是什么？长娃大叫了一声，差一点松手将宝娃摔到了地上！

伯伯也看见了，但他没有惊慌。伯伯立在路上，飞快地脱下了自己的密耳草鞋，口中念念有词，将草鞋向着黑影子扔了过去。扔了一只，又扔一只。啪！啪！草鞋落在地上。那黑影子似乎愣怔了一下，不晃动了，可仍然站在公路的中间，没有离开的意思。伯伯也愣怔了一下，只一刻，他就毫不犹豫地、一把揭掉了裹在头上的头巾，飞快地将头巾缠绕在竹棒上，然后走到羊群的前面，对着那黑影子喊道：朋友，我和你今日无仇，前世无怨，我们只是赶着几只羊，过一趟路，今夜让过了，你是鬼，我们烧纸敬你；你是神，我们烧香敬你。你要硬是不让过，我有张天师赐的神棍，还有雷公赐的火绳，我……我也不怕你！伯伯喊过话后，那黑影子好像有些迟疑，但仍然没有离开。伯伯不管三七二十一，掏出打火机，点燃了缠在竹棒上的头巾，毫不犹豫地就向那黑影子走过去。那黑影子似乎被伯伯和伯伯手持的竹棒上的火光吓住了，它晃动了一下，变矮了，成了个黑影，钻进路边的茅草里去了。

伯伯没有停止，他举着燃烧的竹棒往前走了一截，在黑影子出现的地方查看了一番，才吆喝长娃和宝娃过来。长娃背着宝娃，赶着羊群过来了。伯伯又找寻到了自己的草鞋。他坐在地上，将草鞋穿了，又到路边搂了一抱茅草在公路中间烧了起来。伯伯这时感觉到累了，他抹了一把脸上的汗水，然后将饲料口袋放下来，坐在了上边，开始大口地喘气。

长娃把宝娃从背上放下来，放到伯伯的身边，然后把羊拢到了一起。他站到伯伯的身边，紧握着自己的那一根竹棒，以一种初生牛犊不怕虎的态度问伯伯：是个什么鬼？伯伯说：管他什么鬼，老子也不怕！伯伯又抹了一把自己的脸。汗水没有了，伯伯抹到了一把清鼻涕。伯伯将清鼻涕抹在自己的草鞋上，站了起来。他杵着他那根被烧了半截的竹棒，望着燃烧的火，说：野兽怕火，鬼也怕火。长娃说：要不我们用茅草做一些火把吧？伯伯没有作声，他平静了。他想起了跟在后面的自行车。伯伯问长娃：车呢？

后面的车子？长娃望一望后面黑色的夜空，说：不见了。伯伯也向后望。来时的路隐没在一大堆的黑里面，朦胧的天光下，寂静一片。长娃又说：真不见了。伯伯说：走吧，我们赶紧走！

两人好像都忘了脚烂了的宝娃。伯伯提了口袋去赶羊，长娃拢起了一把茅草，做成了一个火把，宝娃忍着疼，跟在羊群后面跛着走。伯伯转头看到了一瘸一拐的宝娃，赶紧说：还是背你吧！背上宝娃，伯伯只好将两个口袋挂在胸前。长娃做好了两个火把，没有点着，他让宝娃把火把抱着，然后对伯伯说：还是我来背吧。伯伯说：先走一程。长娃就取了伯伯胸前的口袋搭在自己的背上，去赶羊。羊们经历了一番惊吓，挤挨着，害怕似的羊贴羊地走。长娃挥舞着竹棒，驱赶头羊。头羊很懂事地一路小跑，把羊的队伍之间的距离拉开了一些。不再拥挤的羊们开始走得平静轻松起来。

疾走了一程，天地开阔了一些。走上一面大缓坡，前方隐隐显出些房屋的轮廓来。有狗叫起来，声音听起来不止一条，看来人户也不止一家。顺着公路走过去，狗叫声愈来愈近，也愈来愈急。有一间房子的灯亮了，有开门的声音清晰地传来。紧接着，有人问：干啥的？长娃停下来，回头看伯伯，说：有人问。伯伯背着宝娃有一些气喘。他对长娃说：你说赶羊的。长娃就对着问声的方向答了一句：赶羊的！那个声音又问：赶羊进城吗？长娃说：是的！那人说：好！过来歇会儿！长娃对伯伯说：那人让我们过去歇会儿。伯伯说：给他说，不歇了，我们要赶路。长娃就对那边说：不歇了，我们还要赶路。那边说：嘿！歇会儿！还早哩嘛。不等长娃询问，伯伯就自己对那边回应了：多谢了，不打搅老板了，我们还要赶路哩。应答了对方，伯伯又对长娃说：快走快走！长娃不再犹豫，朝前跑了几步，朝还在发呆的头羊的屁股上拍了两巴掌，推了一下，说：快走快走！头羊也朝前跑了两步，迈开蹄，急促地走起来。

很快走过了那面坡。转过黑乎乎的一个山包，狗的叫声被甩在了黑夜里。前面的路似乎是一段下坡，看得见路外的地。是旱田地。地的中间有稀稀疏疏的黑堆，从形状上看，大约是堆放的苞谷秆。地的那边似乎是河，隐约有水的声音。伯伯望了一会儿，不太确定地说：这是哪里？好像快到八里关了。长娃和宝娃都不知道八里关是哪里。长娃问：到了八里关后，还有多远？伯伯说：到八里关后，离县城就剩一座山了，翻过那座山，就能望见县城的房子了。长娃说：也不晓得现在啥时候了？伯伯望一望天，说：半夜过了，好像月亮快落了。

其实哪里看得见月亮，月亮一直被厚厚的云层包裹着，似乎是被绑架了，连个影子也无法露出来一点。

坡路快走完的时候，宝娃听到了声音。宝娃说，后面有声音。伯伯停下来听，又本能地转过身来望，就见一个比人高的黑影吱吱咯咯从半坡上跌跌撞撞地就下来了。伯伯吃了一惊，喝了声，问：哪个？黑影慢了下来，回应说：我嘛。又说，喊你们歇一会儿，你们不歇，让我一阵好追。伯伯腾出了一只手，握紧了那半截竹棒说：你想干吗？影子变矮了，变大了，也更近一些了。伯伯看清那是个人推着一辆自行车，自行车后面驮着两个装满了东西的黑口袋。伯伯松了口气，但紧握竹棒的手没有放松。

那人推着车走到了跟前。模模糊糊地看得见是个瘦削的中年人。中年人说：莫怕，我是月亮坡上的。那人说了个名字。伯伯没有听清。伯伯说：是不是刚才喊我们歇气的？那人说：就是就是，刚才喊你们歇气了嘛，你们不歇，我只好一路撵上来了。伯伯狐疑地问：有啥事？那人笑了一下说：也没多大事，结个伴，一道进城。伯伯哦了一声，对长娃打了个手势，让长娃不要靠近过来。伯伯对长娃说：把羊看好！长娃没有明白伯伯的意思，还是凑了过来问：你进城有啥事啊？那人说：卖黄豆！是和人说好了的，要一清早送去。伯伯再次哦了一声，说：那好，那就走吧！又说：只是你有车子，我们可是走路。那人推着自行车边走边说：马上到八里关了，过了八里关，就净是上坡的路了，我的车子还没你们走路快哩。伯伯嘿嘿笑了两声，算是应答。那人又说：本来是和老婆一起去的，但老婆晚上不舒服，就只好我一个人去了，和别人说好的，不能误事。伯伯说：那是，我们也是和别人说好的，所以急着赶路。那人问：你们是从八仙下来的？伯伯说：是……你怎么知道我们是从八仙下来的？那人说：从说话的口音听出来的……晚上走夜路，别的都不要紧，就是不安全，所以最好找个伴。伯伯也点头说：那是！我们刚从你们那边过来的时候，就碰到了个东西。那人说：啥东西？伯伯说：也不晓得是啥东西。伯伯背上的宝娃插话说：是个鬼！那人笑了，对宝娃说：嘿，我还以为你睡着了呢。来，坐车！他真的将自行车的后架撑起来停住，就来抱宝娃。伯伯忙说：要不得要不得！还是我自己背吧！那人说：嘿，老哥，莫客气嘛，让他坐后架上，上坡的时候，你帮着推一把就是了。伯伯说：也不是硬要背他，他的一双脚都走烂了。伯伯有解释的意思。那人很理解地说：也是，走了那么远的路啊，小娃儿哪受得了。

宝娃坐上了那人的自行车。伯伯顿时轻松了许多。伯伯不晓得怎么感谢那人，想要搭一只手扶着车的后架。那人说：这会儿你不用扶，上坡的时候你再帮着搭只手就行了。伯伯卷了袋烟请那人抽，那人也不抽。伯伯不晓得怎么感激人家，就讲了讲先前遇到的黑影子的经过。伯伯说：一开始的时候，我们也是听到有车子跟在我们后面，后来又不见了，我还以为就是你哩。那人说：我住在月亮坡，不会跑到那里去，可能是别人。又说：难道那黑影子真是鬼？宝娃坐在自行车后架上，坐车的兴奋让他瞌睡全无，他就插话说：我听三叔说，没有鬼，鬼是迷信。那人笑着说：你三叔是哪个？宝娃说：我三叔是老师。那人哦了一声，说：那你刚才说是个鬼。宝娃不好意思了，不吭声。那人又问宝娃：你上几年级？宝娃说：没有上学。那人说：没有上学？又说：还是要上学啊，不上学就只能卖苦力活命，苦得很哩。宝娃没说话。伯伯也没有吭声。那人就又对宝娃说：你说没有鬼，那那个黑影子是什么？宝娃说：那黑影子是人。那人说：怎么是人了？宝娃说：我看见他往茅草蓬里钻的时候摔了一跤，就是个人。又说：鬼应该像鬼一样，一飘就走了，怎么会像人一样摔跤呢？就是个人！伯伯说：你小娃儿晓得啥，莫多嘴！那人笑了，说：小娃儿说实话哩，可能就是人！

很快就过了八里关。八里关有不少的住户，但都紧闭着门窗在沉睡。长娃赶着羊，尽量减少声音，做到静静地过，悄悄地过。

他也确实做到了没有惊醒到一户人家，甚至好像连狗也没有惊动到——或许没有狗。靠近路边的两户人家的猪圈里的猪，似乎听到了外面的动静，它们哼哼了两声就作罢了，猪们一向不愿意管这些与它们无关的事情。好像有几只鸡被惊醒了，它们咕咕了几声，感觉到没有危险靠近它们，就又继续睡了。

过了八里关大桥，开始上坡了。公路开始盘旋，左一圈右一圈。到上坡的时候，那人握着车把略弓着腰在前面走，伯伯在后面搭上一只手，倒也没有用多大的劲，车子就上去了。长娃赶着羊们抄近道，上到一个路口就歇一会儿，一连歇了好几回。快上山坡顶的垭口时，瞌睡铺天盖地席卷了长娃，他朝地上一坐，就睡着了。羊呢？羊真是乖顺的动物，它们没有跑散，它们在长娃的身旁卧下来，也睡了。

伯伯和那人推着自行车赶上来的时候，长娃睡得正香，羊们倒是惊醒了，对着他们咩叫，不晓得是给他们打招呼，还是要叫醒长娃。伯伯看见了坐在路边睡觉的长娃，用他的半截竹棒敲了长娃一下。当然不会用力。长娃猛地惊醒了，差点跳起来，然后歪倒在地上，又睡着了。那人说：让他睡会儿吧，太累了，走了那么远哩。伯伯说：不能睡，地上凉得很，会得病的。伯伯将长娃从地上扯了起来。扯的是耳朵。长娃被扯疼了，真的从睡梦中跳了起来。长娃说：哎哟哎哟，我的脚啊！伯伯说：我又没扯你脚，你叫脚干什么？长娃清醒了，说：我的脚也疼起来了。那人说：不会脚也走烂了吧？

伯伯蹲下来脱了长娃的鞋。那人拿出手电给伯伯照着。长娃的脚板倒是没有什么要紧，但密耳草鞋穿绳收口的地方将脚背两边的皮都磨破了，两脚的拇指也都各打了一个大血泡，血泡在手电的照耀下，明亮亮地闪耀。那人咂嘴说：你娃真能吃苦！脚都成那样子了，还在走！伯伯不吭声，点了烟吧嗒一阵，然后将烟灰揩到长娃脚上破皮的地方。伯伯说：苦寒的人啊，哪有不受苦的，慢慢走吧！

一行四人一起慢慢往上走。好长的一个慢上坡啊，好像走了好久那路也走不完似的。天似乎比刚才更黑了一些。起风了，风好像在追赶什么，从下面呼呼地跑到上面去了，一会儿又横扫到对面的山上去了。树梢在风中发出呜呜的声音，也有枯树枝在风中断掉了，它们被风集中起来，带到了另一边，落下时声音响亮得就像落下了一筐石头。

这一段路长娃走得最艰难。在这之前，他一直没有感觉到他脚背上磨破的皮肉和脚的大拇指上血泡的存在，现在感觉到了，那些疼痛就好像突然从沉睡中苏醒过来了。他的脚背像是有烧红的铁棍在烙，又像是有千万只的小虫子在钻在咬。长娃每走一步都会嘶嘶地吸气。他实在受不了了，就将草鞋脱掉了，袜子呢？袜子当然也是要脱掉的。那袜子是伯娘给做的布袜子，因为进城才穿上，在家的时候，长娃是舍不得穿袜子的。在家里的时候，长娃用棕皮裹脚，棕皮的里面是整张整张的苞谷壳叶子。长娃还有两小块狗皮，是二伯伯给他的，让他包脚。长娃也舍不得用，他留着，收在床铺草里，有时候拿出来看一看，摸一摸。他现在有一些后悔，应该在走的时候，把那两块狗皮带着，也许今晚还可以用得上。但现在后悔也没用了，他只能光脚走了。脱掉了鞋袜的那一刻，长娃感觉到疼痛减轻，他体会到了一时的轻松和舒坦。他把两只鞋合起来，将袜子塞在两只鞋的中间，然后将鞋袜别在腰上，赤裸着双脚开始行走。光脚板踩上僵硬的路面的时候，长娃感觉到的似乎不是冷，而是烫，烫得他不敢往地上放脚。几脚踩上去后，那烫才变成了冷。不是一般的冷，是钻进骨髓里的那种冷。但长娃管不了那么多了，他甩开脚板，啪啪啪地踩在路面上，跑去赶羊了。

伯伯晓得长娃把鞋脱了，伯伯没有吭声，他给长娃卷了一支烟。长娃体会伯伯的心意，但长娃没有抽伯伯卷的烟。只有晚辈给长辈卷烟，晚辈怎能抽长辈卷的烟哩。长娃知道伯伯是在心疼他。长娃对伯伯说：脚不疼了。又说：也不冷，走一走就发烧了。伯伯在暗夜里点了点头，他把那支烟抽了，抽得很是享受又很是难过。

对于长娃赤脚走路，那人显得很惊讶。他甚至将自行车停下来，让手电筒的光照跟着长娃的赤脚走，好像不相信长娃是光着脚板在走。手电筒的光证明了一切。那人竟然唏嘘不已。伯伯对那人说：你是个好人哩，心慈着哩。那人说：你们挣几个钱也真不容易啊！又说：还是要送娃儿读书哩！

终于上了茅草垭。风连续不断地刮过来，直抽人的脸，天和地黑成了一个整块，看不见分界线了，万物都沉寂在黑里面去了。黑就像浓浓的墨汁一样把一切都浸洇透了，羊们的白色也一点一点地快被黑完全化掉了。几个人都打了不止一个冷战，包括羊。伯伯说：歇会儿，烧点火烤！宝娃还抱着那两把茅草火把哩。伯伯凭感觉寻了背风的地方点燃了火。那两个茅草火把成了引火柴，路里边刚好有风堆积起来的枯树枝。一大堆火烧起来了。燃烧的火光将夜的黑烧了个窟窿，也惊醒了路边山坡里的野鸟，有山喳子鸟，还有猫头鹰，应该还有两只老鸦。它们短暂而又有一点惊恐的叫声从黑夜里传过来，给火光增添了一些力量。伯伯他们四个人围在火堆旁，两个大人站立着，他们把手伸在火堆上，烤着，长娃和宝娃坐着。宝娃坐在饲料口袋上，长娃则坐在自己的草鞋上。他们就着火光，都在看自己的脚。宝娃脚板上的血迹已经没有了，茅草的灰烬已经在脚板上干结成了硬块，也看不清磨烂的伤口在哪里了。长娃把脚的大拇指边上的血泡刺破了，他忍着疼，抓了火堆边的灰烬揞在破了的血泡上。疼痛让长娃的呼吸极像是黄铁匠的儿子拉的风箱。伯伯蹲下分别看了看两个娃儿的脚，他没有说啥，从干粮口袋里拿出了最后的半块浆粑馍。伯伯将浆粑馍掰了大半块准备递给那人吃，可抬起头来的时候，那人却不见了！

咦！人呢？伯伯转了一下自己的头，目光所及，没有看到那人的踪影。伯伯又说：人咋不见了？长娃和宝娃也转了头看，说：刚还在这里的嘛，咋就不见了？伯伯对着黑夜，凭空喊了一声：嗨——！声音像摔到雪地里的石头，一点回应也没有。伯伯说：怪了！去看那人的车子。车子还在，稳稳地停在路边，火苗跳跃之中，像个大蚂蚱一样。伯伯的心停当了一些，他又嘿了一声，还是没有应答，但伯伯看见黑暗中，手电的光闪了一下。伯伯对着那方向再嘿了一声，说：你干吗哩？半晌，那人才在黑暗中答：解个手。

那人回来的时候，伯伯他们三个已经将半块浆粑馍分着吃了。伯伯将剩下的那半块递给他。那人死活不吃，说离家走的时候在家吃过了，吃得饱饱的，不然也不会去解手了。伯伯见他说得实诚，就不再推让，将浆粑馍递给了长娃。长娃不会一个人吃，他将浆粑馍掰了一块下来，还是递给那人吃，那人还是坚持不吃，长娃就将它递给了伯伯。伯伯说：我不吃了，你吃！长娃固执地伸着拿浆粑馍的手，伯伯只好将浆粑馍接了。剩下的那一块，长娃又分成了两块，他和宝娃一人吃了一块。瓶里的水已经不多了，长娃把它递给了伯伯。伯伯示意那人喝一口，那人连连摇头。伯伯就自己喝了一口，然后又递给长娃，长娃也喝了一口，将嘴里的浆粑馍送进了肚子里。最后的一点水，长娃递给了宝娃。宝娃将瓶子对着火光照着，看了看，又摇了摇，最终将最后的一口水倒进了嘴里。羊们也想喝水了，它们叫唤着，有明显的抱怨和诉苦的意思在里面。它们蠢蠢欲动，想要往火堆的跟前挤，又有忧虑和惧怕，就只好停在那里，望着火堆和人，一声又一声地叫唤。长娃有些心疼它们，同时有一些愧疚。他走过去，对着羊们尿了一泡。

　　柴火烧尽，火光渐灭。伯伯说：走吧！四个人又起程上路了。宝娃还是坐在那人的车后架上，长娃仍然赤着脚。伯伯把干粮口袋里的那小包炒黄豆和水瓶装进了羊的饲料口袋，然后将干粮口袋套在了自己的头上。这样可以代替烧掉的头巾，抵御半夜的寒风。

　　似乎是开始下坡了，漫长的缓慢的下坡，让那人推着自行车行走轻松，没有一点声息。伯伯说：你可以骑了车走了。那人说：山路，看不清，不敢骑，如果骑到坡底下去了就没命了。长娃回头说：你可以把电棒绑到你的车头上嘛。长娃把手电筒叫电棒，其实沟里都是这么叫。那人说：哪能把手电一直开着照，那样我的电池早用完了，那可不划算。又对长娃说：要不你也坐我车上来吧。长娃说：我要走，走着才暖和，不然就冻死了。长娃用劲踩着路面，跑到羊群后，脚板在一只羊的后背上蹭了一下。羊背毛茸茸的感觉让他舒服得呵呵笑了起来。

　　路从山梁上下到了半山腰。回头望，山的边缘线模模糊糊地隐现出来了，但轮廓仍然不很清楚，山和天是在同一个立着的平面上的平面。往前看，仍然是一坨黑，羊们的白色在黑色的边上把黑撞散一块，那些黑像水一样浸染着羊的白，又像雾一样缠绕着羊的白，羊的白被模糊了，有了虚假的感觉。只有羊们的动是真实的，它们细碎的脚步声敲击着冰冷的地面，也敲击着冰冷的夜，反倒让人觉得它们周围的黑不是它们撞散的，而是它们的脚步声敲碎的。

半山腰的路又是一个弯连着一个弯。不晓得走过了多少个弯。宝娃伏在车座上睡着了。伯伯走着走着也打起了瞌睡。他抱着那半截竹棒，干粮口袋从后面一直耷拉下来，罩住了耳朵和脖子。伯伯闭着眼睛走。开始的时候，他凭耳朵听到的声音判断行走的方向，后来耳朵也瞌睡了。伯伯差一点走到坡下去了。

羊也瞌睡了。它们也眯着眼想睡。如果不是长娃吆喝它们，它们肯定是会在路上卧下的。周围的黑早就将它们的瞌睡引出来了，而且还走了那么远的路，羊的腿脚照样会疼，照样会疲乏。可是头羊没有歇，长娃也不许它们睡。长娃要它们不停地走走走，羊也只好走走走。走着也想睡哩，那就边走边睡吧，好在有头羊在前面走着，它们不用管往哪里走，跟着走呗！只要将头抵着前面的羊，睡着了也不会走丢。羊们就是这么可爱，就是这么乖顺。

只有长娃和那人还保持着清醒的状态。长娃不停走动，来回招呼羊们。其实长娃也瞌睡得不行。有一刻，他就想抱着一只羊立马睡过去，但脚板上的冷唤醒了他，他知道自己不能停下来。他就不再想瞌睡的事了。不想了，瞌睡就离开他了。他吆喝着羊和那人说话。他问那人自行车的事。自行车长娃见过，但他从来没有骑过，甚至连摸也没有摸过。他很好奇。他希望白天早点到来，那样他就可以仔细地看看那辆自行车了，说不定还可以摸一摸它，因为他感觉那人是个和气的人，和他以前看到过的骑自行车的人不太一样。以前他看到的骑自行车的人都是很严肃冷漠的模样，让他从不敢靠近他们。现在这个推自行车的人不但让宝娃坐在他的车上，还主动和长娃说话，这使得长娃很兴奋，也许这也是长娃没了瞌睡的一个原因吧。

长娃问那自行车为啥人骑上去了能走，人不骑上去反而不能走，还要人推着走？那人给长娃做了解释。长娃听得似是而非。长娃又问：买一辆自行车要多少钱？那人说了新的要多少钱，他的这辆是买的旧的，没有花多少钱，几只羊就可以顶一辆。长娃吃惊地说：几只羊就可以换一辆自行车？那人说：是啊，你这一群羊能换好几辆呢。长娃长时间没有说话。他望着眼前的羊群，眼睛里出现了虚幻。那些羊不再是羊了，都变成了一辆辆自行车。长娃感觉自己吆喝了一群自行车在公路上走，忍不住笑了起来。

　　狗就是在此时叫起来的，跟随着狗叫的还有公鸡的叫声。长娃一个激灵清醒过来，眼前的羊还是羊，并没有自行车，长娃有一些怅然若失。他没来由地将近跟前的羊抽了一棒。羊回过头，哀怨地瞅了他一眼，委屈地叫了一声。伯伯也清醒过来了。他听见鸡叫，望见了天光隐现。伯伯说：鸡叫了，天快五更了。那人听见了狗叫和鸡鸣，也望了望天空，然后对伯伯说：老哥，我这黄豆还要往蒋家堰送，现在路看得清了，我不陪你们了，要先走了，你看娃儿是让我继续带着，还是……？伯伯忙说：多谢了多谢了，带了这么远，已经劳烦了，让他自己走。伯伯拍醒了宝娃，将宝娃抱下了自行车，又再次向那人道谢。那人说：其实我可以带他到冲河口的。伯伯再次感谢了他，说到冲河口也不远了，就不麻烦了。那人不再说什么，推着车慢慢走了一程，待超过羊群后，又停下来望了伯伯他们一会儿，似乎想说什么又忍住了。伯伯对他挥了挥手，说：走吧，你的路还远！又说：路上小心！那人转身上了车，只几秒钟就不见了。

　　狗叫声此起彼伏，鸡鸣也接连不断。前面应该是人户比较密集的地方，伯伯还听见了开门的声音和隐约的人的咳嗽声。宝娃又睡着了。伯伯只好将他扛在肩上。伯伯说：过了前面那个多人户的坡，就可以望见城里了。又说：那个骑自行车人可能刚过那个坡，不然狗不会叫得那么凶。又说：狗不会咬了他吧？长娃没有答伯伯的话，他专心致志地赶羊，还沉浸在自己的想象中。

　　狗来迎接他们了。先是从坡上下来了几条，它们没有下到路上来，只是站在坡地里叫，伯伯和长娃没有理会它们，羊也没有理会，自顾走自己的路。后来路上又出现了几条狗，它们气势汹汹地站立在公路中间，一副要买路钱的样子，吠叫声似乎准备把天也撕破。羊们停住了，再不敢往前走半步。长娃有些不满，他向羊群前面的狗喝了几声，把竹棒也挥舞了几下，但那几条狗好像久经沙场，对长娃的吓唬不屑一顾，不退反进。坡上的几条狗与之相呼应，不但更激烈地吠叫，而且还有飞跃下路的势头。路上不知什么时候也有了狗叫声，听声音也不止一条。三面的狗叫声连成了一片，把伯伯和羊群包围了起来。

伯伯感觉到了情势的不对，他不得不将宝娃放下。他叮嘱宝娃到头羊跟前去，抱住头羊的尾部。伯伯说：要是走不了，就让羊拖着你走！伯伯又对长娃说：我把前面的狗一赶开，你就赶着羊往前跑，莫要停！长娃答应了，把自己的好竹棒给了伯伯，他拿了伯伯的半截竹棒，举着，等候伯伯去前面赶狗。

伯伯走到了头羊的前面，他将竹棒在地上敲击着，又发出驱赶的吆喝，但路上的狗退让了几步，又停住了，对着伯伯凶狠吠叫。伯伯拖着竹棒毫不畏惧地往前走。他看清楚了，路上的狗有四条，除了三条白狗，还有一条黑狗。三条白狗里，有一条是领头的。领头的狗叫得不凶，但站在核心地位，被当过猎人的伯伯一眼就看了出来。伯伯举起竹棒，对着那条领头的白狗冲了过去。狗们被伯伯的气势吓住了，掉转头想跑，领头的狗龇牙叫了几声，另三条狗便不敢跑了，只好停下，一副准备迎战的架势。伯伯曾是猎人，他是爱狗的，他不愿意伤害狗，但现在看情形不给它们一点教训似乎过不去了，伯伯只好犹豫着将竹棒击了过去。竹棒击中了扑上来的黑狗的头，黑狗叫了一声退回去了。伯伯心里清楚，此刻绝不能退让，只能向前。所有的动物和人都是一样的，要想在对峙中赢过对方，首先要有毫不退让的决心和必胜的信念。伯伯举起竹棒毫不畏惧地再次向前。领头的狗退让了，它跳向了路边。伯伯乘胜追击，举着竹棒跟进到路边。狗们只好退到了地头。长娃适时地驱赶着羊群跑了过去。狗的包围圈被冲破了。但狗们并不甘心，它们迅速会合在一起，仗着狗多势众，从后面跟了上来。十几条狗，吠成了一团，好像要把天地闹醒。伯伯挥舞着竹棒，护卫在羊群的后面，阻挡着狗们的追赶。终于有人吆喝起来了，呵斥自己的狗。狗们的气势弱了下去。有的退回去了，有的停下了。最后只剩下了两条或者三条狗还跟在伯伯后面坚持不懈地吠叫。伯伯最后挥舞了一下竹棒，然后不理它们了，快步去追赶长娃和羊群。他担心宝娃哩。

狗就是这个时候扑上来的。伯伯最后确定是三条狗，第一条扑上来的狗就是领头的那条狗，它似乎对伯伯有很深的冤屈之气，不找伯伯发泄一下，死不甘心。它跟了伯伯大概有三里路，最后时刻，在伯伯转身的空隙时，它抓住机会进攻了。它跳起来对着伯伯的后肩飞扑了过去，它的目的很明显，就是要一扑即中，要将伯伯扑倒在地——这是典型的训练有素的猎狗的战术。一般人都难以逃脱那凶狠的一扑，何况还是偷袭！伯伯听到了风声，下意识地闪了一下，但还是被击中了。狗在伯伯的右肩头狠狠地撕咬了一口，伯伯的棉袄被撕破了，里面的衣服也被咬烂。因为伯伯的一闪，所幸没有咬到肩头的肉。伯伯跟跄了几步，还没站稳，另外两条狗同时又扑了过来。它们配合默契，左右夹击，情势十分危急，伯伯只好挥起竹棒对着其中的一条狗的腰部用劲击了过去。伯伯听到了竹棒的破裂声，同时也听到了狗的惨叫。和狼一样，狗也是铜头铁尾豆腐腰，只要击中了它的腰，它的腰就会塌下去，狗也就废了。伯伯准确地击中了那条狗的腰。狗滚到了地上，惨叫声把黑夜撕开了一道缝。但同时，另一条狗也在瞬间咬住了伯伯的左小腿，它凶狠地撕咬着，让这个寒风凛冽的凌晨的空气中弥散出血腥的气味。伯伯再次举起竹棒，抽打在狗的腰上。竹棒已经破了，将伯伯击打的力道减轻了三分之一，狗紧咬着伯伯的小腿竟然毫不松开。

长娃赶来的时候，伯伯腿上拖着一条狗，手上挥舞着破竹棒正在抵挡着另一条狗，而已经散去的狗又开始聚集，凌晨的山坡上再次响起密集的狗吠声。长娃急了，他挥舞着那半截竹棒，不管三七二十一，对着咬住伯伯小腿的那条狗的狗头一阵猛打，很快，手中的竹棒就成了刷把。狗终于松开了伯伯的腿，负痛而去。还在进攻的那条狗正是先前领头的那条，长娃的到来和那条狗的逃离，削减了它的斗志，等到长娃也向它进攻时，它只好心不甘地撤离了。它没有落荒而逃，而是慢慢转身，缓缓回头走了，走得气定神闲而又无比落寞怅惘。伯伯站立在公路上，用竹棒撑着身体，望着那条狗离去。伯伯说，真是一条好狗！

长娃弯下腰，查看伯伯的小腿。伯伯小腿上的一块肉被咬烂了，血在晨色中是暗黑的颜色。长娃抽出夹在腰里的布袜子，将伯伯小腿上的伤口缠住，两双袜子都缠上了，才将涌出的血止住。伯伯问：宝娃哩？长娃说：看着羊哩！伯伯说：走吧，天亮前要赶到城里，不能误事哩。

宝娃拢着羊，在前面的山坳里等着他们，他杵着竹棒，立在头羊的跟前，就像个老人一样，风霜满面。伯伯说：你脚板哩，不疼了？宝娃说，它要疼就让它疼吧，不管它了！伯伯说：能走？宝娃说：能走！三个人赶了羊，并排着往前走。转过山坳，又到了一个山包。转过山包的另一面时，三个人同时看见了下方的灯火，伯伯用竹棒指了一下那片灯火，说：看，那就是县城！

后来，伯伯因为腿伤得厉害，在县城待了三天。他幺兄弟带他去县医院打了三天针。三天后他们往回走，出城的时候，碰到公安局的抓了一伙人进城。街上的人都在围观，伯伯也驻足观看。被抓的人有四五个，其中一个偶然间抬起头来，伯伯看到了，他怎么这么面熟啊？后来，伯伯想起来，他就是在李家堡给伯伯他们水喝的那个人。伯伯听街上的人议论说，这伙人在路上装神弄鬼吓唬人，然后趁机抢劫，抢了不少人哩。

在伯伯赶羊后的第二年春天，伯伯把宝娃送去学堂读书了。本来他打算让长娃也去读书，可是长娃死活不去。长娃说：我去大湾里放羊去。伯伯没有让长娃去大湾里放羊，也打消了送他读书的念头。伯伯说：还是种地吧，只有土地不会欺负人。

伯伯的腿伤用了八个月时间才慢慢长好。赶羊挣的钱，没能给宝娃和长娃买上新鞋，全部都用来治腿了。

彩霞的故事

1

2012 年初冬的那一天，花门楼的汪彩霞走到了生死的边缘。

一清早起来，丰兴仁就灌了两口酒。中午的时候，汪彩霞将猪血焯了，炒了盘酸菜。铝罐子里的炖萝卜是昨天剩下的，汪彩霞也热烫了。汪彩霞对丰兴仁说：你早晨起来就喝酒了，中午就少喝点，下午好给我帮忙把猪圈里的粪铲一下。汪彩霞没有说不让丰兴仁喝，因为她知道丰兴仁不喝是不行的，只要能做到少喝，她也就满足了。

丰兴仁说：早晨那算啥喝酒？菜也没有，就只对着瓶子咕嘟了两口，那也能叫喝酒？丰兴仁不理会汪彩霞的唠叨，先自倒了一杯，咕嘟一下搞了一大口。杯子里的酒剩下一半。不是普通的酒杯，是一次性的塑料杯，一杯是三两三哩。

汪彩霞有些忧心，但她不敢多说什么，也不好多说什么。这段时间也确实辛苦，喂的二十几头猪正在催肥，想在过年前出栏一部分，卖个好一点的价钱。

丰兴仁的酒劲是在第二杯酒快喝完的时候出来的。那时，汪彩霞要收他的杯子，他一巴掌就扇了过来。还好汪彩霞有所防备，巴掌扇在了汪彩霞的后脑勺上，没有扇在脸上。汪彩霞知道完了，赶紧躲了出去。

汪彩霞也不敢躲远，躲到了灶屋的楼上拣洋芋。就是把堆放的洋芋翻拣一下，有的烂了要拿出来，有的生芽了要将芽子掰掉。汪彩霞边拣洋芋边竖起耳朵，紧张地听着楼下的动静。

有一会儿，楼下安静如常。汪彩霞听到了风吹过瓦片的声音，那只常来偷吃猪食的山喳子鸟歇在屋顶上，似乎在整理羽毛。楼下有鸡的声音，它们在院子里寻吃的，然后好像进了堂屋，它们应该在偷啄堂屋大盆里的萝卜丁。猫从堂屋里过来了，挤进虚掩的门进了灶屋。它仿佛知道汪彩霞在楼上，昂起头，对着楼上喵喵地叫了两声。汪彩霞不敢吭声，她怕打破了这份安静。

但安静还是被突然打破了。先是咣当一声响，紧接着是哗啦叮当一阵声，然后是丰兴仁的叫骂：人呢？死到哪里去了？给老子打酒！

汪彩霞躲在楼上，浑身发紧。她洋芋也不敢拣了，坐在刚翻过的洋芋堆上，一动也不敢动。

又是咣当一声——是门被打开后，门板撞在墙上的声音。丰兴仁从吃饭的火炉屋出来了，他立在堂屋里喊叫：人呢？给我出来！没有人应他，他嗵地一脚踢开了灶屋的门，骂道：你个狗东西！你跑到哪里去了？

猫吓得叫了一声，爬上了窗台，试图从窗缝里逃跑，但窗缝小了点，它没有成功。惊慌失措中，它飞快地蹿上了楼。汪彩霞急忙向它摇手，但它管不了那么多了，跑过来钻进了汪彩霞的腿弯里。

汪彩霞坐在洋芋堆上，一动也不敢动，连呼吸也似乎停止了。

狗日的，你躲了？我叫你躲！丰兴仁骂道。紧接着传来哐啷啷一阵响，碗柜倒在了地上。碗盘的碎裂声让猫吓得使劲往汪彩霞的腿弯里面钻。

你躲！接着传来铝盆被踢飞的声音，空桶被踢飞的声音，最后，咔嚓一下——灶里的铁锅被砸了。

狗日的，你跑了？我叫你跑！丰兴仁将地上的东西又踢了两脚，然后气得嗵嗵嗵跑出去了。路过堂屋，他看见了堂屋里的一把椅子，他把椅子挥舞起来，摔得粉碎。堂屋的电灯被椅子带下来，在屋子中间化作了一团白色的烟雾。

正当汪彩霞准备动一动身子的时候，咣当一声，灶屋的门又被丰兴仁一脚踢开了。他骂骂咧咧地走到灶屋的后门处。后门开着，他一步跨出去，一脚就将后门边的猪食桶踢到了一丈开外。他的手上不知什么时候多了一把长柄的斧头。他骂道，酒都不要人喝，还要我铲猪屎！我给你铲！我给你铲！他挥舞起斧头，对着那一排猪圈屋，疯狂地乱砍乱砸起来！

二十多头猪从猪圈里尖叫着冲出来，四处逃窜。丰兴仁追赶着逃跑的猪，也跑了。

战战兢兢地从楼上下来的汪彩霞，看到被砸得一片污烂的家和门破栏倒圈空的猪圈，几乎瘫倒在地。

2

汪彩霞从来就不是一个窝囊的人。她上过学。没有上出来，不是因为她笨，读书不好，主要还是家里穷，姐妹多，读不起了。那时汪彩霞的弟弟也在上学，父母多少也有一些重男轻女的想法，就让汪彩霞辍学了。

和所有的农村女娃一样，辍了学的汪彩霞开始了繁重的劳作。母亲身体一直不好，有大脖子病，一直没有治疗。不久父亲也病了，是食道癌。家里所有的活一下子都压在了汪彩霞的身上。干不了的活要干，受不了的苦也得受。为了供养弟弟上学和照护两位老的，汪彩霞忘记了自己是个姑娘，更忘记了自己还要嫁人的事。

二十三岁那年，被病魔折磨够了的父亲过世了。父亲咽下最后一口气之前，异常清醒地将汪彩霞叫到跟前，叮嘱要她照顾好母亲和弟弟。汪彩霞明白父亲的意思，就是要她将弟弟的事情都办理好了才能离开这个家。那时弟弟刚刚成人，即将面临的事情就是结婚成亲。汪彩霞答应了父亲，对父亲点了头。这一点头，汪彩霞自己的婚事又耽误了几年。

2001 年 4 月 18 日，已经二十九岁的汪彩霞终于出了嫁，她嫁给了比自己小三岁的丰兴仁。

在丰兴仁提亲之前，也有不少人给汪彩霞提亲。其中二姐的小叔子提亲的时间最长，将近四年时间。最后婚姻还是没成。二姐的小叔子人老实，也勤劳。汪彩霞对他的印象很好，汪彩霞的大哥也蛮赞同。但母亲不同意。母亲说二姐小叔子家太穷太薄了，二姐嫁给他哥都后悔死了，现在怎么能再把幺女儿往她小叔子这个火坑里送。母亲那时的大脖子病，经过十几年的酝酿，已经变成了癌，她的坚决反对，让汪彩霞无法反抗。本身她也没有想过为自己的婚姻做主。"婚姻大事，全凭父母做主"是那时山里农村女娃的普遍想法。

丰兴仁来提亲的时候，汪彩霞并不满意。除了丰兴仁比她小三岁外，还有最主要的原因是他们是近亲——丰兴仁是汪彩霞亲舅舅的儿子。汪彩霞读过书，知道近亲结婚不好，所以一直不同意这门婚事。

丰兴仁和他的父母坚持不懈，提说了四年，把能请动给汪彩霞说话的人都请了。汪彩霞招架不住，最后提了条件，要七千块钱的彩礼。那时的七千块钱不是一个小数目，汪彩霞以为设个难度，用当地话说叫"傲敲"一下，就会让丰家知难而退了。但目的没有达到，丰家答应了她的条件，而且还要大办酒席，热热闹闹地将汪彩霞娶过去。

汪彩霞没了退路，只好嫁了过去。再说，她是快三十岁的人了，再不嫁，还等什么呢？

可汪彩霞怎么也没有想到，等到快三十岁了才结婚，等来的不是婚姻的幸福，却是一场厄运的开始。

3

婚后三天回门结束，汪彩霞又回到公婆家的晚上，以前的舅舅舅娘，现在的公公婆婆把汪彩霞夫妇喊到跟前，拿出了一沓账单。公公婆婆对他们说，这沓单子我们要交给你们。

汪彩霞问：啥单子？

公公婆婆说：账单子，都是娶你的时候借钱的账单子。

汪彩霞吃了一惊，说：账单子？给我们？

公公婆婆说：都是你们结婚的时候花了的，不给你们给哪个？

汪彩霞无话可说，只好将那一沓单子接了。

公公婆婆说：交给你们，我们可就不管了！

第二天早晨，汪彩霞才看明白，那一沓单子里一共是一万一千多元的外债，有几笔竟然还是高利贷！汪彩霞蒙了，一万一千块！汪彩霞那时还从来没看到过这么多的钱。她结婚前给别人做了半年的饭，每个月才给两百多块钱的工钱。一万一千块，就是说，她要不吃不喝做五年的饭！

汪彩霞在心里把账大概算清楚了。算清楚了也就无所谓了。自己有一双手，丈夫也有一双手，生活才刚刚开始，只要勤劳，怕啥？有账就还呗，一年还不清两年还，两年还不清三年还。一万多块钱的账，最多五年也就还清了。

汪彩霞全力以赴开始还账。本来她是准备出去打工的，但婚后不久她就怀孕了，而且反应特别厉害，公公婆婆也要她就待在家里生养孩子，她只好让丈夫出门，自己留在家里。在家里，她喂猪、喂鸡、还养羊，可是一年下来，收入微乎其微。丈夫在外打工，年年回来都是白板。汪彩霞着急了。

孩子出生后，她想养大牲口，山里的大牲口只有牛。可是一头牛的价钱也不是汪彩霞能掏得起的。买一头牛来养，汪彩霞想也不敢想。但她不死心，她看坎下刘家有一头母牛养不过来，就跑去和人家商量。最后达成的条件是，汪彩霞把母牛拉回家喂养，母牛的第一个牛犊归汪彩霞，待母牛有第二个牛犊后，汪彩霞将养大的第二个牛犊和母牛再一并还给刘家。汪彩霞辛苦了三年半，尽心尽意喂了三年半牛，最后得了一头小牛犊。很不幸的是，牛犊刚长成的时候，一条腿给摔断了。三条腿的牛干不了活，只能低价卖给牛贩子，牛贩子无情地将它送进了屠宰场。

汪彩霞没有泄气，继续养鸡养猪养羊，还学会了找药草。五年过去，她终于还清了结婚时的外债。

2007年初，外侄子从广东回来过年，看到汪彩霞的生活状况很是同情，就劝她出去打工。当时汪彩霞的儿子五岁了，外侄子说把儿子也带上，到外面去上幼儿园，刚好和他女儿有个伴。汪彩霞同意了。她去广州待了一年，没有挣到什么钱，却在回家过年的路上遭遇了一场雪灾，堵在了路上。所幸儿子提前回去了。

但汪彩霞没有想到，提前回去的儿子虽然避开了雪灾，却遭遇到了另一场灾难。那场灾难比雪灾还可怕，比雪灾更不可理喻。

灾难来自儿子的父亲——汪彩霞的丈夫丰兴仁。

丈夫的懒惰汪彩霞是领教过的。他从不做家务，地里活也不愿干，就喜欢睡觉和喝酒。儿子六个月的时候，有一次丰兴仁在睡觉，汪彩霞要干活，就将儿子也放在床上睡觉。结果儿子醒了，从床上哭着滚到床下，泥巴把头、脸都糊满了，丰兴仁躺在床上却懒得理会，动也不动一下。汪彩霞气得和他大吵了一架。吵过之后，丰兴仁居然还躺在床上照睡不误。

除了懒，丰兴仁还爱喝酒，而且一喝酒就醉，醉了就喜欢耍酒疯闹事。汪彩霞劝过他，要他尽量不要在外面喝酒。汪彩霞说：你实在想要喝就在家里喝，喝醉了丢人也丢在屋里，在外面喝醉了丢了人不说，惹了事，我们都承受不起。结婚头一两年，汪彩霞的劝说还起作用，后来渐渐就不起作用了，汪彩霞再劝，他就打。最狠的一次，把汪彩霞打得躺了三天。汪彩霞劝不了他了，家里也指望不上他，汪彩霞就让他出去打工。可丰兴仁年年打工，拿回来的钱没有增加，喝酒的瘾却日渐增长。

2007年底，汪彩霞在广州的工厂里因一时辞不掉工，就让外侄媳将儿子先带回去了。回到家的儿子交给丰兴仁带着，结果快过年的时候，有一天，丰兴仁喝醉了酒，把酒疯撒在了儿子身上。他先是把儿子丢进苕窖里关了半天，又让儿子在堂屋里跪了半天。又是打又是骂的。那么寒冷的天气，刚六岁的孩子被折磨得哭的力气都没有了。他还没个完，还说要将孩子扔到河沟里去。听到动静的爷爷奶奶喊了人，才将孩子从丰兴仁手里抢出来，藏到了别人家。丰兴仁无处发泄，把屋里的东西砸了个稀巴烂。

儿子在别人家一直躲到汪彩霞回来。汪彩霞是2008的正月初三才回的家。这之前，因为打不通电话，那时村里人也都没手机，她对家里的情况一无所知。回到家里才知道，儿子差一点被喝醉的丰兴仁整死，家里的东西也被砸得粉碎。汪彩霞气得要和丰兴仁拼命，可丰兴仁早跑了，年也没在家里过。

儿子受了刺激，黏着汪彩霞寸步不离，而且不敢回家。汪彩霞没办法，只好到县城租了一间小房子，陪儿子在城关小学上学。上了一年，经济支撑不下去了，汪彩霞看着儿子也慢慢恢复了，她还是选择回到淑河，回到花门楼。因为那里毕竟有她的家。

丈夫不成器，汪彩霞可不愿意窝囊。除了种几亩薄地，她还要挣钱。因为要生存，要活着，还要送儿子上学。可是在偏僻的淑河，怎样才能挣到钱呢？汪彩霞想了很久，最后决定养猪。

花门楼的人家家都养猪，对养猪都有一套自己的经验和方法。养的猪肉好，而且猪长得肥。一头猪，养一年就能杀两百多斤重。但花门楼的人养猪都是自己吃，熏腊肉，熬大油，很少出售。一家一户一年最多养两头，只够自己吃和待客，哪有出售的？

汪彩霞看到了这一点。决定不是养一头两头猪，而是要养十头二十头猪，甚至三十头四十头猪！

汪彩霞从来就不愿意让自己活得暗淡无光。谁让她叫彩霞呢？彩霞不就是耀眼的美丽的光芒吗？汪彩霞用自己的名字鼓励自己，让自己鲜活起来。

5

要养十头以上的猪，首先得要有猪圈。汪彩霞要先建猪圈。她请人计算了一下，要建成这么大规模的猪圈，最少得花四万块钱。汪彩霞一分钱没有，怎么办？借吧！她首先向姐姐们借，毕竟是亲姊妹，好开口一些。但白手起家的事情，即使是亲姊妹也不会畅畅快快就把钱借给她。除了打借条，还要写偿还协议。敲敲打打的话听得差不多了，汪彩霞借到了两万多块钱。

猪圈是冬天开工的，断断续续做到第二年夏天才基本完工。这时候，村上有了一些政策了，给她补了三千块钱，还配套了一套沼气灶。更重要的是，能在信用社贷到款了。汪彩霞请村上干部帮忙担保，贷了两万块钱。2010年初，汪彩霞喂上了十头猪。

汪彩霞养猪是全身心投入的。每一头猪她都倾尽了心血。为了让猪们的生长有一个好环境，她天天打扫猪圈，猪们一天三顿食，她都亲自操办，要是哪头猪有了毛病，她会比自己得了病还要着急。功夫不负有心人，一年以后，汪彩霞养的猪有了收益。她的外债还了一半。

2012年初，汪彩霞进一步扩大了养猪规模，养猪的数量过了二十头，而且喂养的几头母猪已经连续产崽，有了可观的收益。汪彩霞看到前面的霞光，有了舒心的笑意。

她万万没有想到，在这个冬天到来的时候，醉酒的丰兴仁又一次酒疯大发，不但砸了屋里的家当，还砸了她的猪圈，赶跑了她的猪，将她拥有的一切毁灭！

汪彩霞欲哭无泪！

她想到了离婚。以前，丰兴仁醉酒打她，打狠了的时候，她也提出过离婚。但一提出来，公公婆婆就哭着求情。公公婆婆也挨过丰兴仁的打，丰兴仁喝醉后六亲不认，他打汪彩霞，公公婆婆阻拦他，他就连他的父母一起打了。丰兴仁打公公婆婆，公公婆婆没掉一滴泪，可汪彩霞提出离婚的时候，两位老人却都哭得像孩子一样。他们说：你一离婚，这个家就完了，儿子完了，孙子也完了，我们两个老的也活不成了。老的哭，小的也哭。哭得汪彩霞的心也碎了。汪彩霞最终没有迈出离婚的那一步。她本以为通过自己的勤劳，能改变家庭的穷困，从而也促进丰兴仁的改变，但一切似乎都只是她的一厢情愿。

还是离婚吧！汪彩霞再次想到了这个问题。想到这个问题，就想到了年老的公公婆婆和正在上学的儿子，还有那个醉鬼丈夫。自从汪彩霞提出了离婚的话头后，喝醉了的丰兴仁也不止一次地放出狠话，如果汪彩霞胆敢和他离婚，他就让全家同归于尽。这话让汪彩霞胆战心惊。她既不忍心迈出离婚这一步，更不敢迈出这一步。她死了无所谓，儿子呢？汪彩霞不敢想下去了。

现在猪圈砸垮了，猪跑了，锅盆碗盏打完了，以后的日子怎么过呢？而且外面还有两万多块钱的外债没还！汪彩霞实在不知道自己的出路在哪里。

要不就去死吧！冒出这个念头的时候，汪彩霞打了个寒战。

汪彩霞最终没有去死，她被姐姐们和周围的亲戚邻居救了。他们看出了苗头，守了她半个月。又将跑出去的猪都找了回来，把猪圈帮着修缮了。他们劝她：还是要好好活着，猪继续养，日子继续过，将来想办法让丰兴仁把酒戒了，慢慢地就好了。

汪彩霞答应了他们，打消了去死的念头。可是，她再也没有了生活的希望和激情！她断断续续地把猪卖掉了。猪圈空了。她日出而作日落而息，种着薄地维持着简单的生活。

汪彩霞曾经以为自己就是天边的一抹彩霞，但她这抹彩霞的美丽光芒，还没有在天边闪耀起来，就熄灭了。

6

时间过去了三年。2016年，淑河村的扶贫工作开始了。扶贫工作队进驻花门楼。包村干部到户摸排情况的时候，第一轮就将汪彩霞他们家确定为贫困户，列为帮扶对象。名单公示的时候，汪彩霞伤心伤意地哭了一场。她没有想到她这么要强的人竟然成了贫困户，成了帮扶的对象，她感觉自己活得窝囊到了极点。

汪彩霞不知道，就在她伤心的时候，驻村帮扶领导和村上的干部正在村委会重点商议她家的事哩。驻村帮扶干部有镇上的，也有县上的，还有市上的。大家在一起议论，都认为汪彩霞家不应该这么贫困，夫妇两个正当壮年，身体也好。特别是丰兴仁，长得五大三粗的，壮实得像头牛一样，怎么着也会把日子过得红红火火的，为什么现在却过得这么清冷贫寒，暗淡无光呢？

后来村干部介绍了情况，包村干部明白了，原来根源还是在丰兴仁身上。村干部们都说，汪彩霞可是个能干的女人哩，前几年在花门楼第一个建起了养猪场，如果不是她丈夫好吃懒做，喝酒闹事，他们家肯定已经是养猪大户了。

情况明了了，大家意见统一，都认为要去给丰兴仁做工作，教育引导他，要他改掉酗酒的坏毛病，支持汪彩霞重新把养猪场办起来。

干部们去了汪彩霞家。丰兴仁却没有在家，外出打工去了。干部们就对汪彩霞说明了来意。

汪彩霞有一些冷漠。汪彩霞说：喂不起了，还欠的有外债没有还清。

干部们给她算账，还说可以提供无息贷款。汪彩霞的眼睛亮了一下，但很快又暗淡了，不再说一句话。

过了两天，干部们又去了她家。干部们没有坐，径直去了她的屋后边，认认真真地看了空荡荡的猪圈和猪圈旁边的粪池。干部们都说：圈是现成的，会养猪的人也是现成的，不养猪真是可惜了，可惜了啊！

跟在干部们身后的汪彩霞没有说话，可是脸上明显地有了生气和活色。

干部们第三次去汪彩霞家是一个午后。汪彩霞正在后门上拾掇以前养猪的一些用具，什么桶啊盆的，还有冲圈的水管子和铲粪的铁铲子。

干部们交换了一下眼神，又直接说了养猪的事。干部们说：汪彩霞，你还是把猪再养起来吧！这样，不要一年，你就可以脱贫了。

可是汪彩霞突然生了气，她将手上的猪食桶咚的一声扔在了阶沿上，说：养不成！说完这句话，汪彩霞哗哗地流下眼泪，痛哭起来。

干部们一时有些不知所措。只有一起来的老支书了解汪彩霞的心情和心事。老支书说：彩霞，我知道你心里还是怕丰兴仁喝酒闹事。这个事干部们也在一起商量了，我们会给他做工作的，要管教他。他喝醉了酒，打你是犯法的，砸你的猪圈也是犯法的。以后他再胡来，我们不会放任，法律也是一定要约束他的。同来的其他干部接过老支书的话，不仅对汪彩霞宣讲了扶贫政策，还宣讲了相关的法律知识。

那一天，干部们在汪彩霞的后门边上一直待到了天黑。汪彩霞终于答应重新开始养猪。

猪崽是无息的小额贷款买的，包村干部帮忙整理修缮了已经开始破烂的猪圈。猪崽进圈后，村上又请了技术员定期来进行指导，还派汪彩霞去外边的养猪大户参观学习。汪彩霞的激情慢慢点燃了，她再次全身心地投入养猪当中。

彩霞又亮了，霞光在天边开始闪耀！

7

丰兴仁回来给汪彩霞当了帮手。回来之初，帮扶干部就找他谈了话。讲了政策也讲了法律，最后语重心长地又讲了为人处世的方法和道理。丰兴仁听了只是点头，保证以后少喝酒，好好配合汪彩霞养猪，发家致富，争取早日脱贫。

其实只要不喝酒，丰兴仁啥事没有，虽然不勤快，但安排的事督促着也能做好。干部谈话后，丰兴仁努力克制自己，有了变化，收敛了不少。干了大半年，他受不了汪彩霞的约束，仍然还是要出去打工。汪彩霞也不勉强他，放他出去，只是叮嘱他千万不要再在外面喝酒惹事了。

2017年是汪彩霞最辛苦的一年。那一年，公公患了脑溢血，瘫痪在床十个月，汪彩霞除了照料几十头猪以外，还要和年老的婆婆共同照顾公公。她像亲闺女一样为公公端屎端尿，理发洗头，尽到了一个儿媳的责任和孝道。那一年，她的养猪场也再次扩大了规模，养的猪在年底达到了五十头以上。扶贫干部们露出了舒心的笑，花门楼的百姓竖起了大拇指，汪彩霞也感受到了从未有过的喜悦。

正当汪彩霞满怀信心，向着脱贫的道路大步迈进的时候，丈夫丰兴仁的毛病又犯了。

2018年的冬天，在外打工的丰兴仁回来了。丰兴仁有了一些明显的变化，对汪彩霞态度亲热又和蔼，还主动帮忙做些事情。汪彩霞心里高兴，杀了一头过年猪，请了姐姐姐夫们都过来吃泡汤肉。丰兴仁刚从外面回来，和姐姐姐夫们也是好长时间没有在一起了，难得相聚，喝酒是难免的。刚开始，汪彩霞时时提醒着丰兴仁，丰兴仁自己也有所管控。但酒过三巡，慢慢地，丰兴仁就不受自己管控，更不受汪彩霞的管控了，他放开了喝，最后竟然和二姐发生了争执。喝多了的丰兴仁哪里还有是非对错，不管不顾，对二姐动了手……

这一次，汪彩霞没有顾忌，她喊来了村干部。村干部也没有客气，通知了派出所的警察，警察也没有客气，对丰兴仁采取了措施。

丰兴仁吓坏了。他意识到了问题的严重性，后悔莫及。他向警察承认错误，又向村干部承认错误，最后给二姐赔礼道歉，主动拿了医药费给二姐。

汪彩霞有一些灰心丧气。包村领导知道这一情况后，主动和村干部到了汪彩霞家，劝慰和鼓励她，认为这次丰兴仁虽然又喝酒惹了事情，但变化的确还是有的，并告诉汪彩霞，事物发展变化是有一个过程的，千万不要被小小的挫折吓住。丰兴仁酒瘾那么大，一时戒不掉，需要我们的耐心和共同的努力来帮助他。道理讲了几座山，比方打了几条河，汪彩霞的心绪终于平静了下来。

丰兴仁受到了包村干部的严厉批评，村干部也找了他谈话，花门楼的人都说他身在福中不知福。丰兴仁羞愧难当，说在花门楼待不了了，还是要出去打工，他说他不挣个遮脸面的钱决不回来。汪彩霞说，你把酒戒了，最大的脸面就挣回来了。丰兴仁低下了头，眼泪滴在了脚背上。

2019 年初，淑河村宣布了村上首批脱贫的贫困户名单。汪彩霞家成为花门楼组首批脱贫的贫困户。扶贫干部把这个消息也告诉给了还在外打工的丰兴仁。在电话里，扶贫干部听到了一个男人的抽泣声。

看到脱贫的名单后，汪彩霞心情激动了一下，但更让她激动的是丰兴仁也打来了电话。在电话里，丰兴仁给她说了许多从未说过的话。汪彩霞拿着电话流了泪，她听见丰兴仁在电话里也哭了。

脱贫后的汪彩霞，成熟了许多。她明白自己，脱贫不是她要的最终结果。她本来就不是一个窝囊的人啊，她是一抹彩霞哩！彩霞一出，谁能说它的光芒不会照亮整个天空呢？

在那高高的山上

1

2016 年 8 月的一天，平利县广佛镇政府的院子里来了一位满脸煞气的壮妇人。她径直走到原镇长柳金学的办公室门口，没有半点迟疑、也没有半点畏怯地举起巴掌，啪啪啪地拍起了门。

屋内没人。壮妇人有一些气恼！她愣了一会儿，转身准备离开的时候，又回过身来，将巴掌攥成了拳头，不甘心地朝门上嗵地擂了一拳。

壮妇人站到了阶沿上。她没有离去的意思，而是高声吆喝起来，柳镇长！柳镇长！你躲到哪里去了？我要见你！你给我出来！

刚上任没有多久的柳德军正准备下村，听见了吆喝声，主动走了过来。

柳德军说：你找镇长？

壮妇人斜睨了他一眼说：不找镇长难道找你？

柳德军说：你有啥事就找我也行！

壮妇人又斜睨了柳德军一眼说：找你？找你做啥子？你也解决不了我的问题！我找你有啥子用？

柳德军见妇人火气很冲，就说：你先到我办公室来坐，有啥子问题先谈一下，说不定能解决呢。就是不能解决，我们也来想办法嘛！

壮妇人见柳德军语气平和，说得也很诚恳，就说：坐就坐嘛，正好让我也等一下镇长。

壮妇人随柳德军进了办公室。进了办公室妇人才知道原先的柳镇长现在已经当了书记了，现在让她进办公室的这个人才是新来的镇长，也姓柳，叫柳德军。

壮妇人站起来要走。柳德军忙说：你不是有事要找镇长说吗？怎么又要走？

妇人说：我不给你说！

柳德军说：为啥？

妇人说：你肯定也不是个好东西！

柳德军说：唉！我说这位大姐，你也是才认识我，怎么就说我不是个好东西呢？这不是毫无根据地乱说吗？

妇人盯住柳德军望了一下，说：你和公安局那个柳金军是不是一家的？

柳德军说：要说是一家也算是一家，都姓柳嘛，天下一姓是一家。要说不是一家也不是一家，柳局长是外地柳家的，我是本地方平利洛河的，虽然我们的名字只差一个字，但隔得还是很远。

壮妇人哦了一声，欲坐却又迟疑了，似乎还在犹豫着什么。

柳德军见状，就又说：你有什么事只管给我说，这跟我和柳局长是不是一家人没有什么关系。再说了，即使是一家人，也不会影响我，我是镇长，你来找我，就应该相信我啊！

壮妇人点了点头，偷瞥了柳德军一眼，又迟疑了一下，说：我现在没有钱买油盐了，你既然是当镇长的，你就给我点钱，我好买油盐吃。

柳德军笑了，说：这不是什么大事情，需要钱买油盐吃我也能理解，只是，我还不晓得你叫啥名字，家是哪里的哩。

壮妇人呵呵一笑，把腰一挺，头一仰，说：我啊，我叫李元丽，是冯家梁村筲箕凹上面的，住在最高的山上的！

说最后一句话的时候，李元丽将手挥了一下。挥的是左手，看着有一些别扭，但充满了挑衅的意味。

柳德军愣怔了一下，然后尽量平缓地说：哦，原来是李大姐，我晓得，我晓得。

李元丽望着柳德军，一副死猪不怕开水烫的样子，说：你晓得啊？你晓得就好，你晓得你就好好处理一下我的问题吧！

李元丽一屁股在柳德军对面的椅子上坐下了。

2

在广佛镇，李元丽名声很响，是有名的上访户。市县不用说了，她曾经三次去北京，其中两次去了公安部，一次去了政法委，是市上挂牌的上访户。柳德军到广佛上任的第一天，已经担任了广佛镇书记的前任镇长柳金学，在交接工作的时候重点提到了她。柳金学说：其实李元丽有让人同情和理解的地方，她心里有怨气，找不到发泄的地方，我们党委和政府要共同来努力，处理好她的事情，不然她的那个家就垮了。

柳金学向柳德军比较详细地谈了李云丽家里的一些情况。

原来李元丽和她的丈夫秦本才都是比较勤劳的人，可不幸的是，2001 年，秦本才外出打工的时候出了事故，一块矿石从头顶上掉下来，砸中了他的后脑勺，直接将后脑勺砸得塌进去一个凹坑。秦本才昏迷了十四天。后来命是捡回来了，但留下了后遗症，他的精神失常了。

秦本才是被同在矿上打工的叔伯兄弟送回来的，回来的时候，矿上老板金国宗只给了七百块钱。李元丽咽不下这口气，好好的人出去，送回来的时候成了个半痴半呆的人，今后的生活怎么办呢？她需要有人给她一个说法。

李元丽找到了县政府。后来在县政府的协调下，金国宗的矿上给了四万块钱的经济补偿。当时政府也没有过多的救济政策，李云丽也就没有再提过多的要求，她选择了接受，将丈夫带回山坳上的家里，开始了艰难的生活。

上访是后来的事。事情的起因是一次纠纷，纠纷的导火索是五十块钱——李元丽坐了同村一位村民的摩托车，结果拉她的摩托车被罚款，车主要求李元丽担负五十块钱的罚款费用——李元丽那时的家里穷啊，除了已经残疾的丈夫外，她还有三个正在读书的孩子。丈夫长期要吃药，孩子读书要花费，他们又住在高山上，除了种一点土地，没有任何的经济来源。每一分钱，李元丽都恨不得掰成两半来花，五十块钱对于她来说是一笔不小的数字。李元丽不接受这样的担负，两人起了争执。

那天刚好丈夫秦本才也一路，他受了刺激，推倒了别人的摩托车，摔坏了倒视镜，最后惊动了派出所。派出所对他进行了严肃处理。但李元丽一直认为派出所的处理不公平，她开始上访，从县上一直到了北京。

柳金学说，她家里也确实困难，尤其是这几年，又出了一连串的事情，女儿患了红斑狼疮，到处求医治疗，病情刚稳定了一些，儿子的右大腿骨又查出来患了坏死症，才在西安做了手术，也丧失了劳动能力，听说终生甩不掉拐棍，唉！这一家人也是多灾多难哩，她有时来找我们，也是不得已了，我们还是要多理解她的难处，能帮她就多帮一些吧！

听了柳金学的介绍后，柳德军的心情一直很复杂，也很沉重，他本来早就准备找个时间去筲箕凹一趟，到那个山垴上去看一下的，没想到，他还没有来得及去那高山上，李元丽却先下来了。

柳德军将一杯热茶递到了李元丽的手上。柳德军说：有点烫，你慢慢喝，喝好了，你给我说你的问题。

李元丽望着柳德军说：你不下乡了？

柳德军摇摇头说：不下乡了。

李元丽又说：也不开会了？

柳德军笑了笑，继续摇头说：不开会了，今天就专门听你的问题。

李元丽长长地叹了一口气，然后沉默了。她沉默地望着手中的那一杯茶，很久很久也没有说话……

3

2017 年 6 月，平利县的扶贫工作全面铺开了，县上的所有县级领导都被县委县政府分配到了各个贫困村进行帮扶包抓，县政协的副主席邓文成被安排到了冯家梁村。进村伊始，了解全村情况的时候，邓文成专门问到了李元丽的情况。因为李元丽不但是村上的贫困户，还是县上关注的挂牌上访户。

那一天，他们走访入户，摸排了解情况，在半山腰里绕了大半天，都已经有一些疲乏了的时候，邓文成突然问，那个老上访户李元丽的家还有多远？

一路同行的村干部说：他们啊？还远着哩！他们住在最高的

山上，是我们村三组最后头的一家。

邓文成说：我们现在去，天黑前能赶得到不？

同行的村干部说：我们现在是在小西沟，我们从沟垴上翻过去，赶可能赶得到，但就是路太难走了，全是山路，而且走的人少。

邓文成说：只要有路就不怕，我们去！

邓文成带头从小西沟往上爬。爬上垴，翻过山垭，大家都出了一身的汗，没有谁不是气喘吁吁的，就连年轻干部龚道远也是腿肚子发软脚乏力了。大家都说，住在这上面，不说别的，就这一趟路都要把人走死！

邓文成什么也没说，但在内心深处，他对中央的扶贫政策又有了更深刻的体悟。

翻过山包，是一块独活地。在独活地里，大家看到了李元丽。李元丽正在独活地里锄草。她锄草的动作和姿势让所有的人都有一些惊愕，她没有用锄头，也没有站立，而是半跪半躺在地上，用左手一点一点拔着地里的杂草。

邓文成有一些奇怪地说：你怎么这么干活啊？

李元丽说：我右膀子疼，拿不起薅锄，只能用左手拔草。不这样，就干不成活。

李元丽艰难地从地上爬了起来，竟然露出了一丝不好意思的神态。那神态像一把锤子，重重地敲在了邓文成的心上。一时间，邓文成的鼻头竟然有些发酸。

同行的镇长柳德军介绍说：李大姐，这是县上的邓主席，专门上来看你的！

李元丽说：哎哟！你们这些领导啊，走这么远的路，爬这么陡的坡，专门来看我，我怎么当得起啊。都快到家里去坐！

李元丽急忙提了背篓往肩上背，可是提了两次都没有成功。一起来的龚道远急忙几步迈过去，将一背篓杂草背了起来。

李元丽连忙说：这怎么要得，还要领导给我背草。

龚道远开玩笑说：你到北京去，蛇皮口袋都是我给你背回来的，今天给你背下草有啥子嘛！

李元丽笑了，再次露出了不好意思的神态。她招呼邓文成和柳德军几人往山坳坳里的家里走去。

几间土墙石板房，阶沿上胡乱堆放着一些柴草，一个头发蓬乱、脸色灰黄的瘦削男人坐在柴草边上，目光迷离，痴呆，对邓文成他们的到来没有任何反应。

李元丽走到那男人的跟前，高声说：老秦！领导又来看你来了。

男人仰了一下脸，望着李元丽，木木的脸上没有任何反应。

李元丽叹了一口气，说：他听不明白我的话。

邓文成问：他平时都这样吗？

李元丽说：要是都这样就不错了！这是最好的情况，安安静静地老实待着，不闹事。

邓文成说：他还闹事？

李元丽说：唉！只要是久晴和久雨的时候，或者变天的时候，就容易犯病。一犯病，就打我。你看！我这脸上和头上的伤都是他打的！

李元丽显露出伤痕让邓文成和柳德军他们看。伤痕果然不少。邓文成和柳德军都发自内心地感慨说：李大姐，你不容易，真是不容易啊！

李元丽低下了头，泪水在眼眶眶里打转转，但她咬着牙，硬没让泪水流出来！

那一次，邓文成和柳德军他们在李元丽的家里一直待到黄昏降临的时候才离开。他们详细地询问了他们全家的情况，知道了李元丽的右手疼是因为长了骨刺，了解到李元丽本人也是一个残疾人——她的左眼在她二十七岁的时候因眼疾无钱及时治疗完全失明了。李元丽的遭遇和苦处让所来的一行人都陷入了深深的沉默！

下山的路上，邓文成几次驻足回望，高高的山上已经被暮色笼罩。

4

夏天过去了，转眼间秋天也过去了。和往年不同，往年那高高的山上，人迹罕至，只闻鸟鸣，不闻人声。现在，那高高的山上经常有人影晃动，人声喧哗。村上的干部秦金林、张立新去了，包村的干部黄开业、龙虎林也去了，镇上的领导也去了。柳金学亲自安排，给李元丽送了米面。柳德军跑了好几回，根据实际情况，给李元丽丈夫变更了残疾证的等级，同时还给李元丽本人也办理了残疾证。镇上还给李元丽儿子争取到了大病救助，申请了低保。为了后期的治疗方便，镇上又在广佛集镇给李元丽儿子批准了一套安置房。凡是国家有的政策，镇党委和政府都首先想到了他们家。

慢慢地，李元丽不再往镇政府跑了。她待在高高的山上，安心照顾丈夫，种她那点土地。

邓文成秋天的时候又上去了一次，这一次走的是筲箕凹垴上。还是山路，路陡得看着就叫人心慌。邓文成他们中途歇了两气。歇最后一气，回头望时，山似乎都到了脚底下。

邓文成说：这住得也实在太高了，有点力气都浪费在爬山的路上去了。

陪同的镇上干部说：半山腰的安置房马上就要开工了，来年建起后，他们就可以搬到半山腰来住了。

那一次，他们没有见到李元丽，后来听人说，她到山那边给别人帮忙掰苞谷去了。但邓文成看到了变化。房子的周围收拾干净了，阶沿上的柴草码放齐整了，李元丽丈夫所穿的衣服不像第一次看见时那么邋遢了，而是干干净净的，头发也整整齐齐地梳理过。虽然李元丽的丈夫精神看起来还是不太好，但见了邓文成他们，竟然还能主动站起来让座。邓文成的心里感到一丝欣慰。

冬天似乎过得更加急促。几场大雪一下，就要过年了。

腊月二十七这一天，大雪封山。李元丽早晨出来看了一下天色，知道这天气一天两天好不起来了，就是太阳出来，也晒不化久存的积雪。李元丽回屋去烧了水，招呼着给丈夫洗了一个澡。她心里明白，这样的天气，路上鸡子都走不稳，女儿女婿是不会上这高山上来给他们两个老人拜年了。来不了就不来吧，李元丽和丈夫开始准备过年了。

李元丽取了腊肉和猪肚子，又泡了黄豆，准备打豆腐。这些活才开始做，她就听见了说话声。不是一个人，是好几个人哩。

　　李元丽急忙从灶屋里跑出来，她看见几个浑身落满了雪花的人正从地坝坎下的坡路上往上爬。李元丽一时还没看清那些人的脸，就惊呼起来：哇！这么大的雪你们还往上爬，你们准备做啥子啊？

　　来的人抬起了头。有人答话说：李大姐，邓主席带我们专门来看你来了！

　　李元丽听出了说话人的声音，又高声叫起来：哇！是柳镇长啊！这么大的雪，你们是怎么上来的啊？

　　柳德军说：爬上来的！

　　李元丽几步跨到了地坝坎边上。她向邓文成他们伸出了手，一一将他们拉上了地坝。

　　一路爬上来的人几乎都摔过跤，除了头上的落雪外，身上也落满了雪。大家站在地坝里，抖动了一阵，拍打了一阵，然后进了屋。

　　看得出来，李元丽十分激动，也十分意外。她跑进跑出的，一会儿在炉子上添木炭，一会儿又拿出了板栗和核桃。柳德军说：你坐，歇一会儿。

　　李元丽说：我不坐！我要给你们做饭吃！

　　邓文成和柳德军都说：饭不用做了，我们来看一下你，问问你的情况，顺便给你送点米面油肉，算是来给你们拜个早年！

　　邓文成和柳德军掏出了准备好的红包递给了李元丽。李元丽的手有些颤抖，她坚决推辞着说：你们领导走这么远的路，大雪天爬到我这高山上来看我，我这是修了几辈子的福啊？我……你们……

　　李元丽突然眼圈红了，哽咽着，说不下去了。

　　柳德军说：李大姐，你莫激动，赶快把红包收下，这是我们的一点心意！我们现在都晓得，你并不是个搅和的人，你不容易！你有你的难处。今后政策越来越好，又有邓主席和镇上帮扶你，你今后的日子会越过越好的！

李元丽使劲点了点头。她听话地接过了红包，什么话也说不出来了，眼泪水哗哗地往下淌……

5

过了年没有多久，李元丽从山上下来了。她在村委会找到扶贫队长龙甫林，把一包东西交给了他。李元丽对龙甫林说：这是我以前上访时的所有材料，我今天把它交给你了。从现在开始，我再也不上访了！

龙甫林疑惑地看着她，好像还没有听明白李元丽的话。李元丽又解释道，我的心通了！我以前上访，一是心里憋得有气，二是生活的确有难处，没办法！现在，领导把我当回事了，一趟又一趟地往我那高山上跑，小路都跑成大路了，这是因为山上住着我这个人啦！你看去年，腊月二十七了，那么大的雪啊，鸡子都走不稳的路哩，领导们还爬上山去看我，我娃们都没这么做啊！我如果还给领导找难处，还去上访，我这不是自己不把自己当人看吗？

龙甫林连连点头，说：李大姐想明白了就好，以后好好过日子，国家的扶贫政策好得很哩。

李元丽也连连点头，说：我都晓得，我都想明白了，所以把这些上访告状的东西都交给你，随你们怎么处置，反正我不要了。

李元丽走后，龙甫林向镇上及时汇报了她的情况。

镇上领导和邓文成在一起碰头，说：这是个好势头，一定要交代和安排帮扶干部以及村上，及时地帮助她找准发展的产业，好好促推一下她，让她走出生活的困境，看到生活的希望，这样我们的扶贫工作才算是起到了实效。

几个人在一起商讨了一些思路，最后还是一致认为，尽早再上那高山上去一趟，实地考察后，和李元丽面对面地对接商定。

2018年的春天来得并不迟缓，但地处高海拔的冯家梁村，山顶上和背阴处的积雪，让这里的季节似乎还停留在冬天。

邓文成和他的扶贫工作队可不愿停留，他们在一个雪后初晴的天气里，再次爬到了那高高的山上。他们转了好几面山坡，看了生长的植物和土质，依据山上的气候特点，最后认为，还是让李元丽好好发展种植和养殖两项产业。种独活，种云木香，养猪养鸡。他们询问李元丽个人的意见，李元丽说：就这两项好，我没文化，只会做这些粗笨活。

邓文成说：种植和养殖也不完全都是笨活，也还是有技术含量的。

李元丽说：笨活我不怕，我吃得起苦，我们老秦才出事的那几年，我到香河垴上背地板条，半夜两点就从屋里起身，背一趟到香河口，挣十三块钱，然后又赶回来做家务和做地里的活，一天只睡两三小时，腿都走肿了，半年没有消，我都挺过来了。唉！我什么苦都吃过了，我不怕苦，就是怕没技术。

邓文成说：技术你莫担心，我们让人指导你。

李元丽连连点头说：那就好，那就好。

邓文成又说：干活你也莫太下死力了，还是要爱惜自己的身体，一大家人都指靠你哩，你要是再累垮了怎么办？

李元丽点了点头，眼圈又红了。

邓文成接着说：如果活急，就请村上的人帮忙，都是一个村上的人，哪会不帮你？又指了指一路来的扶贫干部，说：如果实在找不到活的时候，就让他们帮你！

李元丽连忙摇头说：那怎么要得！再找不到活，也不能找领导来做啊！

邓文成说：我们都不是领导，都是为人民服务的，你要是还有什么困难直接找我们就行了。

李元丽急忙说：我不会再给领导找麻烦了，我把告状的东西都交了，再给领导找难处，我就是把自己不当人了。

邓文成也急忙说：李大姐，我说的不是这个意思，不是信访的事！我是说你生活上确实有困难和难处了，还是要找我们，我们会帮你解决的！你听明白我话的意思没有？

李元丽眼圈又红了。她点着头说：我听明白了，你们对我的好我还不明白，那就真是对不起人了。停了一会儿，她抹了一把脸，又说：请领导放心，我一定把活做好，等领导下次再到我这高山上来的时候，就不会再为我烦心，只会为我高兴！

邓文成说：好，我相信你！你看，我现在就已经高兴了！

李元丽看到了邓文成脸上的笑容，也笑了。

6

2018年过去了。这一年，李元丽种的苞谷和洋芋都丰收了，单苞谷籽籽就剥了四千多斤。她喂了八头猪，养了三百多只土鸡。她还花了一千多块钱，买了一个孵化机，专门孵化鸡仔。孵化的鸡仔除了自己喂养外，还送给那些帮她做活的村民。李元丽说：我种了这么多的庄稼，还有药材，别人给我帮了好多的忙，我也没啥子报答的，就孵一些鸡仔给他们，也是我的一点心意。人不懂报恩填情，还怎么活人啊？

李元丽种的独活和云木香一开始就长势良好，看着喜人。云木香收获的时候，从十多里的山那边来了十几个妇女给她帮忙，整整挖了两天。云木香码放在半边阶沿上，堆得实实在在的，足足有一人多高。扶贫工作队给李元丽联系了买方，李元丽一下子就卖了一万多块钱。拿着厚厚一沓的百元钞票，李元丽高兴得眼泪都笑出来了。

2019年初，箬箕凹的安置房竣工了，李元丽分到了一套。拿钥匙的前两天，她专门带了丈夫去看房。丈夫似乎也明白那是他们的新家，像个小孩子似的，摸了门板，又摸门把手，把各个房子的门板和门把手都摸了个遍。李元丽也受了感染，不但摸了门和门把手，还摸了墙壁，还把房子里的水龙头和电灯开关都开了一遍。她以为这是在梦里。

第二季度的时候，冯家梁村召开全体党员大会，推选村上的自强脱贫标兵，李元丽全票通过，全体党员没有一个人反对。村上把这个消息告诉李元丽的时候，李元丽比得了一万块钱还要高兴。她站在那高高的山上，突然放开喉咙，唱起了花鼓子。

李元丽的歌声从高高的山上传下来，山下的人都听见了。人们惊讶地说：想不到李元丽还会唱歌啊，还唱得这么好哩！

　　李元丽自己也惊到了，她已经忘记自己还会唱歌的事了。可是那一天，她好像回到了二十岁以前，她把花鼓子唱了一遍又一遍。她的歌声在那高高的山上回荡了很久很久……

从开始的时候开始

1

认识她最少有十年了，现在才知道把她的名字弄错了。以前都是听人喊"代满儿，代满儿"，以为是"黛玛"或者"代码"，但究竟是哪两个字，也从来没有去深究过。毕竟只是认识，知道名字的叫法就行了，又不会去发生人事关系或者法律关系，谁去管别人的名字到底是什么字？这是生活中许多人对待认识的人的一种态度。

代满儿是她的小名。她的大名叫作代远翠。她有三个姐姐，她是第四个女儿。生下她时，父母都有一些恼火，说再不要女儿了，女儿已经满了，要生儿子了。"满"就成了她的名字。上学前，大家都叫她"满儿""满女儿"或者"满娃子""满女娃子"。上学的时候，老师给起了大名，叫代远翠。其实大名除了老师叫，几乎没有人叫，大家还是叫她的小名。后来老师也叫她的小名了，像她妈一样，喊"满儿"。满儿，给老师把作业拿来！满儿，把黑板擦了！满儿，帮老师把菜洗了！满儿，你又迟到了！

老师有时候也喊她"满娃子"或者"满女娃子"，和她妈一样，也是在生气和不高兴的时候喊。但妈和老师喊她"满女娃子"的时候还是有区别的。他们的区别在最后追加的那句话上。妈喊她"满女娃子"的时候，后面一般会追加一句"你个挨刀的"；老师喊的时候，也会追加句子，但不是那个"挨刀的"，而是追加她的大名，"你个代远翠"。每当这个时候，无论是"挨刀的"，还是"代远翠"，她都会变得格外灵光迅速，该要高声应答的就赶紧高声应答，该要立马做事的就做事。如果是犯了错，也会立马做出痛改前非之状。因为她知道，只要她成了"个挨刀的"或者成了"个代远翠"，就是有人极度生气或恼火的时候，如果她不迅速做出反应，也许就真的要挨刀了！因此她不喜欢代远翠这个名字。她还是喜欢别人喊她"满儿"，不喊"满儿"，喊"满娃子"也行。

她现在已经五十二岁了，认识不认识的人，都叫她代满儿，偶尔也有比她年长的人叫她代满娃子，她都很高兴，很喜欢。也有人好心地说：你都五十多岁了，还喊你小名，又是儿，又是娃子的，不好吧。她洒脱地说：那有啥嘛，名字嘛，不就是个代号，你要是喊我别的，我还不习惯。再说了，你晓得我的大名吗？不知道是吧？我也不给你说了。我不喜欢我的大名，你还是喊我小名吧！在平利县城，哪个不晓得我代满娃子的名字？我就喜欢别人喊我代满儿。

呵呵，代满儿，代满儿，这名字已经成了她血肉相连的一部分了。

2

其实，代满儿喜欢自己"满儿"这个名字的历史，要追溯到她刚刚懂事的时候。那时候，她应该还很小哩，两岁多一点吧，她弟弟出生了，父亲高兴得不得了，花费"巨资"九毛九，买了一条"羊群"纸烟，见人就发，竟然给代满儿也发了一支。父亲说，生了弟弟，你也有功劳，不是你叫满儿，哪里会有弟弟。代满儿第一次知道了自己名字的神奇力量。她喜欢上了自己的名字，并为此暗暗得意。

可是得意的时间不长，很快她和三个姐姐就感觉到了弟弟带给她们的不公和烦恼。父母把宠爱都给了弟弟，而给她们四姊妹的就只有做活。现在要代满儿回忆童年的生活，她记得的事除了做活，还是做活！

他们家是蔬菜队的住户，种菜是他们家的主业，大人做，她们姐妹也做。一年四季都有活做。她印象最深的就是和二姐抬粪。父亲不知从哪里捡了两只胶桶回来，一没事了，就让她们四姊妹把大粪抬到菜地的粪池子里去。父亲还很人性化地让二女儿和四女儿搭配，而不是三女儿和四女儿搭配。她们也不敢快走，走快了，粪水会荡出来，溅到她们的身上。在太阳的暴晒下，大粪的气味尤其浓烈，特别是走在后面的人，简直会被熏晕过去。二姐关爱代满儿，每次都让代满儿走前面。那时候，人们种地恨不得把路挖了也种上菜，因此，地里的路窄得像麻绳，刚好只能放下一只脚，还不能横放。在这样的路上抬粪，对于她们来说，和杂技里的走钢丝差不多。每次她们都走得小心翼翼，紧张万分。有一次，代满儿实在太累了，而且汗水将一绺头发带到了她的眼角上，影响了她的视力，她一脚踩到了路旁的地里去了。刚好是个土坎，一桶粪兜头倒下来，一滴不剩，都浇到了她的身上。代满儿气恼极了，挥舞着抬粪的扁担，将那土坎上的路一口气打了十几扁担。

为了补贴家用，除了菜地里的活，父亲还带她们四姊妹扳砖。最早手工制砖的时候，黄泥和好入模之前，要将入模的泥团，反复摔打几次后，才放进砖模压实。这个摔打的动作叫作"扳"。因此，我们这里最早把手工做砖都称作扳砖。代满儿记得她好像四五岁就跟父亲扳砖。做不了别的，专做取模支模的活。后来大一些了，也扳泥团。大人扳几下就可以了，她扳十几下也扳不好，扳不好就反复扳。有时候扳好一块砖，她自己也累成一摊泥了，而且还是水掺多了的一摊"稀泥"，立不起来了。那时候，扳一块砖多少钱？几分钱。几分钱也得挣，不挣，钱不会从天上掉下来哩。这是代满儿从小就受到的教育，是她的启蒙教育，也是她人生的第一课。

3

正式到学校去读书的时候，代满儿已经八岁了。是小学校的老师来动员的。大概是想到儿子快要上学了，父亲给了老师一个面子，答应送代满儿去读书，但提了个条件，每天要打一挎篮猪草，割几捆牛草。猪草是自家喂猪用，牛草卖给隔壁赵家。赵家养了好几头牛，牛草割不够，就收。看草捆的大小和质量论价，几分钱一捆。运气好的时候，一天能挣两三毛钱。运气不好，割得少，或者赵家不收时，就只有干瞪眼。牛草舍不得扔，只好扛回家晾干了当柴火烧。牛草并不好割哩，要爬坡。稍缓的坡都开荒种了庄稼，只有不适合种庄稼的很陡的坡才有牛草还在长着。要割回来一捆牛草，得走很远的路，爬很陡的坡，那种辛劳，只有经历过的人才有体会。而且割牛草特别伤手，代满儿每次割两捆牛草回来，手上不是扎满了刺，就是被割满了口子，那种疼很尖利，充满了她童年的记忆。

牛草难割，猪草也不好打。城边边上的菜地里都收拾得很干净，没有猪草，往县城外走，村子里的庄稼地里有猪草，可那是当地农民的，轮不到他们去打。他们有时悄悄去了，常常就会被农民抓住，扔了他们的挎篮不说，还要被栽上偷庄稼的名声。他们打猪草的地方只能是河边或沟边。但打猪草的人多了，那些猪草也长不旺哩。代满儿有时候在河边一走几里路也打不满一挎篮猪草。有时候她急了，连藿麻草也当作猪草扯进挎篮里装回去。也有一起打猪草的伙伴教她作假，用木棍架空挎篮。但她鄙视这种做法。她不弄虚作假，打不满就是打不满，即使扯了藿麻回去，她也会给妈说一声，里面有藿麻。藿麻煮熟了也能吃。只是扯藿麻的人除了需要胆量和勇气外，还要有不一般的忍耐力——藿麻草蜇人哩。

天天打猪草，割牛草，还要做这做那的，代满儿的学便上得一塌糊涂。只要不考试，一切安好，老师喊她代满儿，或者满娃子。可是只要一考试，卷子一改完，分数一出来，老师就一定会喊她一回"满女娃子"，并追加她的大名"代远翠"。老师开始训她时声色俱厉，对她狂轰滥炸一番，然后又痛心疾首，恨铁不成钢一番，最后无可奈何，一切归于沉寂。自始至终，代满儿都噘着嘴，一副受苦受难的模样。瞥见老师平静了，她会真心实意地承认自己的错误，诚恳得没有半点虚假的表示，下一次一定好好听课，好好考试。老师把她看了半天，最后又叹气，说：唉！也怪不得你！你上个什么学啊？你把挎篮都背到教室里来了，哪还有什么心思听课？你时时刻刻想的都是做活嘛！

代满儿望着老师，可怜巴巴地说：我不把挎篮背到教室里来，放到外面，别人就给我拿走了！

老师哭笑不得，说：你这个满娃子啊，就是个做活的命！

老师的话一语中的。到现在代满儿都佩服老师。她说老师说得太准了，她就是个做活的命。一天不做活，她就没劲；两天不做活，她就没精神；如果三天不做活，她就感觉自己要死了。一做活，她的精气神就来了，身子也活络了，走路也有劲了，说话的声音就高八度了。唉，她就是个做活的命啊！

4

既然是命，代满儿就不犟了，就顺从命，不上学了。老师也不再强留她了。老师说：你上个小学也就对了，反正你再读也读不出来。

代满儿离开了学校。她对那个上了五年学的小学校也说不上来有什么留恋。刚辍学的时候，她背着满满一挎篮的猪草，远远地经过小学校的时候，还会张望一下。如果刚好有上课或者下课的铃声传来，她会有片刻的怅然。但很快，这种怅然就消失了，因为她反应过来，还有很多的活在等着她去做哩。

不读书的代满儿，成了职业做活的。除了以前打猪草，割牛草，扳砖这些活外，她又承担了喂猪、煮饭、洗衣服、打扫等家务活。后来，父亲见她能干，就又收了几个孩子让她代管——那时候不像现在，有幼儿园。单位上的双职工有了孩子还不到入托年龄，请不到保姆，就将孩子送到当地住户家寄养。早晨送，晚上接。代满儿又成了兼职的保育员。最多的时候，她管了四个孩子。其实她自己也还是个孩子，她才十三岁哩。她自己也不知道那时候是怎么管过来的，竟然也没出过事。

白天活做完了，晚上还有活。晚上做什么呢？晚上做得最多的就是缝手套。那时候县上开办了一个针织厂，主要业务就是做线手套。机器织好手掌和手指部分，指头和手颈部分要靠人工缝合，这给周围的人们提供了一个挣钱机会。每天晚上七八点钟，附近的人们到针织厂将机器织好的半成品手套取回家，利用晚上的时间，把指头和颈子缝好，早晨将缝好的手套扎成把后，交还给针织厂。一双手套可以赚取将近一毛钱。手脚快、针线活好的人，一晚上能挣一块多甚至两块钱。这在那时算是比较轻松又赚钱的活，因此人们一到下午六七点，就蜂拥至针织厂，领取半成品的手套。去迟了，领不上，就等于损失了一笔不少的收入，因此后来发生了争抢。

代满儿也争抢过，还和别人打了一架。不是她抢别人的，而是别人抢她的。那一回代满儿去得早，领了不少活。一位去迟了没有拿到手套的女人很不服气，对代满儿说：你个小娃子家，领这么多做啥子？分一些出来！也不管代满儿同意不同意，边说边就从她怀里扯了几把手套就走。代满儿的火气一下子上来了，她不管三七二十一，一头就撞向了那个比她高许多的女人，竟将那女人撞得摔坐在地上。那女人爬起来破口大骂，代满儿也毫不示弱，与她对骂。正闹得不可开交的时候，针织厂的人来调停，要代满儿少说两句，说她是小娃子。代满儿不但没有少说，反而将调停的人也说了一通。代满儿说：小娃子咋了？小娃子一样做活，做得也不比哪个差。你们解决事情就要有公正公平之心，不能因为我是小娃子就踩偏船。今天本来就是她不对，她自己来迟了，干吗要拿我的？就因为我是小娃子，才拿我的，这是以大欺小，更不对！

调停的人说：那你干吗要去撞人家？要回来不就行了嘛。

代满儿说：她拿我手套的时候，根本就不管我答应不答应，扯了就走！那架势，我不撞她，要得回来啊？

调停的人说不过她，就息事宁人地说：明天给你补齐。代满儿却不答应，非要那女人将手套还回来。调停的人只好又做女人的工作。围观的人也都说女人不该抢人家小娃子的。女人没法，只好将手套又扔回到代满儿的怀里。

代满儿抱了手套回家，她的名气却随围观的人群传到了各家各户。小县城里，不少的人都晓得了蔬菜队代家的满娃子不好惹。针织厂也因此做了规定，每人每次领手套时最多不得超过八把。

针织厂的活也不是常有，也有淡季的时候，淡季的时候，正好是夏天，代满儿就去卖冰棍。代满儿一直认为，卖冰棍是她人生中最重要的一步，标志着她从地里走到了街上，从泥巴路走上了水泥路。

5

卖冰棍是代满儿自己要去的。那时蔬菜队的地已经被逐年征收，眼看着最后一块菜地也要守不住了。蔬菜队的老菜农个个惶恐不安，不晓得自己将来的出路在哪里。那时的土地征收可不像现在。那时土地说征就征了，地里的菜秧秧被毁了，菜农还不晓得土地已经易主。也有闹的，闹的结果是被公安铐到号子里关几天，回来就规矩了。后来，菜农联合起来上告了几回，县上就出面解决，给菜农在其他地方调整土地，如果不要土地，可以安排子女在城内待业。当时，代满儿已经有了两年的卖冰棍的经历，她对城里的生活已经有了自己相当深刻的体会，就串通其他姊妹，一定要走待业的路！在城里，即使是待业也比种菜好！

父亲最终服从了他们。代满儿进了冰棍厂待业。她从一个卖冰棍的变成了一个做冰棍的。别看这一字之差，可是天壤之别，是身份的转变，标志着一个人从乡间走向了城里，由农民变成了工人。那个年月，待业是只有城市居民子女才能享受的待遇，而她一个菜农之女也能享受了。代满儿感受到了时代的变化。她相信，只要待了业，总有一天就会有一份正式的工作岗位属于她，那时她就彻底脱离了菜地，脱离了农活。她认真地、不辞辛劳地做冰棍，期望自己能早一点得到那个她想象中的正式工作。

夏天过去，秋天来临，冰棍厂随着季节的变换停工了。县上又在操场坝边上建了一大排铁皮房，将他们一伙安置到铁皮房子里。还是待业，但让他们卖东卖西，也鼓励他们卖手艺。当下就有人搞电焊、修收音机，也有人理头发、补锅底。代满儿没有手艺，只好守在铁皮房子里，卖别人进来的锅碗瓢盆。守了不到一年，代满儿憋坏了，说不去了，就在家待业。在家干什么呢？菜地没了，猪也没得养了，每天做两顿饭，洗洗刷刷，也太轻松了，代满儿感觉日子过得慌慌的。她已经快二十岁了，不但没有看见自己将来的工作岗位在哪里，而且连自己现在在哪里都看不见了。

后来二姐帮了她一把。

那时二姐已经自谋了职业，买了一张台球案子，摆在拐子楼，做年轻人的生意。顺带还弄了个柜子，卖烟卖饮料。生意慢慢红火起来，一个人照管不过来，二姐就叫她去帮忙。二姐说：看你一天闲得发慌，来给我帮忙吧，工资按收入分成。

代满儿说：只要你让我做活，有事干就行。工资你随便给，就是不给也行。

二姐说：看你说的，你自己那么大的人了，自己要吃饭不说，也不为自己将来的事情打算了？

代满儿望着二姐，一副懵懂的样子说：只要有饭吃，有活做，将来还有啥子事啰？

二姐说：你以后不找婆家？不嫁人？

代满儿说：还没想过。二姐说：你都马上二十岁了，你还不想这些事，将来咋得了！

代满儿真是没有想过。在这之前，她似乎忘记了自己的性别，更忘记了自己还是个姑娘。二姐的话，让她重新开始看待自己，也重新开始观望自己生活的这个世界。

有一天，代满儿从二姐的台球案子处回来的时候，突然莫名其妙地大哭了一场，哭得伤心欲绝，无法控制。从那以后，她开始文静起来。虽然依然是不停地做事，手脚干净利落，风风火火，但话明显少了起来，也不爱笑了，以前那种无所顾忌的开怀大笑像天上的云一样，被风吹走了，消失得无影无踪了。

代满儿的变化，二姐感觉到了，二姐说：满娃子终于有心事了哩。

代满儿的心事是什么呢？二姐不知道。代满儿自己呢也不明了，她说不出来，也形容不了，有时心里空空荡荡，空荡得发慌，有时心里又闷闷实实，闷实得憋屈。代满儿再一次陷入了深渊。

二姐又一次帮了她一把，这一把，把她拖上了一条名叫婚姻的船。

经常光顾二姐台球案子的，大都是年轻人。那时候年轻人的娱乐活动还不是很多，最流行的就是打台球，看录像。无所事事的年轻人常常是把两样活动连起来，打一盘台球，看一场录像。或者倒过来，看一场录像打一盘台球，一天的日子就过去了。下午或晚上的时候，也有不少有工作的年轻人下班了来打几盘。叶建国就是其中的一个。叶建国浓眉大眼，鼻梁挺直，身材高挑匀称，用现在的话说，一个字是酷，两个字叫帅气。二姐老早就注意上他了。她打探到，叶建国在精制茶场上班，还是正式工，小伙子还是光棍一个。二姐动了心思。她背地里找到了曾住在一起的龙自秀，请龙自秀找机会探探小叶的口气。为什么请龙自秀呢？因为龙自秀的老公刚好也在精制茶场上班。

婚姻的机缘巧合似乎就是命中注定。龙自秀很快就探听到了叶建国的想法，她告诉二姐说：小叶是个直爽人，对女朋友也没什么高要求，人勤快，会来事，没得怪脾气就行了。二姐一听，这几条满娃子样样都符合，立马就请龙自秀给代满儿去说。龙自秀说：你自己妹妹嘛，你自己去说啊。二姐说：我自己说也行，但按规矩，最终也得请媒人，就请你算了。龙自秀便不再推辞，答应了。

龙自秀给代满儿介绍叶建国是在一个下午。那个下午，叶建国吃了饭又来打台球。早就到了的龙自秀凑到代满儿的身边说：满儿，你看那个小伙子咋样？代满儿眼睛转了一圈，不晓得龙自秀说的是哪个。龙自秀对叶建国努了一下嘴，说：就是正戳球的穿灰白夹克的那个。代满儿没有作声，她招呼另一张台球案子的客人去了。

晚上的时候，龙自秀没有走。她和代满儿一起到了二姐家。在二姐家，龙自秀将话挑明了。代满儿说：那人我认识，人家是正式工，我又没工作，人家能看上我？龙自秀和二姐都说：你又不差，又勤快，又能干。现在没工作，不是待业嘛，以后是要安排的！

其实，代满儿内心里还有一句话没有说出来，那就是人家长得那么好，我又不漂亮，怎么配得上？代满儿之所以没有说出这句话来，是因为姑娘的自尊和个性支撑着她，她不想让别人看到她的自卑，尽管她的内心里真的认为小叶的确长得好。

龙自秀又介绍了叶建国家里的情况，父亲在信用社工作，母亲是老师。叶建国是实实在在的干部子女。家里条件这么好，人也这么好，哪个人不动心呢？代满儿动心了，答应和叶建国交往。交往了半年，代满儿又看到和体会到了叶建国内在的一些好：人好，脾气也不坏，而且文化程度蛮高，还爱好文学，经常写写诗、写写文章。代满儿认为好命运终于开始关照她了，那一段时光，代满儿的内心充满了快乐和幸福。

代满儿是满了二十二岁和叶建国结的婚。建国是叶家长子，两个老人不想失了面子，因而婚礼的热闹程度超出了代满儿的期望。但从两个老人的言行神态中，代满儿还是看出了一些端倪，建国的父母对她似乎并不十分满意。然而新婚的快乐甜蜜很快就淹没了她的那一丝忧虑。再说了，她有一双手，她始终相信，只要勤劳，没有过不好的日子。

婚后的生活是美满的，他们在精制茶场享受到了福利房，他们小两口住到了厂里。代满儿也找到了工作，成了针织厂的一名工人。上班第一天，想起以前在这里领手套、抢手套，甚至还打架的事情，代满儿忍不住笑出了声。听见机器的轰鸣声，看见阳光照在厂房上，代满儿的心里满是对未来生活的憧憬。

一切是多么好啊！就像那时候的歌里唱的一样，我们的生活充满了阳光，充满了阳光！五十多岁后的代满儿经常回忆那段时光，也经常想，如果生活一直就这样过下去，会是什么模样呢？

她不知道。因为生活并不是这样一直过下去的，生活给了她另外一副模样。

7

变化好像是从她自身开始的。结婚一年后，她怀孕了。开始不觉得有啥，后来反应特别厉害，吃一点东西就刮肠刮肚地呕，夜里睡不好，脚也肿了，班上不了了，只好请假。厂里说，马上要改制了，你请那么长时间的假，到时候怕是上不成班了。上不成就上不成吧，代满儿难受得已经顾不了那么多了，回家熬煎着，只想孩子早点出来。

那一段时间，叶建国对她的照顾还是很细心的，虽说不上是无微不至，但也算得上是关爱有加。熬过了妊娠的剧烈而又持久的反应后，代满儿生下了自己的儿子。全家都很高兴，包括孩子的爷爷奶奶，因为这毕竟是他们的第一个孙子。他们送来了吃的用的，还有发自内心的关心。代满儿感受到了亲情的温暖，很快就将妊娠的痛苦抛到了脑后。她是个不隐藏心事的人，初为人母的幸福和快乐毫不保留地溢于言表。那时候，人们见了她，都说她好像是生活在天堂里的人。

外界的变化是悄然而至的，但却深刻地影响着个人。20世纪80年代，社会上已经兴起下海经商的微澜，到90年代初，微澜已经变成了浪潮翻滚，先行者获得的红利将每个人的眼睛都映红了，不少人血脉偾张，不管深浅，下海一搏。叶建国也算是其中的一员，某一天清晨，一夜醒来，他瞒着代满儿将辞职申请书交给了单位。就在代满儿还蒙在鼓里的时候，他又悄悄将茶场的福利房低价变卖给了别人。叶建国开回来一辆电动三轮车，他将代满儿娘俩拉回了老家纸坊沟。他告诉代满儿，先在老家房子住着，过几年，他挣到钱了，就回城给她买楼房。叶建国还老老实实地告诉她，房子只卖了三千多块钱，买辆车远远不够，他只好借了钱，还贷了款。代满儿问借了多少钱，贷了多少款？叶建国说：也不多，总共十几万。

代满儿晕了，用现在的话说叫蒙圈了。老公工作没了，家里房子没了，还一下子多出来十几万的欠款，这样样都像铁棍一样敲在头上，任谁也会被敲晕过去，代满儿也不例外。但晕过去还得醒过来，因为孩子才刚满两岁，一切都还没开始哩，而且叶建国给了她画了一个大"烧饼"，她相信建国会给她买楼房，也会给她买回来小轿车。

叶建国没有让代满儿失望，不到两年时间，他用那辆电动三轮车不但还清了外债，还余下了几万块钱。为了挣更多的钱，买更好更大的楼房，叶建国再次贷了一笔款，将自己的电动三轮车换成了十轮大卡。他相信，只要政策不变，不久的将来，他不是买一套楼房，而是要买一幢楼房。小轿车也不算啥，买飞机都有可能。对于这一点，代满儿也是深信不疑，因为她亲眼看到了，建国挣回来的票子不是一张一张的，而是一捆一捆的。她把这些票子拿在手上，不仅仅感觉到了它们的重量，而且还感觉到了它们瓷实温润的质感。这都是真真实实的百元大钞啊，代满儿内心充盈着从未有过的满足和舒坦。虽然这些钱后来又都去换成了十轮大卡，但那种满足和舒坦却一直没有离开过她，她为此而沉迷。尽管依然生活在乡村土沟里，但她每日笑声爽朗。她的笑声在纸坊沟里回旋荡漾，也让沟里长出许多羡慕的眼光。

有时候，生活中的笑声和羡慕其实也是慢性毒品，它会晃花人的眼睛，让人看不到生活变化的蛛丝马迹。代满儿正是如此，在自己的笑声和别人羡慕的眼光中，她一点也没有感觉到生活中更大的变化即将来临。

8

从那年下半年开始，慢慢地，叶建国回家的次数少了。代满儿知道他忙，也知道他辛苦，跑一趟车要好几天，煤不好装，也不好销。十轮大卡装煤的底垫要得多，而且只能销给单位或者厂子，它不像电动三轮车拉煤，底垫少，私人也能销一车。这些行情，代满儿也都了解，她能做的就是带好孩子，做好家务，叶建国回来了，就尽量给他安排好伙食。

但叶建国却很少回来了。

代满儿也探问过别人，那人说是现在的车多了，装煤要排队，有时排几天的队也装不上煤。代满儿有一回没事，跟建国去了一回煤炭厂，看到的情形吓了她一跳。排着的车辆足足有好几里长！代满儿要叶建国回去，过几天再来。建国说：过一月也是这样，不排队，就永远装不上煤。代满儿说：要不把车放这里排着，你人先回去休息吧！建国就笑了她，说：随时在装车，随时就有可能要将车往前移，你人不在，车怎么往前移啊？代满儿想想真是如此，心里充满了对建国的爱怜，恨自己不会开车，不能帮建国一把。建国倒好像是习惯了，劝代满儿还是早点回家，把孩子带好，说他装了煤，送一趟到湖北后，就回来好好休息一下。

那一次，叶建国倒是回来了一趟，但也并没有好好休息，老是不安心的样子，说到煤厂去迟了，不晓得啥时候才能装上车。代满儿见他如此，也就不再留他，只是要他早去早回，说过几天孩子生日哩，要他到时候一定回来，装不上煤就算了，给孩子把生日过了再去装。叶建国连连答应，急慌慌地走了。这一走，半个月都没回来。

那时候没有手机，电话也不方便，代满儿不知道叶建国是什么情况。孩子生日过后，又是好多天了，还是不见叶建国的踪影。代满儿有一些着急了，正准备带了孩子去煤厂找他，叶建国却回来了。

回到家的叶建国胡子拉碴，满脸疲惫，没问家里的情况，也没问儿子过生日的事情，只是叫代满儿赶快找点钱来，说有急用。代满儿问要多少，叶建国说，有多少找多少。代满儿心里七上八下的，把家里的现钱都找给了他。叶建国拿了钱，什么也没说，急匆匆又走了。那几天，代满儿的心里何止十五只吊桶，一百五十只吊桶也有，她不晓得叶建国出了什么事。她去打听，也没听到什么不好的消息。后来她想，也许就是拉煤装煤上的事情。她把心放下来，静等建国回来。没隔多久，建国回来了，尽管看上去仍是十分疲惫，但神态并不沮丧，还略显兴奋。他给了代满儿一沓钱，大睡了一觉。看样子是累狠了。代满儿买了肉，炖了一只鸡，心想要好好犒劳一下丈夫，让他在家安安心心歇息两天。可叶建国吃饱睡足后，在家待了不到一天，刚刚恢复起来的精神又散漫开了，他坐不是，站不是，身子在家，魂魄好像已离身而去，到外太空去了。代满儿想起了一个词叫魂不守舍，以前她不懂啥叫魂不守舍，现在她懂了，叶建国那时就叫作魂不守舍。代满儿以为叶建国过度操心挣钱的事，以至于影响了身体和精神。她又心疼又担心，安慰叶建国说：莫太着急挣钱的事，反正我们都还年轻，有一双手，只要勤劳，慢慢来，总会挣到钱的。又说：等过了年，儿子大一些，可以脱手了，她也就能帮着挣钱了，两个人挣，总是要快一些，一切就都好了。代满儿的安抚和宽慰没有起到什么作用，叶建国还是急急慌慌走了，说还是要早点去煤矿排队，在家待着，安不下心来！

这一走，又是很长时间没有回家！

代满儿有了疑惑，她找到几个同是跑车的师傅打探叶建国的情况，这一打探，她听到了一个惊人的消息。

9

消息是和叶建国一起长大的老表透露给代满儿的。老表和建国差不多大，也在跑车，经常和叶建国一道拉煤过湖北。这一天，代满儿找到他问：建国这段时间老是装不上煤，是啥原因啊？老表言辞有一些闪烁，说：煤不好装，要排队。代满儿说：我知道要排队，但也不可能这么久都排不上队吧？老表吞吞吐吐说：装煤还要现钱，不赊账。代满儿有些奇怪，说：建国走的时候都带了现钱的，难道他没现钱吗？老表躲闪着代满儿追询的目光，欲言又止地说：这个……我不晓得！

代满儿有点急了，一把抓住了老表，说：你肯定晓得的，你是老表，和亲兄弟一样，你们一定有什么事瞒着我，你们要是瞒着我，就是欺负我女人家，我会不答应的。

老表知道代满儿的脾气，只好说：我告诉你，你可不能怪我。

代满儿说：是我要你说的，我怪你干啥？

老表这才低声对代满儿说：你们家建国打上牌了，天天在煤厂赌哩！

代满儿吃了一惊，不相信地问：真的？

老表说：真的！都是我亲眼所见，建国输了不少钱，还借了我八百，到现在还没还我哩！

一切似乎都有了答案，但代满儿仍然不相信，她要等建国回来当面问他。等了十多天，建国回来了。

建国没有隐瞒他赌博的事，老老实实都承认了，并向代满儿说，也准备戒了赌，好好跑车。赌博的事倒是坐实了，但叶建国这样说，代满儿又说不出责备的话来了，反又来安慰叶建国说：只要以后不赌了就好，好好跑车挣钱才是正路，我们娘俩都指靠着你哩。

叶建国诚恳地保证说：不赌了。但却又要代满儿找钱出来，他要去把欠的账还了。

代满儿问：是赌债啊？

叶建国说：也不是，是实实在在借的别人的。

代满儿说：借了干吗了？

叶建国不作声。代满儿明白了，说：还是在赌桌上输了。叶建国点了点头。代满儿说：那还是赌债，就不想给他找钱。叶建国就又是保证又是央求，代满儿最终将钱拿出来了。那是她积攒的一点体己钱，她都拿出来给了叶建国。很多年后，代满儿还在后悔不该拿出那钱来。但后悔又有什么用呢？人迷了心窍，只跟鬼走，哪里会听人话啊！代满儿只能用这话安慰自己。

叶建国拿了代满儿的体己钱去还赌债，这一去，又是一个多月没有回来。代满儿忍不住了，跑到煤厂去找他。在煤厂，没有见到叶建国的人，只是见到了车。但有人告诉她，那辆十轮大卡已经改了姓，不再姓叶了。代满儿说：那是我家的车，不姓叶还能姓啥？那人说：那车姓王了，是我的了。代满儿不相信。那人就拿出了证件告诉代满儿说：叶建国赌输了，没有钱给，就将十轮大卡顶换了他的普通六轮卡，前几天才办的手续。代满儿又气又急，质问道：你们赌博还能这样顶账啊？那人说：一个愿打，一个愿挨，愿赌服输，两相情愿的事情，怎么不行？说罢，那人爬上那辆本来是代满儿家的大卡车，哐当一声关了驾驶室，不再理会代满儿了。

代满儿站在车下，感觉心口的一团气快要把自己憋得炸开了。她满煤厂找叶建国，可哪里有叶建国的影子。后来，还是另外一个拉煤的司机告诉她：叶建国好几天都没来了，还是几天前来晃了一下，没有装到煤就走了。代满儿问：在哪里能找到他？司机想了一下才悄悄对她说：你到炸药库下边的王家看看有没有吧。

10

代满儿一个多小时后才找到那个地方。她敲开门，扑面而来的是闹哄哄的声音和满屋的烟雾，她看不清人，就冲那烟雾里面喊了一声：叶建国，你老婆代满儿找你来了！

敲门之前，代满儿就已经做好了和叶建国干一仗的思想准备，因此，她那一声喊，火力十足，一下子就让闹哄哄的声音平息下来。透过烟雾，人们将目光都转向了她，她也在七八张脸里找到了叶建国的脸。叶建国的脸灰白，如果不是他挺直的鼻梁，代满儿差一点没有认出来。代满儿对叶建国喊：叶建国，跟我回去！代满儿当时在心里想，如果叶建国不走，她就给他们把桌子掀了。出乎她的意料，叶建国竟然没有说什么，就赶紧跟她出了门。出了门，叶建国才说：你怎么找到这里来了？代满儿说：不找到这里来，能找到你啊？又问：你给我说清楚，我的钱呢？车子又是怎么回事？叶建国急忙拉了她就走，边走边说：好了好了，我们回去再说。

叶建国带着代满儿回去了。代满儿很生气，两天没有理视叶建国。叶建国自知理亏，又是赔礼道歉，又是发誓保证，说到情动之时，声泪俱下。代满儿的心又软了。她知道煤厂的环境和情况，装一车煤要等几天，不打牌混混时间，就那样干等着，日子的确难熬。但这么赌下去，哪个家庭也吃不消啊！

为了让叶建国戒赌，代满儿将他留在了家里，不让他跑车拉煤了。

在家里，她把自己能想到的一切话语都说了出来，以此劝说叶建国不要再赌了。自己说了不算，又请了亲戚来做工作。叶建国在家受了一个月的教育，每次也都满口应承不再赌了。到后来，谈起赌博的危害来，叶建国比给他做思想工作的人说得还要好，又深刻又透彻，而且能够联系自己的实际，有理有据，任何人听了也会对赌博深恶痛绝，恨之入骨。听他对自己赌博的一席话说出来，哪个相信他还会赌博呢？没有人相信！

　　大家都相信他肯定不会再去赌了，代满儿也是这么认为的。她慢慢地放了心。当叶建国提出来还是要去跑车的时候，代满儿答应了。不答应又能怎么办？总不能让他长期待在家里守着吧，房子暂时不买，也买不了了，可柴米油盐总得要买啊！一家三口还得吃饭穿衣哩。代满儿也只能答应，但她提出来要跟车，每天跟叶建国到煤厂排队装煤。煤装好了，她跟着车坐到冲河口。然后她下车回家，叶建国则送煤过湖北。代满儿的这个要求叶建国也没有反对，只是觉得孩子不好办。代满儿说：孩子我也带着，让他也体会一下我们挣钱的辛苦。

　　就这样，叶建国开了由十轮大卡抵换回来的普通卡车又去煤厂排队装煤了，只不过每次排队装煤都是他们一家三口一起去。有人调侃他们说：你们这车跑得也太辛苦了啊，全家人一起上阵，这哪是跑车，这是在跑家哩。代满儿听了，毫不避讳地反击说：还说哩，我是不放心你们才跟车来的，都是你们一伙把我家建国教坏了，我还没找你们麻烦呢，你们还好意思说！大多数跑车的司机都晓得她的厉害，不再和她斗嘴，心底里却也多了几分对她的尊重和佩服。

　　坚持了一个月。儿子受不了了，坚决不去了。儿子还没满五岁，她也不可能把儿子单独放在家里。代满儿想找个地方把儿子寄养，可是儿子不答应，叶建国也不答应。叶建国说：你跟了我这么久，也看到了，而且跑车的哪个不晓得你把我管住的，我就是想打牌，又有哪个敢约我啊？代满儿想想也是，但她还是不放心。叶建国就有些生气了，说：你满娃子是不相信我啊，我一个大男人家真的说话不算数了？你要相信我，给我机会啊！这么久了，你还不放手，你总不能跟我跑一辈子车吧？

　　话说到这份上，代满儿只好放手了。代满儿哪里知道，这一放手真的就是一辈子哩。

11

要说叶建国在这之前是陷进了赌博的泥潭的话，那么从这之后就是掉进了赌博的深渊里了，而且是万丈深渊。

叶建国再次赌博是从什么时候开始的，代满儿并不知道。叶建国的隐蔽工作做得相当到位，到代满儿知晓的时候，叶建国的普通大卡又已经顶给别人了，他换开了别人的电动三轮车。代满儿压抑了很久的性子暴发了出来，她和叶建国大干了一架。叶建国从家里跑了出来，半年没有回来。代满儿去找过他，他和代满儿捉迷藏。代满儿只好托人给他带信说，让他回来，不管什么事，两人都好商量，毕竟还是一家人哩。叶建国回来了，但回来的不是他一个人，还跟了七八个，都是要账的。有的是直接在赌桌输的赌债，有的是在赌桌外借的。代满儿打听到，借的这一部分还有亲戚的，甚至还有高利贷。代满儿是个很要强的女人，她给叶建国跪下了，求他看在孩子的分上，不要再赌了。但叶建国也给她跪下了，也求她说：再赌两回，把本翻回来，把账还了就收手。代满儿实在没法了，又求那些要赌债的人说：你们的账我还，我说话算话，只要你们莫再喊建国打牌，你们的账我加倍还！

代满儿说到做到，她借遍了亲戚朋友，还了叶建国的赌债，然后扑下身子，开始劳作。她在纸坊沟开始种地，种庄稼也种蔬菜，又养上了猪和鸡，还放了几只羊。那时候，孩子已经上小学了，每天一清早，代满儿将孩子送到小学后，就下了地，地里忙完赶紧回家喂猪喂鸡。她还做零工。搬砖挑瓦，上车下货，在太阳下暴晒，在风雨中吹淋。就为了一天挣几十块钱。

为了做活方便，她剪短头发，穿着男人的衣服，像男人一样流着大汗，喘着粗气，浑身沾满灰尘和泥土。甚至吃饭喝水，她也像男人一样，无所顾忌地大口大口吞咽，弄得已经有性别意识的儿子不止一次地问她：妈妈，你到底是男的还是女的啊？

代满儿的眼泪瞬间涌了出来。只有在那时，在儿子的面前，她才想起来自己是个女人，而且还是个没满三十岁的女人！

叶建国也偶尔回家，但每次回家都只有一件事，那就是要钱。

要了钱就又去赌。不到一年时间，他的电动三轮车也输了，换成了小四轮的拖拉机。拉不了煤了，只好就在县城周围拉拉沙子，送送砖。车越开越小，赌瘾却是越来越大，输得也是越来越多。后来终于将拖拉机也输进去了。他只好四处借钱，直到再也借不到一分钱了，只好又回过头来打家里的主意。家里其实也已经没啥钱了。代满儿打零工的钱积攒下来的不多。可叶建国不论多少都要。代满儿哪里肯给他。叶建国输急了，有时候就来硬的，代满儿不给，他就抢，凡是代满儿揣在身上的钱都被叶建国硬抢走了。代满儿就不敢把钱揣身上了，只好藏在家里。哪里都藏过，床铺里、米袋里、鞋窠中。可是哪里都藏不住！叶建国就像老鼠一样，似乎能够嗅到钱的气味，钱在哪里，他都能找得到。有一次，代满儿实在没办法了，将刚挣的几十块钱卷起来，塞到一只脏袜子里，将袜子塞进一只烂鞋里，又将鞋放在了厕所楼上。代满儿以为万无一失了，但叶建国回来还是找到了。叶建国还告诉她，以后不要把钱藏在臭袜子里，免得有气味。代满儿正挑了大粪去地里，听了叶建国的话，气得直翻白眼，拖了扁担就去砍他。叶建国一溜烟跑了，跑得比兔子还快。代满儿站在地头上，把叶建国的祖宗八代骂了个底朝天。

就在别人都认为叶建国不可救药的时候，代满儿也想到过和他离婚。但说实话，那时候的代满儿在内心深处对叶建国还始终没有放弃，她还抱有一线希望，想象着叶建国会在某一天改邪归正，远离赌博，重新回到她和孩子的身边。而且，她毕竟是个女人，强势的表面下面仍然隐藏着作为妻子的柔软。那柔软里面包裹着对叶建国的不忍和不舍，正是这种不忍和不舍支撑着代满儿，让她一边和叶建国对抗，一边又和叶建国生活。这种日子她过了五年，熬煎了五年，挣扎了五年。五年的每一个日夜，她都期盼这种日子早点结束。但这种日子真正结束的时候，她又满是失望和愤怒，因为结束这种日子的方式并不是她的希望和期盼。

12

儿子上五年级的时候，叶建国已经沦为职业赌徒。为了赌博，他几近疯狂。家里稍值一点钱的东西都被他变卖了，他甚至去偷拿了他妈给学生代收的报名款。他妈发现后不给他，他就以死相逼，说不给钱就去跳河。赌博让叶建国成了一个魔鬼，渐渐失去了人心和人性。钱借不到了，家里也再没有了，能卖的东西也卖完了，他就打起了祖宅的主意。他逼着父母将房屋分解给了他们姊妹，手续办完的第二天，他就将分到他名下的房屋抵押了出去。拿到的钱，他一分没留，都带到赌场上去了，弄得代满儿娘俩只好暂借居住。

也就在那年年底，年关时节，要账的人又一次围住了代满儿已经不是家的家。要账的人在代满儿家堵了三天，也看出来他们实在没钱，屋里也没有值钱的东西，就将代满儿喂的一头猪赶走了。那是代满儿将近一年的心血和汗水，准备过年时杀了，给孩子改善一下伙食，再卖点钱，给孩子积攒一点上学的费用的，这一切，眼看着都泡了汤。十分要强的代满儿再也忍不住自己的泪水，哭成了泪人。泪水冲毁了她仅存的一丝希望。那一刻，她绝望得想要去死。

又是二姐救了她。二姐将他们娘俩接到家去过年。二姐劝慰她：过不下去了就不和他过了，怕什么？死都不怕了还怕活？你手有一双脚有两个，还怕活不了命？当初是我撮合你们的，现在我又拆散你们，也不晓得我这到底是做的好事还是坏事！

二姐让代满儿娘俩儿先搬到她那里住，然后在县城里先找事做。代满儿想想也只能这样了，纸坊沟里房子没了，地种不下去了，猪也没法养了，家已经名存实亡了。如果不死，就只有到城里找活谋生。至于是不是和叶建国离婚，代满儿还是没有下定最后的决心。

代满儿一直认为，让她下定决心离婚的并不是叶建国。即使到了现在，她对叶建国的说法仍然是，他就是不该打牌赌博，其他方面都好。她好像并不责怪叶建国本人，她说都是赌博害了他，要是不赌博多好！她每次说这些话的时候，语气中都满是复杂的怅然和无奈的失落。

　　真正让代满儿下定决心和叶建国离婚的是叶建国的父母，这是代满儿亘古不变的认识。她对叶建国的父母充满了怨恨，直到现在。她认为叶建国赌博都是他父母惯的。她认为叶建国赌博的时候，就像个孩子，她在管教，但他的父母却一直在袒护，这怎么能改正错误呢？那一次，叶建国偷了他妈代收的报名款，并以跳河威胁，他妈最终妥协。代满儿就大有意见，认为不该再给叶建国赌博的钱，而是应该让他到拘留所去待几天。代满儿去理论，叶建国父母说：他都要跳河了，你不给钱，我们还能不给钱？代满儿说：不给他钱，看他会不会去跳河？父母骂她心狠毒，说自己的儿自己疼，不要她管！又说：叶建国为啥赌博？还不就是因为找了你这个没多少文化的女人，不然哪里会这样！以代满儿的性格，受了屈辱是会大闹一场的，但对方毕竟是自己的公婆，代满儿忍了自己的脾气，哭了一场。回来反省，回想自己和建国的婚姻，还是找了一些自己的毛病，也明白了建国父母对自己的不满意。但现在娃儿都这么大了，不为别的着想，为娃儿也得过下去啊。再说了，叶建国不赌博的时候，就是个好人，他们的日子过得也并不比别人差。一切都是赌博害的！如果赌博是个人，代满儿早就用菜刀将他碎尸万段无数回了。

　　代满儿并不想离婚。那一年过完了年，她又去找到叶建国的父母，一方面想要他们再管管叶建国，另一方面，儿子要上中学了，家里已经没了分文，她也希望爷爷奶奶给他们的孙子资助点费用。结果她碰了壁。叶建国他爹说：娃子大了，都成家了，我们做父母的已经尽到责任了，管不了！代满儿不服气地说：那你们还借给他钱赌博？他爹说：钱是我们自己的，我们想给谁就给谁，别人也是管不了的！代满儿气得只好不说了，提出来能不能给孙子每月资助百十块钱的费用，好让他安安心心上学。他爹也拒绝了。代满儿更不服气了，说老二老三的娃儿你们带着，养着，我的娃子给一点生活费也不行吗？他爹说：不给就是不给！我刚说了，我们自己的钱，想给谁就给谁，不要别人干涉。代满儿内心的火慢慢在燃烧，但她拼命忍着，质问他爹：你是不是觉得我的娃儿不是你们叶家的？如果你觉得不是你们叶家的，你今天就给我写个东西，说我的娃儿不是你们叶家的种。你写了，我保证再不来找你！他爹也火了，骂她是泼妇，要她滚出去，滚出叶家的门！

积压的怒火终于暴发！代满儿将努力学习和拼命模仿的矜持一脚蹬到了拦河坝下。她跳起来，破口大骂，历数叶家的罪状，涕泗横流，倾诉自己的委屈，足足闹了有两个时辰，才喊出两个字走了。走得义无反顾，像赴死的英雄一样。

13

代满儿喊出来的两个字就是"离婚"。那是她从心底里喊出来的，她再也忍受不了这种生活。喊出了这两个字后，她曾有过片刻的愣怔，似乎她还有点不相信那是她喊出来的两个字。或者，那一片刻，也许只是她对某一种回应的期待。片刻过去，天地寂静，人心寂然，代满儿抹净眼泪，大踏步而去。

其实代满儿当时走得有一些迟疑和凄然。这一点除了她自己知道外，她二姐也知道。当代满儿请人写好离婚起诉书的时候，二姐问她：你真的想好了？代满儿有点生气，说：你不是劝我离吗？二姐说：劝你离是宽你心的，真要离还是要好好考虑。二姐让她再等一段时间，看看叶家的反应再说。代满儿听了二姐的话，将离婚起诉书在怀里揣了一个多月。可是叶家没有任何反应。本家没有人来说话，也没请别人来说和，就连叶建国本人也不见个踪影。代满儿急了，横下一条心来，瞒着二姐把离婚起诉书交了。

第一次去调解，叶家提出了条件，要离婚可以，他家孙子不能带走，要留给叶家。代满儿说：要你们给百十块钱的生活费你们都不给，这会儿又要娃儿了？又觉得娃儿是你们叶家的了？在场的他爹气得眼睛鼓起像鸡蛋，脖颈子胀得有钵钵粗。代满儿觉得出了一口气。她没有料到，第二次调解她就要为她的话付出代价。第二次调解，叶家说，娃儿归男方，但女方必须支付十八岁以前的抚养费，而且必须一次到位。代满儿说：如果是这样，那还不如娃儿我养，你们给抚养费。叶家人冷笑，问她用什么抚养？自己连正式工作都没得一个！调解的人也对代满儿说：离婚是你提出的，你又没有抚养能力，娃儿不能跟你。代满儿说：我也是懂理的，我是娃儿的妈，拿抚养费是应该的，但一次拿出来那么多，我哪里有？叶家不答应，话也说得硬：不一次性拿出抚养费就不同意离婚！

事情搁置下来了。代满儿也不晓得怎么办了，去问二姐。二姐说，看来你这个婚一时还离不了，不如先找个事情做。代满儿立马就同意了，说先找事情做，挣点钱，不然没有钱，连个婚都离不了。姐妹俩在城里打听，最后在地税局找了个做饭的活。二姐说：离婚的事你先莫管了，好好把饭做好，娃儿你带着，离不离也就这样了。代满儿明白二姐的意思，就将离婚的事情放在了一边，专心致志地在地税局做起饭来。

叶建国是在一个早晨找到她的。那时候，代满儿已经忘了离婚那码事情，她认认真真做好每一顿饭，把厨房也收拾得干干净净，伙食上吃饭的地税干部都夸她能干，她似乎又慢慢地找到了以前的自我，只要有事做，快乐就比烦恼多。这就是代满儿，在劳动中，她把离婚的事情放下了，因此，叶建国那天早晨找到她时，她还有一些惊奇，有一些没有反应过来。她问他干啥？叶建国直截了当地说：你不是要离婚吗，我跟你离！

代满儿说：你爸妈不是不同意吗？

叶建国说：离婚是我们俩的事情，和他们没关系。

代满儿不晓得叶建国葫芦里卖的什么药，盯着叶建国问：你同意离婚？

叶建国说：我也不想拖累你了，你跟着我没法过日子，你莫怪我。

代满儿的眼圈红了，她说：我没得那么多抚养费给你的。

叶建国说：我晓得你没得钱，你多少给一点，意思一下就行。

代满儿说：娃儿跟了你，你就少打点牌，把娃儿招呼好。

叶建国说：牌我可以少打点，但娃儿不能跟着我，娃儿要跟他爷爷奶奶过，他们工资高。你莫操心，你要操心的是你个人。

叶建国说得诚恳又实在，让代满儿心里一阵酸跟着一阵涩。她拿出了地税局刚发给她的工资，又将积攒的一千多块钱也全部拿了出来，一分没留，都给了叶建国。

叶建国拿了钱，数也没数就揣进了怀里。代满儿请了半天假，二人去民政局签了字，领了离婚证书，一场婚姻就此结束。

代满儿回来给谁也没说，她照常在地税局食堂做了中午饭和下午饭。然后在黄昏，她鬼使神差地来到了她和叶建国第一次相识的地方。拐子楼早就没有了，不晓得是在哪一年推掉了。现在那里是一幢七层的高楼。台球案子也没有了。代满儿已经找不到以前摆放案子的地方了！一切都不是她记忆中的样子了。这是她青春和爱情开始的地方，但她却感觉自己仿佛来到了一个陌生的地方。代满儿感觉到了铺天盖地的悲伤和无助，她惶恐又茫然地站了半天，泪水汹涌，而她却一点也没感觉到……

14

离了婚的代满儿后来才知道，叶建国那天之所以同意离婚，不想再拖累她只是个说辞，主要原因是急着要钱去赌博。其实这是代满儿一开始就想到了的。她没有为此而情绪翻滚，只是在听说叶建国的父母知道他们办了离婚手续而气病了的事情后，代满儿的心里才涌出了一些说不出来的滋味。

离婚后，代满儿换了工作单位。还是做饭。单位是县上的信用联社，地方就是原先拐子楼的那个地方。现在是七层的高楼。代满儿去上班的时候，将那高楼房望了几眼，然后无奈地笑了。带她的人问她笑啥？代满儿说：啥都在变，人怎么会不变哩？带她的人看着她，有些莫名其妙。她就又说：我也变了，又变回来了，又成了光棍一个，变成了刚开始的时候了。带她的人晓得她刚离了婚，就安慰她说：重新开始，重新开始，你还年轻哩。代满儿说：我一九六八年属猴的。带她的人说：你六八年的？真的还年轻哩，我还以为你四十多岁了哩，其实还没满三十三岁，这还不年轻吗？带他的人用了一句很时髦也很诗意的话说：三十三岁的年纪，美好的人生才刚刚开始哩！

后来代满儿才晓得，带她的那个人就是信用联社的主任李喜凯。李喜凯找代满儿来单位做饭的时候，有人担心说她才刚离婚，要她来做饭好不好？李喜凯说：有啥子不好？刚离婚的人就做不了饭了吗？只要她勤快做得好，和刚离婚有个什么关系？离了婚的女人更应该有个工作才成，不然怎么活命？李主任的这几句话，让代满儿感动了。她本来就是个勤快人，又专心学手艺，一心想要把做饭的工作做好，这一做就做了十八年！

单位的食堂，又叫单位伙食，也有人叫伙食单位。说它大，它就大得不得了，因为没得哪个人不吃饭；说它小，又小得不得了，因为做饭的可以只是一个人。不要小看这一个人，这一个人决定着单位的伙食。所以啊，满儿啊，你的责任重大啊，你可是要给我把这个单位伙食弄好啊！这是李主任对代满儿的交代，可谓语重心长，听得代满儿就像要上战场打仗了似的紧张。代满儿问：怎么才能把单位伙食弄好呢？李主任说：第一，卫生！第二，准时！第三，质量！就这三条就中了，你中不中？

主任在河南当过兵，说话有点河南人的味道。代满儿赶紧也答了个"中"！

说起来容易做起来难哩。第一条卫生，代满儿下了苦功夫，每天把地面拖三次，所有的桌椅门窗同样擦拭三次，厨房厨具不用说，更是她的重点清洁对象。可以说她的卫生搞得谁也挑不出毛病来，代满儿把表示干净整洁的形容词想了个遍，也没想到个合适的词能形容她将厨房和饭堂卫生弄得那个好。可是，令代满儿苦恼的是，来吃饭的人总有一些不注意卫生的人，他们随地吐痰，乱丢垃圾，将剩饭剩菜弄得满地都是。代满儿抱怨了几回。有职工不服，说：你不就是个做饭的嘛，打扫卫生是你分内的事情，你还抱怨什么！代满儿一听，性子起来了没有忍住，对那人说：我是个做饭的，打扫卫生是我的分内之事，我也没有不做。我倒是要问问你，你是个国家职工，是不是不讲卫生乱扔垃圾是你们国家职工的分内之事？如果是，我屁也不放一个，甘愿打扫一百遍，如果不是你分内之事，对不起，你就不能在单位做！单位上只能做分内之事！要乱扔你回家去扔。代满儿的一串话，像鞭炮一样扔过去，把那人炸得哑口无言，面红耳赤地走了。从此来吃饭的人都注意了，还相互转告说，代满儿有洁癖，我们吃饭的卫生完全可以放心了。代满儿呢还真的养成了洁癖，啥时候都将所有的一切收拾得干干净净，一尘不染。

准时对代满儿个人来说，做起来也不难。一天三顿饭，她顿顿都能准时端上桌。但有一些人吃饭不准时。自己迟到了，怪不上代满儿，问题出在提前来的人身上。单位吃饭的人，最少的时候也有十几个。大家工作性质不同，下班的要求也就不同。营业部的面对的是顾客，必须按时间下班，推迟可以，提前不行。而有一些办公室，不直接面对顾客，就相对松散一些，常常有不太自觉的人提前溜到食堂来，要求先开饭。对这些要求，代满儿置之不理。后来提前来的就有人自己舀了饭，端到厨房来夹菜，甚至还在代满儿正在炒菜的锅里捞菜。代满儿忍了几回，实在忍不住了，性子又出来了，她扬起铲子将那捞菜的筷子敲到了地上。那人火了：不就是提前捞几口菜吃吗？有啥了不起，至于把我筷子都敲了？代满儿说：吃饭要准时，你提前了，营业部的还没下班，他们下班了吃啥？那人说：我饿了嘛，提前吃，也没多吃，你耍啥威风？代满儿也火了，飞起一脚，把地上的筷子给踢到墙拐角去了。那人被代满儿的行为吓住了，好几天不敢来吃饭。

不到一年时间，联社的人都知道了做饭的代满儿，说她爱干净，有洁癖，还说她敢管人，敢硬碰硬。大家没有讨厌她，反倒都喜欢上她了。喜欢她的卫生，喜欢她的个性，更喜欢她的可口的饭菜。可是有一天，她却甩手不干了！

15

事情还得从管伙食的老谭说起。老谭管伙食也有一些年头了，他日子过得细，会算账，也勤快，但爱摆点小谱。在社里，老谭年龄虽然不小，但职位不高，他摆谱没有对象，就只能在食堂给做饭的摆，一天指挥代满儿这样做，那样干。代满儿觉得没有啥，他咋说就咋干，他是管伙食的，当然也管她，她就是个伙夫嘛，管伙管伙，不就是管她？听他的指挥，代满儿认为是理所当然。代满儿把自己的位置摆得很正，两人相安无事。

矛盾是在社里来客后的接待上出现的。社里每次有接待都是自己办，食堂的人手肯定就不够了，要请临时的帮工。老谭行使自己的小权，每次请帮工都请的是他自己的姐。老谭他姐快六十岁了，眼花耳背，走路都直打晃晃。老谭安排她来帮工，明显就只是想让她来混几个零用钱。可这却害苦了代满儿了，活做不出来不说，还碍手碍脚。领导嫌代满儿活没有做好，代满儿就抱怨老谭他姐。代满儿性子急，有时候声就高了。老谭的姐仗着她弟弟是管伙食的，不但不服代满儿，还向弟弟老谭告状说，代满儿欺负人，每次指使她做这做那，没有好脸色，没有好言语。在这些话之后，又说了一些挑唆的话。为这事，代满儿也找老谭提说过，要老谭以后找帮工时找年轻一些的，不要找他姐。老谭说：那是我亲姐哩，我不找她还能去找别人？代满儿说：就因为是你姐，你才不能找，她做不了。老谭说：她咋做不了，她做了一辈子的饭，是老厨师了，给你做帮工是低用了她，你还有啥不满意的？代满儿性子上来了。她说：她都快六十岁了，耳朵不好，眼睛也不好，走路直颤，你叫她来帮工，她能帮什么工？你最明白，你还给我说是低用了她，要不她来做好了！

代满儿的话把老谭噎住了。老谭就记了气，这以后就处处找代满儿的碴，不时用言语敲打，内心里或许也有将代满儿弄走的想法，只是不好说出来。一来代满儿是主任找来的，二来社里的职工都喜欢上了代满儿的手艺。老谭用这些小伎俩来挤压代满儿。哪晓得代满儿的抗挤压能力还不弱，一副不和小人一般见识的模样。老谭心里很是恼火，后来，找了个机会，竟然将代满儿洗漱间的水管子给拔了。这件事把代满儿一下给惹火了。代满儿找到老谭问：干啥要把洗漱间的水管子拔了？老谭说：主任都没有专用洗漱间，你还用一个专用洗漱间，玩的什么谱？停了！代满儿说：那个洗漱间在我来之前就有，说明就是专门给做饭的人修建的，我怎么不配用？既然配了洗漱间就说明是工作需要，你拿主任来和我比较什么？我还配有菜刀砧板电饭锅，主任也没有，你也给我拿走？老谭理屈词穷，但摆谱的脸怎么放得下来，就指着代满儿喝道：你个满娃子，还满口都是你的理了啊？在这个地方，是我说了算，还是你说了算？代满儿说：今天这事不是你说了算，也不是我说了算，是道理说了算！老谭不屑地说：你有个什么道理？连你都是我说了算哩，你还要道理说了算。道理给了你钱了？给了你吃，给了你喝了？代满儿的火噌地上来了，她指着老谭骂道：道理都不算了你说了算？你以为是你给我了吃，给了我喝，给了我工钱啊？我是靠我勤劳的双手挣的！你连道理都不讲了，你的钱哪个敢挣？哪个又挣得到？是人都得讲道理，你还是人不？你老谭要是承认不是人了，我代满娃子就不给你讲道理，你要是承认你还是个人，你今天就非得给我讲道理，不然我们就到领导那里去说！老谭急了，说：你这个泼妇，哪个给你讲得清什么道理！你干就干，不干就滚！我就不相信，世界这么大，还找不到个做饭的了！代满儿也气闷地说：不干就不干，我也不相信，天下这么大，还找不到我代满娃子活命的地方了！

代满儿一把扯了围腰，扔到案板上，走了！

16

代满儿走了一个多月。信用联社的食堂又请了个做饭的，可是这个做饭的除了没脾气，哪方面也比不上代满儿。信用社的伙食快散了架，职工们都纷纷抗议，要求把代满儿赶快找回来，就连那些被代满儿骂过的，伤过脸的人也说：虽然那个女人脾气不太好，但饭菜还是没得话说，还只能让她来做。

社里派了人又去请她。代满儿提了条件，要回去继续做饭行，但必须把管伙的老谭换了，让别人管。社里答应了，同时还承诺说，以后有派遣工的政策了，给她争取办成派遣工。代满儿不懂什么是派遣工，社里的人说：是介于临时工和正式工之间的工种，比临时工好，但比正式工又差一点，不是系统的正式编制，但能享受很多和正式工一样的待遇。代满儿心里高兴，只要能有和正式工一样的待遇就行了，至于编制不编制的并不要紧。

代满儿当天就跟联社的人又回去做饭了。做了一个多月，老谭找到她说：满儿，我还是回来管伙食行不行？代满儿翻了他一眼，没有答话。老谭就主动认错说：以前都是我不对，小肚鸡肠，以后一定再不会和你作对了，好好配合，继续把伙食搞好。代满儿还是不理视他。临时代替老谭管伙食的云晓兰又来做她的工作，说：满儿，你看我天天除了买粮买菜外，还有单位上的业务，忙得不可开交，你也不可怜可怜我？老谭年龄大了，别的人又不适合，还是让他继续管伙食吧，他给你也保证了，给领导也保证了，你再不答应，是不是有点得理不饶人了？代满儿扑哧笑了，说：看来还得要讲道理啊，不讲道理寸步难行哩。老谭继续管伙食了，一直和代满儿配合到退休，再没有争执过，也再没有拌过一句嘴。老谭退休那天，恰逢老谭娶儿媳妇，代满儿也去喝了喜酒。酒席上，老谭专门给代满儿敬了一杯酒，啥也没说。代满儿明白，虽然不胜酒力，还是把那一杯酒喝了个底朝天，一滴不剩。

老谭退休的时候，信用联社早已经改名叫农商银行了。农商银行把以前的七层楼又推了，建了一幢高层的农商银行大厦。大厦竣工后，行里的新领导找到代满儿说：新大厦使用后，要将原先的集体用餐改为自助式用餐，单位后勤要推向社会，单位不再使用临时工了。代满儿说：我做了十八年还是临时工吗？行里新领导说：你的情况我们是了解的，你自己也应该是清楚的，那年本有派遣工政策的时候，我们本来是将你定为派遣工，但报到市上，市上没有批准，所以你就只能当临时工。

这事代满儿是记得的，因为那次她交了很多证件，又填了很多表，都交上去了，后来社里领导又当着她的面给上面打电话，上面说她年纪大了，都过四十五岁了，不能定为派遣工。电话里的话，代满儿都亲耳听到了，她不怪社里，也不怪上面，只是感慨自己的命不好，好政策总是赶不上。这次新大厦起了，里面的食堂代满儿也去悄悄看过，比原先的大好多，空调电视一应俱全。代满儿当时还在想，这么大的食堂，她要是打扫可得要费劲了。

现在看来，不用她操心了。她有一些惆怅，有一些黯然，她问行里领导：我咋办？行里领导说：你还没满五十五岁，在社保上还领不到退休金，行里一次性给你补两年的生活费用，你回家休息也行，自己另找工作也行。代满儿问：能补多少生活费？行里领导沉思了一下，试探着说：四万。这超出了代满儿的心理预期，她没有犹豫就答应了。

农商银行搬到新大厦办公的那一天，代满儿也去了。她还想着能帮一帮忙，可一切都是搬家公司在做，根本不用她插手。她站在新大厦下面，往上望，大厦好像一直通到天里面去了。代满儿有点头晕，拍了几张大楼高大上的照片。本来她还想把拍的照片发到朋友圈里去，就在最后要按确定的时候，她才忽然意识到，她和这新大厦，和农商银行已经毫无关系了。新大楼的开始，其实也是她那一段生活的结束。她将那些照片从手机中一一删除了。她想，一切还是从开始的时候开始吧，未来的生活还在等着她呢！

残阳如血，黄昏漫过马盘山，漫过西大桥，铺天盖地向代满儿压了过来……

龙洞河之恋

1

父亲摔下悬崖的时候，将满满的一桶漆留在了树上。

几天后，刘自强爬了一座山，找到父亲出事的地方，在悬崖边的那棵漆树上，刘自强看到了父亲挂在树腰上的那只漆桶。他战战兢兢地爬到树上，哆哆嗦嗦地将那桶漆提到了树下。他抱着那桶漆，眼泪止不住地吧嗒吧嗒滴了下来。

还不满十七岁的刘自强不能再上学了。父亲虽然大难不死，但腰直不起来了。刘自强只好从学堂回来，拿起了漆刀，挎上了父亲留下的漆桶，开始了走山割漆的生活。第一年，他收回的漆只有父亲每年的一半多一点，可是他的全身却都烂了个遍。每一次收漆回来，娘都要给他熬半锅枳树水洗澡。娘吸着气，泪水一次次地落进洗澡水里。娘劝他不要再去了，娘说：割漆那是大人的活，你毕竟还小，还没有成人哩。刘自强默不作声。第二天，天放亮的时候，不等娘起来，刘自强又悄悄地进了山。

那时候，住在龙洞河里，不靠割漆挣一点钱，哪里能活人呢？

只用了一年的时间，刘自强的身子便皮实了，他的皮肤不再害怕漆毒的浸染。他穿着专门用来割漆的衣服，打着裹腿，行走在高山密林之中，俨然是一个老漆匠了。可是有人却说他割漆的手艺差，不会留口子，不会走漆路，更不用说做漆了，纯粹是蛮干。说这话的人里就有大姐夫。

那时大姐夫还不是自强的姐夫，也只是一个割漆匠。大姐夫对年少的自强说：你跟着我割两年吧，我教你诀窍。自强扑通跪下了，要给大姐夫磕头。大姐夫抱起了他，说：我不当你的师父，你也不是我徒弟，我们就是兄弟，结伴走山也好有个照应。自强点了头，可是在心里，他还是将大姐夫当成了师父。他跟着大姐夫走山，学习大姐夫的刀法，掌握留口子和走漆路的窍门。大姐夫还教他识草药，辨方向。他心里敬着大姐夫，大姐夫也深深地喜爱上了这个不怕吃苦，舍得下力的勤快少年。

又一茬漆快收完了的时候，有一天，二人坐在高高的山梁上，大姐夫望着憨憨的刘自强说：兄弟，哥给你介绍个对象，你看咋样？像所有的山里少年一样，刘自强的脸腾地一下红了，刘自强说：我还小呢。大姐夫说：不小了，都满二十了，还小啥？刘自强兀自叹了口气，说了句内心话：我住在龙洞河里，家里条件又不好，哪个能看上啊？大姐夫说：你小伙子勤快，又实诚，是个不错的小伙子，不怕别人看不上。大姐夫给刘自强打了气，刘自强有了信心，就请大姐夫费心给他介绍一个。大姐夫说：不用费心，有现成的女娃娃，过几天冬闲了，我带你去瞧就是了。

2

大姐夫给刘自强介绍的对象是大姐夫的姨妹子。姨妹子住在下河口的张家坝上。去相亲那天，刘自强从龙洞河往下走的时候，心里一直在敲鼓：人家下河坝上的姑娘怎么会看上我呢？好几次，他停住了脚步，可是又怕辜负大姐夫的好意，只好鼓着劲往下走。

那是个好晴天啊！地里庄稼都收完了，勤快的农家已经开始耕地，他们甩着鞭子吆喝耕牛的声音从坡上传过来，清晰而又遥远。刘自强穿着一双新买的解放鞋，走在下河的路上，他一点也不知道，这条才修成的乡村泥巴公路将会带他走向什么样的未来。

大姐夫在快到坝上的路口迎接了他。大姐夫说：你咋走这么慢啊，我都等半天了。刘自强没法告诉大姐夫他内心的忐忑，只好歉意地笑了笑。

已经是冬天了，火炉屋烧了地炉子火。刘自强坐在地炉子边上，鼻尖上冒出了汗。他老老实实地回答着对面婆婆的问话。婆婆是抽烟的，刘自强就不停地给婆婆装烟，这是他唯一能缓解紧张情绪的方式。

后来他听见了轻轻的笑声，听见了不止一个姑娘叫婆婆，叫大姐夫。刘自强不敢抬头。他看见有好几双好看的花布鞋在火炉屋的地面上走动。他的心慌乱如山坡上蹦跳的麂子。

住了一夜。第二天，大姐夫送刘自强往回走。在路上，大姐夫问刘自强看中了哪一个，问了好几遍，刘自强答不出来。大姐夫有点生气，抱怨说：你娃子心还高哩，我三个姨妹子个赛个，你还一个都瞧不上啊？看把你二的。刘自强急了，说：大姐夫，你屈死我了，我哪是瞧不上啊，我一个也没有瞧清啊。

大姐夫看他脸憋得通红，忍不住笑了，说：专门叫你瞧对象呢，你咋一个也没瞧清啊？这可怎么弄？

大姐夫还在费脑筋呢，刘自强低声说：瞧上了一个。

大姐夫问：瞧上了一个？是哪个？

刘自强却又不答了。他在路边的石头上坐下来，脱了自己的解放鞋，抬起一只脚，说：我瞧上的是给我补袜子的那个。又提了鞋子说：看，还给我垫了鞋垫子。刘自强说：我瞧上的就是她，我要找就找她！

原来，刘自强虽然穿了一双新解放鞋，但袜子却是一双穿了底底的旧袜子，早晨起来后，他惊奇地发现，穿了底底的袜子补好了不说，光底的鞋里还垫上了一双崭新的绣花鞋垫。穿上袜子和鞋子的那一刻，刘自强内心里荡起了无比温暖的涟漪。他内心坚定地认为，给他补袜子垫鞋垫的人就是他未来的媳妇儿。

大姐夫很快打探清楚了，那天晚上给刘自强补袜子，还放鞋垫子的是三妹子冬玲。大姐夫说：我猜着就是她，只有她才心善心细，才会做这样的事。

可是冬玲却很坚决地拒绝了大姐夫给她提说的这门亲事。拒绝的理由有两条：一是不上龙洞河老扒——现在的人都往河外走，哪个还往山上去啊——这理由很充分。另一条理由是，刘自强憨实得很，家里条件也不行。这理由也很实在，明摆着的情况哩，不是硬要推脱的虚话。

大姐夫也没了辙，有些打退堂鼓的意思。可是刘自强犯了倔，对大姐夫说：认准了，就是三妹子冬玲，非她不娶！大姐夫说：那就看你的本事了。

刘自强有什么本事啊？他啥本事没有，就是个勤快，从那一个冬天到第二年的春天，他没了事就往冬玲家跑，去了就干活，啥活都干，活干完了，他就又往回赶。从张家坝到他龙洞河的家，来回近四十里地呢。跑了好多次后，有一次天晚了，冬玲的娘和婆婆硬是将他留下了。

晚上，娘和婆婆在灶屋里问他：你看上我家冬玲啥了啊？这么下力！

刘自强实话实说：给我补了破袜子，还给垫了新鞋垫子。

娘说：给你补了袜子，放了新鞋垫子并不是相中了你，是我女子心底善，怕你冻着，换了谁她都会是这样的。

刘自强说：我就喜欢她这样的，人好，心底善。

刘自强又说：我会一辈子对她好！

在煤油灯昏黄摇曳的灯光里，娘和婆婆都看见了刘自强眼里亮晶晶的泪花。婆媳俩没再说什么，但内心被年轻人的泪水融化了。

在冬玲她们待嫁的三姊妹里，冬玲是最漂亮的了，高鼻梁，大眼睛，高挑的身材，配一根又粗又长的黑辫子，吸引了不少的小伙子来相看，但是，最终都被婆婆和娘挡在了外面。

转眼间，又是一年过去了，冬玲的爹说了话。爹对冬玲说：石头要放到平处，鸡蛋要放到稳处。我看自强这小伙子还是不错，地方虽然山高了一些，但人是关键啊，选地不及选家，选家不及选人啊！

冬玲说：人也不活泼，憨实实的，也不晓得和我说个话。

爹说：人家一来，你就把笑藏起来了，活像人家欠了你几百万，人家哪敢和你说话啊？

不知为什么，冬玲扑哧一声笑了。在笑声中，她仿佛看见了自强那憨憨的脸。冬玲说：看来是我欠他的，哪里是他欠我的啊！

3

结婚的时候，冬玲没有要彩礼，也没有要爹娘的陪嫁。冬玲对娘说：别人都是往下河嫁，我是往老扒嫁，抬个陪嫁干啥呢？好看不好看。娘听出了冬玲话中的遗憾，心里生出了亏欠。娘将准备置办陪嫁的钱悄悄塞进了冬玲的包里，可是冬玲走的时候，又将那钱一分不少地放回到娘的箱子里了。冬玲走后，娘发现后拿着那钱哭了一场。

正日子那天，冬玲要自强一个人来接她。自强怕委屈了她，说什么也要包个拖拉机来，还要请锣鼓响器。冬玲很坚决地拒绝了。冬玲说：我嫁给你，就跟你走，多一个人来我也不走了。刘自强只好一个人来了。

是三九的天气。冬玲换了自强带来的新衣，告别了父母及亲人，跟着自强，像走亲戚一样，离开了她生活了二十一年的家，往积雪未化的龙洞河老扒走去。

风越来越冷，路越来越陡。公路走完了，又是小路。小路上有积雪，积雪在风中变成冻雪，坚硬而又光滑。冬玲累了，她站在龙洞河口的小路上，望着积雪的小路弯弯曲曲，一直通向山上。山上雪雾茫茫，一点也看不见家的影子。冬玲放声哭了起来。

她哭得伤心伤意，悲悲戚戚，让自强的心也酸楚怜惜起来。自强说：你莫哭了，你要是真不愿意嫁了，我就送你回去啊！

自强话刚落地，冬玲就扑过去，对着自强的胸口就是一阵拳头。冬玲说：你个刘自强啊，我都跟你走到这里了，不嫁你还要嫁谁啊？再说了，我不嫁你，还有哪个嫁你？你那么穷，又住在老扒里，我不嫁你，你还能找谁啊？你要打一辈子光棍哩。你个造孽的刘自强啊——！冬玲说着哭着，渐渐没力气了。

刘自强抱住了她，在她的耳边说：我会一辈子心疼你，一辈子对你好哩！

那一天，上坡的路是自强背着冬玲走的。冬玲伏在自强青春而又厚实的背上，怎么也忍不住自己的泪水，她就让这泪水流了一路。

婚后的生活甜蜜里更多的是苦涩，山高坡陡，风寒地瘠，除了辛苦的耕种，还有繁重的家务，尽管自强小心地呵护着冬玲，但不到一年的时间，冬玲当姑娘时细皮嫩肉的双手便变得粗糙起来。不久，孩子降生了，伴随着新生命到来的喜悦，一家人的生活也更艰难起来了。冬玲狠了心，要自强出去打工。

冬玲说：你出去打工挣两个钱，我在家带孩子，照顾老人做家务。

自强说：地怎么办？

冬玲说：地我种着。

自强又说：猪怎么办？

冬玲说：猪我养着。

自强还是不放心，他怕冬玲一个人在家太辛苦。自强说：我多跑几架山，多割几树漆，多挖一些草药吧，我不能让你一个人在家受苦。冬玲不答应，坚决要自强出去。

自强只好出去打了一年的工。一年后回来，自强见冬玲变得又黑又瘦，以前油光水滑的大辫子变成了两条干涩枯黄的牛尾巴，自强的心哆嗦着疼了，他说啥也不出去了。刚好，有人在龙洞河山垴的大森林里伐木，自强就去了。后来，又有人在山里边挖煤，自强也去了。只要是近跟前，哪里能挣钱自强就到哪里去，不管有多危险，也不管有多苦多累，他都不怕。自强一心希望冬玲过上好日子哩。

孩子慢慢大了，自强也在村上做了事情。那一年，上面要修公路，说是要将公路修到太阳坪的草甸上去。自强和冬玲商量，要将家从山上搬到公路边来。那时他们手上攒下了一万块钱，自强要建楼房，冬玲支持了他。

冬玲说：一万块钱我们买当紧的材料，劳力我们自己有，也可以换工。

自强也说：修公路我也包了一段活，也能挣一些钱。等到公路通了，我们的楼房也建起了，欠一点账我们慢慢还。

两个人找了公家，申请了地基，便准备动工。夫妻两个信心满满，对美好的未来充满了憧憬。

一切都很顺利，公路修上去了，他们的楼房在新修的公路边上，下了地基，砌了砖，一楼的楼面打了水泥。

所有的改变都是从那个初冬的十月开始的。

4

公路一直修到大草甸上去了，但是却没有通车，因为还有一座桥没有架。

乡上的干部和村上的干部一起找到了刘自强，他们要刘自强带个头，把那座桥修起来。刘自强没有答应。一是修桥的地方刘自强知道，是在左道河和龙洞河交汇的地方，那里水流湍急，地势险峻。另外，修桥的费用也实在太低，上面才给两万块钱。自强在心里默算了一下，如果能给三万块钱的话，多少还能挣几个钱，两万块钱，恐怕是工钱都难保。乡上又去找了别人，一个圈圈找下来，又回到了刘自强这里。乡上也是急了，桥修不了，车不能通，上面的责怪肯定少不了。乡上将费用加到了两万六。自强盘算了半晌，点了头。乡上要签合同。合同上说，一切安全责任自负。自强看到了这一条，他犹豫着和乡上干部说：这一条我有点担心，修那么大的桥，我哪里负得起安全责任啊！干部说：合同是这样签，哪里就会出安全事故呢？你们干细点，我们都希望不会出安全事故。自强想一想也是，只要自己小心，一般是不会出啥事的。自己走过山，伐过木，进过煤炭洞子，遇到过不少凶险，但都过来了。总不会这次有啥事吧？自强怀着十分侥幸的心理和乡上签下了合同。

自强带着工人进山去了。

也不知为什么，自强这一走，冬玲的心就没来由地发慌，她提猪食喂猪，到了猪圈发现猪食瓢没拿，她回屋拿猪食瓢，却又忘了喂猪的事，提了篮子准备下河洗衣服。晚上哩，觉也睡不安宁，净做凶险的梦。冬玲害怕了，她强烈地希望进山去找自强。她还没有动步哩，一伙人从龙洞河堖上急匆匆下来了。

冬玲，自强出事了！有人冲她叫嚷。

冬玲脑壳嗡了一下，只感觉全身的血都涌向了头部。她跌跌撞撞地跑到那伙人跟前，看见自强脸色青灰地躺在人们抬着的担架上。她问：自强，自强！你怎么了？自强用力睁开了眼，望着冬玲说：我的腿……

冬玲这才看见自强血肉模糊的左腿。冬玲只看了一眼，就昏厥过去了。

自强被送到了乡上卫生院。乡上卫生院的医生只看了一下，就让赶紧送八仙医院。自强连夜被送到了八仙医院。

冬玲忘记了自己是如何到达八仙医院的，她在医院手术室外冰凉的台阶上坐了一夜，那一夜，冬玲的泪水比龙洞河的河水还要多。

天亮的时候，自强被送出了手术室。冬玲握着自强的手，等候他醒过来。自强醒过来看见冬玲的第一句话就是疼。冬玲忍住了泪问他：是腿疼吗？自强闭着眼睛说：不是腿疼，全身都疼哩……冬玲要去找医生，可是自强抓着她的手，死死地不松开。

第二天，自强有一些明白了，是腿在疼，没日没夜地疼。打满了石膏的腿就像是捆了千万根的钢丝，钢丝越抽越紧，似乎要将他的腿捆成齑粉。自强抱着冬玲的手，可怜的目光让冬玲的心碎成了一块又一块。

三四天后，自强的小腿上起了泡，开始指头大，后来越来越大。医生也没有办法。冬玲去找了乡上干部，恰好交通局的领导也来了，决定往市医院转。那时去市上的岚镇公路正在修路，沿途都在施工，交通局领导安排两头接送，将刘自强送到了市上的医院。

可是一切都太晚了。

自强的腿因没有及时治疗，感染已至骨头，如果不截肢的话，将会危及性命。医生告诫，必须尽快手术，要家属尽早决断。

冬玲硬撑持着出了医生的办公室，瘫坐在医院的走道上。她不知道自己为什么有那么多的泪水，她的手下意识地放在了自己的腿上，她想象不出没有腿的情景会是什么样。自强啊自强，家里房子还没有起，爹娘多病在床，儿子才上初中，你还不到四十岁，没了腿怎么活？怎么活啊？！

在那个冰冷的走道上，冬玲站不起来了……如果可以，她多么希望用自己的腿去换取自强的腿啊！

一切都无可挽回，自强的腿要进行截肢手术。手术那天，大姐夫和其他几姊妹都来了，姊妹们抱在一起哭，大姐夫喝住了她们。大姐夫对冬玲说：三妹，以后这个家就靠你撑持了，你还有老有小，你可不能倒下了！

大姐夫的话让冬玲灵醒了过来，她忍住了泪，开始明白，她必须面对一切。

明白了反倒平静了。她开始着手安排后面的事情，她请大姐夫回去给她把家里的猪卖了，把鸡也卖了，自强的住院费用还差一大截，她要请大姐夫给帮忙筹借。她又请二姐夫两人在医院里帮几天忙，冬玲担心自己一个人招呼不过来。最后她要幺妹到龙洞河家里去住几天，儿子要上学，老人要经管。

冬玲把一切都安排妥当后，伏在自强病床边睡了一觉。她已经好多天没有合眼了啊。

5

刘自强从昏睡中醒过来的时候，第一时间，还没有感觉到自己大腿以下的空，他首先感觉到的是自己手中的空。多少天来，无论是疼痛中醒来，还是昏睡中醒来，他的手掌里总是握着冬玲的手，那手让他安稳，让他平静，让他的疼痛减缓，让他混乱的思绪慢慢理出了头绪。他想起了那一天，大家正在小心地撬拨炸松了的岩石，突然，一块巨大的石块飞速地从岩上滑落了下来，他的腿瞬间被石块吞没了，他只喊了一声，就什么也不知道了。仿佛一切都是在梦中，只有后来握着冬玲的手时，他才感觉到真实。现在手空了，自强的心一下子也空了，他惊慌失措，失声大叫：冬玲！冬玲！自强没有听到任何回应，他急了，努力地想要爬起来，可是身体像被什么困住了，怎么使劲也动弹不了。自强再次昏睡了过去。

又一次醒来的时候，他看见了冬玲的脸，冬玲的手也实实在在地握着他的手。这次自强感觉到了自己腿下的空。他悲痛地问冬玲：我的腿没了？冬玲忍住了泪水，紧紧握着他的手，努力轻松地说：不要紧，腿没了，还有我呢。自强偏过头去，将自己的头靠在了冬玲的臂弯里。自强说：你刚才到哪里去了？冬玲说：我哪里也没有去啊，一直就在你的身边。二姐和姐夫都在你身边呢。自强又看见了二姐和二姐夫。自强在心里想：刚才是在梦中吗？如果不是在梦中，冬玲真走了，我该怎么活啊？

醒过来的自强，一刻也离不开冬玲了。开始的几天，二姐夫和二姐帮着冬玲，后来，冬玲让他们都回去了。一是他们都各自有事，哪能长期耽误？另外，自强不要别人照护，只要冬玲伺候，冬玲呢也不放心别人，一切都是自己来做，心里才安稳停当。自强在市医院住了四十多天，冬玲寸步不离地守护了他四十多天。

这一天，医生说可以出院了，后期的养护和拄拐行走训练可以回家进行。冬玲便开始收拾东西，做出院的准备。

刘自强躺在病床上沉默不语。他在想对面病床上的那位紫阳病友的遭遇——这位骑摩托车摔断了腰椎的男人，在医院住了半个月后，招呼他的老婆便再也不见来了，后来听人说，那老婆出远门打工去了，说是打工，其实是跑了。刘自强想到自己，想到了冬玲。自己从受伤到截肢，冬玲照护了近两个月，也算是尽到了妻子的责任，现在伤是好了，但是腿没了，以后不但给不了冬玲好日子过，还会拖累她。现在，冬玲会怎么样呢？自强望着忙进忙出的冬玲，不敢再往下想了。

冬玲收拾得差不多了，就对刘自强说：我去办出院的手续啊。看自强目光有一些傻傻地盯着自己看，冬玲又对自强说：你好好的啊，我一会儿就回来了。自强眼巴巴地一直望着冬玲的背影消失在病房的门口。

冬玲办完出院手续，又想买点东西，就顺便到了街上。在医院待了四十多天，她几乎没有出过医院的大门，更不用说逛街了，她在街上东走走西看看，不知不觉两个小时就过去了。回来的时候，她又在医院的大门口打听去车站的出租车费，和司机讲了半天的价钱。

冬玲不知道，她出去的那两个多小时，病房里的刘自强已近乎绝望。

刘自强在冬玲离开病房的时候就开始计算时间，一个小时过去后，他就想冬玲应该回来了，可是不见冬玲回来；他在焦急中又等了四十多分钟，还是不见冬玲的踪影。自强的内心开始熬煎，一会儿他想，冬玲肯定是有什么事耽误了，可是很快又否定了自己的想法，会有什么事呢？办一个出院手续能要多长时间啊，难道她真的弃我而去了吗？随着时间的推移，自强的心开始绝望，他开始肯定冬玲是走了。以前他还在住院，她走是放不下心；现在出院了，他一时也死不了了，她也就可以抛下他这个拖累离开了。自强的心里没有恨，只有伤心和绝望，这种伤心和绝望抽空了他所有的力气，只剩下泪水默默地流。

自强，你怎么了？你怎么流眼泪了呢？是冬玲的声音在他耳边响起来了。刘自强赶紧睁开眼睛，真真切切地又看见了冬玲关切的面容，这个刚强的汉子，再也忍不住了，他抱住了冬玲的手，"呜呜啦啦"地哭出了声。他哭着对冬玲说：我以为你不会回来了啊！

冬玲也哭了。冬玲说：你个傻憨憨，我咋会甩下你一个人走啊？我嫁给你就是一辈子的事，咋会因为你落了难就离你而去呢，那我还是个人吗？

夫妻两人相拥着，在病房里痛痛快快地哭了一场。

6

自强和冬玲回到龙洞河后，除了面对自强的空裤管，他们还要面对那座未架起的桥和自家未建起的房子，家里还有多病的老人，学堂里还有读书的孩子。

冬玲和自强商量，先把家搬下来，住在公路边上，干啥都还是方便一些。自强答应了。

冬玲又说：那桥呢，还得建，你签了合同的，不能不讲信用。

自强说：我都成这样了，还咋建啊？冬玲说：我请人把你抬到工地上去。

不去！自强非常决绝而又粗暴地拒绝了冬玲。

冬玲的心在隐隐作痛，她知道自强的心理。自强的腿没了后，性格也发生了不小的变化，话少了，常常是半天不说一句话，也不愿意走亲戚串门了，一是不方便，更主要的是不愿见人。从市里回来时，路过冬玲在张家坝的娘家，冬玲一心想要在娘家歇上一歇，她好看看爹娘，让爹娘也看看遭罪的自强，可是自强坚决不准停车。自强说：看什么看啊，看得难受。冬玲只好依了他，让车径直走了。望着在寒风中渐渐远去的娘家的房屋，想着已经年老的爹娘，冬玲流下了眼泪。她在心里对爹娘说：爹娘啊，以后女儿要照顾自强，回来看你们的时间肯定会少了，你们要体谅我啊。

冬玲要自强继续建桥，最主要的还是希望他尽快恢复到像以前一样。腿没了，命还在，再苦再难，还得继续活下去哩，如果长期和世人隔绝，不与人交往，那活着和死了又有什么区别呢？这也是冬玲要搬到还没建起来的马路边的房子来住的一个主要原因——如果继续住在山上的老屋里，交通不便，人客稀少，自强不与人交往，性格又怎么能恢复呢？

冬玲在最短的时间里，首先将家从山上搬到了公路边，尽管房子还只是盖了一半，但冬玲有信心，只要自强不垮下去，以后还可以慢慢建。现在自强这个样，让冬玲是多么心焦啊。冬玲请了大姐夫来劝他，又请了周围的邻居来劝他。劝他也是陪他。每一次离开公路边的家，上坡干活时，只要在路上碰到了人，她都要很热情地邀请他们去马路边的屋里坐一坐，冬玲说：你们没事就去陪陪我们家自强吧，他一个人在家孤单啊。

桥毕竟还是要建的，因为签了合同哩。自强让自己最要好的伙计丁德强带人接着干，最终将高桥建好了。完工的那一天，德强诚恳地邀请自强去看一看，面对德强和工友们热切的目光，自强内心的自卑和怯弱开始消退，他坐上了德强开来的车，去了他出事的左道河口。在新建的桥面上，自强拄着双拐，在别人的搀扶下，竟然艰难地站了起来！那一刻，冬玲笑了，所有在场的人也都笑了。

生活还要继续。普通人的生活，艰辛总是多于诗意。自强虽然站了起来，但要开始行走，路还很长。冬玲比以前更加忙碌辛苦，每天一大早，她先要自己摸黑起床，生了火，洗了脸，开始做家务。

自强醒了，她要招呼着他起床，洗漱，去茅厕。冬天的时候，冬玲要提前将炉子的火生好，给自强在火炉边摆放好凳子，烧好水，放上吃的东西。天气暖和了，冬玲就专门买了把藤条椅摆放在大门边。冬玲将自强收拾好了，就扶他在藤条椅上坐了，冬玲说：你好好活着，你活着我们才是一个完整的家。

冬玲又喂了猪养了鸡，她还要到地里干活哩。地都在老屋上面的坡上，冬玲背了背篓往老屋走，她还得到老屋去经管一下两位老人的生活。她要老人也搬到公路边去住，老人死活不肯。老人说：屋里一个残废已经让你烦心了，再睡两个老人，不把你愁坏啊？冬玲晓得老人是怕拖累她。冬玲在心里感激老人，但老人的生活她也不能不管啊。她每天要去给老人安顿，安顿好了，才会下地去。她种了洋芋苞谷，点了黄豆萝卜，在坡垴上，她还撒了半坡的燕麦。别人种的庄稼她都要种，别人养的牲畜她也要养，她就是要让人们知道，自强的腿没了，不能给她好日子，但她要给自强好日子。家还是一样的家，家没有垮下来，生活就一定会慢慢地好起来。

可是儿子的发倔又让冬玲闹心起来。

自强出事时，儿子正上初中。儿子读书很用功，每次考试，在班上都是前几名，自强和冬玲一心希望儿子将来能走出龙洞河，到更大的地方去读书，去长见识。自强住院的时候，他们没有要儿子到医院去，一是交通不方便，二是担心耽误和影响了儿子上学。自强回来后，儿子第一次见到没了腿的爸爸时，愣怔住了，他捏着爸爸的空裤管，半天没有说话。自强怕他伤心，拉起儿子的手，想要安慰安慰他，可是他甩开了自强的手，转身跑出了屋。儿子在清冽的龙洞河边坐了半天。

春天，又一个新学期开始的时候，儿子悄悄和冬玲说，他不想上学了，他要帮家里干活挣钱。儿子知道爸爸治病欠了不少的债，妈妈也找过乡上干部，干部说，爸爸架桥和他们签了合同的，不能给爸爸负责医疗的费用。儿子看见了妈妈在悄悄地哭泣。

儿子还看见了妈妈的艰辛，他看见妈妈的背开始驼了，手开始变形了，有好几次，妈妈晚上洗脚时，坐在板凳上就睡着了。

　　儿子再也无法安心读书了。他把想法告诉冬玲，冬玲坚决不答应。儿子了解妈妈的脾气，也知道爸爸的性格。他不再说什么，开学时，给自强和冬玲留了一封信，拿了报名的钱，悄悄地离家出走了。儿子在信中没有说去哪里，只是要爸爸妈妈别操心，他挣了钱就会回来。

　　看了儿子的信，冬玲慌了，她四处打探，一个星期后，才得到准信，儿子去了新疆，到他大表姐那里去了。电话打回来，听到儿子的声音，冬玲本来有些恼怒的心一下子又融化掉了。本要骂儿子的话，一句也骂不出了。在电话里，她只是叮嘱，把一个母亲能想到的叮嘱的话都说完了。

　　冬天到来的时候，儿子回来了。那是个黄昏，冬玲在龙洞河里洗了衣服回来，她想赶在天黑前，将衣服晾了。

　　放下洗衣盆，伸直腰杆的时候，她看见一个人从公路上摇摇晃晃走过来了，冬玲问：这个客，你找谁啊？那个人叫了一声：妈！

　　冬玲惊得张大了嘴巴，拿在手上的衣服又掉进了盆里。儿子，这是她的儿子啊，怎么才走了还不到一年，她就认不出来了呢？

　　冬玲抱住了儿子。儿子整个瘦了一圈，眼眶凹进，头发蓬乱，一件老式的棉袄披在儿子的身上，让儿子显得更加瘦弱可怜。冬玲心里万般疼惜，紧紧抱着儿子，眼泪哗哗直淌。冬玲说：儿啊，你怎么变成这样了，你在外面受了什么样的苦啊？

　　一直待在火炉屋里的自强听到屋外的动静，他拄着双拐，慢慢把自己移到了大门边，自强在大门边望着在龙洞河边母子相见的一幕，泪水也无法遏制地淌了出来。

7

　　冬天过去，春天又不可阻挡地来到了龙洞河。河水慢慢变暖了，对面山坡上的野桃花再次盛开了。

　　刘自强在那把藤条椅上坐了五年。五年里，他慢慢学会了用拐杖行走，学会了做一些简单的家务。很多次，他坐在门口，望着静静流淌的龙洞河，他的心会升腾起像河水一样奔涌的情感。他深刻地体会到了冬玲对他的情意和发自内心的疼爱。他知道好多人不理解冬玲，认为冬玲太傻太实，三十大一点就守着他这个残废准备过一辈子。凭她的身材和长相，跑到外面去，找一个年轻健全的人有什么问题呢？现在这样的女人多得是哩，下河街上就有好几个，男人在外面受了伤，生活困难了，女人就抛夫弃子，另寻自己的幸福生活去了。他还听冬玲说过，有人在撺掇她呢，要她也跑了另嫁。冬玲对他开玩笑说：你要是个好人呢我还说不定，现在你成了这样子，我就忍不下心了。我跑了，你就活不成了，我就成了杀人犯了啊。

自强心里明白，冬玲给他说这些事，说这些话，都是要他不要乱想，不要担心。一开始，自强的确担心过冬玲会离他而去，而且不是一般担心，是很担心，因为冬玲的机会和条件都有哩。当年嫁给他的时候，冬玲就不是很情愿上龙洞河的老扒来的，现在自己成了残废一个，她就是名正言顺地要离婚，也算不得过分无理。这些因素的存在，让刘自强不能不担忧，不能不多想。人，哪个不愿意过轻松优裕的生活呢？但五年过去了，刘自强看到了冬玲的心，也更懂得了冬玲的心。冬玲的心啊，是世界上最最干净明澈的一颗心，比世界上任何宝物都要宝贵哩！

门前的公路早已通了车。自强听说，车可以一直开上太阳坪的大草甸上去哩，大草甸上的风景上了电视上了报纸，美得很哩。自强的心里有一些高兴，也有一些酸楚。他想起自己的腿丢在了这条公路的一座桥上，他感慨而又惆怅。他受伤后，乡上的干部给他解释过，因为有合同在先，乡上不能给他赔偿，只是出于人道主义给他补偿了几千块钱的医疗费用。他有一些想不通，因为当初签合同的时他就有疑义，但干部说，那时没有想到要出事，现在真出事了，还得按合同办事，不然签合同干啥啊？人无笼头纸笔拴啊！刘自强说不出理由来，只好把想不通的事埋进自己的心里。

也有人唆使他和冬玲到乡上和县上去闹，不解决他们的问题就不回来。但冬玲和自强一致地鄙视这种做法。他们相信政府和政策，也更相信自己不是无理取闹的人。他们希望依靠自己的力量和能力生活，而且要生活得更好。

儿子最终放弃了继续读书，再次跟着别人去了远方。冬玲在坡地上种的苞谷和坡坎上种的燕麦去年遭到了野猪的祸害，损失惨重。为了贴补家用，冬玲在春天到来的时候，多喂养了两头猪娃，她还想养两只母羊，说好给自强挤羊奶喝呢。可是自强坚决不许她养，自强担心冬玲累趴下了哩。

为了减轻冬玲的负担，自强慢慢学会了拄拐杖行走，做一些简单的家务。他学会了做饭，学会了剁猪草煮猪食，他还学会了腌菜和炒茶。他甚至还准备着学做针线活，他要给冬玲做一双鞋垫子。刘自强想起了第一次到冬玲家相亲时，冬玲给他垫的那双鞋垫子。冬玲的手真巧啊！鞋垫上绣的蝴蝶像要飞起来一样。

以前，冬玲每年都要给他做好几双鞋垫子，可是自从他没有腿以后，冬玲就再也没有做过一双鞋垫子了，她连自己的鞋垫子也不做了。冬玲说，她一做鞋垫子就会想起他的腿，就忍不住要伤心，要流泪，干脆就不做了。鞋垫子不做了，布鞋也不做了。冬玲将她做布鞋和鞋垫的好手艺放弃了。自强的心里有说不出来的怜惜，他望着吊在藤条椅下的空裤管，天真地想，要是什么时候腿又长出来了该多好啊！自强知道这是不可能的，他听人说，没腿了可以安个假肢，安上了假肢，如果好好锻炼，也能像真腿一样活动。自强悄悄打听了一下，假肢的价钱让他将念头藏进了心的深处。

春天快要过去的时候，有一天，乡上的一位干部悄悄跑来对自强说：明天县长要到大草甸上去，你把机会把握好，看能不能把你的情况给县长说一说。

自强心里升起了希望，他想尽一尽力，给冬玲尽量减轻一点负担，他太希望自己能帮冬玲一把了。

他没有把这个消息告诉冬玲，只是一清早的时候，要冬玲将他的藤条椅搬到了马路边上，他说他今天想在马路边上坐一坐。冬玲没有感到奇怪，她只是以为他在大门口坐得太久了，想换个地方而已。冬玲要自强把水杯的盖子盖好，并嘱咐说：路边上灰大，你别把灰都喝进了肚子里。

冬玲又到坡上的老屋去了。那里还有许多的活等着她干哩。自强独自一人坐在大门前的公路边上，揣着一颗紧张不安的心，望着公路的下端。他一直想喝水，杯子不停地被他端起来，又不停地被他放下——他不敢喝水，他担心水喝多了要上茅厕。他这样子，上一趟茅厕要半天，如果县长的车正好在他上茅厕的时候来了怎么办？自强很担心失去了这次难得的机会。他拼命地忍住不喝水，也不上茅厕，就坐在公路边上硬守着。

那位好心的乡上干部没有骗他，不到十点，几辆小车沿着龙洞河边的公路，从下面上来了，很快就到了刘自强的跟前，刘自强还没有来得及挥手，前面的车就在他的跟前停下了。

车门打开，一位个子不高、模样精干、两眼炯炯有神的干部模样的人率先走到了刘自强的面前。这位干部模样的人，主动握住了刘自强的手说：你叫刘自强？

刘自强下意识地点了头说：是。

干部模样的人说：你的事，我听乡上干部和交通局的干部都说了。你不要着急，我安排相关部门，先给你把假肢安装起来，再给你配一辆轮椅。生活上还有什么困难，回头乡上再给你按照相关的政策想办法。

刘自强激动地直点头。干部拉着自强的手又说：你一定要相信，党和国家的政策以后会越来越好的，你的生活也会越来越好，你一定要有信心。

激动的泪水在自强的眼眶里涌动，他看到那位干部又指着公路说：修建这条公路，你也做了贡献，不然我们今天到大草甸还上不去呢。

刘自强终于抹起了眼泪。

后来乡上的干部告诉刘自强，那位和他握手，给他说话的干部是县长哩，县长还托乡上干部给刘自强带了五百块钱。县长说，那是他个人的一点心意，让刘自强买一点营养品，补养补养身体。刘自强拿着那五百块钱，又一次掉下了眼泪。

很快，乡上安排了车，将自强送到了县上，自强在县上测量了腿脚的相关尺寸，又拿到了一辆崭新的轮椅。一个多月后，自强又一次到了县上，假肢厂的人来了，给他带来了做好的假肢，并给他装上了，认真做了调试，仔细讲使用的方法和注意的事项。自强都一一记在了心里。

从县上回来，冬玲到乡上去接了自强。自强从车上下来时，假肢从腿上取了放在一边，自强要冬玲拿下来。冬玲抱那假腿时，哆嗦了一下，惊悸和伤感交织在一起，涌遍全身。她的心不能想，一想泪水就会涌出来。冬玲拼命忍住，把那份伤痛化成为一声轻轻的叹息。

但在冬玲的内心深处，她还是十分高兴的，她想，自强终于有了假肢。她希望自强装上假肢后，能够尽快行走起来。

8

装上假肢后，能够做到自由行走，还要靠很长时间的调试和训练。刘自强在这段时间里吃尽了苦头。首先是假肢和大腿的断截处的磨合，需要很长时间，即使到了现在，他大腿被截断的地方还是常常被磨破。每天晚上，冬玲睡觉前的最后一项工作，就是给自强清洗断截处，给破了的地方涂上药膏，然后将棉絮撕展成薄薄的棉片，以备第二天早晨再装假肢的时候，垫隔在相连之处，以减轻坚硬的假肢对皮肉的磨损，十几年下来，光棉絮就用了好几百斤。其次，要让没有任何知觉感的冰冷僵硬的一截木头，听从自己大脑的指挥，不是想象中的那么容易。自强从学着迈步的那一天开始，不知摔了多少跟头，他的头上脸上胳膊上，经常是红一块紫一块青一块。自强恼恨过自己，曾坐在轮椅上一整天，一步也不想练习行走了。

冬玲宽慰他，鼓励他。冬玲说：你曾经说过，要让我过好日子，要一辈子对我好的。现在，你站起来，自己能行走了，就是我们的好日子，就是对我好了。

冬玲还说：政府给你花了这么多钱，装上假肢，你不走起来，对不对得起别人啊？

为了帮自强尽快学会自由行走，冬玲将猪又卖了，将土地低价转给了别人暂种。冬玲要全力以赴地让自强行走起来。冬玲拆了几件旧衣服，做了一个特制的带子，带子的一边攀绑在自强的腰上，一边挂在冬玲的肩背上，这样就可以减少自强的摔倒了。有一次，挂着自制的布带帮自强练习行走后的冬玲，气喘吁吁地握着布带对自强说：我这是兜孩子的大兜带呢，专门教你这样的大孩子学走路的。自强将自己的头靠在冬玲的肩上，望着冬玲已爬上不少皱纹的脸庞，悄悄在心里情不自禁地喊了冬玲一声"妈"。

经过大半年的训练，自强终于可以慢慢地摇摇晃晃地独立行走了。冬玲的心情比自强本人还要喜悦，她把自强能行走的消息，打电话告诉给了所有的亲戚朋友，又告诉了在外的儿子。儿子听到妈妈喜悦的声音，好长时间一句话也没有说，直到冬玲感觉异样，在电话里追问：儿子，你咋不说话啊？儿子才在遥远的远方低声说了一句：妈，我想你们了！

冬天不知不觉地来临了，龙洞河的水变得清澈而又明亮。山坡上新翻耕的土地散发出特有的芳香。山林疏朗起来，晴朗的夜晚，有时可以看见月亮挂在山脊那棵大树的树杈子上。没有月亮的时候，星星就来了，它们装点着龙洞河的天空，常常给还在夜晚劳作的冬玲照一点微亮。

冬玲又买了好几头猪喂上了，土地也收回自种了，乡上根据政策给自强办了低保，交通部门让冬玲负责保养门前的一段公路，每月给冬玲一千多块钱。冬玲还承包了别人的一小块茶园，春茶夏茶他们都没有浪费掉，一年下来，也算有了一笔不少的收入。这几年儿子也渐渐长大，每年也会挣一些钱回来，给他们这个家增添了更多的希望。

冬玲的喜悦一点一点地在增加，她充满希望地盘算着，等到明年再积攒一年钱，就可以再建房子了，因自强出事后，一直停建的房子实在不能再拖下去了。

临近过年的时候，儿子终于回来了。儿子这一年不但挣回来近一万块钱，而且还带回了恋爱的消息。冬玲和自强真是发自内心地高兴啊。他们全家商定，明年开春后就开始续建房子的第二层。已经长大的儿子说：房子建好了，我们就办一个农家乐。这几年大草甸的旅游在开发，来这里游玩的人会越来越多，农家乐肯定挣钱。儿子充满信心的话语让冬玲和自强似乎又年轻了起来，他们相握着手，彼此感觉到了对方激动的心跳。

房子的第二层不到三个月的时间就建起来了，三个人的内心都充满了兴奋和喜悦。儿子希望尽快将二楼和一楼都装修起来，为开办农家乐做好准备。但是积蓄花光了，又借了不少外债，三个人呢也累得筋疲力尽了。

面对儿子的想法，冬玲首先给予支持。她对自强说：你去乡上找找领导，看能不能贷点款，或者找点扶持政策。自强不愿意去。冬玲懂得他的心事，开导自强说：你又不是去给干部找麻烦，找为难，去问一问有啥丢脸的。乡上干部也不是不知道你的品行，这么多年我们都过来了，我们还能去找他们要救济？儿子也支持冬玲的意见。自强就去了乡上。

自强没有想到，国家的政策现在会变得这么好，乡上领导不但积极支持自强一家的想法，主动帮他们办理贷款，而且是贴息的。乡上领导说，要全力支持他们发家致富，脱贫奔小康。刘自强激动地回到家里，将大好的消息告诉给了儿子和冬玲，全家人高兴得一夜没有睡好。

贷款很快就下来了，而且更多的好消息和好政策也接踵而至，国家开始全面扶贫，帮助老少边穷的人脱贫致富。自强家也成了帮扶的对象，县上还专门安排了帮扶他们脱贫的部门。

第二年春天的时候，自强家的农家乐在龙洞河边开张了。

农家乐就以刘自强的名字为名，叫"自强农家乐"。

农家乐开张的那一天，一家人站在招牌下的大门口照了一张全家福。他们手拉着手，相拥着望着门前流淌的龙洞河，每个人的眼睛里都闪着泪花……

胡玉福

1

胡玉福出生的时候，她的表叔郑杰成正好在他们家串门。郑杰成当时虽然很年轻，但已是当地有名的歌师，不识字但是会唱书，算是白沙河的文化人。胡玉福她爹就请他给刚出生的女娃起个名字。那时新中国还没成立，还没有计划生育一说，生娃儿没有限制，而且人们的愿望是后人多多益善。郑杰成问胡玉福她爹打算生几个娃儿，胡玉福她爹说：那最少也得生四个嘛，两儿两女，儿女都有伴最好！郑杰成说：那好，那就叫"福禄寿喜"嘛。老大叫福儿，老二叫禄儿，老三老四分别叫寿儿和喜儿。四个生齐全了，你也就全乎了。于是乎，胡玉福有了名字叫福儿，他们这辈娃们是玉字辈，后来的大名就叫了胡玉福。

依照胡玉福爹的想法，老大生了，就赶快生老二。老二呢最好生个儿子，然后再接着生老三老四。可不晓得是什么原因，老大胡玉福出生后几年了，老婆肚子都没动静，一直到胡玉福八岁了，才生了第二胎。而且第二胎还是个女娃。她爹很是不悦。

但让她爹更不悦的还在后面。二女儿禄儿出生后，老婆的肚子就再也没有动静了。一直等了八年。她爹再也沉不住气了，就去找人推算。那时候新中国已经成立了。她爹找人推算是悄悄去的。找了两个算命的人，说法不一样。一个说：老大胡玉福属虎，而且是九月生的，属于是出山之虎，太厉害。还有个算命的说：是名字起得太大了，"福禄寿喜"都齐全了，这得多大的福分啊，一般的家庭受不起。两个算命的说法不一样，但破解之法都一样，要想再添儿女，除非让两个大的离开胡家。两个不行，有一个离开也行。否则，别想再有儿女。

胡玉福的爹回家想了两个晚上，最后决定让大女儿胡玉福赶快嫁人。爹托了人做媒，将胡玉福嫁给了鸭河口王家的幺儿子。

王家的幺儿子属猪，比胡玉福大四岁。两家见面的时候，王老幺心里就有一些惊疑。惊的是胡玉福的漂亮，大眼睛、白皮肤，还有苗条的身材，都让王老幺吃惊。疑的是因为王老幺不咋样，五短身材、皮肤黑、牙齿黑。家里条件也一般化，虽然土改时分了吴家地主的两间土墙房和几亩地，但毫无积蓄。他唯一的资本就是出身好，三代贫农。但即使是三代贫农，也还轮不到这么漂亮的姑娘来倒找他啊！因此王老幺心里有一些疑。但王老幺并不笨，他没有把他的疑说出来。而是满脸欢喜地答应了这门亲事。

相亲一个月后就结了婚。结婚时，因为心中有疑，王老幺就以为胡玉福的身体有什么问题。可是结婚后，王老幺并没有发现什么。胡玉福并不是他想象的那样，而是个正正经经的姑娘。王老幺对胡玉福的身体放了心，但心中的疑并没有解开。后来，王老幺最终还是知道了胡玉福嫁给他的原因了。从那以后，胡玉福的苦难就开始了。

事情是王老幺的印家老表说的。印家老表是王老幺大姨的儿子，也在白沙河住。夏天的时候，印家老表到鸭河口钓鱼，碰到了正在河边地里干活的王老幺，他们俩就在河坝边上聊了一会儿。分手的时候，印家老表说：幺老表，你命好大啊！王老幺问他为什么这么说，印家老表笑着说：你个属猪的找了个母老虎，母老虎还没把你吃掉，你说你命大不大？王老幺说：你这是迷信，新社会了，哪个还信这些？印家老表说：你不信就好，可是我们白沙河都晓得，我那个胡表嫂就是因为属虎，命太硬才被她爹急着嫁出来的，不然你老表哪里有那个艳福啊。印家老表说完，哈哈笑着走了。

印家老表一走，王老幺的心里就打起了小鼓。他活也不干了，拿了工具急匆匆地就回去了。

胡玉福那时候刚生了孩子，孩子才两个多月。王老幺回家的时候，胡玉福正抱着孩子在喂奶。王老幺不晓得为什么会有那么大的火气，他一把把孩子抢过来，扔在摇窝里，把胡玉福推到地上就打了一顿。边打边骂：你狗日的哄我！你狗日的哄我！

胡玉福被打蒙了。她从地上挣着爬起来，还没说话，王老幺将刚拿回来的薅锄又抓到手上了。胡玉福看不对头，赶紧不要命地跑了。

胡玉福以为王老幺癫了，她躲到苞谷地里不敢回来。但最终王老幺把她找回来了，更准确地说是娃儿的哭叫声把她唤回来的。王老幺抱着哭叫的娃儿喊她，要她赶紧回来给娃儿喂奶。王老幺说：娃儿都快饿瘪了！

躲在苞谷地里的胡玉福感觉到王老幺并不是癫了的样子，而且娃儿的确哭碎了胡玉福的心。胡玉福就从地里跑出来回屋了。

这是王老幺第一次打胡玉福。胡玉福后来也晓得了王老幺打她的原因。胡玉福说：婚姻事情都是我爹娘做的主，我也不晓得，要哄也是我爹娘哄的，我没有哄。王老幺似乎有一些愧疚，说：这都是迷信，现在是新社会了，哪个还信这些？再说了，你也没把我怎样，我这不是活得好好的嘛。

王老幺的话说得很实在，也很诚恳。胡玉福的气消了。夫妻呢，打打闹闹的很正常，被自己男人打，也不是让别人打了，还记个啥气呢？胡玉福很快就将这顿打忘记了。

胡玉福挨的第二顿打是那年冬天的一个晚上。那天老屋场的大伯伯杀了猪，王老幺去帮忙拉猪尾巴。下午的时候吃泡汤肉，喝了酒，回来后就把胡玉福打了。王老幺回来的时候，胡玉福其实已经睡下了。王老幺喊开门。冬天很冷哩，胡玉福披了棉袄从床上爬起来，冻得哆哆嗦嗦地跑去给王老幺开门。门一打开，王老幺就踢了胡玉福一脚。那一脚就把胡玉福踢滚了。胡玉福想爬起来，但王老幺摁住了她，骑在她的身上，打了她十几个耳刮子。胡玉福的脸当时就肿了。胡玉福脸上火辣辣的，但她没有感觉到疼。地上冷冰冰的，她也没感觉到冷。她挣也挣不动，最后只好长撅撅地躺在泥巴地上，一动不动的，好像死了一般。王老幺似乎很兴奋，就在地上强行要了她。

那一刻，胡玉福真的感觉自己要死了。

后来胡玉福是自己爬到床上去的。在床上，她暖了半天才缓过气来。这时她才感觉到了疼。她摸了自己的脸，感觉自己的脸肿得像是发面馍。胡玉福哭了起来。哭了一会儿，她又忍不住去看王老幺。王老幺躺在地上，睡得正香哩。胡玉福竟然还爬起来，悄悄给他盖了床被子。

挨了第二顿打以后，胡玉福就不记得后来再挨的打了。后来的打就多了，三天两头地打。打得最狠的一次，胡玉福在床上躺了三天半。三天半里胡玉福颗米没进，差一点饿死。她支撑着爬起来，去找王老幺的爹娘。王老幺的娘说：你男人打你，你给我们说啥子？再说了，他不打你，怎么镇得住你！你属虎，是出山虎。他是猪。他不放厉害一些，你不早就把他这个猪给吃了！又说：忍一忍吧，忍一忍就过去了。他心里有数，不会打坏你的。

胡玉福只好忍了。可是王老幺却越来越没有节制，有一次终于把她打坏了。

3

那是正月初几，胡玉福和王老幺的第二个娃儿已经半岁了，是个男娃儿，王老幺蛮心疼的。那天不晓得怎么回事，娃儿感冒了，哭得阵仗非常大。王老幺就不高兴了，骂胡玉福没有把娃儿带好。胡玉福也没理识他，给娃儿熬了一些柴胡水喝。才满半岁的娃儿还不太会自己喝水哩，有几次呛到了，王老幺就扇了胡玉福几巴掌。娃儿不舒服，胡玉福也急，挨了打，就嘀咕了几句。当时，有人喊王老幺去吃饭，王老幺也就走了。等到天黑的时候，王老幺回来了。这时的王老幺已经半醉了。他还记得他走的时候胡玉福嘀咕了几句。他就站在门口，一只脚踏在门槛上，酒气熏天地问胡玉福：我刚才走的时候，你嘀咕什么了？是不是在撅我？胡玉福一看王老幺那个样子，晓得又要挨打，就赶紧抱了娃儿，几步跑进睡房里去了。

胡玉福的逃跑似乎有一些激怒了王老幺，他疯狂地追过去，想要抓住胡玉福。可是没有抓住。不但没有抓住，自己反而摔了一个马趴。王老幺有一些恼火了，他骂了一句，爬起来时，胡玉福已经将睡房的门给闩上了。

这一下，王老幺怒火万丈。他飞起脚来，几脚就将睡房的门踢开了。他怒气冲冲地跨进睡房里，一把就将躲在床铺旮旯里瑟瑟发抖的胡玉福拖到了地上。他脚踢了，拳打了，似乎还不解气，又薅住胡玉福的头发，将头发绾在手上，把胡玉福的头扯着，往土墙上一连碰了十几下，把墙上的泥巴碰掉了一大层。胡玉福碰晕了过去。

胡玉福醒过来的时候，感觉自己动不了了。她浑身都疼，想爬到床上去，可是试了好几次都动弹不了，她只好在墙边上躺了一夜。

那一次，胡玉福的一条腿被打坏了。她的那条腿一直肿着不消。而且没日没夜地疼。胡玉福忍了一个多月后，实在忍不住了，只好拄着拐棍去找鸭河里的朱医生看。朱医生把胡玉福的那条腿一看，就吸了一口凉气，说：你这条腿肯定是骨头断了，很严重！又问是怎么弄的，胡玉福说是摔的。朱医生又仔细看了看，很是疑惑地说：我看不像是摔的，摔跤怎么会伤到这个位置呢？奇怪得很！胡玉福低下头就滴下眼泪来。

朱医生也没再多问，给胡玉福开了药，有喝的，也有敷的。朱医生说：要先把肿消下去，再来处理骨头的问题。现在最当紧是要好好养伤，千万不能让伤处再肿下去了。朱医生警告胡玉福说：再肿下去，就只有把腿锯掉了，那可不是开玩笑的。

朱医生很厉害，用了半年时间，把胡玉福的腿伤治好了。直到腿伤已经好了，胡玉福还是没弄明白她的腿是怎么伤的。她的记忆里都是她脑壳碰墙的疼痛感觉，墙面的泥巴哗哗啦啦地掉在地上，像是冬天的雪粒子，砸在冰冻的地面上一样。一想起这些，胡玉福的脑壳就条件反射一般开始闷痛。

胡玉福养伤的那一段时间，王老幺没有管她，他到外面当民工去了，半年以后才回来。相对来说，胡玉福养伤的那段日子是她最安宁的日子。王老幺一回来，平静的日子就又被打破了。

挨了无数次打以后，胡玉福开始学会逃跑。一开始她跑回白沙娘家，王老幺很快就找寻来了。他也没有硬来要胡玉福回去，他也赔礼道歉，还给胡玉福娘家干活。胡玉福不回去，他就赖着也不走。后来胡玉福的爹就赶胡玉福走。她爹说：嫁出门的女，泼出门的水，你老是待在娘屋里成什么样，回去好好过日子吧！

胡玉福只好回去。一路走一路哭，连树上的麻雀儿也被她哭伤心了。

后来，胡玉福不往娘家跑了。她晓得跑回娘家也是枉然。她往哪里跑呢？她往山上跑。有一回跑到山待了一天一夜，回来后，王老幺捉住她，将她在楼梯上绑了三天，也饿了三天。厕所都不让她去上。胡玉福只想把自己吊死算了，可是她的双手被紧紧地绑着，吊死也由不得她来吊。胡玉福真的是绝望了。

怎么办呢？还是逃吧！只要逃了，就再也不回来了。胡玉福心里有了逃跑的决心。

六月的一个阴雨天，胡玉福在屋里拣了几天才背回屋的洋芋，王老幺打了两天草鞋。天一直下着雨。是连阴雨。那天，中午还没到时，王老幺不打草鞋了，他要胡玉福给他做饭吃。胡玉福正在聚精会神地干活，没有听到王老幺的吩咐，就没有起身，继续干活。王老幺的火就起来了，他把打草鞋用的草鞋耙子对着胡玉福就摔过去了。还好，没有打中。王老幺就往胡玉福跟前去。胡玉福已是惊弓之鸟，早有准备，看到王老幺又要发作了，赶紧将装了一半洋芋的篮子往王老幺的身上扔了过去。趁着王老幺抵挡篮子的那一刻，胡玉福几步跨过大门，跑到门外的雨地里去了。

一开始，她并没有跑远，她在地坝坎边上站住了，她回过头来望。她看见王老幺扭曲着脸，手上举着一把板锄，怒吼着从大门里冲了出来。胡玉福不再犹豫了。她转过身，一下蹦进苞谷地里，一口气跑到了河边。她沿着河往上跑。虽然下了几天的雨，但河水还没有完全涨起来。在一处浅水湾，胡玉福过了河，端直往龙井沟里去了。胡玉福晓得，她的妹妹胡玉禄就在龙井沟里，下意识地，她去找她妹妹去了。

胡玉福这次一逃，如她所愿，再也没有回去。这一年，胡玉福二十八岁。

5

胡玉福的妹妹胡玉禄也是二十岁出嫁的。她嫁的婆家是龙井沟的蔡家。蔡家弟兄多，胡玉禄嫁的是老三。胡玉福逃到龙井沟的时候，胡玉禄刚添了第一个娃儿。那时候，他们还住在龙井沟垴上，也还没有分家。全家人都挤在三间土房子里生活。日子过得十分窘迫。胡玉福的到来，更是让蔡家捉襟见肘，连住的地方都是问题了。

头几天，胡玉福和妹妹以及妹妹的婆婆挤在一起，睡在火炉屋后面，妹夫带着娃儿和公公则睡在灶屋后面的铺上，另外几弟兄睡在堂屋里。住了几天，妹妹家不说什么，可胡玉福自己感觉到过意不去，觉得这不是长久之计。怎么办呢？胡玉福也不晓得。

这一天，胡玉福一早起来，漫无目的地在山垴上转悠。转到蔡家背后的山嘴下，她突然看见山嘴的岩罩下面有烟雾飘出，她也没多想，沿着狭窄的小路就向着烟雾走去。走到岩罩下面，一座简易的棚屋出现在眼前。棚屋的前面，一个人正坐在一个石头垒成的炉灶边烧火煮饭。

那人也看见了胡玉福。他望着胡玉福笑了一下，点了点头。胡玉福看他很友善，没有丝毫的恶意，就问：你住在这里？

那人还是点点头，答应了一声说：嗯，我住在这里。

他指了指头顶上的岩罩又说：这是我的堂屋。

然后又指了指身后的棚屋说：这是我的睡房。

胡玉福一时呆愣在了那里。

那人的腿脚有问题。他想站起来，可是试了几次也没成功。他有些难堪，又有一些难为情地对胡玉福说：你自己找地方坐吧，我起来不方便。

胡玉福没有坐，她去扶了那人，又帮那人拿来了碗筷。那人很感激地问她：你是从哪里来的？怎么一个人跑到这个沟垴上来了？

胡玉福说：我走亲戚，到妹妹家玩。

那人问：你妹妹是哪个？

胡玉福说：我妹妹姓胡，是这里蔡家的媳妇。

那人十分高兴地"哦"了一声，说：我们是亲戚啊，你妹妹是我三弟弟的媳妇儿。胡玉福还没答话，他又赞叹了一声，说：是个好媳妇！

胡玉福奇怪地问：你怎么一个人住在这里呢？

那人叹了口气，说：我腿脚有病，不方便。我不想和他们住在一起，拖累他们。又说：我现在还能动，还能勉强做一些活，自己能养活自己。你看，旁边的苞谷就是我种的，长得还不错吧？

苞谷确实长得不错，绿油油的，个头都不小，看着就是好庄稼。

胡玉福又一次呆愣住了。她问：你腿脚不方便，怎么种地呢？

那人说：我有拐杖。而且坐着也能种，再不行，躺着也能种。活人不能被尿憋死，我也不能让腿脚把我拖死！命是自己活的，只要有口气，啥都不怕！

那人的话让胡玉福彻底呆愣住了。她站在那个岩罩下面的棚屋前号啕大哭起来。

6

这以后的几天里，胡玉福几乎每天都到那个岩罩下面的棚屋里去。她也了解清楚了，住在棚屋里的是蔡家的老大，当过兵，从部队复员后不久，一条腿就出现了问题。开始受不住力，膝盖老是红肿着，后来，那腿就开始萎缩，同时另一条腿也出现了同样的情况。也找了不少的医生看过，但总是没办法根治，好一段时间，又复发了。一复发就疼痛难忍，无法行走。蔡老大要强得很，为了不拖累家里人，他悄悄在岩罩下搭了棚屋后，就从家里搬了出去，独自在岩罩下生活，任谁劝也不回来。胡玉福跑到龙井沟的时候，他已经在岩罩下的棚屋里独自过了三年了。

了解清楚了这一切后，有一次，胡玉福就问到了蔡老大的年龄。

胡玉福是当面问的蔡老大本人。胡玉福说：蔡大哥，你是哪一年的？

蔡老大撑着他自制的木头拐棍，坐在棚屋前的石头上说：要说年龄，我也是不小了，已经三十多了，属猪的！

听蔡老大说是属猪的，胡玉福的心哆嗦了一下。她以为自己听错了，就又追问了一句：属啥？

蔡老大说：属猪。他望了望胡玉福的脸，感觉到了胡玉福脸色的变化，就又自嘲地笑笑说：是不小了吧？都满三十二快三十三了，你以为我还年轻啊？唉，很快也就老了，不中用了。

胡玉福也叹了口气，说：你咋也属猪呢？又说：你怎么要属猪呢？

蔡老大呵呵笑起来，说：自己哪能决定自己的属相呢？哪能想属啥就属啥呢？那是由出生的年份决定的，由不得自己决定。

蔡老大的话胡玉福并没听进去，她还在自言自语地说：怎么不属别的，又是属猪呢？唉！

胡玉福的那一声叹息十分沮丧。

过后的几天里，胡玉福十分失落。虽然她还是每天都转到岩罩下的棚屋去和蔡老大说一说话，但情绪明显低落。蔡老大也看出来了。有一天就问她：胡妹，你这几天情绪不好，是有什么心事吗？是不是想家了？

胡玉福摇了摇头，说：没有想家，我没有家。

蔡老大说：胡妹怎么没有家？我听说你是嫁到鸭河口王家的，怎么是没有家呢？

胡玉福说：我跑出来了，那已经不是我的家了。

见蔡老大不解地望着她，胡玉福没有忍住，就将自己的情况简单地给蔡老大说了一下。

蔡老大看了胡玉福额头上的伤痕，又看了胡玉福手和胳膊上的累累伤痕，忍不住就骂了起来：这都下得了手，简直是畜生不如啊！

蔡老大又问胡玉福：王老幺为什么打你？

胡玉福说：不为什么，就是属相不合。

蔡老大问：什么属相不合？

胡玉福说：我属虎，是出山虎。他属猪，是虎口的食。

蔡老大奇怪地说：按属相，你应该比他厉害啊！为什么你还被他打？

胡玉福说：就是因为我属虎，比猪厉害，他怕我把他吃了，所以才打我，说把我打怕了，就把我这只出山虎给镇住了，就吃不了他那头猪了。

听了胡玉福的话，蔡老大连连叹气，说：迷信，迷信，真是太迷信了！这纯粹胡整嘛！哪里有这样的道理嘛！

胡玉福说：都说是迷信，他也说是迷信，可是要打我的时候还是照样打，不把我打背气就不住手。我是被打怕了，再也不敢回去了。

蔡老大说：胡妹啊，你不回去也有问题啊，你们毕竟是成了婚的夫妻，你是妻子，总不能长期待在别人家吧？

胡玉福说：我再回去肯定会被他打死啊！蔡大哥，你说我怎么办啊？

蔡老大说：如果你确实不想和他过了，就可以离婚。现在是新社会，婚姻自主，离婚自由！

胡玉福没有多犹豫就坚决地说：那我要离婚！

7

胡玉福虽然下定了决心要离婚，但怎么离婚她并不知道。她和王老幺结婚的时候也没办什么手续，都是她爹一手操办的，现在要离婚她也不晓得找谁。她问妹妹胡玉禄，胡玉禄给她出主意：当年是爹把你嫁给王家的，你还是回去找爹吧。胡玉福想了半天也没其他办法，只好回去找爹。

回娘屋的那天是妹妹胡玉禄陪着胡玉福去的，路上两姊妹也说到了离婚以后的事。妹妹问胡玉福离婚以后怎么过。胡玉福问：什么怎么过？

妹妹说：你住到哪里？总不能还住在我那里吧？

胡玉福说：我就住在娘屋里。

妹妹说：你不准备再找个人了？

胡玉福说：不找了。又说：再找一个王老幺那样的，我不是刚从火坑里爬出来，又跳进火坑里？

两姊妹并不知道，王老幺正在他们的娘屋里等候着的呢！

姊妹俩是一直上了娘家屋的地坝坎以后才看见王老幺的。

王老幺拿了一把椅子，坐在阶沿坎上，咧着嘴望着她们笑。那笑明显是硬挤出来的，别人看不出来，胡玉福看得出来。她看见王老幺的笑里面是让她发冷的寒气。胡玉福站在地坝坎边上，不敢往屋里走了。

胡玉禄说：还了得，在爹娘跟前他还敢打你了？走，莫怕！

胡玉福仍然惊惧着不敢朝前迈步。胡玉禄就大声喊起她们的爹娘：爹、妈，我们回来了！

屋里人都出来了。胡玉福这才在众人的护卫下进屋。

胡玉福在娘屋待了几天，提出了离婚的事。可是王老幺坚决不同意。王老幺说：你要离婚，除非是我死了！

她爹也不同意，并且说：你嫁给王家，娃儿都有了，生是王家的人，死是王家的鬼！说啥离婚的丑话？

胡玉福对爹说：你们不晓得他打我？

爹说：晓得，自己的男人打一下你有啥，忍一忍就过去了，哪里还要离婚了？

胡玉福无话可说了。可是她态度坚决，硬是不跟王老幺回去。

有一天，胡玉福她爹发出了最后通牒。他说：你再不回去，我就只有找人把你捆起来送回去了！那时候，你可莫怪当爹的无情！

胡玉福绝望了。她在娘屋里哭了半晚上。第二天，天一放亮，胡玉福就离开了娘屋。这一走，她就再也没有回过娘屋了。

8

胡玉福还是跑到了龙井沟的妹妹家。除了那里，她也没其他地方可去。

胡玉福对妹妹说：我在你这里再住一晚上，明天我就走。

胡玉禄问：你要往哪里走啊？

胡玉福说：晚上给你说。

晚上的时候，胡玉福从蔡家屋背后的岩罩下面回来了。胡玉福对胡玉禄说：妹妹，从明天开始，我到你们后面的岩屋里去住。

胡玉禄说：你也住岩屋？那还得给你搭个棚屋啊。

胡玉福说：不用搭，我和蔡老大住一起，他有个现成的棚屋。

胡玉禄大吃了一惊。她睁大着眼睛，望着姐姐，说：你要跟蔡老大住一起？

胡玉福点点头，说：嗯！跟他住一起。

胡玉禄还是不明白，说：他就一个烂窝，你怎么跟他住啊？你是啥意思啊？

胡玉福说：没啥意思，就是我以后跟他过日子，一起过！

胡玉禄终于有一些明白了，但她还是有些不相信。她再次望着她姐姐，问：你是说你嫁给他？蔡老大？

胡玉福说：就是，我不嫁给他，怎么跟他过啊？

胡玉禄终于完全明白了，她喊了起来：姐姐，你疯了啊！他是个跛子，都快瘫了，你跟他怎么过？

胡玉福说：他人好，不嫌弃我是出山虎。他瘫了我也不怕，我伺候他。我啥都能做！

胡玉禄看姐姐态度明确，主意已定，也不再说啥了，只是连连叹气。

当天晚上，蔡家人也都知道了胡玉福的想法。他们有猜疑，也有顾忌，但更多的还是高兴。无论怎么说，蔡老大都是个残疾，而且病情越来越严重，这时候还有人嫁给他，这不是上天降临的天大的好事吗？不是祖上有德，这样的好事哪里会轮得到他呢？

蔡家人一夜没睡，连夜就开始准备蔡老大的婚事。他们弟兄六个，个个都是好劳力。他们将蔡老大的棚屋又重新加固了，还另搭了一间灶屋。他们把棚屋好好收拾了一番，又从屋里抬了一架真正的床铺上去，安放在棚屋里，棚屋立马就有了一点家的样子了。

胡玉福和蔡老大在棚屋里结了婚。他们不知道，一场麻烦马上就要来了呢！

9

王老幺是胡玉福和蔡老大结婚三天后找到龙井沟里来的。他先到了蔡家老屋场。蔡家的几弟兄正在队上做活，屋里只有胡玉禄和她婆婆在家。王老幺走到地坝的时候，就朝那条对他狂吠不止的白狗踢了一脚，那一脚下足了力气，白狗惨叫着跑到屋里去了。

王老幺站在地坝里喊叫：屋里有人没得？来客人了，怎么也不晓得赶狗子啊！

胡玉禄在灶屋里刮洋芋皮做饭，听见喊叫声赶紧出来了。她站在堂屋里一看是王老幺，心里就咯噔了一下。她晓得来者不善，赶紧回转身，急急忙忙跑到后门上去喊婆婆。胡玉禄对婆婆说：快点去喊弟兄们回来，王老幺来了！

胡玉禄返回到堂屋的时候，王老幺已经站在了大门口。胡玉禄按压住心跳，赶紧招呼他说：哎呀，王姐夫来了，真是稀客啊！

王老幺说：啥稀客，你家狗差点都把我咬死了，也不见你们家有一个人出来迎我，还稀客！

胡玉禄说：我在灶屋里没听到嘛，如果听到是王姐夫来了，我还不赶紧出来？

王老幺淡笑了一声，说：哼！我才不相信呢！只怕是听见了是我的声音，还准备躲起来啊！

胡玉禄说：你看王姐夫说的，我这不是赶紧出来了吗？

王老幺又是淡笑了一声，说：哼！你出来了，你姐姐呢？我老婆胡玉福呢？

胡玉禄说：我姐姐？我姐姐不是跟你离婚了吗？你还找她做啥？

王老幺一脚蹬在了门槛上，骂了一句，说：放你妈的狗屁！我啥时候跟她离婚了？爹没同意，妈没同意，我更没同意，她离个啥婚？

胡玉禄被王老幺吓住了，战战兢兢地说：她说她离婚了，我也不晓得爹娘同意没同意。

王老幺说：好，你不晓得就好！你让她出来跟我回去！现在跟我回去了，啥事都好说，我既往不咎。如果不跟我回去，我就抄你们的家！

王老幺正在发威的时候，蔡家当家的从屋边上的横碥子路上回来了。他提着锄头，边往大门口走边说：是哪个啊？这么厉害啊，还准备抄我们的家啊？

王老幺回过头来，看见了蔡家当家的，笑了一下，说：是干爷啊，我来找我老婆啊。

蔡家当家的说：找老婆就找老婆嘛，干吗还要抄别人的家啊？

王老幺说：不是冲你说的，你莫见怪！

蔡家当家的说：这个大门里面做主的还是我，我怎么不见怪？

王老幺说：好！干爷还在做主，我就请干爷做个主！我打听到了，我老婆进了龙井沟，到了你们蔡家屋场里。我现在要接她回去，干爷能不能给我做这个主？

蔡家当家的将锄头杵到地上，望着王老幺说：你要我做主，你就得听我的吧？你不听我的，我怎么给你做主？

王老幺眼睛转了一下，说：只要干爷说得在理，我就听干爷的！说得不在理，哪个的我也不听！

蔡家当家的就说：那你现在就进屋先坐嘛！不管怎么说，你来了就是客，是客就进屋先坐，喝口茶，然后再说事。这个在不在理？

王老幺愣了一下，说：这个……在理！

王老幺就进了屋。蔡家当家的果然就吩咐胡玉禄泡了一杯茶来，端了给王老幺喝。又吩咐胡玉禄赶紧做饭吃，说王老幺很少进沟来，是稀客，要好好招待。他又爬到楼上去找旱叶子烟，把最好的芽脚干旱烟给王老幺找了好几片拿下来，让王老幺品尝。

王老幺有些急躁了，说：干爷！我不是来找烟抽的，我是来找我老婆的！

蔡家当家的说：你急什么嘛！你不是答应了听我的嘛，先把茶喝好，烟抽好了，再说事。

老幺只好耐着性子喝茶抽烟。挨了半个时辰，蔡家当家的才慢条斯理地问：你说你来找你的老婆，你老婆是哪个啊？

王老幺说：干爷啊，你不是明知故问嘛，我老婆是哪个你不晓得啊？

蔡家当家的抽了一口旱烟后，一本正经地说：不晓得！

王老幺说：干爷是在耍我吧？

蔡家当家的说：我真不晓得！

王老幺说：我老婆是你儿媳妇的姐姐胡玉福啊！

蔡家当家的将旱烟袋里的烟灰磕了磕，说：这个我晓得，胡玉福是你以前的老婆，不是你现在的老婆。你现在的老婆是哪个？

王老幺急了，说：我现在的老婆还是她啊！不是她是哪个？

蔡家当家的说：咦？你个年轻人，你还在干爷面前撒谎。胡玉福早就被你打跑了，跟你离婚了，哪里还是你老婆了？

王老幺从椅子上跳了起来，说：干爷，哪个说我跟胡玉福离婚了？她爹娘没同意，我没同意，她离的个啥子婚？

蔡家当家的说：你莫急，也莫闹！你们离婚的事肯定是不假的，因为这是胡玉福本人亲口说的，我们沟里人哪个都晓得。她如果不被你打跑，不被你打得离婚，怎么会嫁给我们家老大呢？她肯定是和你离婚了才嫁的嘛！

啥子啊？她又嫁人了啊？狗日的女人！她在哪里？我要打死她！王老幺在蔡家堂屋里疯了一样大喊大闹起来。

蔡家几弟兄都回来了。他们在堂屋把王老幺围着，让他闹。闹了一阵，王老幺闹累了，他望了望围着他的几个精壮壮大男人，也不敢有别的举动，只好自己下台阶，说：你们等着，我去找政府去！我就不相信，这样的事情就没人管了。

王老幺从龙井沟跑出来，真的去找政府去了。

10

那时的政府叫公社。公社就在鸭河口的园岭包上。离王老幺的家并不远。公社的主任姓刘。

刘主任也是白沙河的人。王老幺找到公社之前，刘主任就听说过他打老婆的事。那时候，这样的事是两口子的家事，没人找也就没人管。有时候找了也是劝说一下。两口子打架嘛，哪个说得清谁对谁错？

　　但那天王老幺来到公社，说的却不是打架的事。王老幺说，别人把他的老婆强占了。

　　这不是属于他们个人的家事了，也不是小事了。刘主任亲自接待了王老幺，问了情况。第二天一早，刘主任又派了人进龙井沟去。刘主任吩咐进龙井沟的人说，把蔡老大和胡玉福都带到公社来，他要亲自过问。

　　进龙井沟的人中午的时候回来了。一男一女跟在后面，一起进了刘主任的办公室。刘主任让刚从龙井沟回来的公社的那位干部先去休息一下，他说他先来问情况。

　　公社的那位干部离开后，刘主任就开始仔细打量进来的一男一女。女的长得很清秀，也很年轻。那男的就不对了，头发都白了，那苍老的样子给女的做爹还差不多，怎么还当丈夫呢？刘主任心里先有了几分不悦。他先问了那女的说：你叫啥名字？

　　那女的说：我叫胡玉福。

　　刘主任点了点头，说：哦，你就是胡玉福啊！

　　胡玉福低着头，答应了一声：嗯。

　　刘主任说：胡玉福，你是鸭河口王老幺的老婆吧？

　　胡玉福又点了一下头说：是。但紧接着，她又抬起头来说：以前是，现在不是了。

　　刘主任说：为什么以前是现在又不是了呢？

　　胡玉福说：以前我是嫁给了他，但现在我跟他离婚了，我不嫁给他了。

　　刘主任说：哦，我听明白了。那你现在给我说说，你以前是怎么嫁给他的，现在又是怎么离的婚，为啥又不嫁给他了？

　　胡玉福望了一眼刘主任，又望了一眼她旁边的男的，还没开口，就流起眼泪水来了。

　　站在胡玉福旁边的那个男人赶紧说：我来说吧，她的事情我都知道。

刘主任拦住了他，说：不要你说，让她自己说。

胡玉福还是哭个不停。刘主任就鼓励安慰她，说：你莫怕，有啥事你只管说，现在是新社会，什么事都能给你做主的。

刘主任又拿了一条毛巾给胡玉福，让她擦眼泪。胡玉福就住了哭，把自己的遭遇都说了出来。

刘主任听了半天没有说话。

胡玉福说完了，感觉也轻松些了。她望着刘主任说：我现在离婚了，自愿嫁给蔡老大，政府不会不许吧？

刘主任肯定地说：新社会婚姻自主自由，只要个人愿意，任何人都不能干涉。但是……刘主任望了胡玉福一眼，犹豫了一下又接着说，我建议你再嫁人时，还是要慎重考虑。

胡玉福点点头说：我慎重考虑了。

刘主任说：没有哪个强迫你吧？

胡玉福说：没有。跟随胡玉福一起来的那个男人也紧接着胡玉福的话说：没有，是她自愿的！她不自愿，我们哪能那样做？我们就是不懂政策，也懂不能害人的道理。

刘主任瞪了那人一眼，说：还没问你，哪个要你说话了？

刘主任似乎是很不高兴，接着又对和胡玉福一起来的那个人说：你不害人？你这么大年龄了，你还要她嫁给你，你这不是害人是什么？

那人一听就笑了，说：领导同志，你弄错了，她不是嫁给我。

刘主任说：不是嫁给你？

那人说：她是嫁给我们老大的，我是他爹。

刘主任没好气地说：既然嫁给你们老大的，你来干啥？你个当爹的，不怕人家笑话？

那人说：我家老大腿脚不方便，来不了，只好我代替他来了。蔡家当家的又原原本本将自己家的情况和胡玉福嫁给他家老大的情况给刘主任说了一通。

刘主任这才将情况完全听明白了。他对胡玉福和蔡家当家的说：既然是这样，那我就给你们做个主，给你们把这个事情处理了！

刘主任就让乡上的干部把王老幺也叫到了公社来，又喊来了其他相关的干部，三人当六面，不但让王老幺离了婚，还将王老幺教育了一顿，不许他再去找胡玉福的麻烦。又让胡玉福按照新政策补办了与蔡老大的结婚手续。刘主任还送给胡玉福一个洋瓷盆和一对毛巾作为礼物，让她和蔡老大好好生活，为社会做贡献。

胡玉福的这一离婚和再婚事件，在当地一时引起了轰动。成为老百姓茶余饭后议论的焦点话题，甚至刘主任错认了蔡家当家的为蔡老大的事情也传得家喻户晓，成为人们津津乐道的笑谈。

至此，胡玉福才算真正开始了她一生中的第二次婚姻生活。

11

胡玉福和蔡老大仍然住在龙井沟垴岩罩下的棚屋里。蔡老大他爹和其他弟兄也提说过要他们搬回老屋里来住。但他们没有同意。一来老屋里也确实再没有多余的房子供他们住，他们搬回来住，就意味着有人要搬出来，到别的地方去住。别处哪有地方？能住的地方还是只有他们岩罩下的棚屋，与其这样搬来搬去，还不如不搬。另外，胡玉福也坚决不同意。她认为只要蔡老大待她好，就是住在棚屋里，她也愿意，也欢喜。

婚后的幸福和甜蜜是短暂的，很快，胡玉福就体会到了生活的极端艰苦和不易。这些艰苦是伴随在日常生活中的，点点滴滴都是难。

首先是用水的困难。棚屋里没有水。以前蔡老大一个人用水，他的那些弟兄隔一段时间就给他送一桶水来，一桶水，他一个男人要用好几天。现在胡玉福来了，除了吃喝，洗洗刷刷的每天都要用不少水。水从哪里来呢？要从坡上下来，到半山腰的沟里去挑。来去就是将近四里地，又是上坡的山路，挑一担水，胡玉福得歇三次。一担水，两人省着用，也就用一天。还不能洗衣服，洗衣服得拿到沟底下去洗。

其次是吃喝。蔡老大就没有积存的多余的粮食，凭空一下子添了一张嘴，每天的饭食就不晓得怎么做出来了。队上随季节所分的粮食十分有限，就是几背苞谷几背洋芋。除了这，蔡老大还种了一点荞麦。靠这些粮食如何生活得下去呢？胡玉福真是要愁死了。

但是日子还得过啊。

她还要去队上劳动。所幸队上的人都待她好。他们都晓得蔡老大的腿脚不好，对于胡玉福的出工时间不格外计较。迟点到，早点走，大家都理解。可是蔡老大很要强，每次出工都要胡玉福莫要耽误时间。胡玉福自己也不好意思经常耽误。只要蔡老大腿脚不是特别疼痛，就坚持按时按点上工。劳动之余，她不是在沟头沟垴找野菜，就是在沟里捡干柴。胡玉福的勤快和对人的和善很快就赢得了队上人的好感。队上的人同情她的遭遇，时常悄悄周济她，不然胡玉福也不晓得日子怎么才能过下去。

在棚屋里过的第一个冬天，胡玉福真是终生难忘。雪还没下呢，棚屋里的冷就已经让人睡不着了。蔡家当家的带着蔡老大的其他几弟兄，抽时间将棚屋又敷了一层泥。那一层泥挡住了大风，可挡不住寒气。胡玉福只好又扛了好几捆苞谷秆围在棚屋的外面。晚上大风击打在苞谷秆子上，声音大得像是野猪来拱门来了。胡玉福除了冷还担惊受怕。后来蔡老大让爹把火药枪拿到棚屋里。蔡老大安慰胡玉福说：我当兵的时候可是神枪手，你莫怕，就是老虎来了，我一枪也会撂翻它。

有了枪，怕是不太怕了，可是冷还是照样冷。那种冷是刺骨锥心的。一床被子，两个人裹紧了身子，那些寒气照样能穿透他们。夜里最冷的时候他们常常会被冻醒。没办法，他们只好不睡，将柴火烧起来，胡玉福就是从那时候起，才晓得黑夜是有重量的，寒冷也是有重量的，它们的重量加在一起，足以让胡玉福窒息而亡。有很多次，就在胡玉福感觉到自己快要支撑不下去的时候，蔡老大都会很体贴地将自己从部队带回来的一件大衣包裹在胡玉福的身上，然后抱着她，将唯一的被子披在二人的背后。他们围烤着柴火，在寒夜里，坐待天亮。

日子就是这么一天天熬过来的。他们俩终于熬过了第一个寒冷的冬天。

春天来了，天气慢慢暖和起来，但紧随着的是春荒也铺天盖地来了，洋芋吃完了，苞谷也吃完了，最后留作种子的荞麦也吃完了，只好满山满岭地去找野菜。找野菜的人太多了，近处的都找光了，人们到更远的山林里去。能吃的找着吃，不能吃的也找着吃。已经有人吃了不能吃的野菜而中毒。也有一些乞丐进了龙井沟。他们带来消息说，外面已经有地方开始饿死人了。就在人们快绝望的时候，公社分配下来了返销粮。

胡玉福去背返销粮的时候，已经两天没吃东西了。走到向家坪的时候，胡玉福把背篓靠着歇气，向幺老汉遇见了她说：胡妹啊，你是不是有病了啊？脸色那么难看！

胡玉福连说话的力气都没有了，只是无力地摇了摇头。准备继续往上走时，哪里站得起来了呢？

向幺老汉说：这面坡你怕是背不上去啊？我帮你背上去吧！

胡玉福还是摇了摇头，拒绝了向幺老汉的好意。她咬着牙，硬站起来，慢慢往坡上走。

那天胡玉福最终没能走回棚屋的家，她在坡上晕倒了，滚了下来。所幸坡上都是熟地，她没有摔坏。

胡玉福是被向幺老汉喊人送回去的。向幺老汉看出了胡玉福的问题，一直就站在自己的地坝望着胡玉福爬坡。苞谷还没长起来，洋芋也才试花。胡玉福从坡上摔倒滚下来的时候，向幺老汉正把一袋烟抽完。他把旱烟袋往阶沿上一扔就往坡上跑。他跑到胡玉福身边的时候，胡玉福还紧紧地抓着背篓背带没有松手，她是怕背篓里的粮食口袋滚下坡了啊。

胡玉福那天是被蔡老大的哭声唤醒的。蔡老大拖着他的病腿，半卧半躺在棚屋的地上，抱着被人送回来的胡玉福号啕大哭。蔡老大撕心裂肺的哭声把昏迷的胡玉福唤醒了。胡玉福也哭了。她还从来没有听到过一个男人哭得如此伤心和绝望过，而且是为她而哭。后来，熬过春荒，吃上了第一顿饱饭的时候，胡玉福的耳边又回响起了蔡老大的这一次号哭。她含着眼泪想，只要能活下去，就要把蔡老大的腿治好！

其实，治好蔡老大的腿病，是胡玉福在蔡老大愿意娶她的时候就已经产生了的想法。她属虎，蔡老大属猪。她不希望她这只出山虎把他那头好心的猪给吃了。她希望把他的腿治好，他们要在一起好好活。可是，蔡老大的腿病却越来越严重了。

12

胡玉福听蔡老大说，他的腿病是在部队的时候就已经患上了。只是那时候还不明显，只要不拉练和急行军就没有啥，可是只要一拉练或者急行军，他的腿就开始疼。起初他还能忍受，后来就越来越忍受不了了。蔡老大说，他当不了兵了。为了不拖累战友和部队，他只好要求复员。回到龙井沟以后，因为这里不具备医疗条件，腿病就一直没有好好治疗，再加上还得不停劳动，也没有得到好好的休养，他的腿病就越来越严重了。胡玉福嫁给他的时候，他拄着拐棍，拖着病腿，还能到地里干活。可是半年后，他连行走都非常困难了，一动就疼得直冒汗。

胡玉福心急如焚。她不停地去请沟里的向小先生来看。向小先生是中医医生，来看了好多回，也给蔡老大开了不少的草药，有敷的有喝的，可是效果不明显。胡玉福又去沟外请夏医生来看。夏医生来了一回就不来了，说沟里的路太难走了。爬半天的坡，累得汗把衣服都打湿完了。夏医生说了药，让胡玉福自己去找药。有的在药铺里买得到，买不到的胡玉福就自己到坡上去找。伸筋草，红骨参，通草，金钗，胡玉福都去找过。有的草药胡玉福不熟悉，她找回来了就又拿到沟外去请夏医生辨别。为了找草药，胡玉福经常是大清早出门，有时半夜才回来。她做梦都在想，希望有一天，她找回来的草药，能够药到病除，让蔡老大的腿病很快就好起来。这样她该有多高兴啊。可是事与愿违，蔡老大的腿病始终没有好转。

又是一个冬季来临了，转眼间，胡玉福和蔡老大已经在一起生活两年了，生活的日益艰难已经让胡玉福有一些麻木了，而让胡玉福越来越煎熬的还是蔡老大的腿病。蔡老大已经不能站立了，即使是拄着拐棍坐起来，也坚持不到半个时辰。蔡老大整天在棚屋里呻吟，胡玉福几近崩溃和绝望。

胡玉福的崩溃和绝望更多的是来自于她对自身的恐惧，甚至怨恨。她觉得一切都是因为她。她这只出山虎本来就不该再嫁给蔡老大，甚至一开始嫁给王老幺就是个错误。她怨恨自己，以至于对自己感觉到恐惧。好多回，她跪在地上，祈求老天惩罚她，她对着天说，只要蔡老大好起来，哪怕让她死她都愿意。

她也想离开蔡老大。她对蔡老大说：我不想害你了，我还是走了算了。

胡玉福也真的走了一天，一大早走的，可是到半夜的时候她又回来了。她的人走了，心走不了啊。她的心片刻也没有离开过蔡老大，蔡老大要喝水怎么办？要吃饭怎么办？要上茅厕怎么办？摔倒了怎么办？火熄了，蔡老大冷怎么办？蔡老大不方便，烧火把棚屋引燃了怎么办？时时刻刻都是蔡老大怎么办。到了天黑的时候，胡玉福愈是焦虑，她脑海其他任何东西都没有了，都是蔡老大的影子：蔡老大滚到地上了，蔡老大被火烧了，蔡老大哭了……胡玉福实在受不了了，连夜又跑回了龙井沟。进沟后，胡玉福一口气爬到了沟垴的岩罩棚屋里。蔡老大一见她，就像个孩子似的哭了起来。蔡老大哭得伤心又委屈，说：你到哪里去了，一天都不见回来？我以为你不要我了呢！

胡玉福也忍不住哭了。她抱着蔡老大说：我以后哪里都不去了，就是死我们也死在一起吧。

胡玉福继续给蔡老大治病。她听说区上的医院有一个姓李的大夫医术高明，什么病都能治。胡玉福把猪崽卖了，鸡也卖了，她不顾蔡老大的反对，背着蔡老大出了龙井沟，到区上的医院找姓李的大夫去了。

13

从龙井沟到区上的医院有七十多里山路，胡玉福背着蔡老大走走歇歇，整整走了一天。到达区上的时候天早已黑了。胡玉福打听着找到医院，只看到在一排土墙屋的顶头上还有一点亮光。

胡玉福背着蔡老大就往那亮光处走。走近了才知道那是医院的一间病房。病房的人都以为是来了什么急症病人。问清楚情况后，他们又都大为惊讶和感动。病房的人都醒了。陪人也都纷纷起来了，他们给胡玉福和蔡老大做饭的做饭，腾床的腾床，把胡玉福和蔡老大感动得直流眼泪。

胡玉福第二天见到了李大夫。李大夫问了蔡老大的情况，又给蔡老大做了仔细的检查后，把胡玉福美美地训了一顿，说她送来得太迟了，早就应该送到医院来治，问胡玉福：为啥在现在才送来？

胡玉福老老实实地说：一开始都是请沟里和沟外的医生治，以为能治好，所以就没送过来。

李大夫说：唉，他这个病拖的时间太长了，你请那些草药医生怎么得行啊？

胡玉福望见李大夫有一些凝重的神态，心里恐慌得不行，说：我哪里晓得啊？一直到前几天我才听人说这里能治，我才赶紧将他背来了。

李大夫望着瘦小的胡玉福，说：你一个人把他背来的？

胡玉福点点头，说：是。又说：队上都在兴修水利学大寨，别人脱不开身。

李大夫由衷地说：你这个半边天蛮厉害啊！了不起！背着个男人走了那么远的路。

李大夫的称赞并没有让胡玉福高兴，她只是着急地问：蔡老大的病到底还能不能治好？当她听李大夫说能治好，但要做手术时，胡玉福才略微高兴了一些。但只高兴了片刻，胡玉福的脸又有一些苍白起来。李大夫看到了胡玉福脸色神态的变化，以为胡玉福担心，就安慰她说：只要将手术做了，手术过程中没有其他问题，就能治好。

听了李大夫的话，胡玉福似乎更沮丧了。

李大夫感觉到了，问：怎么了？你不相信我的话吗？

胡玉福望了李大夫一眼，忧心忡忡地问，您说的其他问题是啥子？

李大夫耐心地给胡玉福解释了手术治疗的风险和意外，以及病变的可能性等。李大夫一切都解释完了，胡玉福还在瞪着眼睛望着李大夫。胡玉福感觉这位李大夫和她见到过其他医生很有些不一样。这位李大夫对人和蔼可亲，就像是自己的家人一样让人信赖。胡玉福不再犹豫了，她很明确地问李大夫：我的属相不会害他吗？

李大夫一下子没有听懂胡玉福的话，或者是没有反应过来，他望着胡玉福，有些奇怪地问：什么属相？

胡玉福望着李大夫，小心谨慎地说：我属虎，他属猪。

李大夫仍然望着胡玉福，说：哦，怎么了？

胡玉福满是愧疚地低下了头，说：我是出山虎。

李大夫还是没有明白胡玉福所说话的意思，他望着胡玉福，等候着胡玉福后面的话。可是胡玉福不说话了，低着头抽泣起来。

李大夫说：你这是怎么了？为啥哭起来了呢？

胡玉福哭了一阵，才抬起头来对李大夫说：我的属相到底还是要克他！

李大夫终于明白了一些意思，哭笑不得地说：哪个说你要克他？做手术治病嘛，这和你的属相有什么关系？你这不是迷信胡扯嘛！

胡玉福不相信地望着李大夫，说：这不是迷信，大家都是这么说的。而且，我的确克他了，自从我跟他后，他的腿病就越来越严重了。

李大夫看胡玉福一时还转变不过来，知道这样的事情一时也难以解释得清楚，也就不解释了，叫胡玉福不要哭了。李大夫说：反正我们区上医院的医生都不相信这些，你好好照护病人，我保证给你把他的腿病治好！我是属羊的，看看是你这个虎厉害，还是我这只羊厉害。

李大夫给蔡老大做了手术。手术后，蔡老大在医院又住了两个多月。春天的时候，蔡老大已经能慢慢站起来走了。李大夫说蔡老大恢复得很好，就让他出了院。

出院的时候，李大夫对胡玉福说：你看看你这个出山虎把谁克住了？

胡玉福扶着蔡老大，不好意思地笑了。

李大夫又叮嘱他们夫妻俩说，暂时还不能太使力，好好养半年，半年后再慢慢参加劳动，我保证他又是一个好劳力。

胡玉福和蔡老大千恩万谢地离开了李大夫，高高兴兴地回家了。这一年是胡玉福嫁给蔡老大的第四个年头。

14

一年以后，蔡老大完全能够独自下地干活了。他恢复得很好，虽然还没有成为一个真正的好劳力，但一般的农活都能干了。胡玉福好多次从梦中笑醒了过来。她和蔡老大商量，再过几年，他们要在老屋场下面的坪里起房子，要起三间双挑的大房子！

他们要起房子的想法，家里人是支持的。那时候，胡玉福已经怀孕了。蔡老大他爹和蔡老大的兄弟们说：要起现在就起，还等啥子？我们不能让我们蔡家屋里的后人生在岩屋里啊。

说干就干，蔡老大选了址后，蔡老大他爹就带领蔡老大的兄弟开干，半年时间，他们的三间新土墙屋就在蔡家老屋场里盖起来了。搬家一个月后，胡玉福在新房子里生下了她和蔡老大的儿子。

很健康漂亮的一个娃儿，大鼻子大眼睛，灵醒得很，哭起来的声音，响亮得山那边都能听见。蔡老大高兴得很。蔡老大他爹也高兴，请人查了八字，说缺木，就起了个名字叫山林。胡玉福不懂这些，她隐隐担心的还是自己的属相对孩子有害。问了人说孩子属鼠，老鼠是属相里的最老大，老虎妨害不了他。胡玉福这才放了心。

时间过得真快啊，等到蔡老大真正又成为一个好劳力的时候，山林已经长到六岁了。娃儿越长越灵醒，爱笑，见了谁都笑，还很懂事。六岁的娃儿就晓得给父母分担家务。会喂鸡，会刮洋芋。来客人了还会招呼客人。山林就像个小大人，只要是能干的，不用吩咐就去干了。龙井沟的人都晓得蔡老大有一个很灵醒的娃儿，说起来都啧啧称赞，羡慕得不得了。

蔡老大当然也很高兴了，去做活的时候也喜欢带着儿子，有儿子跟着，再苦再累的活，他也不觉得苦，不觉得累了。

这一年，冬天又快来了。为了熬过寒冷的季节，冬天来临之前，龙井沟的人都会去阴弯垴上的煤炭洞子里去挖炭。阴弯的煤炭洞子是个老炭洞子，煤炭的质量好，耐烧，也不炸子，那炭洞也大，龙井沟的人年年都在这洞子里挖，把山都要挖空了。但不挖又怎么办呢？冬天总要过啊。

蔡老大去挖炭的时候都已经十月半了。头一天他去煤炭洞子里查看了一番，选中了开挖的地方。第二天他带着工具就去了。他还请了人放炮。因为洞子里挖出来的说是叫煤炭，其实都是石炭。石炭是比较硬的，不放炮是挖不下来的。蔡老大离家的时候，山林也跟着要去，蔡老大说：挖煤炭你就莫去了，里面黢黑，啥都看不到，你就在家给妈帮忙做饭。山林就答应了，他站在门口像个大人一样叮嘱他爹说：爹，你要过细点噢！

中午的时候，炮就放下来了。蔡老大带信说，炮来得好，他们中午要把放过炮的煤炭松一下，要胡玉福把饭送到阴弯里来，他们就在煤炭洞子里吃饭。

胡玉福给蔡老大他们送饭的时候，山林也跟着去了。山林说：妈妈，我跟你去，回来的时候，我提空碗回来，你就好背煤炭。山林说得很有道理啊，她送饭回来肯定是要顺便带一些煤炭回来的。胡玉福就答应了。

胡玉福和山林走到阴弯的煤炭洞的时候，蔡老大他们还没出洞。胡玉福将背的饭菜在洞口放下来，就进洞去叫蔡老大他们出来吃饭。山林说他也要进去。胡玉福说：里面黑漆麻乌的，你莫进来！山林说：我去看一下爹就出来！胡玉福也就答应了。她拉着山林的小手，慢慢适应着洞子里的黑，慢慢往洞子里面走。看见亮光的时候，山林喊了一声：爹——！爹似乎没有听到，山林就又喊了一声。有一束手电的光照过来，问：是山林啊？你咋进来了！山林高兴地说：我和妈给你们送饭来了！

有好几个人和蔡老大一起在干活呢。蔡老大让其他的几个人先出去吃饭。他说他把最后的几块炭松下来了就出来，一会儿再开工的时候就可以直接往外转运了。胡玉福带着几个人就出去了。

山林不走，说他要等他爹一起走。山林说：妈，你们先出去吃饭吧，我等我爹，我给爹搭伴，不然爹一个人在里面多害怕啊！

这是山林说给胡玉福的最后的话。

胡玉福和那几个先出来吃饭的人在洞口才将碗筷拿上手，还没盛上饭，煤炭洞子里面就塌了。一股风从洞子口喷出来，将胡玉福他们几个人一下子全都掀到洞口对面的坡上去了。

胡玉福迷糊了几天，然后就痴痴呆呆的了。蔡家怕她出事，让胡玉禄跟了她几天。有时候她认得胡玉禄，问胡玉禄，蔡老大和山林是不是在他们家玩？有时候她又不认得了，问胡玉禄是哪个？问胡玉禄认不认得蔡老大和山林。她说，山林是她的娃儿，大鼻子大眼睛，一说话就笑。如果胡玉禄说认得，她就会不停地追问：山林到哪里去了？你看见没有？怎么到现在还不回来？如果胡玉禄说不认得，她就会骂起胡玉禄来，说胡玉禄肯定是在哄她，把她的山林拐起走了，卖给别人了。她会一骂半天。完全不是她以前的模样和神态了。

那个冬天过去以后，她很少在屋里待了。她满沟跑，只要人能去的地方她都去了。她把龙井沟的卡卡缝缝旮旮旯旯都跑遍了。然后，她回来了，在屋里睡了几天，就不再说话了。

胡玉禄担心得很，央求蔡老大他爹和丈夫想个办法给胡玉福治一下。蔡老大他爹心里也很不忍，就让胡玉禄的丈夫去请来了医生。医生看了半天，给胡玉福也做了心理疏导，胡玉福终于开口说话了——她坐在屋门口骂了一天的人，也听不出来骂的是谁。

15

胡玉福基本恢复正常是两年以后了。她把老屋场的三间土墙房废弃了，又搬回到岩罩下的棚屋里住去了。她苍老了许多，也变得寡言少语。每天除了干活，听不见她说一句话。也不和人来往，连她的亲妹妹胡玉禄那里她也不去。她就独自一个人在那棚屋里生活。幸好土地已经下户了，她自种自吃，不和人来往也无所谓，照样还是能度日。只是日子的艰难，只有她自己晓得。

谁也不晓得胡玉福是怎么和那个长安人搭上伙的。长安人姓向，是个开拖拉机的。那一年的九月份，他开着拖拉机从长安跑上来收洋芋种，不晓得他听谁说，龙井沟的洋芋好，他就进龙井沟里来了。

那时候龙井沟里还没修公路哩，老向是走路进去的。在蔡家老屋场，他看见了胡玉福废弃的那三间土屋，就打听是谁的屋，他想借用几天，收洋芋种时好用作堆放之处。有人告诉他，那是蔡老大的房子。蔡老大不在了，在煤炭洞子里塌死了，现在只剩下一个女人，女人呢没住这里了，住回到岩罩下面的棚屋里去了。

老向问了路就到岩罩下的棚屋里去了。也不晓得老向是怎么给胡玉福说的，胡玉福把钥匙给了他。老向在那三间土屋里待了好几天，收了不少洋芋。

洋芋拉走后不久，老向又来了。这一回他说是来收葛根。他还是把蔡老大的那三间土墙屋借用了，当作堆放葛根的地方。这次他待得久一些，收了满满一屋的葛根。老向请了龙井沟的劳力给他将葛根背运到沟口上去。胡玉福也来了。龙井沟的人都以为胡玉福也是来给老向背葛根的哩。他们哪里晓得，胡玉福的背篓里装的是她自己的一些东西。胡玉福背着那一包东西，跟着老向出了沟，然后坐在老向的小四轮拖拉机上，一路就到长安去了。

到了长安，胡玉福才知道，老向带她来，并不是老向要和她一起生活。老向自己有老婆呢，娃儿都两个了。老向带胡玉福到长安来，是想让胡玉福做他哥哥的老婆。老向的哥哥和胡玉福一年的，都属虎，一直没有成家。老向到龙井沟收洋芋种的时候，知道了胡玉福的情况后，就有了想法。他第二次进沟收葛根的时候，把他的哥哥也带来了。老向让他的哥哥和胡玉福也见了面。见面的时候，老向没明说，只是问胡玉福愿不愿意跟他一起到长安去过日子。老向把长安好好吹嘘了一番，说长安这地方是有说法的，叫作"一长安，二太平"，长安是一等一的好地方，一色的水田坝子，一年的白米吃不完，哪像你们这里，只有苞谷洋芋，出门就是山，除了山就是崖，啥都要背。

老向的嘴巴是生意人的嘴巴，一番说下来，胡玉福就点了头。

但胡玉福一直以为是跟老向过日子。到了长安，她才明白，老向是要她跟他哥哥生活。

老向的哥哥不像老向那样能说会道，和老向是两样的人，话不多，只会做活，看起来有一些憨，有一把好力气。这样的人一般都有一些倔，这也是他一直成不了家的原因。胡玉福哪里晓得这些，她只看他干活是好的，人也憨憨的，就答应了。更重要的是胡玉福问了老向哥哥的属相。老向说，他的哥哥也是属虎的，两人一起过了，就会"虎虎生风"，"如虎添翼"，日子一定会红红火火。老向的话让无奈的胡玉福心里有了些许的慰藉。

老向的哥哥有现成的房子，是老祖业，离公路边不远。胡玉福跟他过日子的时候，睡房里有一扁桶白米，楼上还有满满两扁缸谷子。那一扁桶白米和那两扁缸谷子都让胡玉福吃惊。她长那么大还没看见过这么多的白米和谷子哩。胡玉福的心里安定了许多。

好日子总是过得很快，转眼间就过了年。年后的正月里，胡玉福和老向的哥哥发生了第一次冲突。也不知道是什么事，开始是争吵，争吵了几句，老向的哥哥就动了手，打了胡玉福两耳刮子，踢了一脚。第一耳刮子打在胡玉福的脸上，第二耳刮子打过来的时候，胡玉福把脸抱住了，耳刮子就打在了头上。胡玉福准备跑，就又挨了一脚。这一脚踢在胡玉福的背上。胡玉福一个趔趄，又稳住了。她转过身来，不跑了，反而向老向的哥哥冲了过去。很快他们就扭打在了一起，屋里一时鸡飞狗跳。

他们是被老向两口子拉开的。老向两口子费了大劲，累得气喘吁吁。老向的手指头还受了点轻伤。老向气呼呼地说：我把你们好不容易弄到一起，你们不好好过，还打捶，弄得我受伤。胡玉福和老向的哥哥分开在堂屋的两边，一个坐在地上，一个蹲在墙角，也都气呼呼地不说话。

有了第一次冲突，不久就又有了第二次，第三次，两个人的日子真是过得"虎虎生风"。只是这个风是"二虎相斗"生出来的，不是过日子过出来的。

老向的哥哥倔，老向劝说不了他，就劝说胡玉福。老向说：我的哥哥是个倔巴佬，你就让着她一些吧！

胡玉福说：每次都是他先动的手，凭啥子我要让着他？

老向说：你是女的。

胡玉福说：哪个说的女的就应该让男的打？又说：我是被打怕过的，我现在不怕了，哪个打我，我就要打他！

老向说：我看你以前在山里性子蛮善弱的嘛，怎么一到坝子里就变了？

胡玉福气愤愤地说：我不变咋办？我不变，一直弱，谁都欺负我。又说：反正现在你不惹我，我也不惹你，哪个要是惹我，我决不忍让了！

老向气得翻白眼，只好又去劝他自己的哥哥。劝不听，就吵。吵一通，自己生生气罢了。

16

老凌是偶然走进他们的生活里的。

老凌是贩菜油的。他自家开了个油坊，周围人家里要榨油，就把菜籽送到他油坊里去榨。给他手工费。没人榨油的时候，他就骑辆自行车到处去收菜籽，菜籽收来后，榨成油，然后再卖油。因此他是卖油的时候收菜籽，收菜籽的时候也卖。当然也可以直接用油把菜籽换回来，他从中赚取差价。老凌的差价赚得不多，也很辛苦，每天骑着自行车，驮着不轻的菜籽或者菜油，走乡串户地到处转悠。这一天，他转悠到了向家老屋场。

向家老屋场他来过好多回了，很熟悉，他知道老向的哥哥有菜籽要卖，就径直去了老向的哥哥家。在地坝里，老凌喊了一声，没人应，老凌就走到了大门口。大门开着，并没有锁，这说明屋里应该是有人的，老凌就又喊了一声，还是没有人应。一条狗从旁边的屋里跑出来了，见了老凌，没有吠叫，哼哼了两声，摇了几下尾巴，又掉头进屋了。老凌觉得有一些怪，跟在狗后面也进了屋。一进屋，老凌就看见了两个扭打在一起的人。

那两个扭打在一起的人当然就是胡玉福和老向的哥哥了——他们又打架了。那时候他们打架已经进入到一个更高的境界了，那就是无论怎么打，都不闹，都不出声。那天老凌进屋的时候，老向的哥哥正揪着胡玉福的头发，胡玉福呢也正抓着老向哥哥，两人都憋着劲，脸色都变了还互不松手，还都在那死命地较着劲，一声不吭地对峙着。那条狗大概正在为难，不晓得怎么办的时候，听到了老凌的声音，于是才赶紧出来将老凌引进了屋。

老凌赶紧劝架，让二人赶紧松手。二人哪里听他的，都不松手，仍然对峙着。老凌只好下手，先将老向的哥哥的手掰开。老向的哥哥一松开胡玉福的头发，就不要命地叫起来，原来胡玉福抓着他的下身呢。老凌只好赶紧去掰胡玉福的手，等到老凌把胡玉福的手掰开的时候，老向的哥哥已经疼得蹲在地上了。老向的哥哥就骂老凌，说他拉偏架，是帮女人整他。

老凌哭笑不得地说：男人和女人打架，我拉架的，肯定是要先拉男人啰。好男不跟女斗，你个男人家，和女人打什么架嘛！

老向的哥哥还是骂，说老凌不该帮胡玉福整他。老凌就火了，说：整了就整了，怎么着？你个男人打女人本来就不对，难道还要我帮着你打吗？你看她那么个瘦纤纤子，你也舍得下手？她经得起你打啊？再打就打坏了！

老向的哥哥说：打坏了也不要你管，她是我老婆！

老凌说：老婆更不能打，老婆不是用来打的，老婆是用来心疼的。你这个男人晓得个屎！

老凌也骂起来了。又警告老向的哥哥说：你再打她，我就给派出所说，让派出所把你铐起来！我给你说，打老婆也照样是犯法的！

老向的哥哥这才被吓着了，蹲在墙角不作声了。

那天老凌走的时候，胡玉福把家里的菜籽都卖给了他。老凌说：你不要菜油啊？

胡玉福说：不要菜油，只要钱！

老凌就将每斤菜籽给胡玉福多算了一毛钱。给钱的时候，老向的哥哥在屋里又骂起来说：你都卖成钱，一滴油都不换，你准备吃白锅子啊？

胡玉福没理视老向的叫骂，慢慢将老凌给的菜籽钱卷起来，然后很淡定地收进裤子荷包里去了。

看了胡玉福收钱全过程，老凌暗地笑了一下，然后推着车轻松地离开了向家老屋场。

自从那次老凌劝架后，胡玉福渐渐不和老向的哥哥打架了。不是老向的哥哥不打她，而是她不和老向的哥哥打了。老向的哥哥一打她，她就跑。实在跑不脱了，才打一架。最后一次是胡玉福安安静静地让老向的哥哥打了一顿。胡玉福也不跑，也不还手，她抱着头，蜷曲着身体，让老向的哥哥随意打。老向的哥哥停手了，胡玉福从地上爬起来，问老向的哥哥还打不打？打够了没有？

胡玉福今天不跑也不还手的表现，减少了老向的哥哥打人的兴头，现在胡玉福如此一问，他更觉无味了。他挥手让胡玉福滚出去。

胡玉福说：我问你还打不打？你打够了，不打了，我就走了。

胡玉福提起早就收拾好了的包包，头也不回地出了门，离开向家老屋场，直奔到老凌家里去了。

17

老凌是属猴的，比胡玉福小好几岁呢。虽然老凌比胡玉福小，但也是四十多岁了。他为什么没有成家呢？老凌也没有隐瞒胡玉福，他告诉胡玉福说，他坐过牢，而且犯的是强奸罪。

老凌告诉她，他还是有一些冤屈在里面的，他是被人引诱的。因为他不想和那个女的结婚，就被那个女的父母告了。那个女的叔叔是公社的人，根本不听他的辩解，派了人把他一绳子就捆到公社去了。老凌说，他那时候还是民办老师呢。来捆他的时候，他正在给学生上课，学生娃儿吓得一路哭着都跑了。

胡玉福问：然后你就坐法院去了？

老凌说：在公社关了几天，挨了几天狠打，仍是逼着他和那女的结婚，他还是不答应。公社就把他送到法院去了。

胡玉福说：你为什么不和她结婚啊？

老凌说：结不得，那女的和公社书记好着的，都怀娃儿了。

我怎么能背这个黑锅啊。又说：而且那女的还有狐臭。

老凌给胡玉福讲这些事情的时候，他们还没到一起。胡玉福也不晓得老凌说的是真是假，胡玉福也不刨根问底了，她觉得老凌这个人吧对人还好，特别是对女人好。有这一样好就行了，即使他坐过牢，但他现在改过自新就行了。胡玉福决心跟他过。

胡玉福跟老向的哥哥一起过的时候，没办任何手续。跑到老凌家里以后，老凌第二天就带她去办结婚证。到了乡上，才晓得胡玉福的户口都没转下来，还在老家。老凌又去办她的户口，顺便还去了胡玉福的娘家一趟，认了岳父岳母。胡玉福她爹已经老得动不了了。他已经忘了他的大女儿。老凌说到胡玉福的事，老汉一脸茫然，竟然睡着了。

胡玉福和老凌一起生活后，向家来找过一回麻烦。是老向来的，老向的哥哥并没有来。老向说老凌是旧病重犯，他要去法院告老凌，要让老凌再次入狱，把牢底坐穿。

老凌笑笑地对老向说：你莫吓我，我是坐过牢的，已经不怕了。而且请你看看这个！老凌拿出了他和胡玉福的结婚证，在老向面前展开。又接着说：这是党和国家给我颁发的结婚证书，我和老胡现在是属法律保护的，我怕你告啥子？

老向瞅了一眼老凌手上的结婚证书，故作不屑地说：你这算啥子？她和我哥哥是事实婚姻在先，哪个不晓得？我好不容易把她从山里弄下来，和我哥哥在一起生活都好几年了，你说结婚就结婚了，有这么便宜的事啊？

老凌说：好，好，好！我感谢你把她从山里带到这里来了，给你十斤菜油行了吧！

老凌真的提了十斤菜油出来，给了老向，将老向打发走了。老向提了菜油走到老凌家门前的田埂上的时候，回转身来，心仍不甘地说：老凌，你这个强奸犯，不是我咒你，你狗改不了吃屎，以后还是要坐牢的！

老向的话，胡玉福也听到了。胡玉福没有想到，老向的话真的是一语中的，五年后，老凌真的又进牢房里去了。

　　老凌犯的事仍然是强奸。他到张店上面去贩卖菜油的时候，遇到了一个才从正阳上面嫁下来的新媳妇。老凌突然她被迷住了。连着几天，老凌都不到别处去卖菜油了。他骑着他才买不久的嘉陵摩托车，就在张店一带转悠。出事的那一天，那新媳妇一个人到长安镇上去，准备买一些东西。老凌就骑着嘉陵摩托跟上去了。老凌对那新媳妇说，他刚好也要去镇上，让新媳妇坐他的嘉陵一起去。一开始，新媳妇并没有上老凌的车，老凌跟随在她的身后走了一截，也说了不少套近乎的话。本来并不熟悉老凌的新媳妇很快就被他说熟悉了。新媳妇就放下了顾虑和矜持，坐到了老凌的嘉陵摩托后座上了。去的时候，老凌很规矩，连挑逗的话都没说一句，径直就将新媳妇送到镇上了。

　　老凌是在那媳妇从镇上返回的时候犯的事。那媳妇返回的时候，又碰到了老凌。这一次上老凌的车，那媳妇没有做过多的犹豫。她买了不少东西，老凌让她把东西挂在摩托车前面。然后他拉着那媳妇和她买的东西，径直把嘉陵摩托骑进了东沟里。

　　老凌是在东沟里的一块苞谷地里实施的犯罪行为。据说那媳妇也没怎么反抗，因为那苞谷地里的苞谷一棵也没损坏。她也没喊叫。苞谷地边上就有一户人家，那户人家有一位老人和一个小孩当时就在地坝里。老凌抱着那媳妇进苞谷地里的时候，那小孩似乎还看见了他们。小孩对老人说：爷爷，有人进咱们苞谷地里了。爷爷的视力不太好，他站到地坝坎边上望了一阵，只看见绿油油的苞谷叶子在风中摇，其余的啥也没看到。老人说：现在苞谷也没熟，没人会偷的。老人牵着小孩进屋去了。

　　老凌强奸事发是因为那天那媳妇回去太晚了，天都黑尽了，那媳妇才回去。那天老凌犯事后还是感到害怕，他骑着嘉陵摩托就跑了，连那媳妇挂在摩托车上的东西都忘了放下来。那媳妇从苞谷地里出来的时候，不见了老凌，也不见了东西。她才嫁来不久，不熟悉这个地方，出了东沟后她就不晓得往哪里走了，结果把回家的方向走错了，一直到晚上才找回家。那时候家里人也在到处找她呢。家里人询问她晚归的原因和东西时，她没法隐瞒，就将一切都说了。

　　公安去抓老凌的时候，老凌似乎早有准备，他把几张存款折子交给胡玉福说：这是我多年贩菜油攒下的钱，你省着点花，够你以后过几年了。

　　胡玉福手里攥着老凌给她的那几张存款单，望着被公安铐走的老凌，流了几滴眼泪。

　　老凌留给胡玉福的那几张存款单子，胡玉福一直放在箱子里没有用。她想留着，等老凌回来了还是还给老凌。她继续经营着老凌留下的榨油机。她不能到处转着去收菜籽和卖菜油。她不会骑车。也没车了，那辆老凌才买的嘉陵摩托车，在老凌被抓后的不久，也被公安开走了。公安说是那是作案工具，要予以没收。

　　老凌以前坐过牢，而且这次他施暴的那媳妇正怀有身孕。因为老凌的侵犯，导致那媳妇流了产。这一笔账理所当然还是要算在老凌的身上。这样一累加起来，老凌就属于惯犯和后果严重的类型了。老凌被重判。

　　老凌被判之前，胡玉福去看过他，送了一些衣服和钱。那钱不是老凌折子上的，是胡玉福自己攒的。钱和衣服看守所的人都收了，但是人没有让胡玉福见。收钱和收衣服的人说，现在还没判，家属不能见面，等判了再来见面。

　　判了后，胡玉福还是没有见到老凌。胡玉福听人说，老凌一判，就被拉到汉中那边去了。汉中在哪里呢？胡玉福不知道。

　　老凌判了以后，老向来找过她。劝她还是回向家老屋场去和他哥哥过。胡玉福正在喂猪。她把一瓢热漉漉的猪食向老向浇了过去，老向落荒而逃。

　　胡玉福开始过自己的日子。反正日子本来就是自己过的。

　　得到老凌狱中死亡的消息的时候，胡玉福已经过六十岁了。具体是六十几岁，胡玉福也说不清了。自从她开始过自己的日子后，她就没有时间的概念了。不但如此，其实老凌的概念在她的记忆里已经慢慢消亡了。老凌是哪个？当别人告诉她，老凌在汉中的监狱里死了的时候，她问人家。

人家说：老凌你忘记了？

她似乎又想起来了，脸上露出来了一点笑意，说：哦！我没忘记，我记得他，他是我男人，我们办过结婚证的！

人家说：你不去接他回来啊？

胡玉福惊喜地说：他还活着吗？他在哪里？我要去找他。

人家说：他已经死了，在汉中的监狱里面。

胡玉福不相信地望着人家说：他去阴弯里挖煤炭去了，怎么又是到监狱里去了？挖煤炭犯法吗？

人家看和她说不成话，只好走了。

胡玉福继续过自己的日子。

19

胡玉福在一个冬天过世了，埋在了长安凌家坡上。她活到了七十五岁。

大前年的冬天，我进龙井沟帮人办一件亲事，车开进龙井沟不远，就开不上去了。路又窄又堵，车技一般的我，又缺乏冒险精神，就只好找地方将车停放下来。恰好路边有一幢小洋楼，我就将车倒到了小洋楼的跟前。那幢小洋楼就是胡玉福妹妹胡玉禄家的。他们前几年从龙井沟垴上的蔡家老屋场搬下来，起了两幢楼房，两个儿子一人一幢，我停车的那一幢是小儿子的。胡玉禄就住在小儿子家。我停了车，进屋去打招呼的时候，已经七十多岁的胡玉禄让我坐一会儿。我就在她的柴火炉子边上坐了一会儿。在暖烘烘的炉火边，胡玉禄给我讲了她的姐姐胡玉福的故事。胡玉禄说，她姐姐的命真是苦啊，要是活到现在就好了，现在的政府好，啥都管！

那一天很冷啊，硬得像铁砂的雪粒子击打在地上，沙啦啦响，不一会儿就将龙井沟都变白了。

露珠

1

三儿六岁的时候，父亲请了县剧团的几个老伙计进大磨石沟来玩。

大雪。父亲将过年的猪杀了。杀猪也没请其他人，就是剧团来的几个伙计，操刀的是剧团的阮师父。阮师父叫阮开禄，是打鼓的，也能打锣。父亲对三儿说，阮师父打勾锣，槌槌都落在一个点上，声音清脆得像是小狗叫。三儿家有狗，他也听过小狗叫。小狗叫起来的确是清脆。但他想象不出来这和勾锣的声音有什么联系。

那天，几个老伙计吃了泡汤肉，喝了苞谷酒，就开始唱戏。唱的是《游龟山》，阮师父打鼓，邹团长操琴。苞谷酒是架在柴火上熬了的，里面加了蜂糖。加了蜂糖的苞谷酒，绵柔糯甜，后劲醇厚又意味绵长，让父亲的几个老伙计唱了一晚上，也兴奋快乐了一晚上。

阮师父的那面鼓，是三儿趁阮师父还没醒来的时候，抱到屋后的牛圈楼上去的。鼓抱到楼上后，他又折回去将邹团长的琴也提到了牛圈楼上。

牛圈楼上堆满了两头牛过冬的壳叶子草。三儿坐在壳叶子草堆里，拿出鼓槌，咚地在鼓皮上敲了一下，然后又咚地敲了一下。他不敢用劲，敲得小心翼翼的。鼓槌敲击在鼓面上的声音并不悦耳，充满了迟疑和胆怯，但那声音却让三儿兴奋不已。

敲了一阵鼓，三儿又拿起那把琴来。他先认认真真翻来覆去地把那把琴看了一遍又一遍，然后才试着把挂在柄上的弓取下来，学着邹团长的样子，将琴架在腿上，然后轻轻拉动了一下弓弦，吱的一声，弓弦摩擦的声音让三儿吃了一惊，又吓了一跳。他有点不相信地将琴又提起来，放在眼面前看了一看，然后又拉，弓和弦摩擦着，再次发出了刺耳的怪声。三儿不解，又有些气恼，他不甘心地将弓弦来回拉起来。他似乎不相信他拉不出昨晚上听到的奇妙声音。

那天早晨，雪还在下。雪把磨石沟的沟沟垴垴都覆盖了。三儿拉出来的怪音怪调被雪吃掉了大半，但仍然还有一小半传到了他父亲的耳朵里。父亲在牛圈楼上找到了他。他的脸冻得乌青，两条清鼻涕吊在嘴边，拿琴的手已经僵掉了。

父亲望着他，叹了一口气，把他从牛圈楼上抱下来，抱回了火炉屋。火炉屋里的柴火正旺，剧团的几位师父还在火炉屋的木床上酣睡。父亲要三儿烤自己的手，边烤边揉搓。

三儿缓过劲来以后，父亲看着他问：喜欢？

三儿望了一眼父亲，又望了一眼父亲从牛圈楼上拿下来的鼓和琴，然后使劲吸了一下吊在人中上的两条鼻涕，轻轻地点了点头。

父亲说：你喜欢可以，但不能学。

三儿不解地望着父亲。

父亲说：一颗露珠养活一棵草，一门手艺养活一个人。但那个不是手艺，它养活不了人。

父亲对着放在椅子上的鼓和琴努了努嘴，三儿的目光跟随着父亲嘴角的示意，停留在鼓和琴上。他望着鼓和琴，然后又望着父亲，似懂非懂。

父亲叹了一口气，伸出手来，拉住了三儿的手。父亲握着三儿的手说：你现在还小，你不懂！长大了就懂了。

2

三儿不可救药地喜欢上了鼓。在他的眼里，凡是能敲击的东西都变成了鼓。他敲桌子，敲板凳；给妈妈帮忙烧柴火煮饭的时候，他敲吹火筒；和哥哥抬水的时候，他敲水桶；跟姐姐打猪草的时候，他敲挎篮；实在没什么敲的时候，他就敲空气。空气发不出来声音，他就用嘴发声：咚咚咚！咚咚咚！咚咚咚咚咚咚！

敲了一年，家里人都习惯了。父亲竟破天荒地给他买了一面鼓。只是那鼓是半旧的，他敲了不到半年就敲烂了。

他又喜欢上了唢呐。他用了一个多月的时间，自己做了个，试吹的时候，把家里的黄狗吓跑了，几天不敢回屋。父亲笑了他半天，给他做了修正，再吹的时候，是唢呐的声音了。他练了半年，能吹几个曲调了。他放的牛听懂了，不管牛儿跑到哪里，只要他一吹唢呐，牛儿就会回应，就会回来。

他还做了把胡琴，可是没有琴弦，一直没办法拉响。后来剧团的老师来家后，看了他的琴，问他弓上的毛是什么毛，他说是牛尾巴毛。剧团老师笑了说，难怪短，还毛糙糙的。三儿一把抢过没有弦子的琴跑到坡上去了。

剧团老师对三儿父亲说：应该送三儿去读书，不读书哪里会有出息？

父亲没有吭声。

后来剧团的邹团长也劝说父亲，要父亲还是要送三儿去学堂读书。邹团长说：不读书可惜了，以后的社会都是文化人的天下，不识字寸步难行。

邹团长是三儿父亲最好的伙计，三儿父亲听了邹团长的话，送三儿去学堂了。

那年三儿九岁。他提着一个土布做的缩口袋，光着脚板，到小学校去报了名。名字也是邹团长给起的。邹团长说，唐老汉喜欢戏，三儿也喜欢戏，就叫个"文"吧！那时候，社会上把唱戏的人都叫作"文艺工作者"，简称"文艺人"。于是三儿有了大名叫唐进文。

一年级头两年就在沟口的富强小学读。两年后，县上为了解决县城的饮水问题，决定在沟里修一座水库，坝址正好把小学堂圈进去了。小学堂的学生只好都到红卫小学去读书。红卫小学在县城的东关后边，从大磨石沟的唐家院子去红卫小学足足有十五里路。唐进文走了一年，脚板走出了厚厚茧子。

后来他找到了一条山路，从屋旁边的山梁子下去，过姚家湾，路程少了三里。唐进文就带了沟里的伙伴走山梁上学。十二里路，早晨天没亮就得出发，打着火把，两支火把烧完，天麻麻亮时，刚好穿过学堂后坡上的坟地。学堂的瓦屋顶在薄雾中隐现，唐进文总是会忍不住对着晨曦放开喉咙唱几句。有时候是汉调《辕门斩子》里的"谢过母帅不斩恩"，有时候又是弦子腔《柜中缘》里的"母亲不要怒满腔"。他也唱不全，就几句，反反复复的，一直唱到学堂的屋拐角。

那时候，山上还有狼哩，他们上学的时候碰到过。大大小小七匹，站在山梁边上，离他们上学的路口只有丈八远，"狼"视眈眈盯着他们。唐进文和几个孩子都不敢走了，和豺狼对峙起来。情急之中，唐进文挥舞起火把，又唱起来。他唱《铡美案》中包公的唱段："驸马爷不必巧言讲，现有凭据在公堂，人来看过了香莲状，驸马爷近前看端详。"他也唱不全，就这几句，他一边挥舞着火把一边唱，也不晓得唱了多少遍，那七匹狼终于慢吞吞地钻进山林子里消失了。也许狼是被他挥舞的火把吓走的，但他却一直认为是他唱的戏起了作用。因为一唱起戏来，他就不怕了，恐惧就消失了。

转眼间，唐进文四年级了。有一天，放学回来后，他看见田伯坐在堂屋里。田伯叫田仕谊，和剧团的那些师父一样，也是父亲的好伙计。唐进文那时还不知道，田仕谊还是平利弦子腔的第四代传人。他只晓得田伯也是个唱戏的，而且唱得非常好，很受爱戏人的敬重。

那天田仕谊见了唐进文，主动对他挥了挥手，要他到跟前来。唐进文说：田伯，您坐啊，我还要去放牛哩！

田仕谊仍然喊着唐进文的小名说：三儿，你莫慌，我问个话。你是不是真心想学戏？

唐进文望了一眼坐在一边的父亲，没有答话。

田仕谊说：莫管你父亲的，就说你自己的想法。

唐进文就点了点头。

田仕谊就说：好，你真心想学戏，就去拜个师父。我给你父亲说好了，你去学乐器，师父我给请，就是县城里的吴朝礼。

唐进文望着田仕谊：田伯，您教我吧，我当您的徒弟。

田仕谊说：你还是学器乐吧，器乐比唱腔好。再说，你学唱腔的条件不够。

田仕谊没说他哪些条件不够。唐进文也就没问了，学器乐就学器乐吧，反正也是戏。唐进文高高兴兴答应了。

正式拜师的时候，父亲请了一桌客。除了田仕谊和吴朝礼两位外，还请了县剧团的几个老伙计，阮师父和邹团长都来了。父亲要唐进文给师父磕头，但吴师父坚决阻止了。吴师父说，现在不兴这些了，有个心意就行了。父亲不答应，最后还是邹团长和田师父解了围，让唐敬文给吴师父三鞠躬，代替磕头。唐敬文鞠了三个躬后，还是情不自禁地扑通一声跪下来，恭恭敬敬地给师父磕了三个头。起来的时候，他看见师父和父亲的眼圈红了，田伯和阮师父的眼圈也红了。

3

唐进文正式开始学艺了。那时候他已经十二岁了，还在红卫小学上学。师父吴朝礼那时候住在电机厂边上，从红卫小学到师父的住处有将近四里地。唐进文学艺的时间是在中午。中午放学后，他跑到师父那里学习两个小时，估摸快要上学了，又跑回学校上课。跑了一学期，唐进文瘦了一圈，变成了个又黑又瘦的猴子。父亲心疼了。他带着唐进文，在西直街找到了一家甜食店。父亲给甜食店的老板商议了半天，最后达成协议，让唐进文每天中午的时候到店里来拿一个烧饼吃，等到下年麦子收割后，给店家挑两担纯麦子来偿还。这样唐进文中午不再饿肚子了。那一个烧饼支撑他学完了弦子腔的"一字二流苦贫打草惊殿"等器乐的伴奏。

唐进文的师父吴朝礼是平利弦子腔有名的器乐师父，能一个人同时拿四样乐器伴奏，最擅长的乐器是弦胡，唢呐，叶子，锣。因为吴师父的能耐，每一次民间演出，所得的四升苞谷都要分给吴师父两升。两升苞谷是吴师父的生活补贴，靠它活命是不够的。这让吴师父的生活处处捉襟见肘。生活尽管艰难，但吴师父传艺却不收唐进文任何费用。他对唐进文说：戏啊，也是一种日子哩，你喜欢就学，我喜欢就教。当不了饭吃，活不了命，但能活人哩。

尽管唐进文已经十多岁了，但他还是不懂。他问师父，活命不就是活人吗？

师父闭了眼睛说：活命是活命，活人是活人，活命和活人是两回事情啊！

唐进文等候师父后面的话，可是等了半天，师父也没开口。仔细看时，师父似乎已经睡着了。

唐进文跟着师父学了三年。他学会了打鼓。打出来的鼓声就像是点燃后的千响钢鞭，又脆又响。

他还学会了打勾锣。懂家子里面都知道，锣里面最不好打的其实就是勾锣。只要勾锣会打了，其他的锣就会一锣贯通。打勾锣讲究的是个脆、亮、净。要做到这三个字，一要腕力，二要准头。没有腕力，声音脆不起来，也亮不起来。腕力足了，还不行，更要技术的是准头。没有准头，一切都是枉然。什么是准头呢？就是要求每一槌落下，都在同一个点上，不差分毫，不错半厘。这说起来似乎很简单，但没有三年的狠功夫是做不到的。功夫怎么练？先是敲砖。在砖面上画个圈圈，用锣槌去敲那个圈圈，圈圈越画越小，小到一个点的时候，就不敲砖了，就敲筷子头。将一根筷子浅浅地插在土墙上，用锣槌敲锣一样地敲打筷子头，直直地将筷子敲进土墙里去，一点也不能偏斜。功夫到家的人，只看见手的翻抖，筷子就不见了，哪里去了呢？全进了土墙里，只剩下一点筷子头在墙面上了。练这个功夫的时候，唐进文的手腕肿了三回，可他还是没有练到家。

很快，小学毕业了，唐进文到中学去读书了。中学的课程比小学紧多了，而且恢复了考试。为了赶课程，他不能再去师父家了。告别师父的时候，师父说：你喜欢就自己练吧，练着玩，成不成全凭造化了。师父也说了父亲说过的关于"露珠"的话，师父说：一颗露珠可以养活一棵草，一门手艺可以养活一个人。唱戏不是手艺，活不了命，但能活人哩。

唐进文将师父的话咂摸了很多回，又和父亲说过的话比较，唐进文觉得两个人的话好像是一个意思，又好像不是一个意思。区别在哪里呢？刚上初中的他，找不到答案。

两年的初中生活一眨眼就过去了。十六岁的唐进文初中毕业了。他没能考上高中。回到大磨石沟后，包产到户开始了，他一直放养的两头牛也被生产队分下去了。唐进文似乎一下子失业了。他茫然无措，常常坐在院子里对着山坡坡吹唢呐，有时候也拉几下胡琴。无论是唢呐还是胡琴，都满含茫然和惆怅。

　　有一天，唐进文正在吹唢呐的时候，父亲回来了。

　　父亲那时候在吉阳的农具厂上班。前几天，唐进文的母亲专门去农具厂讲了唐进文的情况，父亲就抽时间回来了。父亲站在唐进文的旁边听了半天的唢呐，一直等他将唢呐放下了，才说：明天和我去农具厂吧，那里正在找开拖拉机的人，你去开拖拉机吧。

　　唐进文说：我不会哩！

　　父亲说：啥都是学会的，那才是活命的手艺！

　　唐进文听明白了父亲所说的"那"所包含的含义。含义的另一层意思，父亲没有明说出来，但唐进文听出来了。在那一刻，唐进文懂得了父亲关于"露珠"的那一句话。人先要活命呢，要活命，靠吹唢呐怎么行啊？露珠能养活一棵草，唢呐养活不了一条命啊！少年的悲伤差一点让唐敬文流出了眼泪。

　　唐进文跟随父亲到吉阳农具厂学开拖拉机去了。他开了三年，成了一名熟练的拖拉机手。

4

　　唐进文长成一个标致的小伙子了。他身体健壮而又挺拔，面相英俊，很像当时走红的一位歌星。其实在农具厂里，他也是一颗星了，他吹拉弹唱的表演功夫，早就赢得了不少人的喜爱，凡是节日活动，只要有文艺节目的表演，都少不了他。

　　可是唐进文却高兴不起来。他喜欢上了一位姑娘，那姑娘也喜欢他，但因为他农村户口的问题，两人的恋情遭到了姑娘父母极其强烈的反对。也是因为户口的问题，使得他的工作始终停留在临时工的界限内，看不到转正的希望。尽管他是单位的工作骨干，还是区上的文艺骨干，但这些都帮不了他。他每月拿三十块钱的工钱，还不够个人的花销，活着是一件很艰难的事情。唐进文更深刻地体会到了父亲的话，活命才是王道，其他一切只能在王道后面等候。

为了阻断唐进文的恋情，姑娘的父母将姑娘调到别的地方去了。唐进文陷入深深的痛苦中的时候，部队来征兵，他没有犹豫就报了名，体检政审下来，他排在了入伍青年的头一名。1985年，唐进文成了陆军第四十七军炮兵旅的一名解放军战士。

新兵训练结束后，他们被带着上了一列闷罐火车。火车一直向南，开了一天一夜，到达了云南的文山。在车上的时候，他和他的战友们都还不知道这个地名。到了营区，听了介绍，他们才知道，他们将要在这个叫文山的地方开展为期三个月的训练。这三个月的训练和新兵训练完全不一样，是实战训练。

那一年，中国自1979年展开的对越自卫反击战还在持续，各军区正在进行轮战。唐进文和他的战友就是在为参加前线的轮战而做临战训练。训练紧张而又艰苦，好在他从小劳动，放牛爬山，砍柴挑炭，啥都干过，三个月的实战训练下来，不少战友都脱了一层皮，他却应付自如。训练的间隙，他还展露了自己的文艺才能，得到了营领导的赏识，参加了营部宣传队的联合演出。

营部宣传队有一把二胡，那是一把破二胡，弓弦皆断。唐进文却如获至宝。他寻了一截钢筋将弓接上，又寻了钢丝将弦续起，就开始演奏。他的演奏赢得了战友们的掌声，而他用来演奏的二胡却又让战友们发出了善意的笑声。后来营长看了他的二胡，专门请人从外面买了一把新二胡供他演奏。那一把二胡，唐进文一直使用到退伍。有二胡的军旅生活，让唐进文渐渐咂摸出了一点点与众不同的滋味，活命和活人的确是不一样的哩！

有了新的体悟的唐进文感觉到了一种内在的力量在生长。他更加积极刻苦地训练，不断提高战术能力和水平。知道训练结束后，他们就将要奔赴战场，他坚定地向党组织递交了入党申请书。如愿以偿，他被党组织批准接收，成为一名光荣的中国共产党党员。

实训结束后，他们直接上了前线。在老山的猫耳洞里，唐进文战斗生活了两年。参加了75战斗，1014战斗，15战斗和17战斗。在硝烟弥漫的战场上，为了鼓舞士气，旅政治部成立了战地文艺演出队，利用战斗间隙进行文艺演出。炮声响起的时候，唐进文是一名勇敢的装填手；炮声停下来的时候，他又充分发挥了他的文艺特长，积极参加业余演出。他的笛子、二胡、唢呐以及口琴演奏和伴奏，给一线二线的战友留下了深刻的印象。他还将炮弹壳作为打击乐器，不但敲出了铜锣的声音，灌上水后，还敲出了不同音阶，演奏出了《血染的风采》。战友们都夸他是个文艺天才。在战友们的夸奖声里，唐进文感受到了一种看不见的东西对他生命的充盈和滋养。

那年夏天，唐进文所在的阵地暴发洪涝灾害，道路冲毁，桥梁垮塌，后勤补给供应不上。最后的几天，他和战友们一天只吃一个土豆充饥。危急时刻，唐进文主动请缨，和几个战友一道去军需供应处挑运粮食。

从他们所在的阵地到供应处来回一百多里路，而且要穿越四十公里的炮火封锁区，道路艰险，稍有不慎，就会牺牲。面对不可预知的危险，唐进文和几个战友没有退缩，跋涉了一天一夜，硬是将粮食从军需供应处挑了回来。回到阵地的时候，唐进文和挑粮的战友们一个个都成了泥人。他们没有讲述他们所经历的艰险，但坚守在阵地的每一名战友都可以想象得出来，因为他们都知道，洪涝后的南方山区的道路行走时有多艰难，穿越炮火封锁区时又有多危险。

部队正进行到第二次攻击的紧要关头，一份电报从云南前线指挥部辗转送到正在阵地上的唐进文手中："母亲病故，望儿速回。"

电报是连指导员亲自递到唐进文手中的。指导员说：本来是准备等你从阵地上下来后再告诉你的，但你是党员，我也晓得你的性格，觉得不需要隐瞒，我知道你会怎么处理的！唐进文流着眼泪给连长敬了个军礼，然后将电报揣进了怀里。

晚上夜幕降临后，同是陕西老乡的营教导员吴建民来到唐进文所在的猫耳洞，对沉浸在悲伤中的唐进文说：老乡，来，我们给老娘烧点纸，祭拜一下。二人对着北方跪下，点燃了用报纸剪成的纸钱，唐进文将眼泪忍住，在眼眶眶里没有掉下来。教导员说：唐进文，你要是想哭就哭出来，莫憋着！唐进文摇了头，说：好男儿流血不流泪！他硬是将泪水憋回去了。

两年的轮战结束后，唐进文随部队从前线撤下来了。因为表现突出，他荣立了三等功。部队回到铜川的黄堡镇后，开始授衔。唐进文被授予上士班长，同时代理排长。第二年三月，部队改制，因受学历限制，他只好从部队复员，结束了四年的军旅生活。

复员后，唐进文被安置在县商业局下属的一个企业上班。那是个合作商店，店内员工老弱居多。商店和它的员工差不多，缺乏生气和活力。唐进文是店里唯一的年轻人，到店里上班后，什么都干，党务、文书、物价、采购、内务等活都是他干。干了四年，商店在改革的浪潮下越来越不景气，最后只好解体。唐进文再一次站在了生活的路口上。何去何从呢？他也看不到方向。

5

这里要说到另一个人。这个人叫袁敦伦。袁敦伦早些时候在县剧团当过领导，后来到教育局去了。在剧团当领导的时候，袁敦伦就认识唐进文，也看到了唐进文的文艺才能和他对文艺的喜好。他和唐进文成了忘年之交。合作商店解体后，他见唐进文一时没了着落，就对唐进文说：你喜欢文艺，也有点基础，但是你文化不高，你要是想更进一步提高自己的话，就应该再去读读书。

唐进文叹了一口气，说：我现在连工作都没着落了，哪里还能去读书呢？

袁敦伦说：你想不想？

唐进文听出了袁登伦话里有话，就急忙说：想啊，怎么不想？

袁敦伦就说：你要是想的话，我这里刚好有一个进修名额，只要你单位上同意，把介绍信开过来，你就去考！

唐进文立马说：我去考！我马上去找领导开介绍信。

唐进文半刻也没再犹豫，一路小跑着就到了商业局。商业局的领导也正在为他的工作安排伤脑筋，听说他想去进修学习，也就没做过多的考虑，很爽快地同意了。只是告诉他，每月只能发三百块钱的生活费，其他的工资可是一概没有了。

单位还给生活费，这已经出乎他的意料了，他哪里还想到要工资。唐进文感激不尽，在单位上把报名的手续办理好了，把自己关在屋里复习了一段时间，考上了西北大学经济管理专业的进修班。

那一年秋天，唐进文离开家乡，来到古城西安，开始了为期两年的大学学习生活。

20世纪90年代初期，大学校园还是中国众多青年追寻的理想殿堂。尤其西北大学这样的名校更是不少人梦寐以求的地方。但唐进文在那里却尝到了生活的辛酸和苦辣。

考上西北大学的那一年，唐进文不但已经结婚成家，而且还是一双儿女的爸爸了。孩子还小，妻子也没工作，一家人的生活重担全压在他一个人的身上。他本来工资就不高，也没有任何积蓄，现在再去上学，一家人的生活怎么办呢？唐敬文离家的那天晚上，爱人为此愁出了眼泪。

唐进文也有些愁，但他丝毫没有表露出来。他对爱人说：你怕啥？单位每月给我还有三百块钱的生活费哩，我给你们娘母三个留二百，我用一百，够生活就行了。

爱人说：你在西安，那么大的城市，一百块钱够用啊？

唐进文高了声，说：西安那么大的地方，不够用，我不晓得想办法挣啊，难不成活人还会被尿憋死了，我才不相信！

任何事，说起来的时候都很简单，但真正面对的时候，那个难却又说不出来了。一百块钱的生活费让唐进文体会到了无钱的窘迫。他将一个月的花销节省到了极致，但到了最后的那几天，仍然还是没有半厘果腹之钱。他饿过肚子，深深体会到了秦琼卖马的被迫和无奈。他也找过活干，给一个饭店洗了两天盘子，店主很看得上他的劳力，但为了不影响上课，他不能长干。他还在边家村一带捡过酒瓶子，为争一个酒瓶子差一点和另一个家伙打一架。他到处寻找机会，想找一个既能挣到生活费，又不影响课程的活干。

机会总是会眷顾有心之人的。有一天，他在太白商厦的后面看见了一位姑娘正在整理一大堆纸板。姑娘的力气有限，有一些装订很结实的纸板，姑娘费了很大的力气也拆解不开。唐进文当时也没多想，也许是军人的本能让他立即就走上前去帮忙，不但三下五除二将纸板拆解开了，还帮姑娘将拆解后的纸板码放成整整齐齐的一堆。一切都做完了，姑娘才问他是不是收纸板的？

唐进文摇摇头老老实实地回答姑娘说：不是。

姑娘有点奇怪地看了他一眼后，说：我以为你是收纸板的呢。

唐进文赶忙说：你这些纸板我可以收吗？

姑娘说：可以啊，这些纸板你收过去，送到废品收购站就能卖钱。又说：你要是收的话，我这里还有不少呢，每天都有。

唐进文眼睛里闪出了亮光，他高兴地说：我来收，你莫卖给别人了。

姑娘答应了，让他将眼跟前的那堆纸板先收走，送到废品收购站去。

唐进文看了看那堆纸板，有些犹豫地说：这一大堆我可能一下子扛不走，我得去找辆车来。

姑娘说：那你去找车嘛，我可要去上班了。

唐进文急忙给姑娘付纸板钱，可是掏完了所有的口袋还没凑够五块钱。唐进文尴尬地说：我……我把学生证押给你吧，纸板一卖，我就把钱给你送来行不行？

姑娘看了他的学生证后，敬佩地说：你还是西北大学的学生啊，怪不得素质高。车你也不用找了，仓库有辆架子车，你先用，一会儿给我还回来就行了。

唐进文高兴得脸都红了，他激动地给姑娘敬了个标准的军礼。没想到，姑娘也下意识地给他还了个标准的军礼。原来两人都当过兵呢，战友情一下子把他们的关系拉得更近了。

唐进文的好运气来了，他不但全揽了太白商厦的废纸板，女战友还给他帮忙联系了另几家商场的生意。一个月下来，唐进文不但生活费绰绰有余，还另给家里寄了二百元。

学期快结束的时候，唐进文积攒了一点钱，为了感谢班主任平时对他的关爱之情，他特意找了个上档次的酒店请班主任吃饭。

班主任叫黄伊娜，是一位大学才毕业不到两年的姑娘，年轻漂亮，学历又高，唐进文打心眼里佩服她。平时班上的工作，唐进文也积极协助她，因此唐进文真诚地邀请她时，她也就很畅快地答应了。

两个人是在一个小包间吃的饭，喝了一点酒，唐进文话多起来。他向黄伊娜讲了自己的经历，讲到小时候的苦，黄伊娜为他感叹；讲到对文艺的深爱，黄伊娜为他感动；说到从军经历的战火，黄伊娜又顿生崇敬；最后说到捡垃圾凑生活费的过程时，黄伊娜又禁不住地唏嘘起来。一顿饭吃到午夜时分，本是师生关系的两人成了无话不谈的朋友。

黄伊娜说：唐进文，你给我唱一段汉剧吧！

唐进文就给她唱了一段《坐宫》："杨延辉坐宫院自思自叹，想起了当年事好不惨然。我好比笼中鸟有翅难展，又好比虎离山受了孤单。"

黄伊娜听得湿了眼眶，还要听。唐进文就又唱弦子腔，唱陕南民歌花鼓调。到后来，两人似久别重逢的朋友，一醉方休。

两人第二次在一起吃饭是黄伊娜任请的客。那已经是第二学期了。唐进文的废纸板生意已经拓展到大学南路的好几个商场和超市了。战友还帮他联系到了西安水司的一批废品业务。可是黄伊娜说，你那个废品生意太耽误时间，影响学习了，我给你联系个大一点的业务，做成了，你就可以专心学习了。

黄伊娜联系的业务是为西北变压器材厂供应板材，为期三年。合同签下来，唐进文连夜跑回老家联系货源，黄伊娜又为他筹集了一笔不菲的资金，一切都想象不到的顺利。就这一单生意，让唐进文顺利地完成了学业。

毕业的时候，黄伊娜希望唐进文留在西安发展。从黄伊娜殷殷切切的话语和深情款款的眼神中，唐进文读懂了一切。他含着热泪为黄伊娜轻声哼唱了《铡美案》中秦香莲的一段唱词："曾不记你我结发后，我受苦供你把书读。织麻纺线理家务，为妻受尽千般苦，抓儿养女孝父母，为妻受尽千般苦，终朝每日泪长流，你和新人贪欢笑，不念旧人放声哭。无情无义真禽兽，你有何面目出人头。"

唐进文唱完，黄伊娜什么都明白了，哭得泪流满面。

6

学习结束后，唐进文回到家乡。唐进文不等不靠，自己开了个小店，卖小吃，也卖一些生活用品。维持了几年，难以为继，恰好上面有政策要解决参战战士退役后的安置问题，他又被重新安置到经贸局上班。体制内安稳的工作，没有让唐进文感受到多少工作的快乐，唯一让他感到欣慰的是，他可以有更多的时间干他喜欢的事情。他加入了民间的汉剧班和弦子腔社，下班之后的大多数时间，他都是在这两个班社里度过的。

过了几年，按照政策，他提前离岗了。他成了个自由的人，除了帮爱人经营好小店外，他有更多的时间做自己喜欢的事了。他参加班社的演出，自己花钱添置器材和道具；他向前辈学习，琢磨技艺，成了个多面手。县上的文艺圈都知道他，他成了县上文艺圈里的名人。

有一天，县上广电局的领导给他打电话，要他到办公室说点事情。领导是县上的文化名人，更是他比较敬重的人，唐进文没有犹豫，急匆匆地去了。

二人见了面，领导就开门见山地说：老唐，县上民间艺术家协会的事情，我看你来弄一下行不行？

唐进文感觉有一些突然，说：怎么弄啊？我可没想过这事，不晓得咋弄。

领导就给他讲了一番民协方面的情况，又说到县上，说县上的文化文艺的影响。特别是民间文艺这一块，有潜力有渊源有能人，现在又有团体在活动，需要将他们团结起来，组织起来，才能更有力量，更有生气，才能走向全省乃至全国。

领导的一番话，让唐进文的热血沸腾起来，他不再犹豫，把领导的话当作任务，立马接受了。

接受任务后，唐进文回老家大磨石沟去了一趟。

老家的公路修通了，车可以开到老家院子里。但唐进文没有开车。他是走着回去的。

父亲还住在老家院子里。父亲已经九十岁了，身体还硬朗，就是耳朵不太好，听不成戏了。唐进文这次回去就是专程给他送助听器的。助听器是女儿在网上买的，也不晓得合适不合适。

父亲似乎知道他要回来，早早地站在地坝坎边上迎接他。唐进文将父亲扶到阶沿的椅子上坐下，然后给他戴上了助听器。

父亲笑了，点着头说：听见了。

唐进文说：听见了吗？那我给你唱一段《大登殿》？

父亲摆摆手说：不听！

唐进文说：为啥不听？

父亲说，你不听话，不好好过日子，硬是要弄那些活不了命的事情。父亲似乎是在埋怨他，脸上却又露着笑容。

唐进文也笑了。唐进文说：我记得你说过的话，一颗露珠养活一棵草，一门手艺养活一条命。唱戏不是手艺，养活不了命。

父亲眯着眼睛说：所以你莫唱了，你唱我也不听！

唐进文说：你那话是往年的话，现在这个社会，这话不适用了！现在这个社会好，啥都能活命！而且我师父还说了，只要活命了，就要好好活人哩。

父亲继续眯了眼睛没有作声。

唐进文就接着说：我现在还明白了师父的话，我的那个爱好其实不是我活命的露珠珠，它是我活人的露珠珠，它能让我好好活人哩！

唐进文的话说完，父亲睁开了眯着的眼睛。父亲对他说：你说得对！你给我唱《大登殿》吧，我听！

唐进文轻松地哼唱起来。阳光正好，山坡上的树叶鲜艳，像春天的花儿一样让人心醉。

靸脚鞋

1

那时候，沟里穷，很少有正经的鞋子穿，大多穿草鞋。

草鞋有满耳草鞋和鼻儿草鞋之分，满耳草鞋的草鞋耳子是满的，耳子可以从前脚围到后脚跟，将整个的脚背面都包住，鼻儿草鞋除了几道穿襻绳的耳子外，其余的地方都是空的，所以满耳草鞋工艺复杂一些，费时费料，除了和鼻儿草鞋一样，打好草鞋底以后，还要打数十根细绳耳子，然后密密地在草鞋底子上上了，又用细绳将一个又一个的细绳耳子穿起来，襻住拉紧，让细绳耳子变成为一个整体，既透气又比较保暖。

一般来说，满耳草鞋适合在冬天穿。在满耳草鞋的鞋窠里垫上苞谷壳子，或者一片匹棕叶，暖和又防滑。鼻儿草鞋适合在秋夏季节穿，养脚又凉快，现在还有人在夏天专门买了穿，是龙须草打成的鼻儿草鞋，说是还能治疗脚气。

其实那时的沟里人，在夏天穿鼻儿草鞋的也不多，大都是打赤脚。打着赤脚下地挖洋芋，到坡上薅草，也进山林子去砍柴。平时走路，打赤脚就更是常事，沟里的杨伦书在成为"万元户"之前，只要沟里没有落雪，就不会穿鞋。我小时候经常看见他背一大背煤炭从门前过，赤着脚的大脚指头淌着血，我们说，你脚趾流血了，他笑着说，踢到石头上了。看也不看，背了煤炭继续走。

沟里人的鞋子，除了草鞋，再就是布鞋。布鞋都是自己做，所谓的千层底，其实没有一千层，那是夸张的说法。沟里布鞋的底子，所铺的布条子超不过十层。先要有褙壳子。褙壳子也是自己做的。沟里人叫打褙壳子。在农闲的时候，又是一个好晴天，家里的女主人就磨一两个魔芋，打成糨糊，吩咐男的把耳门的门板下了，放到大太阳底下，然后就开始打褙壳子。说是叫打褙壳子，其实真正用布打的少，那时的布少，金贵，打褙壳子都用的是棕叶。女人先将门板擦洗干净，待太阳将门板上的水汽收了后，刷上一层洋芋糨糊，把棕叶捋展开来，铺在刷了糨糊的门板上，然后在棕叶上又刷满糨糊，再铺一片棕叶，如此几回后，在太阳的炙烤下，糨糊干了，褙壳子就打成了。女人将褙壳子收起来，等到空闲的时候，或者阴雨连绵的日子，再将褙壳子拿出来，比照鞋底样子，剪了，就开始做鞋。沟里人做布鞋，各有各的手艺，各有各的窍门，有的做得粗糙，自己笑称是"荞粑粑"，有的做得精巧，好看，蹬样又好穿，沟里人就会称赞，一手好针线！

草儿在沟里就是"一手好针线"。当然，一手好针线不仅仅只是做布鞋，还要会做鞋垫子，鞋垫子不是现在的那种机制的，而是纯手工的绣花鞋垫，那种绣花鞋垫不要说是垫鞋底了，现在就是看着，也是工艺品。除了鞋垫子，还要会缝衣服绣荷包，做花帽子花枕头啥的。那时没有缝纫机，一切女红都靠针线手工来完成。

草儿的好针线是跟她的奶奶学的，那时候，草儿的奶奶已经七十多岁了，眼不花，耳不聋，可是腿坏了，整天就坐在铺上教草儿做针线活。草儿五岁就拿针线，七岁就会做香荷包。看见草儿做香荷包的人都说她的香荷包比好些大人都做得好。

草儿上学的时候已经十二岁了。那时候山里娃儿发蒙都迟，特别是女孩子，有的都十五六岁了，在老师的反复动员下才开始上学。草儿上学不算迟。她上学的时候就给自己做了一双布鞋。草儿穿了自己做的布鞋到学堂去，引得不少人观看。一来是惊奇她这么小年纪就能做布鞋；二来，那时在沟里，不是过年和走要紧的亲戚，一般布鞋是不会穿出来走路的。为什么？还是因为穷，布鞋要用布料，还费功夫。沟里的大人小孩，一年到头，能有一双布鞋穿，就算是奢侈之物了，所以是舍不得将布鞋穿着走路的，当然更不用说穿布鞋干活了。穿着布鞋下地做活，简直就是败家的行为，连往日的地主也没有做过。

沟里的布鞋都是用来靸脚的。白天劳累了一天，晚上倒一木盆盆洗脚水，洗了脚，就喊一声，给我把靸脚鞋拿来！女人或者娃儿就提了布鞋来，洗好了脚的人就靸了布鞋，舒舒服服地在椅上坐了，是一份难得的享受和难得的惬意。所以，沟里对布鞋还有一个非正式的称呼叫"靸脚鞋"。

2

周明成到沟里小学校当代理教师的时候，草儿已经离开小学校，回家去了。那时候的小学还是五年制的。草儿上完了五年级，就小学毕业了。草儿没有到沟外去上中学。也说不出来为什么，她不想离开沟里了。也许是在沟里待久了，好像一离开沟里，她的心就空了，魂就飞了。爹娘也不勉强她，就让她留在家里，替娘做家务，腾出娘来到队上挣工分。毕竟草儿也已经十七岁了哩。

周明成那时刚从中学毕业，沟里缺老师，学校就请了他当代理老师。他成了年轻的新老师。他穿着蓝卡其布的中山装，里面是白衬衣，和沟里的其他人有一些不一样，看着就是读书人的样子。他除了给学生娃儿们代数学课外，还经常教娃儿们唱歌。有一次，草儿从小学校的操场外面路过时，听见周明成正在给三年级的娃儿们教唱《听妈妈讲那过去的事情》。草儿被周老师的唱歌声音惊住了。她还从来没有听到过这么好听的歌儿哩。她站在操场上听了一会儿，那声音像一只温热的手，将草儿的心暖化了。草儿流下了眼泪。

从那以后，草儿在家里喂饱了猪，做好了饭，就经常提了个篮子到学堂外打猪草。春天里打，夏天里也打。学堂周围的猪草都被草儿打得干干净净的了。学堂周围没有猪草可打了，草儿就要奶奶给她剪鞋样子。奶奶问：你要给哪个做靸脚鞋啊？草儿被奶奶问愣住了，答不出来，只是要奶奶剪。奶奶说：你不说是给哪个做靸脚鞋，我怎么剪得出来鞋样子啊，是大是小，是胖是瘦，奶奶怎么晓得呢？草儿就想了一想说：你就剪一个比我爹小一点，比我娘又大一点的鞋样子吧。不知道为什么，说完这话，草儿的心扑腾扑腾直跳，脸也发起烧来。她害怕奶奶还要问什么，就赶紧到小河边洗衣服去了。

天气好得很。碧蓝碧蓝的天空上，浮着几朵白云，那几朵白云在水里也看得见。草儿听到了学堂的铃声，那铃声，让草儿心绪有一些乱，她把衣服在水里一阵搅动，水里的白云不见了，乱得像草儿的心绪一样。

3

周明成在沟里的学堂教了三年书了。有一次，他没有上课，站在学堂的操场边对草儿打招呼，问草儿家喂了几头猪，怎么成天都看见她在打猪草。周老师说：学堂周围的猪草都被你家的猪吃了，你们杀猪的时候要喊我们吃泡汤肉啊。

周明成是跟草儿开玩笑的，可是草儿却窘住了，她好像受了惊吓一般，不敢看周老师，也没有应他的话，提了半篮子猪草，慌慌张张地赶紧回家去了。有好几天，草儿都不敢去学堂周围打猪草。她远远地望着学堂，听学堂娃儿的吵闹声和读书声，当然也听上下课的铃声。但草儿最想听的还是唱歌儿的声音，那声音啊，让草儿的心，像天上的白云一样浮起来，浮起来，最后也像天上的白云一样绵柔起来……

还是忍不住，这一天，草儿将周明成的玩笑话给娘说了。娘又给爹说了。爹说：吃就吃啊！冬天杀猪的时候专门请他们来吃泡汤肉！爹说这话的时候，秋天刚到呢，坡上的苞谷还没有开始收，风吹着苞谷的叶子沙沙沙地响。草儿看见地边边的高粱红通通的，像是燃烧的火把一样！

这一个秋天，草儿觉得无比漫长，苞谷收了，地里的黄豆也扯了，放牛的李绪山开始耕地了，可是冬天呢，似乎还在山的那一边徘徊，没有要来的意思。

地里的猪草早就没有了，自留地里的萝卜也快要吃光了，娘要草儿在猪草里加和食，煮了苞谷麸皮掺拌上，给猪催肥。那时候，沟里的粮食不充裕，猪一年四季吃草，只有要杀的时候，才会加一点粮食长膘，草儿晓得，杀猪的日子终于快到了。沟里落第二场雪的时候，草儿家的猪杀了。

杀猪的那一天，草儿莫名兴奋，也许是她亲自喂养大的，是她的劳动成果吧？也许是今年的猪喂得特别的好，特别的肥吧？

草儿反正蛮高兴，就给杀猪匠泡的茶缸子里悄悄放了一勺古巴糖，杀猪匠喝得笑眯眯的，间不间拿眼直瞅草儿。

4

杀猪后，爹果然请了学堂的老师来吃泡汤肉。

学堂的老师也就两个，覃老师和周明成。除了学堂的老师，草儿家那天还请了队上的干部和亲戚邻居。男人们在堂屋里坐着喝酒，喝得热闹，夜黑成一片才结束。周明成喝醉了，刮肠刮肚地呕，一站起来就打旋旋，脚底下打连枷，明显着是走不回学堂了，爹就留他在家住下了。

草儿一直在灶屋里给娘帮忙呢，收拾完了出来时，看见周明成趴在桌子上醉睡着，草儿的心就无故地痛了一下，她有一些恼爹没有招呼好周明成，不该让人喝醉了，但又说不出来。她看着爹，爹也醉了，不晓得是向草儿挥手，还是向娘挥手，他对着周明成说：倒水，洗脚！

周明成的洗脚水是草儿倒的。她舀了冷水后兑开水，试了水温后，又舀冷水，又兑开水，洗脚盆里的水差一点点满沿了，才把水兑好。

周明成迷迷糊糊洗脚的时候，娘给他拿来了爹的靸脚鞋，可是，娘在椅子的一边站住了，娘看见脚盆边边上，一双新崭崭的布鞋早已经在那里放着了。娘拿起那双靸脚鞋看，不是她的手艺，也不是草儿奶奶的手艺，鞋子不大不小，不是家里人穿的。娘将惊疑的目光投向了草儿，草儿远远地坐在一边，低着头，手按住板凳，好像在看跳跃的灯影。

晚上，草儿和娘躺在同一张床上，娘问：靸脚鞋你是啥时候做的啊？草儿说：做好久了。娘说：好像是专门做的啊？草儿感觉自己的脸在黑夜里绯红了。草儿说：哪里啊？娘，我是学着做，练针线啊。娘说：那就怪了，怎么好像比着人家的脚做的呢？不大不小，刚好一脚穿上！黑夜里，草儿翻了个身。草儿说：我怎么晓得呢？就将脸埋到被头里面去了。

夜黑得纯净，把一切都化掉了，包括草儿和她娘的呼吸声。

5

周明成是第二天清醒后才看见那一双靸脚鞋的。他和草儿的爹睡在一张床上，半夜的时候，他起了一回夜，草儿的爹给他照了亮，他靸着鞋，晃晃荡荡去了茅厕，回来的时候，草儿爹问他喝水不？要是喝，草儿倒了一大碗水在床边放着呢。周明成就端起那一大碗水喝了个底朝天。然后，他又睡去了。早上起来，周明成嘴里有些苦，他想自己真是喝多了。

天大亮了，周明成起来，坐在床边，头昏脑涨的他，看见地上床面前的靸脚鞋。真是一双好鞋！灯芯绒的鞋面子，雪白的鞋底边子，看着又舒适又轻巧。只是，鞋已叫自己踩塌了后跟儿，像个拖鞋。真是说不出的好看！周明成的心里就起了涟漪，靸着新布鞋，到了火炉屋后，就悄悄地狠狠地瞅了草儿几眼。草儿正在火炉边给他烧水泡茶呢，开水的热气升腾，氤氲着草儿，草儿的脸红扑扑的，一双眼睛湿漉漉地扑闪着，让周明成的心一下子掉进了开水里，又热又疼。

周明成茶也没有喝，神思恍惚地回了学堂。一看脚，把人家的新布鞋穿回来了。

放寒假的时候，周明成请了媒人到草儿家来说亲，爹还在犹豫，说还要再考虑一下。娘说：还想啥啊？靸脚鞋都给人家做了。爹和娘就都同意了。

正式成亲是第二年的腊月了，周明成问草儿：你那时怎么想到提前就给我做了一双靸脚鞋呢？草儿说：我哪里晓得，我喜欢上了你，就想给你做一双鞋子。那时我就想啊，总有一天你会穿上我做的靸脚鞋的，只要你穿上了我做的鞋子，你就肯定也会喜欢我的。

周明成没有再说什么，把草儿紧紧地抱了一下。

　　草儿感觉到丈夫有问题的时候，是女儿刚过完七岁的生日。那时候，周明成已经不当代理老师五六年了，他承包了一个砂石场，挣了钱。周明成明显忙了起来，经常不是这事，就是那事，天黑了也不回家。草儿问他，他总是说陪客了，喝酒了。沟里也有一些风言风语，说周明成和沟口代销店的张家媳妇好上了。隐隐约约的，草儿也听到了一些风声，草儿没有在意。草儿一如往常地在家做家务。除了做一应的针线活，她还学会了织毛衣毛裤，她给周明成和女儿织的毛衣，沟里人都以为是在外面的大商店买的呢。但草儿最喜欢做的还是布鞋，给周明成做，给女儿做，也给爹娘做。草儿始终认为布鞋好，布鞋舒适，养脚，也养人。

　　草儿有一个小笆篓，是沟里罗篾匠给织的，轻巧又好看。笆篓里装着的都是草儿做针线活的东西。除了大小的针，还有各色的线、顶针、锥子、镊子，还有一块黄蜡，女儿喜欢闻那块黄蜡，闻了又说臭。笆篓里还有一本书，书里夹着各式各样的鞋样子，有爹娘的，也有别人的，但更多的是丈夫周明成的。草儿第一次请奶奶给周明成剪的那个鞋样子也在里面夹着呢，有一次女儿翻出来，草儿看见。她望着那鞋样子，发了一阵呆。

　　有一天，娘来了。娘把草儿叫到后门，询问草儿村里那些流言，草儿的心慌了一阵，这样的事，谁碰上不心慌呢。但很快，草儿又平静了。草儿说：娘，我自己选下的女婿我晓得，我家明成，他不会的！娘走了，草儿趴在针线笆篓上哭了一场，眼泪水把奶奶剪的那一双鞋样子打湿了，草儿有一些心疼起来，她用卫生纸将鞋样子上的泪水仔仔细细地擦干了。草儿将鞋样子夹起来，放进笆篓。她要到沟口的代销店去看一看。

　　那时，私人开商店的不多，都是代销店。所谓代销店就是代区上的供销社销售货物，都是一些日常用品，针头线脑，糖果食饼，也混杂着油盐烟酒。因为代销的品种繁杂，所以店里的气味都很复杂，就说糖果吧，都会有一股浓浓的煤油味，那个年代的人，都是有深刻记忆的。

草儿那天去张家媳妇的代销店，是一个天气晴朗的早晨。草儿穿着碎花的衬衣，头发黑黑的，绑着一个马尾，干净又清爽。她站在代销店的门口，正如一棵刚满浆的苞谷一样，饱满又挺拔，还透着一股清香。

张家媳妇暗地里是认识草儿的，草儿在她的店门口一站，她先是慌张，紧接着就自惭形秽了。草儿没有为难她，买了油买了盐，又给女儿买了糖。最后买了纸烟和酒。买烟的时候，草儿说不要"小雁塔"的，只要"祝尔慷"的。草儿说，我家明成只喜欢抽"祝尔康"牌子的。这是草儿故意说的。草儿看见，张家媳妇听了这话时，拿烟的手哆嗦了一下。草儿的嘴角，微微地翘了一下。仿佛是还不痛快，买酒的时候，草儿又故意说，要两瓶最贵的酒，过两天，是我家明成的生日呢。张家媳妇的脸有一些红了，拿酒的时候差一点失手将瓶子倾倒了。草儿偷瞟着她，心里暗动了一下，但没有将好脸色呈现出来。她提着东西走了。只是在离开的时候，草儿站了一会儿，她望着拖着鼻涕的张家媳妇的小女儿，想了一想，将买的糖，满满抓了一把，塞给了那个小女娃儿。

7

周明成过生日的时候，草儿真的请了客，吃酒席的除了亲戚，还有村里的干部。酒是草儿在张家媳妇的代销店里买的那两瓶最贵的酒，菜是草儿精心做的。要说草儿的茶饭，也是沟里数一数二的，且不说她炒的菜，清清爽爽，闻着都流口水，看着眼都放光，单就是她腌的酸菜晾的干菜晒的霉菜，吃一口，也会让人一辈子都忘不了。那天大家就喝得高兴，吃得更高兴。都酒好，更夸草儿的茶饭好。草儿就对村民说：以后来个客啥的，就不要到外面吃了，就带到我家来，我和明成都是好客的人呢。大家都说好，都说希望天天吃草儿做的饭菜。草儿浅笑着说：天天请我可请不起，等明成满三十六的时候，我再满请大家。大家又齐声说好！

果然，这以后，村里哪户再来了客人，就带到草儿的家里来了。草儿把家里收拾得干干净净，自己也是清清爽爽，她的茶饭手艺更是让来的客人个个称道，真心夸赞。有一次，客人吃了饭，喝了酒，还舍不得离开，还要在院子里坐着聊会儿天。一位客人有一次看见了草儿的针线筐箩，那筐箩里正有一双刚做好的布鞋呢，那客人拿起布鞋反看正看，爱不释手。客人说：好漂亮的布鞋哩！村上待客的人就说：那是草儿做的靸脚鞋，你要是喜欢，就叫草儿给你也做一双吧。客人连连说，要得要得！

　　冬去春又来。转眼几年过去了，沟口的代销店已经周转给其他人，变成了正儿八经的商店了，张家媳妇也早已在三年前随丈夫去了县城生活。周明成呢，顾着家，一心一意在村上工作，得到了村民的一致肯定。

　　周明成三十六岁生日那天，来了不少的客人。按沟里的规矩，爹娘还在，是不兴做寿的，要做寿也不能收寿礼，大家在一起，只是高兴喝酒。周明成高兴，每个客人都陪，结果喝得大醉。散席的时候，周明成抱住草儿不松手，好在客人都离去了，不然草儿不晓得有多窘呢。周明成抱着草儿，向草儿说张家媳妇的事情，说着说着就跪在了地上，草儿要扶他起来，周明成不起来，是真心悔罪的意思。草儿就说：这些事，我都知晓呢。我还晓得，你走得再远，也要回来烫脚，要穿我做的靸脚鞋呢。起来吧！起来去洗脚啊。

　　周明成起来了，可是他没有去洗脚，他再次抱住了草儿，将头钻进草儿的怀里，抽抽泣泣的，最后号啕大哭起来……

　　外面的月亮明晃晃的，沟里像水洗了一样的亮啊！